MANESSE BIBLIOTHEK DER WELTLITERATUR

MUSCHELPRINZ UND DUFTENDE BLÜTE

MUSCHELPRINZ
UND
DUFTENDE BLÜTE

*

LIEBESGESCHICHTEN AUS THAILAND

*

Übertragen und herausgegeben
von Christian Velder
Mit zwölf farbigen Tafeln

MANESSE VERLAG

Für Jasmin

*

1

MUSCHELPRINZ
UND
DUFTENDE BLÜTE

Hauptgestalten der Erzählung:

In Phrom Buri:	*Phrom That* König	*Suwanna Sang* Prinz
	Djantha Thewi Rechte Gattin	
	Djampak Thewi Linke Gattin	
In Pharansi:	*Pharansi Rat* König	*Khantha Thewi* Prinzessin

Der Höchste Glaubenslehrer, Buddha, der Erleuchtete, lebt im Tempel Chetawan, gespeist von den Almosen der Gläubigen. Er meditiert über das Schicksal des Mönches Thewathat, des Gottesmörders: Jener Thewathat war ein Jünger des Buddha, und doch hat er versucht, ihn zu töten.

Als sich die Mönche im Gesetzeshaus versammelten, sprachen sie über den ruchlosen Thewathat, ihren Bruder.

Der Buddha saß im Haus der Heiligen Schriften, aber sein Ohr vernahm, was die Mönche drüben besprachen. Darum schritt er zu ihnen hinüber, nahm auf seinem Sitz Platz und fragte sie:

«Ihr Mönche in der Versammlung, wovon handelt euer Gespräch?»

«Wir Sklaven unter deinem Fuß, du Erleuchteter, unterhalten uns über den ruchlosen Thewathat, der dich töten wollte!»

«Seht her, ihr Mönche! Thewathat hat versucht, mich zu töten. Ihr wißt es. Aber was ihr nicht wißt, hier ist es: Schon vor Zeiten in einem früheren Leben ist er mir in anderer Gestalt gefolgt, und schon damals hat er durch vielerlei Listen versucht, mich umzubringen. Hört die Geschichte meines Sieges über den Bösen!»

Es war einmal – *sprach der Erleuchtete* – ein König. Er hieß nach dem Himmelsgott Phrom That und beherrschte das Reich Phrom Nakhon. Der König hatte zwei Gattinnen: eine Königin zur Linken und eine zur Rechten. Seine Rechte Gattin hieß nach dem göttlichen Monde Djantha Thewi. Für die Linke Gattin hatte sich damals noch kein Name offenbart. Seine Gattinnen links und rechts liebte der König mehr als alle Freudenmädchen seines Hofes.

In jener lang vergangenen Zeit wanderte der Buddha im Kreislauf von Geburt und Tod noch auf dem Wege zur Erleuchtung. Er, der Phothisat, stieg vom Himmel herab und ging ein in den Leib der Rechten Gattin des Königs Phrom That. Zu der Stunde, als der Phothisat seinen Einzug hielt, lag die Königin Djantha schlummernd auf ihrem Lager. Die Morgendämmerung begann gerade den nachtschwarzen Himmel zu färben, da hatte die Königin einen Traum. Die Sonne zog strahlend ihre Bahn über den Himmel. Drei funkelnde Ringe zog sie um den Berg der Götter, den herrlichen Sineru. Und dann ließ sie sich herabgleiten gerade in den Schoß der schlafenden Königin.

Djantha schrickt auf. Der Himmel hat sich ganz erhellt, sie erhebt sich von ihrem Lager und geht, ihre traumschweren Glieder im kühlen Wasser zu baden. Dann legt sie ihre Gewänder an und schreitet hinüber zum Audienzsaal des Palastes. Sie wirft sich vor dem König nieder und schildert ihm den Traum.

In jener selben Nacht hatte auch die Königin zur Linken allein auf ihrem Lager geruht. Als der Morgen dämmerte, begann sie zu träumen: Phra In, der Herr der Sternenwelt, überreichte ihr einen Strauß goldner Himmelsblumen. Dankbar und stolz drückte die Königin die Goldblüten an ihr Herz. Da verschwand der Gott.

Als die Königin sich erhoben hatte, ging sie zum Bade. Dann kleidet sie sich an, um ihren Gatten im Königssaal zu besuchen. Sie fällt zur Begrüßung vor dem König nieder. Dann erzählt sie ihm ihren Traum.

König Phrom That hat seinen beiden Gattinnen bis zu Ende zugehört. Nun befiehlt er, die Gelehrten und Seher zu holen, denn sie sollen ihm die beiden Träume deuten.

Die Wahrsager sprechen:

«Wenn die Königin Djantha Rechter Hand geträumt hat, daß die Sonne über alles hin leuchtete, daß sie drei Bahnen um den Götterberg zog und daß sie ihr dann in den Schoß gefallen sei, dann enthüllt der Traum ein Geheimnis! Dieses Geheimnis aber heißt: Die Königin wird einen Sohn gebären. Er wird herrlich sein von Gestalt, und kein Prinz wird ihm gleich sein.»

Und die Traumdeuter fuhren fort:

«Die Hohe Königsgattin zur Linken hat im Traum von Phra In goldne Duftblüten erhalten. Das bedeutet, daß die Königin von einer Tochter entbunden wird, die so schön ist an Gesicht und Gliedern, daß keine Prinzessin ihr gleichkommt.»

So offenbarte sich ein Name für die Linke Königin: sie wird seither Djampak Thewi, die Duftblumen-Göttin, genannt.

König Phrom That frohlockte. Er befahl, den Gattinnen ein königliches Lustschloß zu bauen, damit sie in Ruhe und Zufriedenheit den Keim in ihrem Leibe pflegen und großziehen könnten. Dann ließ der König einen Saal errichten und ihn fünffach überdachen. Darin sollte die Weihe der Königskinder vollzogen werden, wenn sie das Alter der Geburt erreicht haben würden. Denn er freute sich, daß die Kinder seine Sippe in die Zukunft führen würden. Also ermahnte er die Arbeiter, den fünffachen Weihesaal gut und schön zu vollenden.

*

Als Djampak, die Linke Gattin, die Traumdeuter weissagen hörte, daß sie einer Tochter das Leben schenken würde, kehrte sie tief in Gedanken versunken in ihr Gemach zurück:

Wie soll ich es anfangen, dachte sie, daß mein Kind zu höchsten Ehren gelangt? – Der König muß Djantha verstoßen! Wer aber wird mir helfen, eine List zu ersinnen, damit mein Plan gelingt?

Da erinnert sie sich an den Vizegeneral der Leibwache des Königs. Ihm offenbart sie ihren Gedanken:

«Die Seher haben gesagt, daß Djantha guter Hoffnung ist. Sie wird einem Prinzen das Leben schenken. Ich jedoch, ebenfalls schwanger, werde nur ein Mädchen gebären. Wenn das geschieht, wird der König Djantha mehr als mich lieben wohl hundert- und tausendmal. Mir wird es nicht mehr gelingen, das Herz des Königs zu rühren und ihm nahe zu sein. Was soll ich tun, um bei Hof meinen Einfluß zu wahren und im Staat meine Macht? Wenn du mir hilfst und ich nach Wunsch zu Rang und Auszeichnung gelange, so will ich nicht ruhen, bis du der Großgeneral aller Heere geworden bist. Bitte hilf mir eine List ausdenken, damit der König die verhaßte Djantha verbannt und aus dem Palast und der Stadt vertreibt. Dann werde ich frei sein und dich mit den höchsten Ehren überhäufen!»

Der Vizegeneral ließ sich von der Linken Gattin seines Herrn verlocken und verführen. Er antwortete:

«Fasse Mut, o Königin! Ich werde ein Mittel finden, daß der König Djantha verbannt! Schwierig ist das nicht. Laß mich nur gewähren!»

Djampak war es zufrieden und kehrte in ihr Gemach zurück.

*

Anderen Tags betrat der Vizegeneral den Audienzsaal des Königs Phrom That. Er warf sich ihm zu Füßen und sprach:

«Großkönig, dein Sklave erhebt seine Stimme zu dir! Das Herz deiner Gattin Djantha ist nicht so gut und treu, wie du glaubst. Wie sonst könnte sie Sklaven und niedrigem Volk ihren Leib zur Lust darbieten? Die ‹heilige› Djantha, was hat sie getan? Ohne Rücksicht auf ihren Stand hat sie hinter deinem Rücken und insgeheim sich dem Taumel der Sinne ergeben. Sie hat getan, was sonst nur dem jungen Mädchen erlaubt ist, das kaum erst zum Spiel der Sinne gereift und noch unverheiratet ist. Getan hat sie, was nur die junge Witwe darf, die den Mann verloren hat. Das hat sie getan und sich nicht gefürchtet vor dem König! Darum sollte sie nicht mehr das Haus des Königs beflecken und weiterhin wohnen dürfen im Palast!»

So sprach der Vizegeneral, um den König aufzustacheln gegen seine Gattin. Kaum hat er den König verlassen, da stürzt Djampak herein und windet sich im Staub zu den Füßen des Königs.

«Ich bin deine Sklavin, Großkönig», sagt sie; «was dir der Vizegeneral soeben erzählt hat, ich weiß es schon lange! Vergib mir, daß ich dir bisher verschwiegen habe, wie es in Wahrheit um Djantha bestellt ist. Sie hat ihr Herz dir ganz entwendet. Männern niedrigster Art hat sie ihren von deiner Berührung geheiligten Leib hingeworfen zur Befriedigung gemeiner Lüste. Jener Keim, der in ihr reift, er ist nicht die Frucht deiner beglückenden Stärke allein.

Geteilt hast du ihren Körper mit anderen Männern ohne Zahl!»

Den König treffen die Worte seines Vizegenerals und seiner Linken Gattin ins Herz. Er sucht nach einer Strafe, die dieses niedrigste Verbrechen sühnen kann. Zorn und Wut packen ihn, und sein Sinn ist verdunkelt. Er erkennt nicht die Gemeinheit der Verleumdung. So läßt er sich hinreißen zu dem Befehl, Djantha hinauszuwerfen aus dem Palast, dem königlichen Gebäude.

Djantha ist von allen verlassen. Keine Stütze hat sie mehr am Hof. Weinend läuft sie von einem zum andern, doch alle wenden sich ab.

«Was für eine Sünde habe ich getan», klagt sie, «daß so großes Elend mich überfällt?»

Wohl hören die Höflinge und Beamten die Klage, aber sie verlassen das steinerne Schloß. Draußen, da lassen sie ihren Tränen freien Lauf. Von Mitleid ergriffen, verlieren sie die Besinnung. Sie fallen ohnmächtig nieder und sinken in den Staub. Sie sind wie die Bäume des Waldes, die der Zerstörungssturm am Ende aller Zeiten erfaßt. Sie fallen, gebrochen und entwurzelt, übereinander. Was eben noch stand, liegt nun am Boden. Von allen verlassen legt Djantha, die Göttliche, die Hände zusammen zum Gebet. Sie erhebt ihre Arme zu den Schutzgeistern des Palastes und spricht zu den Seelen ihrer Vorfahren, die das Schloß unsichtbar bevölkern:

«Ihr alle möget hier im Palast bleiben und essen und trinken ohne Sorgen und Kummer! Ich aber muß Abschied nehmen von euch. Denn ich bin ins Elend verstoßen gemäß dem Verhängnis.»

So sprach die Königin zum Abschied. Und dann ging sie dahin, allein, ohne Stütze, ohne Freund, arm und traurig.

Als die Königin im Königspalast lebte, der ganz und gar aus Ziegelsteinen erbaut ist, da saß sie unter einem strahlenden Baldachin. Sie ging auf himmlisch weichen Schuhen durch die Gemächer. Mit Duftwasser besprühte sie ihren gebadeten Körper, und mit kühlendem Sandelpulver puderte sie sich das Gesicht. Mit wohlriechenden Ölen bürstete sie ihr Haar, und erlesenster Schmuck zierte ihren Leib.

Jetzt ist die Königin vertrieben. Duftende Wasser und Öle gibt es für sie nicht mehr. Ihr Leib verbreitet den scharfen Geruch des Schweißes. Ihre geschundenen Glieder bluten. So schleppt sie sich durch Dornen und Dickicht fort, das Kind unter ihrem Herzen. Sie weint.

*

Lange wandert sie fort. Da sieht sie, wie in der Ferne sich etwas bewegt. Als sie näher herankommt, erkennt sie einen alten Mann und eine alte Frau. Die beiden kommen ihr entgegen und fragen:

«Kind, wie kommt es, daß du, eine so vornehme

Frau, hier in diesem wilden Wald allein spazieren gehst? Was suchst du hier, und wohin gehst du?»

Djantha antwortet:

«Ich bin eure Sklavin, Großvater und Großmutter! Einst war ich die Rechte Gattin des Königs Phrom That, und er liebte mich über alles. Aber die Frau zur Linken des Königs war eifersüchtig auf mich, denn sie sah, daß der König meine Umarmung vorzog! Da hat sie ihn aufgestachelt gegen mich, und der König hat mich verbannt und ausgewiesen aus dem Palast.»

Als die beiden Alten die Geschichte vernommen haben, quillt süßes Mitleid in ihren Herzen auf. Sie freuen sich, daß sie der armen Djantha Gutes tun können, und führen sie in ihre Hütte. Dort lebt die Königin sechs Monate in Frieden dahin, bis ihr Schoß sich öffnet, um Frucht zu bringen.

*

Der Geheiligte, der einst im Kreislauf von Geburt und Wiedergeburt die Erleuchtung finden sollte, der Prinz, ruht im Schoß seiner Mutter. Aber sein Auge ist wach, und er erkennt, daß die Mutter ins tiefste Elend gesunken ist:

Von der Stadt ist sie hierher in den Wald verschlagen worden, denkt er, ohne Eltern, Geschwister und Verwandte. Wenn ich ihr geboren werde als strahlender, starker Königssohn, dann wird es für die Mutter noch hundert- und tausendmal schwieriger, sich und mich von den Früchten des Waldes zu ernähren! Das darf nicht sein. Ich will nicht als Mensch geboren werden! Ich werde mich so klein machen, daß ich im Spiralgang eines winzigen Muschelhorns Platz finde!

Der Prinz spricht Beschwörung und Gebet, und schon hüllt ihn eine goldne Muschel ein. Als die Verwandlung im Leib der Mutter vollzogen ist, da ist der zehnte Monat seines Wachsens im Dunkel des mütterlichen Schoßes gerade vollendet. Djanthas Leib öffnet sich, und ein goldenes Muschelwesen kommt ans Tageslicht, von strahlender Schönheit. Djantha wäscht es mit Wasser rein von der Beflekkung ihres Blutes. Und sie herzt und küßt ihr Muschelkind.

*

Die Zeit verfließt. Djantha geht wie immer zum Früchtesammeln in den Wald. Eines Tages kommt der Prinz hervor aus seinem Muschelgehäuse, als die Mutter im Wald ist. Er nimmt einen Besen und fegt die Matten ab und kehrt die Hütte. Dann schlüpft er wieder in seine Muschelwohnung. Als Djantha aus dem Wald zurückkommt, bemerkt sie, wie strahlend die Hütte in ihrer Abwesenheit geworden ist. Ihr Herz freut sich, und tiefe Ruhe kehrt in sie ein. Sie sinnt nach über das Wunder, das ihr Geheimnis bleiben soll. Nach einiger Zeit – Djantha ist wieder im Wald – kommt der Prinz abermals hervor aus seiner Muschel. Er fegt die Matten und räumt die Hütte auf. Dann verbirgt er sich wieder in seiner Muschelwohnung.

Als Djantha zurückkehrt, bemerkt sie staunend die Verwandlung der Hütte. Ihr Herz ist verwundert, denn es weiß ja nicht, daß ein Sohn da ist, der seiner Mutter dienen will. Sie denkt:

Ein großes Wunder ist mir geschehen. In der Einöde sogar lebt mir ein Diener!

Sie bewahrt ihr Geheimnis bei sich und nimmt sich vor, dem Wunder auf den Grund zu gehen.

Abermals nach einigen Tagen geht Djantha in den Wald. Aber sie läßt die Tür einen Spalt offenstehen und kehrt alsbald zurück. Sie will sehen, im Buschwerk verborgen, was in der Hütte geschieht.

Suwanna Sang, der Muschelprinz, bemerkt, wie seine Mutter die Hütte verläßt. Er schlüpft aus seinem Gehäuse heraus, um der Mutter die Matten zu ordnen und die Hütte zu reinigen. Die Königin erblickt den wohlgewachsenen Knaben, als er aus der Muschel hervortritt und in der Hütte sich zu schaffen macht. Der Knabe ist schöner und herrlicher als alle Kinder der Welt, denkt sie, und sie kommt herbeigeeilt in höchster Freude. Geradewegs stürmt sie hinein in die Hütte, um ihr Kind an sich zu drükken und zu küssen.

Dann spricht sie zu ihrem Sohn:

«Du geliebtes Kind, du bist der Sohn eines Königs! Dein Vater hatte zwei Frauen. Deine Stiefmutter hat den König belogen und aufgebracht gegen deine Mutter! Da hat er mich ausgewiesen aus Palast und Reich. Darum müssen wir hier im Walde wohnen.»

Als sie dem Sohn ihre traurige Geschichte erzählt hatte, dachte sie:

Wenn mein Sohn weiter in solch einer Muschel leben will, werden die verschiedensten Gerüchte aufkommen über seine Geburt. Das darf nicht sein!

Kaum hat sie diesen Gedanken zu Ende gedacht, da nimmt sie die Muschel und schmettert sie zu Boden, daß sie in Scherben und Splitter zerfällt. Sie kehrt sie zusammen und verbrennt sie im Feuer zu Staub und Rauch. So blitzschnell hat sie gehandelt, daß der Prinz nur voll Entsetzen die Tat der Mutter mit ansehen kann. Nun erhebt er seine Stimme:

«Mutter, ich bin dein Diener! Aber daß du meine Muschel zerschlägst, die für mich ein Wunderschloß war, das ist nicht recht. Wo soll ich nun meine Zuflucht nehmen, wenn Gefahr mich bedroht?»

Aber die Königin steht ihm Rede. Sie erzählt ihm eine Geschichte:

«Lieber Sohn, deine Mutter liebt dich über alles. Wie kann sie dir da schaden wollen? Du trägst die Zeichen und Male königlicher Geburt. Deine Tugend wird so groß sein, daß niemand es wagen darf, mit dir zu kämpfen! – Warum? Ich will es dir sagen: Als die Zeit gereift war, daß du wiedergeboren werden solltest auf dem Weg der Verwandlungen, da hatte deine Mutter einen Traum voll wunderbarer Bedeutung.»

Nun erzählte die Königin ihrem Sohn den Traum und die Weissagung der Seher. Sie tröstete das Herz ihres Sohnes und sprach:

«Du, Lieber, bist so schön, daß es nichts Schöneres mehr gibt! Und so stark wirst du sein, daß kein Mensch dich besiegen kann!»

Die Königin Djantha war glücklich. Sie sorgte für ihr Kind und nährte es gut.

*

Nach und nach sprach es sich im Walde herum, daß fernab in einer Hütte ein Prinz aufwuchs, der schöner war als alle Prinzen der Welt. Wer ihn erblickt hatte, lobte und pries ihn, denn er war die Hoffnung der Welt. Von Mund zu Mund flog das Wort seines Ruhmes und erreichte auch das Ohr des Königs Phrom That.

Als der Herr die Kunde von der Geburt des Prinzen im Walde vernahm, freute er sich sehr und befahl seinen Höflingen, ein feinblütiges Pferd zu satteln und mit allen Zierden königlichen Ranges zu schmücken. Mit dem Heer der Wachsoldaten sollten sie hinausziehen, um den Prinzen zusammen mit seiner Mutter in die Stadt zu führen.

Die Höflinge erfüllten den Befehl des Königs. Sie brachten die Mondkönigin Djantha mit ihrem Sohn Suwanna Sang, dem Himmlischen Muschelprinzen, zurück in die Königsstadt. Wie in alter Zeit sollte Djantha auf dem Thron im Palaste sitzen! Darum ließ Phrom That seine Gattin mit seinem Sohn vor sich führen.

Als der Muschelprinz in den Saal tritt, umfassen ihn die Blicke des Königs voll väterlichem Stolz und voll herzlicher Freude. Er umarmt und küßt das Kind und läßt es in seinem Schoß sitzen. Er streichelt ihm über das Haar und preist die Schönheit des Knaben.

*

Djampak, die Linke Gattin, muß mit ansehen, wie der König ihr seine Liebe ab- und dem fremden Prinzen zuwendet. Sie grübelt hin und her, denn sie will an Djantha und ihrem Sohn Rache nehmen. Diesmal will sie sich nur mit dem Tod der Verhaßten zufriedengeben. Als sie eines Tages erfährt, daß der Prinz in einer Muschel geboren wurde, da hat sie ihr Mittel gefunden. Sie tritt vor den König und fällt in die Knie. Sie ruft: «Ich bin nur deine Sklavin, du Gott über allen Göttern! Djantha ist eine so üble Hure, daß sie sogar mit Wesen Unzucht treibt, die keine Menschen sind. Sie hat ein Kind geboren, das eine Muschel ist!»

Der Vizegeneral bestätigt die Worte der Königin und fordert sofortige Bestrafung der Sünderin und ihrer Leibesfrucht vor dem Angesicht des Thrones.

Dem König Phrom That verwirren sich die Gedanken. Er schenkt der Verleumdung Glauben. In seinem Zorn befiehlt er den Höflingen, ein Floß zusammenzubinden und Djantha mit ihrem Sohn darauf hinaus in den Strom zu stoßen.

Als Djantha und die Bürger der Stadt den Befehl des Königs vernehmen, brechen Tränen aus ihren Lidern, und ihr Jammern tönt auf zum Himmel.

Doch der König bleibt hart, er glaubt seiner Linken Gattin, der Falschherzigen, und läßt seinen Sohn mit der Mutter auf dem Floß aussetzen, damit sie in den Fluten ihr Ende finden. Die Höflinge alle und die Menge der Bürger versammeln sich vor dem Palast und bitten den König, ihnen den Prinzen zu überlassen. Aber er läßt sich nicht erweichen und schenkt dem Kind die Freiheit nicht.

In ihrem Jammer fallen sie alle ohnmächtig zu Boden – wie ein Wald, der am Ende der Zeiten, vom Zerstörungswind gepackt, dem Erdboden gleichgemacht wird.

Dann kommen die Schergen heran und fassen den Prinzen und setzen ihn mit seiner Mutter auf das Floß. Da erzitterte die Welt. Die Erde, die dicke Scheibe, die vierundzwanzig Millionen Meilen umfaßt, sie seufzt auf und bebt. Der Bergfürst Sineru, der die Stütze der Erde ist, beugt sich vor und zurück wie ein Rohr im Wind. In schweren Tränentropfen fällt der Regen hernieder. Die See schwillt auf, und Wind und Wogen donnern in ihrer Klage wie das Echo eines gewaltigen Gongs, wie das Brüllen des wilden Elefanten. Die Tiere in ihrem Walde, sie hören die Klage der Natur und weinen.

*

Das Wasser trägt das Floß in seinem Laufe fort. Langsam und lange treibt es dahin, der Tugend des Prinzen und der Königin entsprechend. Doch eines Tages kommt Sturm auf. Das Floß löst sich auf und bricht entzwei. Djantha kann gerade noch ein Stück Holz ergreifen, da wird sie auch schon abgetrieben und fortgeschwemmt. Als sie die Augen aufschlägt, sieht sie in der Nähe des Ufers die Krone eines Baumes aus dem Wasser ragen. Bald erkennt sie auch den Stamm und die Wurzeln, die sich im Ufer des Flusses festkrallen. Sie schwimmt mit Kraft hinüber. An den Ästen des Baumes zieht sie sich hoch, und dann klettert sie über den Stamm ans Land. Sie setzt sich nieder und denkt mit Schmerzen an ihr kleines Kind, das ihre Augen nicht mehr sehen. So sitzt sie da am Rande des Flusses.

*

In der Stadt Mattharat Buri gab es einen reichen Mann. Er hieß Thonya Chai, Sieg der Schätze. An jenem Tage hatte er eine seiner Sklavinnen mit irgendeiner Aufgabe an den Fluß geschickt. Dort trifft sie die weinende Djantha. Sie kommt heran und fragt:

«Mutter, warum sitzt du hier und weinst?»

«Ach, Liebe, ich bin die Rechte Gattin des Königs Phrom That, des Herrn der Stadt Phrom Buri.»

Und nun erzählt sie der Sklavin ihre ganze Geschichte, wie sich alles von Anfang an zugetragen hat. Als ihre Zuhörerin alles erfahren hat, nimmt sie die Hohe Gattin des Königs und führt sie nach Mattharat Buri. Sie tritt vor ihren Herrn und erzählt ihm die Geschichte der Fremden. Thonya Chai, der Reiche, hört alles mit an. Dann sagt er der Sklavin, sie möge die Fremde vor ihn führen. Mit liebenswürdigen Worten empfängt er die Königin und bittet sie, bei ihm zu wohnen. Djantha nimmt dankbar an und sagt:

«So soll es sein!»

Von nun an wohnt sie im Hause des Reichen. Thonya Chai läßt die Göttliche Königin seine Köchin sein. Und Djantha trägt ihr Schicksal mit Geduld. In Freuden und Sorgen bei Tag und Nacht vergeht die Zeit.

*

Der Prinz, der einst als Buddha die Erleuchtung finden sollte, er war auf dem Floß vom bösen Wind gestraft worden. Er wurde von seiner Mutter getrennt, als das Floß entzweibrach. So stürzte er in Unglück und Not. Aber durch das Verdienst seiner Tugend hatten die Schlangen Mitleid mit ihm. Der Schlangenfürst kam aus seinem Reich herauf und schwamm durch den Ozean. Aus seiner magischen Kraft schuf er ein schmales goldnes Boot. Er schmückte es mit einem goldenen Thron, der von einem siebenfachen Schirmdach gekrönt war. Dieses Goldboot führte er zum Prinzen hin. Er umarmte ihn, so daß er über den Rücken des Fürsten sein Boot erklimmen konnte. Als der Prinz auf dem Thron Platz genommen hatte, ließ der Schlangenfürst es frei, und es zerteilte in sausender Fahrt die Wogen.

Bald kommt der Prinz an eine Insel. Darauf wachsen herrliche Bäume in schattigen Hainen, mit Blüten und Früchten. Süß erklingen die Rufe der Pfauen und Flamingos, die so harmonisch und herzergreifend singen. Wenn jemand diese glückselige Insel schaut, so fallen alle Sorgen von ihm ab, und er vergißt alle Trübsal.

Suwanna Sang, der Prinz, ist von seinem Wunderboot ans Ufer gestiegen. Traumverloren durchstreift er die Haine. Er gelangt an einen Teich, in dem roter neben weißem Lotos blüht. Rudel von Schildkröten und Schwärme von Fischen spielen in den klaren Wassern. Der Prinz betrachtet die Blumen am Ufer, dann wandert er weiter.

*

So kommt er zur Hütte eines Einsiedlers. Der fromme Mann sitzt in der Versenkung tiefster Meditation und spricht die Verse der Beschwörung des

Vierfachen Gottes Phrom. Der Prinz tritt in die Hütte und kniet nieder. Er redet den Heiligen mit den Formeln der Begrüßungsrede an. Als der Einsiedler den Himmelssohn gewahrt, freut er sich und fragt:

«Lieber Jüngling, warum kommst du zu mir, so allein und einsam?»

Der Prinz redet den Heiligen an:

«Ich bin dein Sklave, Hoher Vater. Ich bin der Sohn des Königs Phrom That von Phrom Buri. Der König hat mich gefangen mit meiner Mutter und uns auf ein Floß gesetzt, damit wir in den Stromschnellen umkommen. Als wir auf den Wassern dahintrieben, wurde das Floß von einem Windstoß gepackt und brach auseinander. Ich wurde von meiner Mutter getrennt. Als ich auf den Wellen trieb, kam der Schlangenfürst daher. Er hatte Mitleid mit mir und hob mich heraus aus der Flut. Er setzte mich in ein goldenes Boot. Darauf gelangte ich hierher, zur Wohnung des Herrn. Wenn es einen Weg gibt von hier zu den Städten der Menschen, dann, Herr, zeige ihn mir!»

Der Heilige antwortete:

«Wenn du, Lieber, gehen willst zur Stadt Pharansi, so kann ich dir den Weg beschreiben. Doch er führt mitten durch das Land der Riesen!»

«Du Erhabener, der die Beschwörungen kennt, bitte führe mich auf diesen Weg, wenn es nur den einen gibt!»

«Wenn du zur Waldstadt Pharansi gelangen willst, so mußt du dem Fluß folgen. Er wird dich ins Land der Riesinnen führen. Jene Riesinnen werden von den Uferbergen herabkommen, um dich einzufangen. Aber in Gefahr werden sie dich nicht bringen!»

Nach diesen Worten begleitet der Alte den Prinzen zu seinem goldenen Boot, das in einer Lagune liegt. Er läßt den Prinzen auf dem Thron Platz nehmen, dann stößt er das Boot ab, und es folgt schnell dahintreibend dem Lauf des Flusses.

*

Nicht lange, da kommt der Prinz in das Reich der Riesen. Ihr Fürst, der Herr aller Riesenhorden, ist gerade gestorben. Nun herrscht über das Land die Königin mit ihren ungeschlachten Dienerinnen. Der Schwarm der Riesinnen steigt zum Fluß hinab. Sie erblicken den Prinzen, wie er dahergeschwommen kommt, der Strömung des Wassers folgend. Sie führen einander hinein ins Wasser, um den Prinzen zu ergreifen und zu verspeisen. Aber es gelingt ihnen nicht, an das Boot heranzukommen. Das Wasser schäumt, und große Wogen wirbeln auf. Eine Flutwelle reißt die Riesinnen um, und sie treiben ab, wohl tausend Klafter weit. Viele ereilt dabei der Tod.

Die wenigen, die sich ans Ufer retten konnten, laufen von Furcht gepeitscht davon. Sie rennen zum

Palast ihrer Königin und erzählen atemlos die schreckliche Geschichte:

«Heilige Mutter, Herrin, ein Himmelsboot mit einem winzigen Kinde kam auf dem Flusse daher. Wir alle eilten hinunter und wateten ins Wasser, um das Kindlein zu ergreifen, denn wir wollten es dir, Mutter-Herrin, schenken. Das Wasser im Fluß jedoch schäumte auf, und gewaltige Wogen brachen hervor. Die meisten von uns wurden von den Wasserfluten begraben, und viele riß der Strom mit sich fort – sie mußten alle sterben!»

Die Königin des Riesenreiches hat es gehört. Sie denkt:

Als der König, unser lieber Gatte, noch lebte, da gab es solche Wunder nicht. Nur weil er tot ist und von uns ging, kann Zauberei dieser Art geschehen! Wir wollen hinabeilen zum Fluß und sehen, was der Grund dieses Unheils ist!

Kaum ist der Gedanke zu Ende gedacht, da eilt sie zum Fluß hinunter und sieht den Prinzen auf goldenem Thron in seinem Boot sitzen. Die Zeichen seiner unvergleichlichen Würde strahlen in herrlichem Glanz. Die Riesin fühlt in sich ein seltsames Gefühl aufkeimen: Es ist die Liebe der Mutter zur Frucht ihres Schoßes. Sie watet hinein in den Fluß und hebt den Prinzen aus seinem Boot heraus. Sie trägt ihn in ihren Palast, um ihn als ihr eigenes Kind aufzuziehen.

*

Eines Tages, nach langer Zeit, umarmt die Riesenkönigin ihren Pflegesohn und läßt ihn auf dem Thron sitzen.

«Du geliebtes Kind», sagt sie, «deine Mutter wird dich schmücken mit den Geschmeiden des Königs. Tausend Riesenjungfrauen sollen dich verwöhnen und über deinem Wohl wachen, hier im Palast, in Ewigkeit. Nicht sollst du mehr befürchten, daß ich dich in ein anderes Land gehen lasse!»

So sprach die Riesin und trug alle Schätze zusammen, die im weiten Palast versteckt ruhten. Mit himmlischen Armreifen und Fingerringen schmückte sie den Prinzen. Als er nun in seiner königlichen Pracht dasaß, sagte sie:

«Du bist der Mutter liebstes Kind! Höchstes Glück mögest du erleben in der Riesenstadt und tiefste Zufriedenheit, bis dein Alter die Hundertzwanzig erfüllt hat. Die Mutter wird dann schon lange nicht mehr sein. Leben werde ich dann nur noch in deinen Gedanken, denn außer dir habe ich keinen mehr, der mich liebt.»

Dann ermahnt die Riesenkönigin den Prinzen und sagt:

«Liebstes Kind, ich gehe jetzt auf kurze Zeit fort. Du darfst inzwischen nicht aus dem Schloß hinausgehen, und vor allem nicht nach Norden hinauf! Auch darfst du nicht im Obergeschoß des Palastes herumstreifen – das ist ganz streng verboten!»

Nun rief sie ihre vielen Hofdamen und führte sie

in den Wald, während die tausend Jungfrauen zurückblieben, um den Prinzen zu bedienen. Die Königin aber durchstreifte den Wald, um mit den Händen Tiere zu fangen, die sie verzehrte.

*

Als die Pflegemutter gegangen war, dachte Suwanna Sang, der Muschelprinz, nach:

Aus welchem Grunde verbietet die Mutter mir, das Obergeschoß des Schlosses zu betreten? Warum hat sie mir befohlen, nicht aus dem Schloß und in den Garten zu gehen?

Solche Gedanken beschäftigten den Prinzen. Als es Abend wurde, ging er in den Schloßpark. Da sah er die Knochen, die die menschenfressenden Riesinnen abgenagt; in Haufen lagen sie hingestreut, und sein Herz zog sich zusammen. Der Prinz eilte aus dem Garten fort und erstieg das Obergeschoß des Schlosses. Und da sah er zwei herrliche Wasserbecken, eines aus Silber und eines aus Gold, randvoll mit klarem Segenswasser. Und er erblickte ein Paar goldner Wunderstiefel und ein Panzerhemd, wie es die Waldzwerge tragen, die furchterregenden. Weiter gewahrte er ein Schwert aus Diamant.

Als er das alles sieht, denkt er:

Die Geschmeide, die meine Mutter mir heute angelegt hat, sind alle nichts wert gegen das, was ich hier vor mir habe!

Nun legt er den Panzer der Waldzwerge an, gürtet

sich das herrliche Schwert um die Hüften und fährt mit den Füßen in die goldenen Schuhe. Als er sich umwenden will, da erheben die Schuhe ihn sacht in die Lüfte, und er fliegt zu seinem höchsten Vergnügen im Palast umher. Dann legt er die Schätze wieder ab. Bevor er jedoch den Wundersaal verläßt, taucht er den kleinen Finger in das Becken des Goldwassers. Und als er ihn wieder hervorzieht, da ist der Finger ganz golden! Soviel er auch schabt, die Goldfarbe will nicht weichen. Je mehr er reibt, um so strahlender wird das Gold. Der Prinz nimmt nun ein Stückchen Stoff und umwindet damit den Finger. Denn niemand darf das Gold sehen. Dann verläßt er den Wundersaal oben im Schloß und zieht sich in seine Gemächer zurück.

Als es Abend geworden war, kam die Königin der Riesen zurück aus dem Wald. Sogleich fragte sie ihre Schwestern, die zur Bedienung des Prinzen zurückgeblieben waren:

«Nun, ihr Jungfrauen im Dienste des Prinzen, wohin überall ist der Sohn in unserer Abwesenheit gegangen?»

«Wir sind die Sklavinnen der Mutter-Herrin!» beteuerten jene. «Der Prinz ist von großem Mut. In allen Räumen des Palastes streifte er herum, nachdem du gegangen warst. Nichts blieb ihm verborgen. Der Prinz fürchtet sich vor der Mutter allein! Wir konnten ihm zureden, soviel wir wollten, er hat uns nicht einmal zugehört!»

Die Herrin der Riesen rief:

«Prinz Suwanna Sang, komm herein!»

Sie sah, daß er seinen kleinen Finger mit einem Stückchen Tuch umwickelt hatte, und fragte ihn:

«Warum, lieber Sohn, hast du deinen Finger mit Stoff umwunden?»

«Meinen kleinen Finger habe ich mit einem Messerchen verletzt, darum habe ich das Tüchlein genommen und den Schnitt verbunden!»

«O weh, lieber Sohn, schnell, löse den Verband, daß die Mutter deine Schmerzen stillen und die Wunde heilen kann.»

Mit diesen Worten ergriff sie den Prinzen an der Hand und zog ihm das Tuch vom Finger. Und nun sah sie es: der Finger war ganz golden! Aber ohne viel Aufhebens davon zu machen, spie sie Speichel auf den Finger. Damit rieb sie ihn ab. Wo es Gold gegeben hatte, da verschwand es sofort, und der Finger war wieder wie zuvor.

*

Seither unterrichtete und lehrte die Riesin den Prinzen in allen Dingen, und ihr Rat bildete seinen Geist. Ihr ganzes Herz setzte sie an die Pflege und den Dienst des Prinzen. Lange Zeit ging dahin. Die Königin wurde dabei immer schlanker und schmaler, bis sie ganz mager und ausgezehrt war. Denn sie rührte kein rohes Fleisch mehr an, so sehr bezwang sie sich!

Eines Tages jedoch, als sie schon ganz vertrocknet und schwach war, da ließ die Riesenkönigin den Prinzen kommen und sprach:

«Liebstes Kind, deine Mutter hält es nicht mehr aus vor Hunger! Ich muß in den Wald und Nahrung suchen. Du aber, Lieber, bleibe hier und sei glücklich im Schloß! Streife nicht ruhelos herum, denn das bringt dir nur Schaden!»

So befahl sie, und dann stürzte sie hinaus in den Wald, um sich am warmen Fleisch des Wildes endlich wieder satt zu essen.

Als die Riesin im Walde war, dachte der Prinz:

Wozu soll es gut sein, daß ich hier ausharre? Nein! Ich werde mich schmücken mit den Wunderdingen oben im Schloß. Denn den Riesen zu entfliehen, ist sicher besser als zu bleiben!

Er schleicht sich hinauf in den Wundersaal. Seine Kleidung legt er ab und steigt dann in das goldne Becken. Den ganzen Körper taucht er ins Segenswasser. So wird er ganz und gar golden! Dann zieht er den Panzer der Waldzwerge an, der ihm noch so gut paßt, und gürtet das Schwert mit der diamantenen Klinge um die Hüften. Er schlüpft in die goldenen Schuhe, und schon hebt es ihn hoch, und er gleitet durch die Luft hinaus zum löwenbewachten Palastfenster. So segelt er dahin, vom Winde getragen.

Bald erreicht er das Gebiet der Bergwerksstadt Tak Sila. Dort erblickt er eine blattgedeckte Klause, außerhalb der Stadt am Ufer eines breiten Stromes, den er überfliegt. Drüben schwebt er zur Erde nieder, denn er will in der Hütte wohnen.

*

Die Riesenherrin suchte sich im Wald ihre Nahrung. Als sie sich schließlich vollgegessen hatte und ihr Leib sich vom Fleische hob und blähte, schleppte sie sich schwer vom Mahle am späten Abend zur Stadt zurück. Aber sie sah ihren Sohn nicht im Schlosse und fragte:

«Nun, ihr dienenden Jungfrauen, wo ist unser Kind?»

«Wir sind deine Sklavinnen, Herrin; wir wissen nicht, nach welcher Seite der Prinz sich gewendet hat.»

Die Riesenkönigin hört das unglückkündende Wort, das die Jungfrauen gesagt haben. Eine siedend heiße Welle überflutet ihr Herz. Sie kann ihren Körper kaum noch aufrecht halten. Klagend schleppt sie sich in den Garten und von dort hinauf ins Obergeschoß des Palastes, um nach allen Seiten Ausschau zu halten. Aber ihre tränennassen Blicke dringen nicht weit genug. Sie entdeckt den Prinzen nicht. Sie weiß nun:

Unser Kind ist geflohen!

Da schaut sie sich im Wundersaal um und sieht, was geschehen ist: der Panzer der Waldzwerge, die Goldschuhe und das Schwert mit der Diamantklinge sind nicht mehr da! Nun weiß sie es genau:

Mein geliebtes Kind ist mir entflohen!

Aus Liebe und Herzensweh seufzt die Königin wohl hunderttausendmal. Sie sendet ihre Dienerinnen aus, in allen Wäldern nach dem Prinzen zu suchen. Sie selbst schwingt sich in die Lüfte und überfliegt ihr Reich in allen Richtungen kreuz und quer. Dabei kommt sie auch an den Fluß, der die Grenze ihres Reiches bildet. Und da schauen ihre müden Augen den Prinzen, wie er unter dem Blätterdach sitzt, drüben, am jenseitigen Ufer, das schon zum Menschenreich gehört. Die Riesenherrin kann den Fluß nicht überfliegen, und so läßt sie sich am Ufer nieder, um ihr Kind mit süßen Worten zur Rückkehr zu bewegen:

«Liebstes Kind, du bist deiner Mutter Herz, bitte komm zurück! Lieber, bist du böse und zornig auf deine Mutter, so sag den Grund! Die Mutter wird dich zum König weihen und der Regierung ganz entsagen. Alle Schätze und alle Jungfrauen des Reiches sollen dein sein! Du mußt zurückkommen, um den Stamm und die Dynastie deiner Mutter fortzuführen in die Zukunft!»

Warum die Riesenkönigin nicht über den Fluß hinüber geflogen ist? Weil die Riesen nur über ihrem eigenen Lande fliegen können. Über die Grenzen ihres Reichs kommen sie nicht. Sie müßten abstürzen und zerschellen. Darum setzt sich die Arme ans diesseitige Ufer und weint.

Der Muschelprinz hat die Stimme seiner klagenden

Riesenmutter wohl vernommen. Er redet auf sie ein, wieder heimzukehren ins Schloß. Zur Antwort ruft er hinüber:

«Ich kann nicht bei der Mutter bleiben! Bitte, kehre um! Einst war ich dein Sohn, es ist wahr. Aber das ist nun vorbei. Ich kann nicht zurückkehren. Denn die Riesenjungfrauen mit ihren gewaltigen Leibern machen mich schwach und scheu. Kehre heim, Mutter, herrsche über dein Reich und freue dich deiner Schätze, denn du sollst glücklich sein! Mich aber laß ziehen – es geht nicht anders!»

«Liebstes Kind, wenn du nicht mit mir gehst, so will ich hier sterben! Höre mein letztes Gebet! Ich will dich all meine Zaubersprüche lehren, denn sie sollen nicht mit mir untergehen, und einstmals werden sie dir sicher nützen in Gefahr und Bedrohung!»

Prinz Suwanna Sang hört, daß die Mutter ihm ihre geheimsten Weisheiten verraten will, und sein Herz ist gerührt von ihrer Liebe. Die Riesin sagt ihm die Beschwörungsverse Wort für Wort, ihr ganzes Zauberwerk. Als er jedes Verslein genau wiederholen kann, fragt er sie, wann er die Formeln benutzen soll. Und sie antwortet:

«Lieber Sohn, mi iti witi wiset nak, diese Beschwörung hat gewaltige Macht, denn sie ist geheimster Wissenschaft entsprungen. Um zum Beispiel Fische oder Wild zu rufen, brauchst du nur die Formel herzusagen und zu blasen in den Wind. Dann werden alle Tiere jeglicher Art – die Fische der Wasser so gut wie das Wild des Waldes – herbeieilen, um dir zu dienen! Und, wer sündig ist und unreinen Herzens, der wird sterben. Wer keine Sünde begangen hat, wird frei sein zu gehen, wohin ihm beliebt.»

Prinz Suwanna Sang hat die Formeln gelernt. Nun spricht er das Abschiedswort zu der Riesenkönigin, seiner Mutter:

«Ich bleibe dein Sklave, Mutter. Kehre zurück in deine Stadt! Dort mögest du im Glück ergrauen. Ich aber muß wandern. Ich muß mich losreißen von dir. Nun wird dein kristallglänzendes Kind nicht mehr zurückschauen. Niemals mehr werde ich die Mutter sehen!»

Das war der Abschied. Auf fliegt der Prinz in die Luft und entschwindet über den Wäldern.

Die Riesin sieht, wie ihr Muschelprinz mit Kraft davonfliegt. Der Schmerz bricht ihr das Herz. Tot fällt sie zu Boden. Aber ihre Seele wird wiedergeboren im Himmel, in der Himmelsschicht der Sterne, in der höchsten Götterwelt.

Warum? Gewiß, sie hat Leben getötet und Tiere verzehrt durch ihr ganzes Leben. Dennoch durfte sie in den Götterhimmel aufsteigen! Denn sie hatte aus weit zurückliegenden Zeiten früherer Geburten auf Erden Tugenden ohne Zahl. Und sie hat den Prinzen geliebt wie ihren eigenen Sohn, den Phothisat, der im Kreislauf der Wiedergeburten einstmals als Buddha die Erleuchtung finden wird. Bis zu ihrem Tode blieb die Riesin durch Liebe mit dem

Prinzen verbunden. Darum durfte sie zum Götterhimmel aufsteigen, als ihre Seele die Riesengestalt verließ.

*

Als der Prinz in seinem Fluge zurückschaute, sah er am fernen Ufer seine Mutter auf dem Boden liegen. Sofort kehrte er um, denn er fürchtete, daß sie im Sterben lag. Aber ach, als er den Fluß erreicht hatte, wußte er, sie war tot! Er holte trockenes Holz aus dem Walde und schichtete es auf zu einem gewaltigen Scheiterhaufen. Darauf bettete er die tote Mutter. Dann holte er Feuer herbei und entzündete den Scheiterhaufen. Als sich die Flammen verzehrt hatten, umschritt er dreimal die verglimmende Glut. Dann flog er fort.

Unter ihm zogen die kleinen und großen Städte der Menschenwelt vorbei. Und dann tauchte die große Waldstadt Pharansi vor ihm auf, jene Stadt, die glücklich ist im Überfluß der Speisen. Da ließ er sich herab aus dem Luftozean. In einer Siedlung unweit der Stadt ging er in ein Haus hinein, um den Dorfältesten zu sprechen. Als der Alte den Prinzen sah, in den Panzer der Waldzwerge geschnürt, fragte er ihn:

«Nun, kleiner Neffe, woher kommst du?»

«Ich bin der Sklave des Herrn Bürgermeisters! Ich brauche Hilfe. Denn ich muß mein Leben nähren, ganz allein!»

«Nun, Neffe, dann kommst du mir gerade recht.

Du brauchst nicht weiter zu suchen! Bleibe hier, ich werde dich nähren.»

Nun bereitete der Dorfälteste dem Prinzen Speisen, und er aß sich satt am Reis. Dann ging er hinaus, um den Kühen Futter vorzuwerfen, gemeinsam mit den Kuhhirten. Die Kuhhirten sahen den seltsamen Anzug des Muschelprinzen und machten sich über den Waldzwerg lustig. Einige forderten ihn heraus:

«Hallo, Sklave, du winziger, komm und spiel Polo mit uns!»

Da spielte der Prinz mit den Kuhhirten Polo. Aber auch nicht einer konnte den Prinzen schlagen. Als die Abenddämmerung herniedersank, brachen sie das Spiel ab und fielen in ihren Hütten ermattet aufs Lager.

Am nächsten Tag baten sie den Prinzen noch einmal, mit ihnen zu spielen, denn sie konnten ihre Niederlage nicht verschmerzen. Aber auch diesmal konnten sie den Prinzen nicht besiegen, und sie zogen sich zerknirscht vom Spielplatz zurück.

Nach ein paar Tagen traten die Kuhhirten vor den Prinzen und sprachen:

«Herr, du bist erfahren im Polospiel. Wir wollen von dir lernen! Wir wissen viel, doch wollen wir mehr noch können. Wenn du uns deine Künste lehrst, wollen wir dir täglich von unserem Reis die Hälfte geben.»

Der Prinz war einverstanden. So lernten die Hirten von ihm die Kunst, Polo zu schlagen, und sie wurden kluge und geschickte Spieler. Das freute sie sehr, und willig teilte ein jeder nach der Arbeit mit ihm seinen täglichen Reis.

*

In der Stadt Pharansi verwaltete ein König die Schätze. Er trug die höchsten Ehren und hatte ein gewaltiges Gefolge von Dienern. Kein König der Welt tat es ihm gleich an Macht und Prunk.

Jener König hatte sieben Töchter, deren Körper dem Blick der Männer die schwellenden Formen erblühender Weiblichkeit zeigten. Sechs von ihnen hatten sich denn auch schon dem Spiel des Mannes geschenkt und waren verheiratet. Nur die Letztgeborene bewahrte noch die Reinheit des unberührten Schoßes. Der König jedoch wußte, daß das Blut seiner jüngsten Tochter Khantha Thewi, der Duftenden Blüte, auch schon nach der süßen Erregung unter den Händen des Mannes sich sehnte. Darum beschloß der weise Vater, ihr einen Gatten zu suchen.

Wir werden ein gewaltiges Fest veranstalten, dachte er, damit die Prinzessin einen Gatten findet und unter den Bürgern keine gemeinen Gerüchte aufkommen über meine Tochter!

Er befahl, die Fürsten, Königssöhne und Königsenkel aller Reiche an seinen Hof zu laden. So lautete seine Botschaft:

«Ihr vielen Gäste, bitte schmückt eure Gewänder,

daß ihr einander an Pracht gleichkommt. Dann zieht mit eurem Gefolge aus euren Städten herbei und versammelt euch auf dem Platz vor unserem Schloß. Unsere Tochter Duftende Blüte soll aus der Menge der Bewerber einen auswählen nach ihres Herzens Gefallen!»

Die Fürsten und Königssöhne vernehmen die Botschaft und freuen sich mächtig. Denn jeder hofft, daß er die Prinzessin gewinnen wird. Sie legen ihre schönsten Geschmeide an und versammeln sich auf dem Platz vor dem Schloß. Nun läßt Pharansi Rat, der König, die Prinzessin aus ihren Gemächern holen. Duftende Blüte kommt mit ihren Gespielinnen in den Königssaal. Ihr Vater befiehlt, daß sie ihres Herzens Begehr folgen und unter den Prinzen sich einen zum Gemahl erwählen möge.

Khantha Thewi mustert die Königssöhne einen nach dem andern. Aber keiner will ihr gefallen. So sagt sie zu ihrem Vater:

«Ich bin deine Sklavin, Vater und Gott! Unter den Königen, die hier versammelt sind, ist auch nicht einer, den mein Herz lieben und mein Schoß begehren könnte!»

Der Herr der Stadt Pharansi hat es vernommen. Zorn wallt auf in seiner Brust, und wütend schreit er auf:

«O du böses Weib, du niedriges Gezücht! Ich biete dir die segenbringendste Hochzeit und habe alle Herren der Welt herbeigerufen, Königssöhne ohne

Ausnahme, von höchster Geburt, männlich-schön in ihrer Kraft, einer wie der andere. Und jetzt machst du mir solche Schande und schreckst, als ob du noch unreif seist, vor der Beglückung durch den Gatten scheu zurück!»

Pharansi Rat tritt vor die Versammlung der Bürger der Stadt, die zum Fest gekommen sind, und fragt:

«Ihr Bürger, kennt ihr noch jemanden in unserem Reich, der würdig wäre der Auszeichnung unserer Einladung?»

«Wir sind deine Sklaven, Hoher Großkönig», antworten jene. «In der Tat gibt es in unserem Land einen Mann, von dem viel Sonderbares gesagt wird. Er ist von Armut geschlagen, und sein Anblick ist nicht der eines Menschen. Sein Körper erregt Abneigung, denn er gleicht einem Waldzwerg. Er lebt beim Dorfältesten in der Vorstadt und fristet sein Leben, indem er für Lohn Kühe hütet!»

Der Herr der Stadt Pharansi wendet sich der Prinzessin zu:

«Sieh, Khantha Thewi, jetzt ist er gefunden, der herrliche Mann, der deiner würdig! Von sonderbarer Gestalt ist er und abstoßend häßlich! So lebt er im Kuhdorf vor der Stadt! Wenn dein Herz die Großen der Welt hier vor dir verschmäht, die Könige der größten Reiche der Erde, wohlan, so werde ich den Waldschrat herbringen lassen, damit er dich Hochmütige bespringe – du hast die Wahl!»

Die Prinzessin hörte die Worte des Vaters. Und siehe, durch ihren Leib geht ein Ziehen und Schwellen, und das Blut schießt ihr zum Herzen und in den Schoß. Liebe und Begehren sind eins in ihr und legen ihr die Antwort auf die Lippen:

«Ich bitte dich, Herr! Laß den Waldmenschen kommen! Herr, ich bin deine Sklavin!»

Der Hohe König befiehlt seinen Dienern:

«Führt den Waldzwerg vor!»

Die Höflinge haben verstanden. Sie werfen sich vor dem König nieder und gehen.

*

In jener Nacht, als die Höflinge auszogen, den Muschelprinzen zu holen, hatte er einen Traum. Die Morgendämmerung begann gerade den Himmel zu färben, da sah der Prinz im Schlafe sich selbst: Zum segnenden Bade schritt er hinab in den Wunderteich Anodat. Als er erwacht war, dachte er nach, denn soviel verstand er: der Traum war von segensreicher Bedeutung.

Und schon waren die königlichen Boten an seiner Hütte angekommen. Sie traten ein, um den Ältesten zu begrüßen und ihre Botschaft vorzubringen:

«Hochwürdiger Herr Bürgermeister, unser höchster König hat befohlen, ihm deinen Mietsklaven, den Kuhhirten, vorzuführen. Denn er will ihn der Königstochter als Gatten zur Wahl stellen. Freilich ist er nicht der einzige, der vor die Prinzessin geführt wird. Im Wettstreit mit ihm um die Ehre der liebenden Beglückung bewerben sich Königssöhne, Königsenkel und Fürsten höchster Geburt. Auch sie stehen der Prinzessin zur Wahl.»

Suwanna Sang hat die Botschaft gehört. Er antwortet:

«Ich bin ein armer Mann. Ich lebe vom Mitleid der anderen. Ich habe weder Vater noch Mutter noch andere Verwandte. Abstoßend bin ich und nicht, wie sonst Menschen sind. Ist es schicklich, daß ich den Herrn des Landes durch meinen Anblick beleidige?»

«Sieh her, Mensch mit der häßlichen Gestalt! Jedermann weiß, daß unser höchster König gewaltige Macht besitzt. Du solltest ihn nicht durch deine Weigerung erzürnen. Du mußt mitkommen!»

Der Prinz denkt an seinen Traum. Und er weiß, daß es auf Erden für ihn keine Gefahr gibt. Darum beschließt er, den Boten zu folgen. Als der Älteste das merkt, redet er auf den Prinzen ein, um seine Entscheidung rückgängig zu machen:

«Du Mensch mit der häßlichen Gestalt, warum willst du mit ihnen gehen? Nützen kann dir das nicht! Wenn du aber hierbleibst, wirst du ein zufriedenes Leben in glücklicher Zurückgezogenheit führen können als Ernährer der Kuhherden!»

Aber der Muschelprinz verschließt sich dem Wort des Dorfältesten und folgt den Boten zur Stadt.

*

Als sie eintreffen, ist wieder Nacht. Zu dieser Stunde hat Duftende Blüte einen Traum. Ein Göttersohn tritt zu ihr und legt ihr wundersame Früchte in den Schoß. Die Zauberfrüchte strömen einen süßen Geruch aus. Als sie die Früchte aufschneidet, sieht sie, ins Fruchtfleisch gebettet, die herrlichsten Edelsteine, sieben Arten. Sie nimmt die blitzenden Steine und schmückt damit ihren Leib. Dann wacht sie auf.

Sie badet ihr Gesicht und trinkt erfrischendes Lebenswasser. Dann denkt sie nach über ihren Traum:

Wunderbar war es, was ich gesehen! Gewiß hat es eine tiefe Bedeutung!

Mit diesem Gedanken tritt sie ans Fenster, um ihre Brust in der kühlen Nachtluft zu baden. Da fällt ihr Blick auf einen Waldmann, der einer Gruppe von Höflingen zum Palast folgt. Wie er vorn auf den Königsplatz kommt, überfliegt das süßeste Lächeln ihre Züge. Und gerade in diesem Augenblick schaut der Prinz zum Fenster hinauf. Ein Sehnen und Begehren durchzieht sein Herz, und sein Mannestum erhebt sich in schwellender Kraft. Der Muschelprinz erwidert das Lächeln der Duftenden Blüte, und der Strahl der Liebe durchzuckt ihr Herz.

Die Liebenden waren von Anbeginn für einander bestimmt, denn bereits in einer ihrer früheren Geburten waren sie als Mann und Frau tugendhaft miteinander verbunden. Vorbestimmt war es, daß die

Jungfrau ans Fenster trat, als der Jüngling über den Königsplatz schritt, vorbestimmt das Lächeln und der Blick, der ihre Herzen vereinigte, noch ehe sie ihr Geschlecht miteinander vermischten.

Als Duftende Blüte den Muschelprinzen sieht, da hat sie die Deutung ihres Traumes gefunden:

Diese Nacht habe ich geträumt, denkt sie, daß ich einen königlichen Gatten erhalten werde, der alle Künste und Wissenschaften beherrscht, so daß es seinesgleichen nicht gibt auf Erden!

*

Der Prinz ist im Audienzsaal eingetroffen. Er spricht die Formeln der königlichen Begrüßung. Der Herr antwortet:

«Morgen früh magst du dich wieder hier einfinden, um den Blumenkranz zu empfangen!»

Und dann fährt er fort: «Woher kommst du, Jüngling, und wie viele Tage bist du gewandert, um unser Land zu erreichen?»

«Ich bin der niedrigste Sklave des Hohen Großkönigs!» antwortet jener. «Dein Fußsklave kommt von fern her. Ungefähr einen Monat bin ich gewandert, um die Stadt meines Herrn zu erreichen.»

Dann küßte der Prinz den Staub zu den Füßen des Königs, sprach die Abschiedsformeln und zog sich dahin zurück, wo er wohnen sollte.

Nun befahl der König seinen Höflingen, die Beamten zu holen und die Freudentrommeln zu schlagen. Er ließ sie die Nachricht verbreiten, daß am kommenden Morgen seine Tochter Duftende Blüte den Blumenkranz werfen würde, der ihr den Gatten erwählen sollte: Der König werde sie demjenigen vermählen, dessen Hand der Blütenkranz umwinden würde. Mit ihm sollte die Prinzessin als Gattin mit dem Gatten verbunden werden.

Die Scharen der Diener und Höflinge führen den königlichen Befehl aus. Sie bereiten alles vor zur Feier des morgigen Tages.

Als die Morgendämmerung heraufzieht, legen die Bürger ihre schönsten Gewänder an und schmükken sich mit den herrlichsten Geschmeiden ihres Hausschatzes. Sie versammeln sich auf dem Platz vor dem Palast. Der König läßt Duftende Blüte herführen und sagt zu ihr:

«Nun, liebes Kind, wirf den Blütenkranz in die Luft! Wenn irgendwann einmal auf dem Wege der Verwandlungen ein Mann mit dir vereint Verdienste sich erworben hat um die Tugend, so ist mein Gebet: Der Blütenkranz möge die Hand jenes Mannes umwinden! Dein Vater wird ihn mit dir in der Segensweihe der Hochzeit verbinden, daß er dir Gatte und du ihm Gattin seiest!»

Khantha Thewi hat den Befehl gehört.

«So sei es», haucht sie und tritt zurück.

In diesem Augenblick kommt Bewegung in die Scharen der Gäste auf dem Platz. Der Prinz, der wie ein Waldzwerg aussieht, will sich dem König gegenüber zu Boden werfen. Aber die Menge der Herren dort tritt ihm in den Weg und brüllt ihn ärgerlich an:

«Hier ist für dich kein Platz, Sklave, denn hier sitzen nur Könige! Sogleich wird die Prinzessin den Blumenkranz werfen. Wenn sie dich gewahrt, wird sie die Feier abbrechen, aus Furcht, der Zufall könnte sie an dich fesseln. Geh weg hier und hock dich anderswo nieder!»

So schelten die Herren den Prinzen. Die Prinzessin beobachtet von ihrem Platz das Getümmel. Nun tritt sie vor, um das Wunder der Wahrheit zu vollziehen vor dem Angesicht des Thrones und im Beisein aller Bürger der Stadt.

Hell klingt ihre Stimme, als sie ruft:

«Ich bin eine Dienerin der Götter, der vollkommenen. Ich rufe sie alle herbei, die Bewohner des Himmels, die Schlangen und den Himmelsadler Khrut, unser aller Herrn Phra In und den großen Phrom, alle Geister der Erde und alle Bürger der Himmelsstadt, bitte kommt herbei, um Zeuge zu sein des Wunders der Wahrheit, das ich nun vollbringen werde mit diesem Blumenkranz. Wenn irgendein Mann hier vor mir auf dem weiten Platz in einem früheren Dasein mit mir Gemeinschaft hatte auf tugendhaftem Lebensweg, so will ich ihm abermals gehören! Ich bitte, daß dieser Blumenstreif auffliege und umwinde die Hand jenes ewig geliebten Mannes!»

Nun hebt die Prinzessin den Blumenkranz über

den Kopf und schleudert ihn in die Wolken hinauf. Der Blütenstreif fliegt durch die Luft. Dreimal umkreist er schwebend das Schloß. Und dann durchteilt er die Lüfte und zischt, ein Blütenstrahl, auf den Muschelprinzen zu, dessen rechte Hand er umwindet.

Als die Fürsten und Könige sehen, wie der Blütenstreif sich um die Hand des Waldzwerges legt, entringt sich ihnen ein Schrei der Entrüstung. Sie stürmen auf den Prinzen zu und zerren an den Blüten, um sie herunterzureißen dem Unwürdigen. Doch der Kranz sitzt fest. Da wendet sich ihre Empörung gegen Khantha Thewi, die Heilige, die sie mit Worten der Unzucht besudeln:

«Deine stinkenden Giftblumen haben die Hand des Waldschrats umwunden, weil du schon zuvor dich seiner geilen Begattung unterworfen! Darum hast du dich nun dem Abscheu des Waldes verkuppelt!»

Der König sieht, daß der Blumenkranz die Hand des Prinzen umwindet. Er spricht:

«Ob Tugend oder Sünde meines Kindes auf dem Weg der Verwandlungen – dies ist ihr Mann!»

Der Herr läßt nun alles vorbereiten zur Feier des segnenden Hochzeitsbades und zur Ausgießung des weihenden Wassers, wie es von alters her in den Königshäusern üblich. Als der Prinz gewahr wird, daß er öffentlich gebadet und gewaschen werden soll, schießt ihm der Gedanke durch den Kopf:

Wenn ich heute vom königlichen Segenswasser benetzt werden soll, dann wird jedermann sehen, daß mein Körper golden ist. Und die Herren werden wissen, daß ich aus früherer Zeit die größten Verdienste der Tugend besitze.

Darum weigert er sich, das Bad und den Wassersegen zu empfangen. Der König fleht ihn an, um seiner Tochter willen in die Weihe einzuwilligen. Umsonst. Der Muschelprinz läßt sich nicht entkleiden. Da packt den König die Wut, und er jagt sein Kind und den ehrvergessenen Schwiegersohn vor sich her zur Stadt hinaus.

*

Duftende Blüte und ihr Muschelprinz sind nach königlichem Urteil verbannt. Sie gehen Hand in Hand in den Wald. Weder Sklaven noch Dienerinnen sind ihnen gefolgt. Sie suchen sich ein Plätzchen im Dickicht, wo sie miteinander wohnen wollen, Khantha Thewi mit Suwanna Sang, er mit ihr, zwei Liebende allein, und es gibt keinen, der sie belauscht! Da wird aus dem Prinzen und der Prinzessin, aus Jüngling und Jungfrau ein liebendes Paar, eine Einheit der Körper und Herzen.

*

Die Ehegatten der sechs Schwestern der Duftenden Blüte haßten den Prinzen mehr als alle anderen Bürger der Stadt.

«Dieser Mann», sagten sie, «hat eine Erscheinung, die seine Bosheit und Gemeinheit vor allen Menschen offenbart. Wie kann so ein niedriges Wesen Liebe und Gefallen erregen? Die Prinzen, Fürsten und Könige hatten recht, als sie den Widerwärtigen verfluchten – nur, leider, fällt ihr Abscheu auch auf uns. Sie sind mit silbernen und goldenen Blumen zu unserem König gekommen und sehen sich geprellt von einem Waldsklaven. Ihr Zorn ist verständlich. Überall wird unsere Heilige Stadt dadurch verhaßt werden. Es ist zu fürchten, daß ein Angreifer sie deshalb zerstören wird und wir mit der Stadt unser Ende finden.»

Mit diesen üblen Reden treten sie vor den König, und vor ihm im Staube sprechen sie so:

«Der Mann der schönen Duftenden Blüte ist von elend-niederträchtiger Gestalt und von üblem und gemeinem Anblick. Den vornehmen Bürgern dieser Stadt ist er ein Ärgernis. Ein Unglück ist es für uns, daß er sein Leben in den Wald hat retten können. Um seinetwillen wird unsere Stadt den Tod finden!»

Der Herr der Stadt Pharansi hört ihre Rede. Er antwortet:

«Ihr mächtigen Schwiegersöhne, ihr alle sechs, was soll geschehen mit dem Mann unserer Tochter, dem häßlichen Waldschrat?»

«Wir Sklaven nur des Herrn und Höchstvollendeten, wir erheben zu dir unsere Stimme: Du solltest diese beiden Menschen aus deinem Lande treiben, daß sie fern zugrunde gehen!»

So geschah es. Der König ließ den Muschelprinzen und Duftende Blüte aus dem Lande jagen, wie seine Söhne es verlangt.

Der königliche Gatte führte seine geliebte Frau in die fernste Ferne. Weit wanderten sie fort, bis sie sich ein Lager im Dickicht des Waldes bereiteten. Und dort suchten Sorge und Elend sie heim, so daß der Prinz die Prinzessin mit süßen Worten trösten mußte:

«Ach, Herrin», sprach er, «du Herrlich-Schöne, traure nicht und sei nicht verzagt. Sorge und Not, in die wir geraten, sind die Folge unserer bösen Taten in früherer Zeit. Wenn wir wirklich keinen Menschen auf dem Weg der Verwandlungen niederträchtig und gemein behandelt haben, so wird unsere Prüfung nicht dauern! Dann wird offenbar werden, daß die Herren sich alle geirrt!»

*

Der König von Pharansi muß nur immer an seinen unwürdigen siebten Schwiegersohn denken, und er schämt sich seiner sehr. Er grübelt:

Der Jüngling von der gemeinen Gestalt muß ein niederer und elender Mensch sein. Wenn er fortfährt, unsere Tochter und unser Haus zu besudeln, wird er noch das größte Unglück über uns bringen. Aber wenn wir ihn insgeheim umbringen lassen, dann wird es Gerede geben gegen mich. Wir müssen zur List greifen und ihm eine Falle stellen, in der er sich selbst tötet.

So lauten seine falschen Gedanken. Er zieht seine sechs Schwiegersöhne in die Verschwörung.

«Ich bin dabei», sagt er zu ihnen, «eine List auszudenken, um den verhaßten Waldzwerg ums Leben zu bringen. Ihr müßt mir dabei helfen!»

«Wir sind deine Sklaven, göttergleicher Herr! Du mußt den Waldzwerg täuschen und so tun, als ob du ihn bemitleidest. Ziehe zum Schein deinen Bannfluch zurück, dann wird er zurückkehren!»

Der König tut wie geheißen. Er läßt den Waldmenschen suchen und in die Stadt bitten. Und dann sagt er zu seinen sieben Schwiegersöhnen:

«Ich habe Hunger auf Rehfleisch. Ihr sieben, geht in den Wald und fangt mir jeder ein zartes Tierlein. Wer aber mit leeren Händen zurückkommt, der muß sterben!»

Die sieben Schwiegersöhne des Königs nehmen den Befehl an: So sei es! Sie sprechen die Abschiedsehrung und kehren jeder in sein Haus zurück. Aber in der Nacht verschwören sich die sechs Männer:

«Wir haben viele Diener mit zahllosen Waffen», sagen sie. «Die lassen wir alle gleichzeitig los zur Treibjagd. So werden wir dem andren alles Wild wegfangen!»

Am nächsten Morgen führen sie sich gegenseitig in den Wald. Den ganzen Tag durchstreifen sie das

Gehölz. Und als die Dämmerung einbricht, haben sie noch immer kein Tierlein gesehen. Müde und kraftlos lassen sie sich ins Gras sinken und essen ihre kärgliche Speise. Dann beratschlagen sie, was nun zu tun sei:

«Wenn wir kein Wild mitbringen, wie der König uns befohlen, dann wird er uns gewiß in seiner Wut erschlagen. Was läßt sich da tun?»

*

Der Prinz war vom Palast in den Wald zurückgekehrt. Er wußte, daß er Rehe die Menge finden würde, um sie dem Großkönig zu überreichen. Als er zu seinem Lager kommt, sagt er zur Duftenden Blüte:

«Geliebte Schwester, unser Hoher Königsvater hat mich, deinen Bruder, zum Palast gebeten, um mir einen Befehl zu erteilen. Ich soll ein Reh fangen, um es dem König zu übergeben. Zum Dank soll uns dann ein Schatz gehören, den der König verheißen hat. Wenn ich jedoch kein Reh vorweisen kann, dann wird der König uns töten. Darum muß ich nun von meinem Schwesterchen Abschied nehmen, um im Wald ein Reh für den Vaterkönig zu erjagen!»

«Deine Sklavin bin ich, Geliebter! Ich laß dich nicht allein in den Wald! Denn im Wald gibt es Tiger und Elefantenbullen, Geister und Gefahren viele. Bitte laß mich dir folgen als Gefährtin in der Not!»

«Liebe junge Schwester, du darfst den Bruder nicht begleiten! Tiger und Elefanten, Erscheinungen und Geister sind keine Gefahr. Schwester, folge dem Bruder nur ja nicht! Höre auf das, was dein Bruder dir sagt!»

Mit diesen Worten streifte der Prinz die goldenen Schuhe über. Er gürtete das Diamantschwert um und legte den Panzer der Waldzwerge an. Schön wie ein Himmelsschwan erhob er sich über die Erde und überflog den Wald. Auf einer Lichtung ließ er sich herab und setzte sich auf eine Steinsäule. Er schlüpfte aus dem Panzer der Waldzwerge heraus und saß in strahlender Schönheit glänzend da. Das Blitzen seines Körpers breitete ein helles Leuchten über den ganzen Wald. Er sprach die Zauberformel, die die Riesenkönigin, seine Ziehmutter, ihn gelehrt hatte: Mi iti witi wiset nak! So rief er die Menge der Tiere des Waldes, und alle, alle kamen. Nun betete er:

«Tiere der Art, die den Tod nicht verdient haben, sie mögen in Freiheit entfliehen! Tiere aber, die wegen ihrer Sünden des Todes würdig sind, sie mögen hier vor meinem Angesicht sogleich sterben!»

Das Wild, das noch nicht seine Todesstunde erreicht hatte, entsprang in weiten Sätzen. Die anderen Tiere jedoch, sie konnten nicht mehr fort und legten sich hin zum Sterben. Sie fanden den Tod gemäß dem Gebet der Tugend.

*

Die sechs Schwiegersöhne des Königs streiften weiter durch den Wald, aber auch nicht ein einziges Tier zeigte sich ihren Blicken. Suchend gingen sie fort in nördlicher Richtung. Da sehen sie plötzlich den Prinzen auf der Steinsäule sitzen, blitzend im goldenen Strahlenkranz. Vor Furcht erstarren ihnen die Glieder. Angstschweiß tritt ihnen auf die Stirn. Der Schauder überläuft sie kalt.

«Dieses Wesen ist kein Mensch», tuscheln sie einander zu, «sondern ein Gott!»

Sie brechen in die Knie und kriechen heran. Mit zusammengelegten Händen und tief gebeugtem Haupt begrüßen sie den Prinzen:

«Der viergesichtige Phrom, der Götterherr Phra In, der Himmelsvogel Khrut, der Endlose Schlangenkönig oder ein anderer Gott ist zur Erde herniedergestiegen! Herr, gewähre uns eine Bitte: Gib uns von dem Wild hier vor dir jedem ein Tierlein nur! Dem König wollen wir deine Gabe überreichen. Denn es winkt uns ein Preis, die edelsten Schätze aus dem Palast sollen wir haben. Wenn du unsere Bitte abschlägst, so droht uns der Tod!»

Der Prinz erhebt seine Stimme:

«Ich bin weder der Götterherrscher Phra In noch sonst irgendein Gott. Ein Mensch bin ich wie ihr und wohne im Reich Pharansi. Ihr kommt und wünscht euch von mir ein Wildbret. Nun gut, ihr sollt es haben! Aber ihr müßt dafür bezahlen!»

«Wir werden dir ein Dankopfer bringen der erlesensten Edelsteine der Sieben Arten. Auch Kühe und Büffel sollst du haben ohne Zahl – wenn du uns nur erhörst!»

«Nach Reichtum steht nicht mein Sinn, ihr Herren! Nein! Ein Ohr vielmehr verlange ich von jedem von euch als Entgelt für das Wild!»

«Was? Wir sollen uns alle ein Ohr abreißen? Wie kann ein Mensch solches Elend und solche Schande erdulden?»

«Wenn ihr nicht wollt, gut, so bekommt ihr von meiner Beute nichts!»

Die königlichen Herren, sie alle reden gleichzeitig aufeinander ein:

«Wenn wir ihm die Ohren nicht geben, gibt er uns kein Wild! Dann werden wir sterben. Darum sollten wir einwilligen und uns rasch ein jeder ein Ohr abschneiden!»

Sie tun wie beschlossen und übergeben dem Prinzen ihr Pfand. Der verteilt nun sein Wildbret, und es gibt für jeden ein herrliches Reh! Sie nehmen es und legen es dem König zu Füßen.

Der König betrachtet die sechs Prinzen, wie sie mit ihrer Beute vor ihn treten. Er fragt:

«Woher habt ihr das Wild?»

«Wir sind deine Sklaven, König, der du so mächtig bist wie die Götter! Wir gingen in den Wald, um dort das Wild aufzustöbern. Auf dem Wege nach Norden zu trafen wir Phra In. Der Gott saß auf steinernem Thron, und von ihm erbaten wir uns die

Rehe. Der Herr übergab uns sofort jedem eins, denn er wußte, daß es für dich, o König, bestimmt war!»

Da freute sich Pharansi Rat und lobte seine sechs Schwiegersöhne über alle Maßen.

*

Der Muschelprinz war im Walde zurückgeblieben. Er sagte sich:

«Die sechs Könige gehen nun zur Stadt, um dem König ihre Beute zu überreichen. Da darf ich nicht zögern!»

Er schlüpft in die Schuhe aus Gold, streift den Panzer der Waldzwerge über und legt sich das Schwert um. Und nun spricht er noch einmal den Waldeszauber und beschwört die Tiere des Dikkichts, daß sie ihm folgten. So schreitet er, an der Spitze einer unabsehbaren Herde der schönsten Tiere des Waldes, zu seiner Wohnung. Dort sucht er ein Tier aus von bezauberndster Zartheit. An der Hand führt er es in die Heilige Stadt. In der Nähe des Palastes bindet er es an und tritt dann vor den König. Er wirft sich nieder und sagt:

«Ich bin nur ein Sklave des Hohen Großkönigs. Dein Fußsklave, o Herr, hat dir ein Reh mitgebracht aus dem Wald. Es steht vor dem Palast angebunden. Wenn du es sehen willst, brauchst du deinen Dienern nur zu befehlen, es hereinzuführen!»

So spricht der Prinz, verneigt sich vor dem König und verläßt Palast und Stadt.

Der Herr der Stadt Pharansi hat das Wort des Prinzen vernommen, und seine Neugier ist geweckt. Er befiehlt seinen Dienern, das Tier hereinzuholen. Die Diener tun wie geheißen. Sie gehen auf das Reh zu, um es zu ergreifen. Das arme Tier, noch nie hat es so viele Menschen auf einmal gesehen, duckt sich zur Erde. Und als der erste die Hand ausstreckt, um den Strick zu ergreifen, da bäumt es sich auf in Todesangst. Der Strick zerspringt, und das Tier flieht in großen Sätzen zurück in den Wald.

*

Der Herr der Stadt Pharansi kann dem Prinzen diese Beleidigung nicht vergessen. Tagelang grübelt er nach, wie er sich am besten des verhaßten Waldmannes entledigen kann. Dann hat er sein Mittel gefunden.

«Ich werde den Waldzwerg töten», sagt er, «indem ich ihm befehle, mir einen wilden Keiler zu fangen!»

Er befiehlt die Prinzen vor sich. Seine sechs Schwiegersöhne kommen, und er verlangt von jedem von ihnen ein Wildschwein.

«Wenn ihr meinen Wunsch nicht erfüllt, sind euch das königliche Todesurteil und die öffentliche Hinrichtung sicher!»

So sprach er zu den sechs Königen, und so lautete seine Botschaft an den Muschelprinzen. Die sechs riefen ihre Jagdknechte zusammen, nahmen jeder die fünf Waffen der Macht und gingen in den Wald.

Aber wieder sahen sie kein einziges Tier, so weit sie auch laufen wollten.

Dem Muschelprinzen kam die Botschaft gerade recht. Er zog die goldenen Schuhe an, nahm sein Diamantschwert und flog los. Als er den dichtesten Wald erreicht hatte, ließ er sich herab und setzte sich auf einen flachen Stein. Er war schön und strahlend wie ein Standbild, das ein Künstler aus reinen Goldbarren gegossen. Sein blitzender Gedanke, der Zauber der Beschwörung, rief die Wildsauen und Keiler alle zur Versammlung vor seinem Angesicht. Der Prinz schied sie in zwei Herden: die Herde, die leben, und die Herde, die sterben sollte, denn dazu gab ihm seine Tugend die Macht.

Die sechs Königssöhne streiften unterdessen rastlos umher, aber auch nicht der kleinste Frischling zeigte sich ihnen. Sie folgten den Pfaden des Waldes und wurden so zum Prinzen geführt, der auf der Steinfläche saß und ein goldenes Leuchten um sich hinbreitete wie ein Gott. Sie führten einander näher und warfen sich dann vor ihm nieder, die Hände zum Gruße erhebend. So bestürmten sie ihn um die Gnade, ihnen von seinen Wildschweinen abzugeben. Der Prinz fragte die sechs Königssöhne:

«Was wollt ihr mit den Schweinen, sprecht!»

«Wir sind nur Sklaven vor dir, Götterherr! Wir wollen jeder ein Schwein, um es dem Höchsten König darzubringen. Der König nämlich – mußt du wissen – will sich seinen siebenten Schwiegersohn, der ein gemeiner Waldzwerg ist, vom Halse schaffen. Darum hat er uns und ihm befohlen, Wildschweine herbeizuschaffen. Aber, ach, nun droht auch uns der Tod, wenn wir den Befehl nicht erfüllen können.»

«Wenn ihr so dringend Wildschweine braucht, so will ich euch von diesen hier abgeben. Nur ein kleines Opfer verlange ich dafür von euch.»

«Was immer du willst, wir werden es dir geben!»

«Weiter nichts als einen Finger will ich von jedem von euch für meine Gabe!»

Die sechs Königssöhne fügen sich in ihr Schicksal. Sie willigen in den Tausch ein und schneiden sich jeder einen Finger von der Hand. Das ist ihr Opfer vor dem Prinzen.

Jeder bekommt nun sein Wildschwein und bringt es dem König.

Als die sechs Königssöhne gegangen sind, nimmt der Prinz das letzte tote Tier auf und trägt es zur Stadt. Der König stellt den Prinzen zur Rede:

«Durch welchen Betrug hast du dir dieses Schwein verschafft?»

«Ich bin dein Sklave, Göttlicher Herr! Dein Fußsklave ging im Walde spazieren. Da gesellte sich dieses Wildschwein zu mir. Ich hab' es nur zu greifen brauchen.»

Der Prinz fällt nieder und spricht die ehrenden Abschiedsworte. Dann kehrt er zum Lager zurück.

*

Warum der Prinz noch immer sich dem König unterwirft, statt ihn zu bestrafen? Das tut er, um zu zeigen, welche Tugenden und Verdienste er hat. Doch der König versteht den Wink nicht, und blindwütig will er noch immer dem Prinzen ans Leben. Zweimal schon hat er es versucht, und zweimal ist es ihm mißlungen. Aber er läßt nicht ab von dem Frevel. Noch einmal erfindet er eine List:

«Diesmal soll mir der Waldmann Fische bringen! Zum drittenmal wird mein Wunsch nicht unerfüllt bleiben. Denn ein Waldläufer kann nicht tauchen. Und Fische zu greifen, ohne dabei im Wasser zu tauchen – das ist unmöglich!»

Am nächsten Morgen in der Dämmerstunde ließ er seine sechs Schwiegersöhne eintreten. Er weihte sie in seinen Plan ein und sagte:

«Heute sollt ihr sechs mir Fische fangen, so viele ein jeder greifen kann. Wenn ihr jedoch mit leeren Händen zurückkehrt, dann wird der Tod euch ereilen!»

So sprach er zu den sechs. Dann ließ er seine Boten zum Lager des Prinzen gehen und ihm den Befehl überbringen.

Gerne nahmen die sechs Königssöhne den Befehl an. Mit ihren Dienerscharen zogen sie an den Fluß. In langen Ketten durchwateten sie seinen Lauf, dem Strome des Wassers entgegen. Der Abend dämmerte schon, und noch immer hatten sie nichts gefangen. Da versammelten sie sich, um den Gott um Hilfe anzuflehen:

«Wir sind nur des Götterherrschers Sklaven. Wir bitten den Herrn der Götter um nichts weiter als um Fische.»

Der Prinz hatte sich inzwischen die Zauberdinge aus dem Riesenschloß angelegt, denn die günstige Stunde zur Erfüllung des Befehls war da. Er flog zum Flusse hinüber und ließ sich in der Nähe der betenden Königssöhne herab. Er setzte sich auf einen Findling am Rande des Wassers, und schnell flüsterte er die großen Beschwörungsgedanken. Leise rief er die Schwärme der Fische herbei. So sprach er zu ihnen:

«Fische! Wer von euch der Todesstunde noch fern ist, der möge schleunigst entfliehen! Ihr anderen aber, die ihr schon mit dem Tode ringt, bleibt hier, denn ihr sollt von der Todesqual erlöst werden!»

Die sechs Königssöhne folgten dem Strom des Wassers und kamen auch zu der Stelle, an der der Prinz auf dem Findling saß. Das Wasser spiegelte in tausendfältigen Strahlen das funkelnde Gold seines Körpers. Die sechs wunderten sich sehr, den Herrlichen zum drittenmal in ihrer höchsten Not zu treffen. Sie riefen:

«Diesmal besteht kein Zweifel, wir haben den Götterkönig Phra In vor uns. Als wir den Strahlenden das letztemal trafen, schenkte er uns jedem ein Wildschwein. Darum tun wir gut, ihn auch diesmal zu bitten!»

Alle waren sich einig, und so näherten sie sich ihm,

um ihn zu begrüßen und anzubeten. Sie bestürmten ihn mit ihrer Bitte, und gnädig schenkte er ihnen Gehör:

«Gern will ich euch ein paar meiner Fische geben – was aber bekomme ich dafür von euch?»

«Was du auch wünschen magst, du sollst es erhalten!»

«Dann sollt ihr mir eure Nasen geben, jeder die seine, gekerbt aus dem Gesicht! Wollt ihr das tun?»

Sogleich rissen die sechs Königssöhne ihre Messer aus dem Gürtel und schnitten sich die Nase aus dem Gesicht. Der Prinz gab ihnen dafür Fische, soviel sie tragen konnten. Sie schulterten ihre Last und schleppten sie ins Schloß. König Pharansi Rat fragte:

«Woher habt ihr die Fische?»

«Wir Sklaven des Herrn haben uns diese Gnade von Phra In erbeten, und willig hat er unsere Bitte erfüllt. Dies ist nun das dritte Mal, daß der Gott uns solche Ehre erweist: nach Reh und Wildschwein nun die Fische!»

Der König hörte voll Stolz und Freude diese Worte. Er lobte die sechs und sprach:

«Ihr lieben Söhne, gewaltig muß eure Tugend sein, daß Phra In sich schon dreimal vor euch offenbarte.»

*

Als sie reich belohnt heimkehrten, sahen ihre Gattinnen, die sechs Töchter des Königs, sofort die

Wunden ihrer Geliebten: Ohne Ohren, Finger und Nasen kamen sie heim! Doch sie wagten es nicht, die sechs Könige selbst nach der Ursache dieser Verstümmelungen zu fragen. Sie hielten sich lieber an das Gefolge:

«Ihr Höflinge alle, die ihr den Königen zu Jagd und Fischfang gefolgt, wie kommt es, daß unseren Gatten Ohr, Finger und Nase fehlen?»

«Wir sind eure Sklaven, Herrinnen», sprachen jene, «und sagen euch gerne, wie es kam: Als die sechs Könige, eure Gatten, zum erstenmal auszogen, um Rehe zu jagen, da wurde jedem von ihnen ein Ohr abgetrennt. Als sie zum zweitenmal hinauszogen, um Wildschweine zu erlegen, verloren sie alle einen Finger. Als sie dann zum drittenmal hingingen, Fische zu fangen, da wurde jedem die Nase herausgeschnitten. Wir alle haben es gesehen und können es bezeugen: so trug es sich zu. Warum sie die Strafe getroffen hat, das freilich wissen wir nicht.»

Als die sechs gegangen waren, nahm der Muschelprinz die restlichen Fische auf, gab sie im Palast ab und zog sich zu seinem Lager zurück.

Der Herr der Stadt Pharansi rief den Rat des Hofes zusammen.

«Wir haben», sagte er, «den Waldmann dreimal bereits losgeschickt, um die schwierigsten Aufgaben zu bewältigen. Jedesmal hat er unseren Wunsch ohne weiteres erfüllt. Ist nun überhaupt noch irgendeine List übrig, ihn zu töten?»

Aber die Räte schwiegen. Sie wußten nicht, was sie noch vorschlagen sollten.

*

Just zu dieser Zeit geschahen wunderbare Dinge im Himmel. Der mit dem leuchtend gelben Tuch bezogene Steinthron des Götterkönigs Phra In erwärmte sich und wurde so heiß, daß der Gott – aus der Meditation geweckt – erschreckt aufsprang. Er wußte dieses Wunder nicht zu erklären und versuchte, es durch Denken zu ergründen. Und schon löste sich der Schleier vor seinen Augen, und er erkannte:

«Der König der Stadt Pharansi will dem Phothisat auf seinem Weg durch die Wiedergeburten das Leben nehmen. Das darf nicht geschehen! Ich werde mich zur Menschenwelt herablassen, um dem König zwei Rätsel aufzugeben. Dadurch werde ich ihn auf den rechten Weg zurückführen. So werde ich dem Prinzen helfen, wieder zu Rang und Ansehen zu gelangen!»

Gesagt – getan. Der Gott verläßt seinen Palast, fliegt durch die Luft, landet im Angesicht des Thrones und redet den König an:

«Ich bin dein Herr, Phra In. Ich bin gekommen, um dich zu prüfen. Zwei Rätsel sollst du lösen: Hier ist das erste: ‹Von welchem Ding in dieser Welt strahlt der hellste Glanz?› Und hier das zweite: ‹Woher kommt das schwärzeste Dunkel auf der

Erde?› Diese beiden Rätsel sollst du innerhalb von sieben Tagen lösen. Am siebten Tage sollst du zu mir in den Himmel fliegen und mit mir in der Luft Polo spielen. Solltest du jedoch die Rätsel nicht bis zum siebten Tage gelöst haben und dich vor dem Polospiel fürchten, wohlan, so suche dir jemand, der an deiner Statt die Rätsel löst und mit mir um den Sieg im Polo kämpft. Wenn dir freilich nicht einmal das gelingt, so werde ich dich am siebten Tage zur Mittagsstunde für deinen Hochmut bestrafen. Ich werde kommen und dir mit meinem Eisenhammer den Schädel zerschmettern!»

So herrschte Phra In den König an. Dann kehrte er zurück zu seinem Palast.

Der Herr der Stadt Pharansi vernahm das Wort des Königs der Himmel, und vor Angst fiel ihm das Herz aus der Brust. Am nächsten Morgen befahl er, den Hofmeister zu benachrichtigen und seine sechs Schwiegersöhne zu holen. Ihnen offenbarte er sein Geheimnis und erzählte die ganze Geschichte. Dann fragte er sie:

«Wer von euch traut sich zu, die Rätsel zu lösen und Phra In zum Polospiel im Himmel gegenüberzutreten?»

Die sechs warfen sich nieder und stotterten vor Angst:

«Wir sind deine Sklaven, Großkönig. Wer darf es wagen, die göttlichen Rätsel anzutasten und zu lösen? Wir Niedrigen haben doch wohl kein Recht, das Wort des Gottes mit unserem kleinen Verstand zu ergründen!»

«Ihr wollt also die Rätsel nicht lösen? Sprecht sie nur aus, eure Weigerung gegen den Königsbefehl! Ich werde euch zu strafen wissen fürchterlich!»

«Wir Menschen alle sind voll böser Wünsche. Sie verhindern uns, gut zu sein. Wir wünschen uns immer größeren Besitz, und unsere Tugend stirbt dahin! Darum wirst du, o König, unter den Sterblichen auch nicht einen finden, der die Rätsel des Himmels ergründet – außer vielleicht einem Mönch, der in der mystischen Trance die Erkenntnis des Höchsten erlangt hat. Wahrlich, dieser Heilige wird hinauffliegen, die Rätsel lösen und Phra In im Polo besiegen. Wende dich an den Erleuchteten, Herr, aber verschone uns, deren Weisheit die Fläche der Erde um kein Haar übersteigt. So sprechen wir, deine ergebenen Sklaven!»

Der Herr der Stadt Pharansi hörte die Worte, mit denen die Fürsten sich herausredeten. Sein Herz erglühte vor Zorn, seine Brust brannte das Feuer der Wut. Er jagte sie davon. Sie sollten die Bürger der Stadt und die Bewohner aller Siedlungen seines Reiches fragen, ob einer da wäre, der zum Himmel fliegen, die Rätsel lösen und mit Phra In kämpfen wolle. Alle Schätze des Palastes sollten dem Mutigen gehören.

Der ganze Hof machte sich ans Werk. Das Reich durchreisten die Mächtigen kreuz und quer. Aber niemand war da, der sich das Unmögliche zutraute und sich erbot, das Wunder zu vollbringen.

Als der Herr der Stadt Pharansi das erfuhr, wurde sein Herz schwer vor Kummer. Er zog sich ins Gemach zurück und klagte seiner Gattin sein Leid:

«Wenn die Frist abgelaufen ist, werde ich, dein Bruder, sterben! Denn in unserem Reich gibt es niemand, der die Rätsel des Gottes lösen und mit Phra In Polo spielen kann!»

Der König weinte, und die Säle seines Palastes klangen wider vom Jammer seines Herzens.

Die Gattin des Königs warf sich nieder und sprach:

«Ich bin nur deine Sklavin, du Göttlicher! Warum weinst du denn, Herr? Versuch es doch noch einmal mit dem Waldmann! Laß ihn die Quelle deines Kummers ergründen! Denn er hat offenbar hohen Verdienst und große Macht. Sonst hätte er deinen Wunsch nach Reh, Schwein und Fisch nicht erfüllen können! Der Waldmann ist der einzige, der hier noch helfen kann. Denn er ist schlau und voll List. Er wird dir die Rätsel lösen und mit Phra In kämpfen!»

Schallend lachten da die sechs Königssöhne und das Heer der Diener. Sie riefen:

«Hohe Mutterherrin, der Waldzwerg sieht nur aus wie ein Mensch – er ist uns so fern wie die Tiere des Dschungels! Wie soll *der* die Rätsel lösen können und den Gott besiegen?»

Die Königin nahm erneut das Wort und sprach:

«Ihr vielen gewaltigen Herren! Glaubt mir, der Waldmensch hat mehr Macht, als ihr denkt! Drum folgt meinem Rat und entscheidet euch schnell!»

Der König ließ seine Gattin zu Ende sprechen. Nun gab er den Befehl:

«Ihr Höflinge, lauft und holt den Waldmann herbei mit Khantha Thewi, unserer lieben Tochter!»

Die Diener gehorchten, und alsbald war der Muschelprinz mit der Duftenden Blüte zur Stelle.

Der König und die Königin sehen voll Erwartung dem Prinzen entgegen.

«Du bist das liebste Kind deines Vaters!» spricht der König ihn an. «Höre: dein Vater ist von Unglück geschlagen. Denn Phra In hat mich heimgesucht und mir zwei Rätsel gestellt. Wenn ich sie gelöst habe, soll ich zum Himmel auffahren, um mich dem Gott im Polo zu stellen. Ich und alle Bürger des Reiches haben vor den Rätseln versagt. Da ist auch nicht einer, der sich zum Polospiel gemeldet hat. Daher wird der Gott am siebten Tage kommen und deinem Vater mit dem Eisenhammer den Schädel zerschmettern!»

So sprach der König und erzählte die Rätsel und die ganze Geschichte, und er vergaß nichts. Denn der Prinz sollte alles, auch die kleinste Einzelheit, wissen! Dann sagte er:

«Wenn ich helfen kann, deine Ehre, Vater, zu retten, so will ich es gerne tun!»

«Der Vater wird dir zum Lohne den Königsschatz der Stadt schenken!»

Trotz den freundlichen Reden verachtete der König den Prinzen noch immer. Aber er folgte den Worten seiner Gattin, denn sie fürchtete er allein!

Der Prinz warf sich nieder und sprach:

«Ich bin dein Sklave, Großkönig. Ich wäre undankbar, wenn ich dir jetzt nicht beistehen wollte. Darum wird dein Fußsklave für dich die Rätsel lösen und mit Phra In im Polospiel kämpfen. Denn ich will dir deine Liebe entgelten. Sei nicht kleinmütig, Herr!»

So sprach er, und der Abend des sechsten Tages ward vollendet. Der Prinz vollzog die Abschiedsehrung und kehrte zu seiner Gattin zurück.

Die sechs Könige, die Bürger und Höflinge wunderten sich über die stolze Rede des Muschelprinzen und sprachen untereinander:

«Der Waldmann sagt, daß er die Rätsel lösen kann. Freiwillig hat er sich angeboten, mit Phra In um den Sieg im Polo zu kämpfen. Wenn er das kann, so ist es ein großes Wunder!»

Und sie begannen, insgeheim den Prinzen zu preisen und zu loben.

*

Als der Morgen heraufzog, war der siebte Tag angebrochen. Der König der Stadt Pharansi erwachte, gepeinigt von Furcht. Es sträubte sich ihm das Haar.

Das Herz wollte ihm in sieben Teile zerspringen. In seiner Seelenangst schickte er schnell einen Boten in den Wald. Der Bote eilte zum Prinzen und brachte atemlos den Befehl, daß der König ungeduldig auf den Waldmann warte. Zu seiner Gattin, der Duftenden Blüte, sagte Suwanna Sang, daß er nun gehen müsse, um den König noch einmal zu sehen. Sie aber wollte ihn begleiten. So traten sie gemeinsam vor den König und ließen sich auf die Knie nieder, wie es sich geziemt. König Pharansi Rat sieht den Prinzen, und seine Züge hellen sich auf, als er auch seine liebe Tochter Khantha Thewi erblickt. Er fleht den Prinzen an:

«Verehrter Meister des Waldes, bitte hab Mitleid mit deinem Vater und vertritt mich vor dem Gott! Löse die Rätsel und schlage Phra In statt meiner im Polospiel. Lange hast du heut früh auf dich warten lassen! Wahrlich, fast wäre dein Vater deshalb gestorben vor Ungeduld und Furcht!»

Der Prinz verneigt sich und antwortet:

«Ich bin dein Sklave, Großkönig! Wenn du es befiehlst, so will ich gerne für dich die Rätsel lösen und das Polospiel wagen, du weißt es! Wohlan, so laß die Bürger alle und die Großen des Hofes sich versammeln als Zeugen des Wettstreits!»

Der König befahl. Seine Boten rührten die Festtrommeln und riefen die Bürger zur Versammlung, so wie der Prinz es gewollt. Als die Menge der Höflinge und die Bürger in Scharen auf dem Königsplatz zusammengeströmt waren, ergriff der Muschelprinz das Wort vor der Versammlung:

«Unter euch gibt es offenbar niemand, der sich der Ehre würdig hält, den König vor dem Gott zu vertreten. Daher hat der Herr geruht, mich vor euch allen auszuzeichnen. Ich soll statt seiner Phra In gegenüberstehen. In seiner Gnade hat der König angekündigt, daß er mir sein Reich und sein Schatzhaus abtreten will, wenn ich den Gott geschlagen haben werde. Das sollt ihr Großen wissen, die ihr als Zeugen aufgerufen seid, dem Kampfe beizuwohnen!»

Kaum war die Stimme des Prinzen verklungen, da entledigte er sich vor allem Volk seiner erniedrigenden Hülle. Die Zauberschuhe aus Gold streifte er über, ergriff das Diamantschwert mit der Rechten und erhob sich schwerelos in die Lüfte. Strahlend flog er dahin wie der göttliche Himmelsschwan.

Sprachlos vor Staunen haben die Bürger die Verwandlung des Prinzen miterlebt. Nun beugen sie ihre Häupter über den zusammengelegten Händen und verharren in Ehrfurcht vor seiner Herrlichkeit.

Als sie wieder aufblicken, ist Phra In schon heran. Lächelnd spricht er zum Prinzen:

«Nun, weiser Vater, kläre auf das Geheimnis vor Göttern und Menschen, die sich auf der Erdfläche und auf den Schichten der Luft versammelt haben, um dich zu hören!»

Der Prinz ist um die Antwort nicht verlegen. Er sagt:

«Ich bin dein Sklave, Herrscher der Götter! Wenn jemand der Unschuld Böses zufügt oder Unfrieden sät unter den Menschen, wenn jemand die fünffache Sünde begeht und seine Mutter umbringt, wenn er seine Ohren verschließt vor der Lehre des Gesetzes, dann offenbart sein Handeln das sündenvolle Herz. Solche Menschen sind es, die das Dunkel über die Welt bringen, jetzt und immer! Dein Sklave, Herr, hat gesprochen. Wer sehen kann, der sehe!»

Alle Götter, voran Phra In selbst, segneten den Prinzen, als sie sein Wort vernahmen. Duftende Blumen und süßen Puffreis streuten sie über ihn hin, zum Zeichen ihrer Liebe. Donnernder Beifall toste über die Erde, brach sich im Echo und ließ den Boden erbeben.

Der Gott verkündete nun das zweite Rätsel:

«Nun, du Gelehrter, der du das Gesetz kennst, was überglänzt diese Welt und die nächste? Auch dieses Geheimnis sollst du lösen! Hell und klar soll die Antwort dahinstrahlen über die Menschen!»

Der Prinz antwortete:

«Ich bin dein Sklave, Götterkönig! Wer in Demut lebt unter den Fünf Geboten und den Acht Vorschriften, wer Almosen spendet den Armen, wer das Gesetz fleißig hört und den Lehrern folgt, wer ein Herz voll Güte hat zu allen Wesen, wer in der Tugend lebt und den Dreifachen Edelstein der Lehre ehrt, alle, die den Weg zur Erleuchtung gehen, solche Menschen bringen ein Licht in die Welt, das nicht untergeht, jetzt und in Ewigkeit! Menschen, die Gutes tun, daß ihr Lob bis zum vierfachen Himmel des Phrom hinaufreicht, die kein Leben vernichten und Tiere und Menschen nicht niederwerfen und töten, solche Menschen sind das Licht in dieser Welt und in der nächsten!»

Als der Prinz die beiden Rätsel gelöst hatte, beteten Götter und Menschen ihn an und sangen sein Lob über die Erde hin und hinauf zum Himmel.

Nun begann das Polospiel in der Luft. Der blitzende Ball flog hin und her durch die Wolken. Das Leuchten des Götterherrschers und das Strahlen des Muschelprinzen flammte mal hier, mal dort hinter den Wolken auf. Schweißtropfen durchsprühten die Luft wie Tränen, die dem Auge des Trauernden entströmen. Alle Götter und Menschen sahen den Kampf und jauchzten vor Freude, daß das Tosen des Beifalls bis zum Phrom-Himmel hinauf die Luft durchgrollte. Noch ein mächtiger Schlag, da hatte der Prinz den Gott besiegt. Phra In floh durch den Himmel in sein Reich zurück. Sein Leuchten verlor sich immer schwächer aufglühend in der Ferne.

*

Der Muschelprinz gab die Verfolgung auf. Er kehrte zur Erde zurück. Vor dem König warf er sich in den

Staub. Alle Bürger der Stadt und die Würdenträger des Hofes, voran die sechs Königssöhne, sahen den Prinzen in seiner strahlenden Schönheit, wie ein Bild aus glühendem Golde gegossen. Und die sechs wisperten miteinander, denn ihre Seele war voll Mißtrauen:

«Das also soll der Kern des Waldzwerges sein, jenes übelriechenden Abschaums! Ein Hexenmeister ist er, daß er sich so verwandeln kann! Oder wirft er uns nur Staub in die Augen, um uns zu verblenden und vorzugaukeln eine Herrlichkeit, die es nicht gibt? Wahrlich, Betrug ist das Ganze – auf die Königsschätze hat der Schwindler es abgesehen! Schnell müssen wir handeln, um den Verbrecher zu züchtigen!»

Der Prinz hat die gemeine Rede gehört. Zur Strafe lüftet er sein Geheimnis. Laut ruft er aus, und all das Volk auf dem Platz hört es:

«Nun, ihr sechs Könige, laßt mich auch zu euch ein Wörtlein sagen! Als der Königsvater uns befahl, ihm ein Wild zu erjagen, wen habt ihr da im Walde auf dem Stein sitzend getroffen? Mich! Ihr habt euch einen Teil von meiner Beute erbeten, und ich habe euch gegeben, was ihr gewünscht. Dafür habt ihr jeder ein Ohr geopfert! Später sollten wir Wildschweine fangen. Wieder seid ihr zu mir gekommen und habt jeder ein Tier erhalten. Als Gegengabe schnittet ihr euch jeder einen Finger von der Hand. Und schließlich habt ihr eure Nasen zum Tausch geboten für Fische, die ich euch gab. Ist das wahr, oder nicht?»

Die sechs Königlichen flüsterten kaum hörbar: «Ja!»

Da holte der Prinz die Ohrmuscheln, Finger und Nasen hervor und zeigte sie dem König und allen Großen des Hofes.

Als der Herr der Stadt Pharansi das sah, loderte Zorn in ihm auf, und drohend rief er aus:

«Früher habt ihr sechs mir weisgemacht, daß ihr Phra In getroffen habt, daß Phra In es war, der euch Wild, Eber und Fische gegeben! Lüge war es, ihr Ehrlosen! Scham möge euch ersticken!»

Die sechs Töchter des Königs hörten das Wort des Prinzen und waren im Herzen getroffen. Zorn und Wut packten sie, und sie fielen dem König ins Wort:

«Ihr alle sechs seid Verbrecher! Gestohlen habt ihr uns dem Vater durch Vorspiegelung von Lug und Trug! Gemein seid ihr und falsch und nicht würdig, unseren Leib zu besitzen!»

Die sechs Königssöhne schämten sich. Zu den Füßen des Prinzen fielen sie nieder. Sie flehten ihn an um gerechte Bestrafung. Der Phothisat jedoch ist groß durch Mitleid. Lehren will er und führen auf den Weg des Gesetzes! Darum spricht er so:

«Ihr Großbürger der Stadt, die ihr euch hier versammelt habt, macht euer Herz weit auf, daß es fromm wird. Folgt dem Gesetz der Guten Taten! Spendet Almosen und haltet die Gebote! Achtet eure Vorfahren und ehrt Mutter und Vater, denn damit beginnt die Tugend. Wer Verdienste erwirbt, wird reichliche Früchte ernten in dieser Welt und in der nächsten. Denn wer die Fünf Gebote befolgt, der hat den Himmel vor sich!»

Alle die großen Herren, der König, die Hofmeister und die Obersten der Soldaten hören, wie der Prinz ihnen das Gesetz predigt. Ihr Herz ist voll Freude. Fromm erheben sie die Hände, beten den Prinzen an, und sein Lob erschallt durch die Stadt.

*

Der Herr der Stadt Pharansi ruft seine Minister und priesterlichen Ratgeber in den Palast. Dann lädt er Muschelprinz und Duftende Blüte ein, auf dem edelsteingeschmückten Kristallthron Platz zu nehmen. Mit heiligem Segenswasser benetzt er die Stirn des Prinzen zur Königsweihe. Er übergibt ihm den Staatsschatz und spricht den Siegessegen:

«Ihr beiden, meine Kinder! Eure Tugend reicht zum Himmel. Ihr möget herrschen über die ganze Erde. Euer Leben möge ewig sein und fern von Krankheit und Gefahr. Vater und Mutter danken dem Throne ab. Auf unsere guten Taten als König und Königin wollen wir uns stützen, und unser Glück wird nicht enden!»

Der Phothisat errichtete sein Reich in der Stadt Pharansi. Er wurde fortan der Himmlische Muschelkönig genannt. Der Ruhm seines Namens wehte über alle Lande dahin. Die Stadt gewann durch ihn mehr und mehr Ansehen. Die Bürger kleideten sich in prächtige Gewänder. Die Vorratshäuser quollen über von Reis, denn der Himmelsregen fiel segnend hernieder, wenn die Zeit der Saat gekommen war. In den Schatzkammern sammelten sich die Edelsteine der Sieben Arten, und höchstes Glück beherrschte die ganze Stadt. Nacht für Nacht und Tag für Tag entfaltete sich bunteste Pracht bei Spiel und Geselligkeit, und jedermann freute sich seines Lebens.

*

König Suwanna Sang regierte sein Reich, und alles war glücklich und zufrieden. In einsamen Stunden jedoch beschlich den König der Gedanke an seine Mutter:

Schon so lange, dachte er, bin ich von meiner lieben Mutter getrennt. Ob sie noch am Leben ist – nicht einmal das weiß ich. Ich muß es erfahren! Ich werde von Dorf zu Dorf und von Stadt zu Stadt ziehen, um nach der Mutter zu forschen. Wenn ich sie gefunden habe, dann werde ich mit ihr zurückkehren zum Glück!

Er offenbart seiner Gattin seine Gedanken:

«Jetzt leben wir von den königlichen Schätzen, o Schwester, im Glück! Das Herz deines Bruders jedoch ist beschwert. Denn ich sorge mich um meine Mutter. Lebt sie noch irgendwo, oder ist sie tot und zerstört? Ich muß es wissen! Drum bleibe du, Schwester, hier und verwalte das Reich! Ich will mich unterdessen auf die Suche nach meiner Mutter machen. Wenn ich sie gefunden habe, werde ich sie herführen. Dann werden wir wieder vereint regieren!»

Als Suwanna Sang von seiner Gattin Abschied genommen hat, verläßt er den Palast und geht, von seinem Schwiegervater Urlaub zu erbitten. Dann kehrt er der Stadt den Rücken und wandert, wohin ihn seine Füße tragen.

*

An seinem Wege liegt auch die Stadt Mattharat Buri. Er geht hinein und fragt die Leute auf der Straße, ob sie seine Mutter gesehen haben. Aber niemand kann ihm helfen. Auf seiner Wanderung kreuz und quer durch die Stadt kommt er auch zum Hause des reichen Thonya Chai. Der Reiche gewahrt den Muschelprinzen, dessen vollkommene Schönheit ihn im Herzen erstaunen läßt. Er ruft den Wanderer an:

«Jüngling von der herrlichen Gestalt, woher kommst du, und wie bist du bis hierher gelangt, was willst du hier?»

«Großreicher Herr», antwortet der Prinz, «ich bin auf der Suche nach der Königin Djantha Thewi, meiner Mutter. Hast du sie vielleicht gesehen?»

«Ich kenne niemand, der Djantha Thewi genannt wird!»

Als er das gesagt hat, überlegt Thonya Chai: Dieser Jüngling ist schön wie ein Gott. Von niedriger Geburt kann er nicht sein! Aus bester Familie muß er stammen!

So kam es, daß Thonya Chai seinen Köchinnen befahl, dem Jüngling ein Mahl zu bereiten. Schnell kochten die Mädchen unter der Leitung von Djantha Thewi die herrlichsten Speisen. Die duftenden Schüsseln stellten sie vor den Reichen. Er lud den Prinzen zum Essen.

Als Suwanna Sang Geschmack und Geruch prüft, überkommt ihn die Erinnerung an die Götterspeisen seiner längst vergangenen Kindheit. Wie eine Erleuchtung kommt es über ihn:

«Meine Mutter ist hier! Sie ist die Köchin dieser Speisen!»

Er fragt den Reichen:

«Wer ist es, der dir das Essen bereitet? Denn diese Speisen sind wert der königlichen Tafel, so süßen Duft strömen sie aus!»

«Lieber Jüngling von hübscher Gestalt, einst kam eine fremde Frau aus der Ferne zu mir, um bei mir zu wohnen. Ich habe sie zu meiner Köchin gemacht. Sie ist es, die mir das Essen bereitet.»

«Großreicher Herr, laß mich deine Köchin sehen!»

Thonya Chai, der Reiche, ließ die Köchin holen, die des Prinzen Mutter war. Kniend lag sie am Boden vor dem Fremden. Aber ihr Gesicht war von Alter und Sorge geprägt. Er erkannte sie nicht! Fern voneinander gelebt hatten sie zu lange Zeit! Die Trennung kam, als der Prinz noch ein zartes Kindlein war. Wie sollten sie nun nach so vielen Jahren einander erkennen?

Der Jüngling kann die alte Frau jedoch nicht entlassen, ohne sie vorher zu fragen:

«Mütterchen, aus welcher Stadt bist du hierher gekommen, um als Köchin dem Reichen zu dienen?»

Djantha Thewi, die Königin, gibt zur Antwort:

«Liebes Kind von der schönen Gestalt, einst habe ich in der Stadt des Gottes Phrom, in Phrom Buri, gewohnt. Ich war die Erste Gattin des Königs Phrom That. Ich hatte einen Sohn, und der hieß Suwanna Sang, Muschelprinz! Mein Glück war vorbei, als die böse Djampak Thewi den Vizegeneral aufwiegelte, mich zu verleumden. Der König hat ihren Lügen Gehör geschenkt und ihnen geglaubt: der Prinz sei nicht sein Sohn. Er werde Verderben über die Stadt bringen. Daher müsse er der Stadt verwiesen werden auf ewig! Der König ließ ein Floß bauen. Darauf mußten Mutter und Kind sich niedersetzen. Und so wurden wir in die Strudel des Stroms hinausgestoßen. Der König ist dem Betrug verfallen. Darum ließ er uns durch die Stromschnellen dahintreiben. Das Floß hielt der Gewalt der Wasser nicht stand. Es zerbrach. Ich wurde von meinem Kind fort und ans Land gespült. An der Uferböschung zog ich mich hoch. Von dort kam ich hierher. Nun arbeite ich als

Köchin für den Reichen. Meine Gedanken aber suchen noch immer mein Kind. Ob der Muschelprinz lebt oder tot ist, ich weiß es nicht!»

Suwanna Sang hat seine Mutter gefunden! Er ruft aus:

«Du Hohe Mutter, hier ist dein Sklave! Ich bin dein Sohn, ich bin es, der Muschelprinz!»

Die Königin Djantha Thewi hat es gehört. Sie fällt dem Prinzen um den Hals. Sie drückt ihn an ihr Herz und fragt ihn aus über die Zeit seiner Not. Zusammen müssen sie weinen.

*

Als Prinz und Königin ihren Schmerz gestillt haben, gibt der Himmlische Muschelkönig dem Reichen seine Befehle:

«Großreicher Herr, die Stunde des Abschieds ist da. Du wirst meine Mutter ziehen lassen in Frieden. Denn sie soll als Königin leben in Pharansi!»

«Ich bin der niedrigste Sklave des Heiligen Muschelkönigs im Himmel! Die Hohe Mutter des Herrn ist zu deinem Fußsklaven gekommen und hat geruht, in meinem Haus zu verweilen. Ich konnte ja nicht wissen, daß sie die Mutter meines höchsten Herrn ist! So nimm sie nur mit und folge dem Wunsch deines Herzens! Herr, ich bin dein Sklave!»

Suwanna Sang, der König, nimmt Abschied vom Reichen und führt seine Mutter in die Stadt Pharansi.

Dort soll sie mit ihren Kindern die königlichen Schätze verwalten und im höchsten Glück leben.

Als der Herr der Stadt Pharansi seinen Schwiegersohn mit der Hohen Mutter in die Stadt kommen sieht, freut er sich sehr. Er ruft die Hofbeamten, die Obersten der Soldaten und seine Heiligen Räte herbei und spricht:

«König Suwanna Sang ist heimgekehrt. Er ging aus, um seine Mutter zu suchen. Nun hat er sie gefunden. Er hat sie heimgeführt. Wir wollen sie segnen, die Königin Djantha Thewi, und ihr den Rang geben, der ihr zukommt. Fortan soll sie bei uns ‹Mutterkönigin› heißen!»

So lautete sein Befehl. In der Segensfeier läßt er den Prinzen und seine Mutter mit dem heiligen Weihwasser besprengen. So wurde die Fremde zur Königin in Pharansi.

Der Himmlische Muschelkönig verwaltet den Königsschatz, und Glück beherrscht die Stadt. Er befiehlt den Bürgern, nach dem Glaubensgesetz zu leben, und führt sie auf den Weg der Tugend. Sein Beispiel läßt seine Untertanen dem Gesetz des vierfachen Phrom folgen, und niemand entzieht sich Lehre und Rat des frommen Königs. In Pharansi herrscht das Recht, und auf der ganzen Fläche des Rosalandes Chomphu Thawip gibt es keinen Herrscher, der gerechter wäre als der Muschelkönig. Das Volk ist fröhlich und glücklich, und die Götterstadt Pharansi fließt über von den höchsten Schätzen des

Himmels. Die Bürger, einer und alle, preisen die Tugend ihres Königs, daß es laut durch alle Lande erschallt.

*

Die Sage von der märchenhaften Pracht der Stadt Pharansi und von der frommen Gerechtigkeit ihres Königs dringt bis nach Phrom Buri, der Stadt des Königs Phrom That, des Vaters des Himmlischen Muschelkönigs.

Die Bürger der Stadt Phrom Buri hören die Erzählungen der Reisenden, und ein Gedanke nimmt mehr und mehr Gestalt an, bis er sie alle beherrscht:

Suwanna Sang lebt! Er ist der König von Pharansi! Laßt uns zu ihm gehen und uns ihm unterwerfen! Wenn wir hierbleiben, so wird uns sein Zerstörerzorn treffen. Unser König hat den Muschelprinzen verstoßen. Auf dem Floß hat er ihn ausgesetzt. Darum laßt uns diesem Unheilskönig den Rücken kehren und seine Stadt verlassen!

So sprachen sie im geheimen und führten ihre Frauen und Kinder aus der Heimat fort nach Pharansi. Und dort fanden sie unter dem Schutz des Phothisat-Königs Glück und Freude Tag und Nacht.

*

Als die letzten Bürger von Phrom Buri gerade die Stadt verließen, ging ein Diener des Königs Phrom That aus dem Palasttor hinaus, denn er hatte in der

Stadt einen Auftrag. Die Straßen lagen verlassen. Kein Leben rührte sich mehr auf dem sonst so geschäftigen Markt. Um die Hütten breitete sich die Ruhe des Todes. Das Glück, denkt er, hat die Hohe Stadt Phrom Buri verlassen. Wie kann das sein? Sollte das daher kommen, daß der König dem Vizegeneral und seiner Gattin zur Linken Glauben geschenkt und den Heiligen Muschelprinzen verbannt hat, weil er der Stadt Unglück bringen würde? Ist das der Grund, daß der König seine Rechte Gattin und seinen Sohn auf dem Floß ausgesetzt hat, damit sie in den Stromschnellen zugrunde gingen? Natürlich, das ist es! Darum liegt Phrom Buri so still und tot. Darum sind die Bürger geflohen, und darum sind die Hütten leer und verlassen. Die Hohe Stadt ist dem Untergang geweiht, das ist gewiß! Der König soll es wissen! Ich werde es ihm melden, und er wird den Kronprinzen zurückholen und ihm die Herrschaft übertragen. Nur so kann die Stadt ihren alten Ruhm wiedererlangen!

So denkt er, und er eilt zum König. Er wirft sich nieder vor dem Herrn und spricht:

«Ich bin dein Sklave, Großkönig. Soeben bin ich in der Stadt gewesen. Da mußte ich sehen, daß sie im Sterben liegt!»

«Was sagst du da? Wie geht das zu?»

«Herr, du hast deinen Sohn, unseren Prinzen, auf dem Floß ausgesetzt und auf den Wassern dahintreiben lassen, um ihn zu verderben. Das ist die Ursache unserer Not. Das Schicksal hat den Prinzen verschont. Er lebt. Zum König haben die Leute von Pharansi ihn sich erkoren. Sie waren gut beraten. Denn es gibt keinen anderen König auf der Welt, der ihm gleich ist! Das haben die Bürger unserer Stadt erfahren. Darum sind sie nach Pharansi gezogen! Nun hat das Reich Pharansi an Männern und Frauen genug, um die ganze Welt zu beherrschen. Hier ist meine Bitte: Herr, laß Gesandte nach Pharansi gehen, damit unser Kronprinz zurückkehrt und die Königsschätze der Stadt in seine Hand übernimmt. Daraus wird uns höchste Ehre erwachsen und höchster Ruhm. Die Tugend des Prinzen wird uns helfen, unser altes Glück wiederzuerlangen!»

Der König wurde ruhig. Die Sorge verließ sein Herz. Dem Diener aber hörte er weiter zu:

«Ich bin dein Sklave, Großkönig. Wenn er keinen Sohn hat, ist der König verloren. Sein Name verweht, und sein Ruhm vergeht, vergleichbar dem Fluß, dessen Bett, vom Wasser verlassen, verdorrt. Männer und Frauen wenden sich ab. Ohne Sohn ist die Königshoheit ein Nichts! Niemand ist da, der solch einem König gehorchen mag. Das Volk ist führerlos wie eine Herde von Elefanten, denen der Leitbulle fehlt. Ohne den Herdenfürsten können selbst die Starken ihren schwächeren Feinden nicht widerstehen. Wenn du nicht glaubst, was ich dir sage, dann wird unsere Stadt verfallen. Dann wird die Sorge dich dahinsiechen lassen, und die Königsschätze werden deinen kraftlosen Händen entgleiten. Du wirst sterben und dein Haus niederbrechen. Dein Name aber wird mit dir dahingehen, denn du hast keinen Erben!»

Der Diener fuhr fort:

«Ich bin dein Sklave, Großkönig! Der Heilige Muschelprinz ist geboren aus dem Schoß der Königin Djantha Thewi. Niemand anders als du hat ihn gezeugt – das weiß jeder in der Stadt! Denke doch zurück an damals! Einst warst du kinderlos. Da hast du dir einen Sohn erträumt und geschworen, daß du ihm das Reich übergeben würdest – wenn nur erst die Königin ihm das Leben geschenkt hätte! Aber die Königin blieb unfruchtbar. Da hast du dich mit deiner Gattin zurückgezogen vom Hof. Nach den Acht Vorschriften habt ihr gelebt und gebetet jeden Tag um einen Sohn. Und eines Nachts wurde euer Wunsch erfüllt. Die Königin schlief ein und träumte. Die Sonne schwebte durch den Himmel und sank unserer Mondkönigin Djantha Thewi in den Schoß. Da erwachte sie aus dem Schlummer und erzählte dir den Traum. Du ließest die Traumdeuter kommen, und sie weissagten dir, daß dir die Königin einen Sohn bringen würde, herrlich über alle Welt! Du aber hast dich von deinem Kinde abgewendet und den Verleumdern Glauben geschenkt: der Glücksprinz bringe Verderben!»

Als der Diener so weit gesprochen hatte, durchbebte eine Welle von Liebe das Herz des Königs.

Tränen heißen Mitleids entströmten seinen Augen. Erst langsam konnte sich der König beruhigen und dem Diener für sein offenes Wort danken:

«Wahrlich, mein Freund, du bist gekommen, um deinem König die Wahrheit zu sagen. Aus deiner großen Tugend nahmst du den Mut, mir die Augen zu öffnen. Wahrlich, du sollst nicht vergeblich gesprochen haben! Ich werde meinen Sohn zurückholen und ihm den Königsschatz übertragen. Er möge herrschen über diese Stadt, wie du es vorgeschlagen!»

*

Als der Morgen graute, befahl Phrom That seine Beamten und Ratgeber in den Versammlungssaal. Dort besprachen sie miteinander, was nun zu tun sei. Sie waren sich einig: ein großer General müsse als Botschafter nach Pharansi gehen, um den Königssohn mit der Ersten Gattin zur Rückkehr in die Heimat zu bewegen. Da freuten sich alle die Würdenträger und Räte. Boten mußten die Trommeln rühren und den Beschluß des Hofes in der Stadt verkündigen. Die übriggebliebenen Bürger der Stadt bis hinunter zu den Staubsklaven zu der Herren Füßen, sie sollten wissen: Der Kronprinz wird heimgeholt, um in der Stadt den Thron zu übernehmen!

Alle Truppen der vier Waffengattungen werden zusammengezogen. Die heiligen Gerätschaften der Königsweihe werden bereitgelegt. Und Geschenke werden gepackt, die der Botschafter dem König von Pharansi übergeben solle.

Voll herzlicher Freude führten die Beamten die Befehle des Königs aus. Soldaten wurden für die Gesandtschaft gemustert. Geschenke wurden zusammengetragen. Und schon konnte dem König gemeldet werden, daß alles bereitstünde zur großen Fahrt.

Da ließ der König die Sterndeuter kommen, daß sie die glückbringende Zeit für den Abzug der Gesandtschaft ermittelten. Zur festgesetzten Stunde stellte sich der General-Gesandte als Führer an die Spitze seines Gefolges. Er nahm die königliche Botschaft entgegen und befahl den vier Heeresgruppen, die Geschenke aufzunehmen. Dann setzte sich der Zug in Bewegung, und bald war er im Walde verschwunden.

*

In Pharansi angekommen, ließ der Botschafter sich als erstes zum alten König geleiten, um ihm die Geschenke seines Herrn zu überreichen. Nach dem uralten Brauch sprach er die Formel der Begrüßung und erhielt die feierliche Antwort des Willkommen. Als die Empfangsfeier beendet war, da befahl der Herr von Pharansi, den Muschelprinzen zu suchen und hereinzubitten in den Saal, zusammen mit seiner königlichen Mutter. Dann erst befahl er dem General-Gesandten, seine Botschaft vorzutragen.

«Du bist hierher gekommen», sagte er, «weil du von uns etwas wünschst, nicht wahr?»

«Der Großkönig und Herr, Phrom That, der Königsvater des Prinzen Suwanna Sang, hat befohlen, und sein Sklave hat gehorcht. Ich bin gekommen, um dir, Herr, diese königlichen Geschenke zu überreichen. Wir wollen dich bitten, den Prinzen zusammen mit der Königsgattin uns zu übergeben, damit er in Phrom Buri herrschen kann! So bitten wir Sklaven dich, o König, daß du ihn mit uns gehen lassen mögest!»

«Der Muschelprinz und die Mondkönigin, beide sind Unglücksbringer für euren König! Deshalb hat er sie doch verbannt. Warum sollte er sie jetzt wieder aufnehmen wollen in seine Stadt? Das ist unverständlich. Wir können sie nicht gehen lassen! Denn sie sollen die Königsschätze in unserer eigenen Stadt verwalten!»

Der Großgeneral der Botschaft war schlau in Rede und Antwort. Er sagte:

«Hoher Großkönig! So ist es beschlossen! Der Herr erfüllt uns die Bitte nicht. Die beiden Königlichen werden deinen Sklaven nicht begleiten. Ich werde allein heimkehren. Unser König wird seinen Sohn nicht wiedersehen. Er wird weinen. Sein Unglück wird ihm das Herz brechen. In zwei Hälften wird es sich zerspalten. Der König wird hinsinken und tot sein. Mein König wird gestorben sein aus Liebe zu seinem Sohn. Der Prinz wird ihn getötet haben. Und diese Todsünde wird sich an ihn heften und ihm folgen durch dieses Leben und weiter in die Welt der Zukunft, das ist gewiß!»

Der Herr der Stadt Pharansi lauscht den Worten des Generals. In seiner Brust keimt Mitleid auf für den König Phrom That. Er läßt die Liebe sprechen:

«Wenn dem so ist, muß ich deine Bitte erfüllen! Ich werde Prinz und Königin mit dir gehen lassen!»

Der General, hocherfreut, wendet sich dem Prinzen zu, um auch ihm seine Botschaft auszurichten:

«Du Herrlicher, der du bist wie ein Gott, der Vaterkönig hat mich, deinen Sklaven, entsandt, um dich, o Herr, in unsere Stadt einzuladen. Denn er will dir die Regierung übertragen!»

«Großgeneral der Soldaten! Mein Vater, der König, lebt im Glück, nicht wahr, und geschieden von Leid und Sorge! Denn seine Untertanen sind ihm doch treu, oder nicht?»

«Du Göttergleicher! Dein hoher Königsvater kann die Erlösung vom Siechtum seines Leidens nicht finden. Die Sorge um dich, Herr, nagt an seinem Herzen. Sein Stöhnen durchzittert den Palast zu jeder Stunde, Tag und Nacht.»

Der Prinz und seine Mutter haben die Worte erwogen und erklären ihre Bereitschaft zur Heimkehr.

König Pharansi Rat freut sich mit ihnen. Er befiehlt seinen Beamten, die Elefantenwagen zu rüsten, die Elefanten zu satteln und die Pferde zu zäumen.

Denn das alles will er ihnen auf die Reise mitgeben. Der Augenblick des Abschieds kommt schnell.

Die Mondkönigin Djantha Thewi, der Muschelprinz und Duftende Blüte, seine Gattin, sie alle fallen vor dem Thron nieder zur Abschiedsehrung des Königs.

Der Herr der Stadt Pharansi ist traurig. Sein Kummer ist groß, denn seine Kinder werden ihn verlassen. Nur schwer wird er der Tränen Herr. Mit zitternder Hand gibt er ihnen seinen Segen und sagt:

«Ihr Kinder, geht und herrscht über euer Reich in der Ferne! Seid gerecht zu euren Untertanen und pflegt die königlichen Tugenden!»

Der König verstummt. Der Prinz und die Frauen sprechen ein letztes Wort des Abschieds. Dann steigen sie vom Palast herab. Von den Großbürgern und den Würdenträgern des Hofes und von allen Bewohnern der Stadt verabschieden sie sich. Es waren fast alle da, um sie auf den Weg zu geleiten. Als der glückverheißende Augenblick gekommen war – die Zukunftsdeuter hatten ihn bestimmt –, erstiegen sie den königlichen Sänftenthron. Langsam setzte sich der Zug in Bewegung. Unter der Führung des Botschaftergenerals marschierten die Soldaten der vier Waffengattungen, gegliedert in Vorhut und Nachhut, zum Schutze der Königsreise. Pharansi blieb zurück.

*

Als Phrom Buri in der Ferne sich vor ihnen erhebt, lassen sie die Vorhut halten. Ein letztes Mal soll ein Lager aufgeschlagen werden. Der General geht unterdessen in die Stadt, um seinem Herrn, dem König Phrom That, die freudige Nachricht zu verkünden:

«Hoher Großkönig», sagt er, «der Kronprinz ist heimgekehrt in unser Land. Herr, ich bin dein Sklave.»

König Phrom That ist glücklich. Er befiehlt, die Trommeln zu holen und dem Volk zu verkünden:

«Der Muschelprinz, mein Sohn, ist in unser Reich zurückgekehrt. Bürger, geht alle hinaus und geleitet den Prinzen in die Stadt, denn er soll die Regierung übernehmen!»

Die Bewohner der Stadt Phrom Buri schmücken die Häuser am Weg, den er kommen wird, mit Girlanden von Blumen aus Silber und Gold und mit Kränzen duftender Blüten. Auf beiden Seiten des Weges stellen sie Fahnen auf. Sie lassen bunte Tücher wehen und befestigen dazwischen Bananenstauden und Zuckerrohr, deren Blätter, vom Winde gefächelt, leise schwanken. Dann zieht König Phrom That mit seinem Gefolge hinaus zum Pavillon seines Sohnes im Lager der Soldaten.

Als er angekommen ist, empfangen der Prinz und die beiden Königinnen ihren König mit den Worten der Ehrung. Der Hohe König Phrom That, der Muschelprinz, die Königin Djantha Thewi und Duftende Blüte, die Prinzessin, stoßen einen Freudenruf aus. Dann sinken sie sich in die Arme. Als die Erregung des Wiedersehens abklingt, führen sie einander in die Stadt, um zusammen im großen Schloß zu wohnen.

Wenig später befiehlt König Phrom That den Höflingen, die Freudentrommeln zu schlagen, damit die Bürger es alle erfahren:

«Bürger und Beamte, kommt herbei auf den Königsplatz! Denn wir wollen den Kronprinzen und seine Gattin Duftende Blüte weihen, daß sie fortan die Königsschätze dieser Stadt halten und bewahren!»

Da kommen die Großbürger und Hofbeamten zusammen, und als die Nacht der glückbringenden Sterne anbricht, weiht der Herr Phrom That seine Kinder für ihr Amt und gibt ihnen den Siegessegen des Königs: Sie mögen auf dem Throne sitzen und herrschen statt seiner.

*

Als das Weihefest vorüber ist, tritt Djantha Thewi vor ihren Gatten und spricht:

«Großkönig, ich bitte dich, mich allein wohnen zu lassen bei meinem Sohn. Bitte laß ab von mir, ich möchte ohne deinen Segen leben. Denn deine Gattin kann ich nicht wieder sein!»

«Hohe Herrin, dein älterer Bruder sieht seinen Fehler ein. Ich bin zu weit gegangen, damals. Ich habe mein Unrecht nicht schnell genug bemerkt. Wenn meine jüngere Schwester mir zürnt, wohlan, ich bin bereit zu sühnen!»

«Was der Herr da sagt, berührt mich nicht. Meine Tugend ist so groß, daß ich lieber sofort sterben will, als weiter zu leben, um die Lügen zu ertragen, ich sei eine Unglücksbringerin!»

Der Herr Phrom That hat das Wort seiner Gattin gehört. Er fragt Djampak Thewi zu seiner Linken:

«Prinz Suwanna Sang und Djantha Thewi, wer von ihnen hat Strafe verdient und wer nicht?»

«Djantha Thewi hier, sie hat die schlimmste Strafe verdient, denn sie bringt uns Verderben!»

Djantha Thewi steht dabei und hört die neue Verleumdung. Ihr Herz schmerzt sie in ihrer Brust, als sie antwortet:

«Hoher Großkönig, nicht ich bringe das Unglück! Wer die Wahrheit sehen will, der folge mir. Wenn der Herr seine wahren Feinde erkennen will, so möge er nur die Probe des Feuerlaufens befehlen, und das Böse wird sich selbst richten!»

König Phrom That läßt die Höflinge einen Scheiterhaufen errichten auf dem Platz vor dem Schloß. Dann befiehlt er seiner Gattin Djantha Thewi:

«Jüngere Schwester, sprich das Gebet um den Beweis der Wahrheit! Dann schreite hinein in den Feuerbrand! So möge sich vor den Augen der Bürger die Wahrheit offenbaren!»

Djantha Thewi, die Königin, hört den heiligen

Befehl ihres Gatten. Sie spricht die Abschiedsworte zu seinen Füßen. Um vor den Göttern die Wahrheit zu beweisen, sagt sie ihr Gebet:

«Ich bin eure Sklavin, ihr Götter, die ihr den hellen Schirm des Glückes aufrichtet über der Erde. Eure Dienerin bin ich, ihr Geister, die ihr in den Bäumen und Gräsern wohnt. Euch alle bitte ich, vernehmt mein Gebet! Wenn ich eine Verderbenbringerin bin, wie Djampak Thewi behauptet, wahrlich, dann bitte ich euch Götter, mein Leben nicht zu beschützen während der Probe. Ich will dann in den Flammen zugrunde gehen. Wenn ich dagegen keine Unglücksbringerin bin, dann, ihr Götter, schützt mich vor dem Feuer und laßt mein Leben nicht in Gefahr kommen!»

Das Gebet verhallt. Die Königin schreitet in die Flammen. Und siehe, da wächst eine Lotosblume aus Gold aus der Brunst hervor und umschließt die Königin. Das Feuer kann ihr nichts anhaben, und es ist, als ob sie in ihrem Kelch auf einem Throne ruhte. Die Menge sieht es staunend, und das Wunder zwingt sie in die Knie. König Phrom That ist erleichtert. Er läßt die Königin Djantha Thewi aus dem Flammenkreis herauskommen und setzt sie auf den steinernen Thron.

Da übermannt die Bosheit die Königin Djampak. Die Sünde bläst es ihr ein, auch sie will ins Feuer schreiten. Sie spricht das Gebet der Mondgöttin nach, und dann durcheilt sie den Flammenkreis und stürzt in die Feuersbrunst hinein. Aber sie kommt nicht mehr daraus hervor. Von den Flammen erfaßt, wird ihr Leib zerstört. Wiedergeboren wird sie in der Glut der Hölle.

Daß die Böse gelogen hat, ist nun vor den Augen der Menschen klar. Djantha Thewi aber hat sich von allen Vorwürfen gereinigt.

Denn das sagen die weisesten Lehrer:

Wer die Unwahrheit sagt – freiwillig oder von anderen dazu veranlaßt –, der wird Elend und Schmerzen fühlen in der Höllenglut, wie Djampak, die Lügnerin!

*

Als die Linke Gattin des Königs tot war, hat er Djantha Thewi an seiner Seite als Erste und Alleinige Gattin geweiht. Der Muschelprinz beherrschte die Königsstadt Phrom Buri und lebte im Glück.

Jetzt löste sich ihm die Zunge, und er erzählte vom Elend seiner Irrfahrt:

«Großkönig», sagte er, «als du deinen Sklaven und die Hohe Mutterkönigin auf dem Fluß ausgesetzt hattest, da trieb das Floß durch die Stromschnellen steuerlos dahin. Von einem mächtigen Windstoß erfaßt, brach es in der Mitte durch, und die Stämme zersplitterten. Dein Sklave wurde von der Hohen Mutter getrennt. Sie konnte sich an einem Stamm anklammern und wurde ans Ufer geschwemmt, unweit der Königsstadt Mattharat.

Die Hohe Mutter erklomm die Uferböschung und

schleppte sich zur Stadt. Dort nahm sie Arbeit an in der Küche des reichen Thonya Chai.

Hoher Großkönig, dein Fußsklave trieb inzwischen auf den Wassern dahin. Aber der Schlangenfürst erbarmte sich meiner und schuf mir ein Boot. So kam ich hinüber ans andere Ufer. Als ich das Ufer entlangtrieb, stand da eine Riesin im seichten Wasser. Sie nahm mich mit als ihren Sohn. Ich aber floh von der Stadt der Riesen und kam zum Haus eines Mannes, der viele Kühe besaß. Ich wohnte beim Dorfältesten und arbeitete als Kuhhirt. So fristete ich dort mein Leben. Später gewann ich die Tochter des Königs von Pharansi zur Frau. Seit ich der Schwiegersohn des Königs geworden war, lebte ich im Glück. Ich dachte an meine Mutter und machte mich auf, sie zu suchen. Ich fragte überall nach ihr, und schließlich fand ich sie im Haus des Reichen Thonya Chai wieder. Ich nahm sie mit und teilte das Glück mit ihr in der Stadt Pharansi. Dort lebten wir so lange, bis der Herr uns seinen General sandte, der uns abholen sollte. Nun ist die Zeit der Prüfungen für Mutter und Sohn vorbei. Unsere Tugend in früheren Geburten muß groß gewesen sein, denn sonst hätten wir den Weg zurück zu dir, o König, nicht gefunden!»

Nun spricht der Herr Phrom That:

«Dein Vater hat einen schweren Fehler begangen. Ich habe dem Wort der Verbrecherin geglaubt. Schwer habe ich dich bestraft. Du aber hast dich nicht gegen den Vater versündigt, du hast verziehen. Deine Stadt wirst du in eine Zeit des Glückes führen. Als König wirst du ihre Bewohner anleiten, wie sie den Zehn Gesetzen und den Fünf Geboten folgen können, um zehnfach Verdienste für ihr zukünftiges Leben anzuhäufen.»

*

Als der Muschelprinz in Phrom Buri Einzug hielt, überfiel den falschen Vizegeneral die Angst. Schaudernd dachte er in seinem bösen Herzen:

Der Prinz übernimmt die Königsschätze in dieser Stadt. Sein Zorn wird wüten gegen mich. Es ist besser, wenn ich mich so schnell wie möglich aus der Stadt fortstehle, um in einer anderen Stadt zu leben. Dort werde ich Soldaten anwerben und gegen den Prinzen zu Felde ziehen. Ich werde ihn mit seiner Mutter töten!

So dachte der Vizegeneral und floh nach Pandjan, in die Hauptstadt des Dschungelreiches. Er trat vor den König der Wälder, Pandjan Rat, und sprach zu ihm:

«Herr, der du bist wie ein Gott! Die Herrschaft in Phrom Buri ist übergegangen auf einen Muschelprinzen. Er ist dort der Erste König. Sein Ehrgeiz ist gewaltig. Schon ist er dabei, die Truppen zu mustern und neue Heere aufzustellen. Damit will er auf Raubzug gehen. Als erstes will er deine Stadt, König, überfallen, um ihren weitberühmten Schatz zu stehlen. Das habe ich soeben in Erfahrung gebracht. Deshalb bin ich hierher geeilt. Denn ich wollte dich warnen.»

Der Hohe Herr Pandjan Rat hört die Nachricht und schenkt der Lüge Glauben. Sein Zorn braust auf, und wütend schreit er die Höflinge an, die Trommeln zu rühren und die Bürger zur Versammlung auf dem Königsplatz zusammenzutreiben. Der König selbst ergreift das Wort und schildert das gemeine Vorhaben des ehrlosen Nachbarkönigs. Alle Bürger und Würdenträger hören es. Der verräterische Vizegeneral wird zum Aufseher über die Musterungen ernannt. Zuerst stellt er aus den tapfersten Kämpfern die Vorhut zusammen. Dann wird der Heerbann aufgestellt, breit und stark wie ein mächtiger Strom. Langsam setzt sich die Armee in Bewegung, Heerhaufen nach Heerhaufen, von den besten Offizieren geführt.

*

Nicht lange Zeit später haben sie Phrom Buri erreicht. Dort wird das Heer in sieben gewaltige Züge gegliedert, und jeder Zug reicht einmal um die Stadt. So ist Phrom Buri von sieben Ringen umklammert. Da erheben die Soldaten ihr Siegesgeschrei. Die Erde erzittert davon, und es ist, als sollte die Stadt in dem Beben zugrunde gehen. Das Gebrüll der Soldaten richtet sich an die Bürger der Stadt:

«Wir werden alle gemeinsam den Wall einreißen und die Stadt erobern!» So rufen die einen. Die anderen schreien:

«Wir werden den Herrn Phrom That ergreifen, zusammen mit dem Muschelkönig, und beide werden wir hinrichten!»

Als die Bürger der Stadt Phrom Buri das Geschrei der fremden Heere vor den Toren vernahmen und die Kriegselefanten gegen die Stadt her antreten sahen, da lähmte sie die Furcht. Geängstigt eilten sie zum Königsplatz zur Versammlung:

«Der Feind hat die Stadt umzingelt. Wie können wir die Gefahr von uns abwenden?»

Sogar der Muschelprinz fürchtete sich vor den Feinden, als er ihr Lärmen hörte. Da erinnerte er sich an die Riesin, seine Ziehmutter. Er sprach ein Zaubergebet, das sie ihn gelehrt hatte. Denn er wußte, daß sie bei den Göttern lebte in der Vierten Schicht des Himmels. Mit den goldenen Schuhen an den Füßen flog er hinauf zur Wohnung der Göttertöchter. Vor der Mutter warf er sich nieder und sprach:

«Hohe Mutter, dein Sklave ist in seiner Stadt von der Menge der Feinde umzingelt. Ich habe keine Stütze mehr, seit du mich verlassen. Deine Weisheit ist meine einzige Rettung, Mutterherrin! Bitte, hilf mir und den Bürgern unserer Stadt!»

Die Göttertochter war gerührt, als sie den Kummer ihres Pflegesohnes erfuhr. Aus Mitgefühl schenkte sie ihm das Schwert, das den Namen «Höchster Sieg» führt. Dann sprach sie zu ihm:

«Lieber, bitte nimm das Schwert hin, das so scharf ist wie Diamant. Die Mutter überträgt dir damit die Macht der Götter. Wenn die Feinde kommen, um dir deinen Königsschatz zu rauben, wahrlich, Lieber, so fliege auf in die Luft, das Diamantschwert in der Hand, und schwinge es über deinem Haupt. Die Feinde werden niedergeworfen und geschlagen weichen, um dem Zauberkreis des edlen Schwertes zu entfliehen. Wenn du tust, wie die Mutter dir befiehlt, wirst du keine Not leiden!»

Der Muschelprinz nahm die Waffe entgegen, wie die Göttertochter es befahl, und kehrte zu Vater und Mutter zurück. Dann führte er seine Soldaten aus der Heiligen Stadt hinaus und erhob sich in die Lüfte. Er schwang das Zauberschwert, wie die Göttliche gesagt. Das Diamantschwert glühte auf, und mit donnerndem Krachen zuckten Blitze zur Erde. Das Heer der Feinde stob auseinander, und die Soldaten der sieben Belagerungsringe brüllten laut auf, denn es war, als wollten ihnen die Schädel zerspringen. Nun schrien sie hinüber zum Prinzen und bettelten um ihr Leben:

«Hoher Großkönig», riefen sie, «wir Fußsklaven wollen dir nichts Böses tun. Schenke uns das Leben! Herr, wir sind deine Sklaven!»

Der Vizegeneral war, vom Blitz des Schwertes «Höchster Sieg» getroffen, herabgefallen vom Halse seines Kampfelefanten. Die Sünde des Undanks hatte ihn gefällt. Die Erdscheibe, die vierundzwanzig Millionen Meilen breit ist, sie öffnete sich mit donnerndem Getöse, und der Vizegeneral wurde in dem Erdbeben von der Hölle verschluckt.

Darum sagen die alten weisen Lehrer:

«Wer jemand anderen belügt und die Unwahrheit spricht zu Verwandten, Freunden, Lehrern und allen, die Gutes tun, der ist schon tot, auch wenn er noch lebt. Er wird in der Hölle wiedergeboren, wie der Vizegeneral!»

Der Prinz hatte Mitleid mit den vielen Soldaten und sprach:

«*Ihr tapferen Krieger, euer Herr, Pandjan Rat, hat den Worten des sündigen Vizegenerals geglaubt. Er ließ sein Heer ausziehen, um unser Land mit Krieg zu überziehen. Er hat mich angegriffen, obgleich ich nichts Böses gegen ihn im Schilde führte. Er hat mich beleidigt und das Gesetz mißachtet. Er hat euch auf den Weg der Zerstörung geführt. Darum müßt ihr mir versprechen, von der Sünde abzulassen und der Zerstörung abzuschwören. Folgt dem Gesetz und sündigt fortan nicht mehr. Denn sterben muß, wer Leben vernichtet und Schätze raubt, wer die Frau eines anderen zur Unzucht verleitet, wer Lügen verbreitet, wer sich zügellos der Geschlechtslust ergibt und der Völlerei frönt. Laßt euch das Schicksal des Vizegenerals eine Warnung sein!*

Wer aber das Gesetz befolgt und die Gebote, wer seinen Geist auf die Tugend richtet, der wird leben! Wenn ihr das nicht vergeßt, was ich euch hier gesagt habe, dann werdet ihr nach eurem Tode wegen eurer Verdienste im Himmel wiedergeboren werden!»

Mit diesen Worten schloß er seine Ansprache und ließ die Soldaten nach Pandjan heimkehren, während er selbst sich in seinen Palast zurückzog.

*

Die Soldaten kehrten in ihre Heimat zurück. Sie gingen, ihrem König zur Begrüßung die Füße zu küssen und ihm Nachricht zu geben von ihrem Abenteuer:

«Wir Kriegssklaven sind gemäß dem Befehl unseres Herrn dem Vizegeneral gefolgt. Sieben Ringe haben wir um die Stadt gezogen, um sie zu belagern. Der Muschelprinz aber, aus der Macht seiner Tugend, erhob sich in die Lüfte und schüttelte sein Diamantschwert. Da schlugen die Blitze mitten unter uns Soldaten ein. Von krachendem Donner wurden wir niedergeschmettert. Dunkel wurde es uns vor den geblendeten Augen, und wir verloren das Bewußtsein. Der Kampfelefant warf den Vizegeneral ab, und er fiel kopfüber zu Boden. Die Erde tat sich auf und zog den Bösen in sich ein. So endete der Vizegeneral, denn aus Undank hatte er sich gegen seinen tugendhaften Herrn versündigt. Suwanna Sang, der Muschelprinz, kam herab aus der Luft und hielt uns Soldaten eine Ansprache. Er befahl uns, in diese Stadt zurückzukehren!»

König Pandjan Rat hörte zu und war zufrieden. Er pries den Muschelprinzen und befahl seinen Dienern, vielfältige Geschenke bereitzumachen, die dem Prinzen überbracht werden sollten.

*

Als Suwanna Sang die Feinde bezähmt hatte, kehrte er in die Heilige Stadt zurück. Die Bürger leitete er an zum Guten, und er herrschte in Gerechtigkeit. Seine Gesetzesliebe machte ihn berühmt durch alle Länder. Die Könige vieler Reiche unterwarfen sich ihm, und ihre Untertanen brachten ihm Geschenke in ununterbrochenem Zug.

Die Bewohner der Erde, ihre Könige an der Spitze, suchten seinen Rat, und es gab keine Not mehr auf der Welt. Jedermann übte sich in den Tugenden, vor allem aber gab man den Armen Almosen. Als ihr Alter vollendet war, stiegen sie alle zur Wiedergeburt auf in den Himmel.

Der Prinz sammelte königliche Verdienste durch seine milden Gaben und den Dienst am Gesetz. Als sein Erdenleben zu Ende war, hielt er Einzug in der Götterstadt.

*

Der Erleuchtete kam zum Schluß. Er beendete seine Geschichte:

«Seht, ihr Mönche», sagte er, «als ich noch im Kreislauf von Geburt und Tod über die Erde zog, wurde ich als Mu-

schelprinz geboren. Ich habe Elend und Not kennengelernt, denn meine Verdienste waren unvollkommen. Mein Vater setzte mich auf dem Floß aus und ließ mich auf dem Strom treiben. Das geschah mir recht, denn es war die Strafe für eine Sünde, die ich in einem früheren Dasein auf mich lud!»

Die Mönche wußten von dieser Ersten Sünde noch nichts. Darum baten sie den Herrn, ihnen auch von diesem noch früheren Leben zu erzählen. Der Erleuchtete gehorchte ihrem Wunsch, damit seine Jünger Klarheit gewännen über den Kreis von Leben und Tod.

*

ES WAR EINMAL – *sprach der Erleuchtete* – ein kleiner Junge. Der hatte weder Vater noch Mutter. Eines Tages ging er hinunter zum Meer, um in seinen Wellen zu baden. Da sah er ein Loch im feuchten Sande des Strandes. Es führte zur Höhle einer Krabbe. Der Junge langte mit der Hand hinab in die Höhle, um die Krabbe herauszuholen. Dann nahm er vom Lehm des Ufers und knetete daraus einen Topf. In dieses Gefäß setzte er die Krabbe hinein und verklebte die Öffnung. Er stellte den Lehmtopf auf ein Floß und stieß es vom Ufer fort in die Strömung des Großen Ozeans.

Die Krabbe trieb in ihrem Gefängnis dahin, doch blieb sie am Leben. Die Wellen spülten das Floß schließlich wieder ans Ufer zurück. Sie benetzten den Topf, und als der Lehm sich durchtränkte, da schmolz er dahin. Die Krabbe kletterte ans Ufer und entkam dem Verhängnis.

*

Wegen der Sünde, die ich als Junge begangen – fuhr der Erleuchtete fort –, mußte ich in meinem nächsten Leben im Horn der Muschel leben!

Seht, ihr Mönche, daß mein Vater Phrom That dem Vizegeneral und seiner Linken Gattin geglaubt und mich daher auf einem Floß ausgesetzt hat, das geschah wegen jener Sünde. Ich hatte die Krabbe gefangen und auf dem Floß ausgesetzt. Darum mußte auch ich auf dem Wasser treiben. Jene Krabbe jedoch blieb am Leben. Meine Sünde brachte mich daher nicht um. Aber Not und Elend mußte ich leiden hunderttausendfach! Das alles geschah wegen meiner Versündigung gegen die unschuldige Krabbe!

Und noch eine Sünde habe ich in einem früheren Leben begangen, für die ich nun bestraft wurde. Daß die sechs Könige, die Schwiegersöhne des Herrn von Pharansi, mich mit Niedertracht behandelten, auch das geschah mir recht. Höret, warum!

*

Es war einmal – *sprach der Erleuchtete* – da lebte in Pharansi ein König. Jener König wollte den Mönchen Gutes tun. Er wollte ihnen Stoff schenken, darin sie sich kleiden könnten. Er wartete nur auf die Gelegenheit zum Kauf des Stoffes.

Eines Tages kamen Handelsleute in die Stadt. Die

hatten Tuch von erlesenster Feinheit, um es in der Stadt des Herrn zu verkaufen. Der König befahl seinen Höflingen, sich die Stoffe der Kaufleute anzusehen. Da war ein Tuch darunter, an Wert wohl hunderttausend Silberlingen gleich. Sie brachten es dem König, und lange ruhte sein Blick auf dem herrlichen Gewebe. Es war deutlich sichtbar: dieser Stoff war sein Gewicht in Gold wert! Der König wollte ihn haben. Die Kaufleute berieten untereinander, ob sie vom König fordern sollten, was der Stoff wert war. Sie wußten: etwas Gleichartiges gab es auf der ganzen Erde nicht. Darum entschlossen sie sich, den König zu bitten, das Gewicht des Tuches in Gold aufzuwiegen.

Als der Herr das hörte, packte ihn der Zorn. Rundweg lehnte er den Vorschlag ab. Die Kaufleute fürchteten sich vor seiner Wut, nahmen ihr Tuch und zogen sich zurück. Der König kaufte den Stoff nicht. Die Kaufleute zogen von dannen.

*

Als der König sein Erdenleben vollendet hatte – fuhr der Erleuchtete fort –, ging er ein in Suwanna Sang, den Muschelprinzen, der die Prinzessin von Pharansi heiratete. Die Kaufleute aber starben und wurden wiedergeboren in den sechs Schwiegersöhnen des Königs von Pharansi. Die sechs Könige nun wollten mir Böses zufügen, und sie stachelten ihren Vater an, mich zu beseitigen. Das aber geschah wegen der Sünde, ihnen einst ihr Tuch aus Geiz nicht zu bezahlen!

Der Höchste Glaubenslehrer war am Ende. Nun verglich er sein jetziges Leben mit seinem früheren Dasein als Muschelprinz. Seine Familie von damals war auch jetzt sein Vater, seine Mutter und seine Verwandten. Sein Gefolge von einst war wiedergeboren als seine Schüler. Und der Vizegeneral, der den Prinzen Suwanna Sang hatte töten wollen, er war auferstanden als Thewathat, der Gottesmörder, sein eigener Jünger. Er selbst aber, der Muschelprinz, ging nun über die Erde als Buddha, der Erleuchtete.

2

WIE PHRA SAMUTHAKHOT SEINE GATTIN FAND, VERLOR UND WIEDERFAND

Hauptgestalten der Erzählung:

In Phrom Buranakhon:	*Winthathat* König	*Samuthakhot* Prinz
	Thephathida Königin	
In Ramma Buranakhon:	*Siri Siha Norakhut* König	*Winthumadi* Prinzessin
	Konkawadi Königin	

Der Schöpfer des Glaubens saß in Zufriedenheit im Chetawan-Tempel in der Stadt Sawathi. Er war am Ziel seines Weges und lebte von milden Gaben. Da dachte er an Phimpha, die Hochmütige, und erzählte ihre Geschichte, zum Nutzen der Gläubigen. Diese Geschichte hat die Versammlung der Weisen aufgezeichnet und überliefert. Es ist die Verwandlungsgeschichte von Samuthakhot.

Eines Tages saßen die Mönche in der Versammlung in der Halle des Gesetzes. Sie unterhielten sich über den Erhabenen, wie er einst auf die Königskrone verzichtet hatte, um einer Frau zu folgen. Einer von ihnen sprach:

«Seht, ihr Älteren, der Höchste Glaubenslehrer, unser aller Herr, hat einst der Königsherrschaft abgedankt, um in eine andere Stadt zu ziehen. Dort hat er seine vierundsechzig Künste und Fähigkeiten gezeigt, und dies alles nur, um Phimpha, die Hochmütige, zu erlangen!»

Der Erleuchtete vernahm die Worte der Mönche durch sein magisches Gehör und verließ das Haus der Heiligen Bücher, wo er in beschaulicher Ruhe saß. Er gesellte sich zur Versammlung der Mönche. Seine Stimme ließ er ertönen, und sie klang fast so wie die Stimme des großen Gottes Phra Phrom. So fragte er die Mönche nach dem Inhalt ihres Ge-

sprächs. Die Mönche warfen sich vor dem Erhabenen zu Boden und standen ihm Rede. Der Vernichter des Bösen antwortete:

«Ich habe mich von meinen königlichen Eltern getrennt und von dem Königsschatz, um Phimpha zu folgen in jene andre Stadt, sagt ihr? Das ist nicht wahr! Nicht in meinem jetzigen Leben tat ich so, wohl aber einst, als ich in einem früheren Dasein auf der Erde wandelte. Da habe ich in der Tat wegen einer Frau Vater und Mutter verlassen!»

Soviel sagte der Erhabene und war dann still. Die Mönche aber waren neugierig geworden und wollten mehr erfahren von jenem früheren Leben ihres Meisters. Darum ließen sie ihm keine Ruhe, er mußte ihnen alles erzählen, was damals mit ihm geschehen.

Hier ist nun seine Geschichte.

*

EINSTMALS, als König Winthathat regierte über Stadt und Land Phrom Buranakhon, hatte er eine Hauptgattin, die Königin Thephathida, Göttertochter.

Damals stieg der zukünftige Buddha, Phra Phothisat, hernieder vom Himmel der Freuden. Er ging zur Wiedergeburt ein in die Königin Thephathida. Denn sie war schwanger.

Als die Zeit der wunderbaren Geburt da war, ging ein Tönen über die Erde; der Phothisat erschien und wurde Prinz Samuthakhot genannt, Echo des Meeres. Als er sechzehn Jahre alt war, von Gestalt männlich-schön, hatte er alle Kenntnisse und Wissenschaften erlernt. Berühmt war er über die ganze Erde.

Zu dieser Zeit gab es einen anderen König, der hieß Siri Siha Norakhut und herrschte über das Reich Ramma Burathani. Seine Königin hieß Konkawadi. Sie hatten eine Tochter, Winthumadi genannt. Ihr Körper war schön, und gute Sitten zierten die Prinzessin. Sie hatte erfahren von der männlichen Schönheit des Prinzen und wünschte sich sehnlich jeden Tag und jede Stunde, ihn zu sehen.

König Siri Siha Norakhut hatte auf dem Marktplatz eine Halle erbaut als Wohnung für den Schutzgeist der Stadt. In jeder achten, vierzehnten und fünfzehnten Nacht nach Neumond ging er zu diesem Heiligtum, um den Geist anzubeten.

Eines Tages beschloß Prinzessin Winthumadi, sich dem Stadtgeist anzuvertrauen. Sie schmückte sich mit ihren schönsten Gewändern, legte prunkvollen Schmuck an und ließ sich auf goldenem Tragethron, von weißem Schirm beschattet, vom Schwarm ihrer zwölftausend Hoffräulein umgeben, unter den Klängen leiser Musik zum Heiligtum tragen. Nachdem sie dreimal um die Halle des Stadtgeistes herumgegangen ist, wirft sie sich vor ihm nieder und spricht die heilige Formel zur Beschwörung des Geistes. Und dann betet sie zu ihm: «Es gibt einen Prinzen. Er heißt Samuthakhot. Voll Kraft und Stärke ist er. Über die Länder geht er hin gekleidet in Lotos. Laß mich an ihm Freude haben und glücklich werden durch ihn. Wenn ich ihn zum Manne gewinne, dann sollst du mit kostbaren Geschenken belohnt werden!»

Als die Schöne ihr Wunschgebet gesprochen hat, kehrt sie zurück zum Palast. Ihr Herz aber denkt fortan nur noch an den Prinzen.

*

Damals lebten in Ramma Buranakhon vier Magier. Die wollten der Prinzessin helfen. Sie wanderten hinüber zur Königsstadt Phrom Buranakhon. Als sie die Vorstadt erreichten, ritt gerade der Prinz, unter dem weißen Schirm auf dem Hals seines Elefanten sitzend, mit Orden geschmückt und umgeben von seinen Soldaten, hinaus zum königlichen Lustgarten. Es war ein Anblick gleich dem des Gottes Phra In, wenn er von der Menge der Götter umgeben zu seinen himmlischen Gärten geht.

Die vier Asketen sehen den Prinzen und nähern sich ihm, um den Tugendsamen anzuschauen und ihm zuzurufen, daß sie ihm Gutes zu berichten hätten. Der Prinz hört es und spricht zu ihnen:

«Ihr Alten in ausgezehrter und hinfälliger Erscheinung, welche Not und welch Elend ist euch auf eurem Weg widerfahren? Von welcher heiligen Stadt kommt ihr, und was ist euer Begehren hier in diesem Lande?»

Die vier Magier hören die Frage und geben Antwort:

«Wir, deine Sklaven, Großkönig, wir Niedrige, wir leben in Ramma Buranakhon. Dort erreichte uns die Erzählung von deiner Macht und deiner Schönheit. So haben wir uns aufgemacht, um uns anzuschauen Gesicht und Gestalt unseres Höchsten Herrn!»

Nun führte der Prinz die vier Magier in den Lustgarten hinein. Dort dürfen sie im Schatten der Bäume sich laben und glücklich ruhen. Der Prinz gesellt sich zu ihnen und fragt sie weiter:

«Was gibt es in Ramma Buranakhon Besonderes zu sehen? Wofür ist die Stadt berühmt?»

Die vier antworten:

«König Siri Siha Norakhut regiert Ramma Buranakhon. Er hat eine Gattin, Königin Konkawadi. Die königliche Tochter heißt Prinzessin Winthumadi. Sie ist so schön, daß keine Frau ihr gleicht. Königssöhne gibt es unzählige, die sie gewinnen wollten. Sie kamen, in Prunkgewänder gehüllt und mit den Zeichen ihrer königlichen Macht geschmückt. Zu König Siri Siha Norakhut sind sie gegangen, anzuhalten um die Hand seiner Tochter. Doch er hat sie allen verweigert!

Das ist das Wunderbarste, was wir von Ramma Buranakhon berichten könnten.»

Als der Prinz diese Nachricht hört, frohlockt sein Herz, und er schenkt den Magiern jedem fünfhundert Goldstücke. Zur Zeit der abendlichen Kühle kehrt er ins Schloß zurück.

Beim Morgengrauen geht er hinein zu seinen königlichen Eltern und erzählt ihnen die Geschichte, die er von den Magiern vernommen hatte. Nieder in den Staub wirft sich der Sohn und jammert und bittet:

«Ich bin der tiefste Sklave des Vaters und der Mutter. Ich komme, um von euch Abschied zu nehmen. Ich will zu der großen Stadt ziehen, die da heißt Ramma Buranakhon. Mit eurer Erlaubnis will ich gehen, um mir jene Stadt zu beschauen. Ihr König heißt Siri Siha Norakhut. Er beherrscht dort das Reich. Seine Tochter hat eine Gestalt von höchstem Liebreiz. Keine Frau auf Erden kann sich mit ihr vergleichen. Sie ist so schön, daß es laut von Mund zu Mund ertönt: Die Prinzessin ist herrlich wie die Mädchen des Himmels! Laßt euren Sklaven gehen, damit er diese schöne Jungfrau betrachten kann!»

Die beiden königlichen Eltern umarmen ihren Sohn und weinen und bitten ihn, den Aufbruch noch zu verschieben:

«Sieh, lieber Sohn, wir zwei sind dir Vater und Mutter. Ohne dich sind wir verwaist. Wie sollen wir vereinsamt weiterleben? Wenn du unbedingt fortgehen willst, verschiebe es, bleibe noch hier nur ein kurzes Weilchen! Wir werden Boten senden und um jene Königstochter für dich anhalten!»

Der Prinz jedoch wirft sich nieder. Er schlägt die Stirn in den Staub und bestürmt die Eltern, ihn selbst gehen zu lassen.

Da erhält er die hohe Erlaubnis. Nun läßt er die vier Magier holen, spendet ihnen Nahrung und gibt ihnen abermals jedem fünfhundert Goldstücke. Als es Abend wird, läßt er seinen Pagen Parohit kommen und gibt ihm seine Laute. Den Pagen Amat läßt er seine königlichen Würdezeichen tragen. Dann führt er die beiden Knaben und die vier Weisen hinaus aus der Stadt und auf den Weg.

Durch die übermächtige Kraft des Prinzen erreichten sie noch in der gleichen Nacht die Stadt Ramma Buranakhon. In der Vorstadt halten sie an. Der Prinz badet und ruht.

*

An jenem Morgen war die Prinzessin Winthumadi bereits vom Geisterhaus zurückgekehrt. Sie ging hinein in ihres Vaters Gemach, um ihm ihr Herz auszuschütten.

Der Prinz legt sein Prunkgewand an und macht sich auf, den Geist der Stadt um seinen Beistand zu bitten. Die Menge der Bürger der Stadt sehen den Prinzen vorbeischreiten, und sie laufen näher heran, um ihn zu betrachten. Sie können ihre Blicke nicht von ihm lassen, denn der Prinz ist von Wuchs herrlicher als ein gewöhnlicher Mensch.

Als er das Heiligtum hinter sich gelassen hat, geht er hinein in den königlichen Palast, um sich vor König Siri Siha Norakhut in den Staub zu werfen. Er setzt sich auf die Matte, zieht die Saiten der Laute fest, die Parohit ihm getragen hatte. Und er greift im Angesicht der Hohen in die Saiten, daß ihr Klang voll und schön durch die Säle tönt. Die Melodien ergreifen das Herz des Königs, und alle, denen die Klänge in der Stadt zuwehen, sind gerührt.

Als Siri Siha Norakhut den Prinzen anblickt, kann er seine Augen nicht mehr von ihm wenden. Und die königliche Tochter schaut gebannt den Mann an, den sie sich erkoren. Tiefe Zufriedenheit kehrt in das Herz des Königs ein. Er ruft die vier Magier herbei und fragt:

«Der Jüngling, der dort die Laute schlägt, warum ist er von Gestalt so schön, wessen Sohn ist er?»

Die vier antworten:

«Es ist der Sohn des Königs Winthathat, der die königlichen Schätze von Phrom Buranakhon verwaltet. Er heißt Prinz Samuthakhot.»

König Siri Siha Norakhut hört es und frohlockt. Er erhebt sich vom königlichen Thron, nähert sich dem Prinzen, umarmt ihn und küßt sein heiliges Haupt. Dann tut er seine Lippen auf und spricht nur das eine Wort:

«Dein Vater hat Schmerzen um dich gelitten – warum bist du nicht ihm zur Freude früher gekommen?»

Der Prinz wirft sich nieder und fleht:

«Ich weiß, daß du, o Herr, so tugendreich bist, daß es über die Erde lobend schallt. Ich habe es gewagt, hierherzukommen, in der Hoffnung, unter dem Fuß des Königs Sklavendienste verrichten zu dürfen.»

Als König Siri Siha Norakhut die Worte des Prinzen vernimmt, freut er sich sehr. Er nimmt seine königliche Tochter an der Hand und führt sie dem Prinzen zu. Vor dem Heiligtum des Stadtgeistes läßt er über den Jüngling und die Jungfrau den segnenden Wasserstrom aus dem Heiligen Goldnen Behälter fließen.

So verband er die königliche Prinzessin mit dem Königssohn, daß sie zusammen leben sollten im Glück und unter dem Schatten fortan eines einzigen weißen Schirmes!

Als die Feier beendet ist, gehen der Prinz und die Prinzessin und besteigen gemeinsam den goldnen Tragethron. So kehren sie von der Geisterhalle zurück und werden hineingetragen in den königlichen Palast.

In der Nacht ruhen sie in dem gleichen Gemach.

*

König Siri Siha Norakhut hat befohlen, Geschenke zu richten. Dann gibt er die Hochzeitsbotschaft heraus, daß Samuthakhot gekommen sei, daß er für den Prinzen die Hochzeitszeremonie abgehalten und daß er Samuthakhot gebeten habe, fortan mit seiner Tochter das Gemach zu teilen. Nun bitte er den König Winthathat, sich zu freuen und auch zum Feste zu kommen.

Seine königlichen Gesandten fertigt er mit der Botschaft nach Phrom Buranakhon ab. Er gibt ihnen Gastgeschenke für König Winthathat mit und läßt sie gehen. Als Winthathat die Botschaft vernommen hat, schweifen seine Blicke über die königlichen Geschenke, und Freude spricht aus seinem Antlitz. Er läßt je einen Zug der vier Waffengattungen, Kriegselefanten, Kampfwagen, Reiterei und Fußvolk antreten und mit reichen Geschenken beladen abmarschieren. Er selbst führt seine königliche Gattin und den Heerbann nach Ramma Buranakhon.

König Siri Siha Norakhut und Prinz Samuthakhot eilen zur feierlichen Begrüßung vor die Stadt und bitten König Winthathat herein zum frohen Hochzeitsfest. Die Könige und Königinnen segnen das junge Paar, dann hält König Winthathat seine Hochzeitsrede, voller Bewunderung für die Tugendkraft des Königs Siri Siha Norakhut:

«Unser Sohn und unsere Tochter sind geboren aus ungemischt reinem Königsblut. Auch wir Väter entstammen seit alter Zeit unvermischten Sippen. Wir sind beide aus Königsgeschlecht. Deshalb wollen wir immerdar Freunde sein! Eure königlichen Schätze sind wie unser Königsschatz, und unser Schatz ist auch der eure. Wir zwei sind wie ein Fleisch. Meine Sorgen sind deine Sorgen. Wir wollen Glück und Unglück fortan vereinigen und Freude und Not zu gleichen Teilen tragen. Möge von heute an nur noch das Glück über uns herrschen!»

König Siri Siha Norakhut hat die Rede gehört, und er antwortet mit folgenden Worten:

«Ich bin nur der beste Mann unter euren Dienern, o König. Die ehrenvolle Rede, die ihr gehalten habt, ist nur Güte und Liebe. Sie stellt beide Seiten zufrieden und macht uns glücklich. Beide werden wir immer in Freundlichkeit einander begegnen. So werde ich denken bis zu meinem Ende!»

König Winthathat und seine Gattin haben die königlichen Worte vernommen und antworten noch einmal in Liebe. Sie bleiben als Gäste in Ramma Buranakhon. Nach ungefähr einem Monat nehmen sie Abschied von König Siri Siha Norakhut. Die vier Heerzüge marschieren ab, und glücklich kehren alle zur Königsstadt zurück.

Der Königssohn wohnt mit der Königstochter vereint in ihrem Palast, und sie leben zusammen im Glück.

*

Eines Tages sagt Prinzessin Winthumadi zu ihrem königlichen Gatten, daß sie zur Stätte der Geister, dem Stadtheiligtum, gehen wolle. Sie müsse dem Geist Geschenke bringen und das Versprechen einlösen, das sie ihm gegeben, damals, als sie ihn um Hilfe angefleht habe.

Der Prinz fragt seine Gattin:

«Sieh her, Frau mit dem schönen Gesicht, wer hat dem Geist Versprechungen gemacht und warum?»

Winthumadi hört ihren königlichen Gatten sprechen und fragen. Da läßt sie ihn wissen, was damals geschehen ist:

«In der Zeit», sagt sie, «als ich von deinen Verdiensten und Tugenden vernahm, da hatte ich nur einen Gedanken und Wunsch: Du solltest mein königlicher Gatte sein! Unausgesetzt alle Tage und Nächte träumte ich von dir. Da habe ich den Geist angefleht im Heiligtum, mir meinen Wunsch zu erfüllen.»

Als der Prinz diese Worte hört, denkt auch er zurück und erzählt ihr der Reihe nach seine Geschichte:

«Höre, Frau mit den hübschen Wangen, als die vier Magier bis zur Stadt gekommen waren, da habe ich sie gefragt, und da hat dein älterer Bruder erfahren von dem tugendhaften Leben seiner jüngeren Schwester. Umhergewandert bin ich, immerzu träumend von dir, Schwester. So zog die Liebe in mein Herz, und ich glaubte, ich müßte die Besinnung verlieren. Da ging dein Bruder zum königlichen Vater und zur majestätischen Mutter und dankte ab dem Königtum. Denn ich hatte nur einen Gedanken, die Hohe Schwester zu erringen. Deshalb kehrte ich meiner Vaterstadt den Rücken, um Ramma Buranakhon, die Wohnung der Schwester, zu erreichen.»

Als der Prinz so gesprochen hatte, führte er die Göttliche zum Geisterhaus, damit sie ihr Versprechen einlösen könnte. Reiskuchen und Blumengewinde, Duftpuder und Sandelholzöl brachte sie dem Schutzgeist dar. Dann kehrte sie zufrieden zum Palast zurück.

*

Seither verging ein volles Jahr. Da erstiegen der Prinz und seine göttliche Gemahlin den gemeinsamen Tragethron, um mit ihrem Gefolge im Lustgarten sich zu ergötzen.

Damals gab es einen Zauberer, der übernatürliche Kräfte besaß. Sein Bezirk lag auf der Spitze des silbern strahlenden Berges Krailat. Der führte seine Frau spazieren. Sie pflückten Blumen, um sich damit zu schmücken. Der Zauberer hielt in einer Hand ein Schwert und in der anderen die Scheide. Darauf ließ er seine Frau sich rittlings niedersetzen und flog so auf in die Lüfte mit ihr.

Noch ein anderer Zauberer, Withayathon, lebte damals. Er wohnte auf dem Berge Suthat, der Strahlen aussendet wie funkelndes Gold. Jener Withayathon führte seine Frau Magnolienblüten sammeln. Damit schmückte sie sich. Währenddessen erhob er sich, sein Schwert in der Hand, in die Luft.

Die beiden Zauberer begegnen sich mitten auf dem Luftwege und fordern einander heraus. Denn jeder glaubt, er habe größere Macht. So kommt es zum Zweikampf. Der Zauberer, der seine Frau mitführt, wird von dem Schwert des anderen von oben bis unten der Länge nach aufgeschlitzt. Aus der

Wunde fließt rotes Blut seinen Körper badend herab und tropft zur Erde wie heißer Siegellack. Die Kräfte verlassen den Todwunden, und kraftlos fällt er herab mitten in den Lustgarten. Der andere Zauberer ergreift die Frau und entweicht.

Zu dieser Zeit kommt der Hohe Phothisat von seinem Schloß herab, um mit seiner Gattin im Garten zu lustwandeln, vom Hofstaat begleitet. Er läßt seine Blicke schweifen und sieht einen Zauberer, der im Grase daniederliegt. Er nähert sich dem Ruhenden, um ihn nach Woher und Wohin zu fragen. Der Zauberer erzählt, wie es kam, daß er hier liegt. Der Prinz bedauert den Zauberer und lädt ihn ein, mit ihm zum Lustschloß zu kommen. Er gibt ihn einem Arzt zur Pflege, und nach fünf Tagen war alles vorbei und der Zauberer gesund wie zuvor. Da erhebt er die zusammengelegten Hände zum Dank und gibt dem Hohen Phothisat sein Schwert:

«Wenn du es in Händen hältst», sagt er, «kannst du fliegen, wohin du willst!»

Mit diesen Worten verabschiedet er sich von seinem Retter.

Phra Phothisat überredet seine himmlische Frau, mit ihm das Schwert auszuprobieren und zum Walde Himaphan hinzufliegen. Er ergreift das Zauberschwert und fliegt, seine Gattin im Arm, auf in die Lüfte. Dann wendet er sein Gesicht und fliegt gen Norden. Im Fluge betrachten sie die Berge, die unter ihnen vorbeiziehen. Das ganze Himaphan-Gebirge liegt ausgebreitet da. Der Goldberg ist sichtbar, der Kristallberg und der Berg der Sieben Edelsteine. Fünftausend Meilen ist das Gebirge hoch, es hat hundert Gipfel und vierundachtzigmal tausend Grate. Edelsteine und Wunschbäume wachsen dort in Mengen. Schwärme von wunderbaren Flügeljungfrauen, von Kinari und von Kinnara tanzen und singen durch die Wälder, sich miteinander zu Reigen und Chor verbindend und wieder auseinanderstrebend zu Einzeltanz und Echogesang. Dort gibt es Rehe und Elefanten, Löwen, Nashörner, Tiger und Pferde edelster Geburt.

Der Prinz fliegt hinauf zur höchsten Spitze des Gebirges und pflückt Blumen, um sie der Göttlichen zu schenken. Auch sammelt er Früchte von erlesenem Geschmack, um sich mit der Gattin daran zu laben. Dann baden und spielen sie in einem Bach, hunderttausendfältige Freude im Herzen. Die Nacht aber verbringen sie unter einer golden erstrahlenden Kuppel.

*

Währenddessen herrscht große Aufregung in Ramma Buranakhon. Die Höflinge sehen den Prinzen und die Prinzessin nicht mehr. Ihre Herzen sinken ihnen vor Angst in der Brust herab, und sie gehen und durchsuchen Wald und Park. Doch die beiden Königskinder bleiben verschwunden. In Trauer und Furcht eilen sie zu König Siri Siha Norakhut und erzählen ihm, was geschehen ist. Der König bricht gramvoll auf nach Phrom Buranakhon, um dem Königspaar das Geschehene zu vermelden. Der Zug seines Hofstaates folgt bis zur Königsstadt. Allein aber geht er hinein zu König Winthathat und berichtet in die Knie fallend die schmerzliche Geschichte:

«Ich, dein Sklave nur, Gerechter König, bringe traurige Botschaft. Dein königlicher Sohn und deine edle Schwiegertochter haben einander zum Lustgarten unserer Stadt geführt und sind seither verschwunden. Die Sklaven des Hofes haben die Waldungen und Parks des Reiches abgesucht, aber ohne Erfolg. Nun bin ich, Siri Siha Norakhut, hierhergekommen, um dir persönlich das Unglück zu melden.»

König Winthathat und die Königin wissen nun die Trauerbotschaft. Das Herz will ihnen brechen. Weder essen noch schlafen können sie. Sein Unglück klagt der König heraus:

«Weh, weh, das Gebiet der Zwei Städte ist vom Verhängnis heimgesucht. Der königliche Sohn und das hohe Schwiegerkind, alle beide sind mir verloren. Wie fehlten mir der liebe Sohn und die geliebte Tochter! Weshalb sind sie verschollen? Warum haben sie uns zwei Alten den Rücken gekehrt, und warum denken sie nicht an ihre beiden Mütter? Aus welchem Grunde haben sie das Land der Zwei Städte verlassen und sich in die Wildnis verlaufen? Wie ist es möglich, daß niemand etwas gesehen hat? Wie sollen wir sie jetzt finden? Wie sollen wir, von unseren Kindern getrennt, noch länger leben?»

Als die beiden Könige so ihren Kummer geklagt haben, werfen sich die Höflinge noch einmal nieder und versichern erneut, daß sie die Wahrheit gesagt und wirklich kein Lebenszeichen der Königlichen gesehen haben.

Die Könige der Zwei Städte lassen Kriegsleute und Hofsklaven ausschwärmen in alle Wälder des Reiches, weil sie auf Nachricht von den Vermißten noch immer hoffen.

*

Der Königssohn geht inzwischen im Walde Himaphan spazieren. Ungefähr zwei Monate sind vergangen, da führt er die Engelhafte auffliegend in den Himmel. Auf der Spitze des Götterberges Krailat lassen sie sich nieder. Sie blicken sich um. Vor ihnen liegt die Götterstadt. Die Schwärme der Kinnara tanzen vor ihnen her, als sie sich der Stadt Suwannaburi nähern.

Fürst Thummarat, der Herr der Kinnara-Schwärme, sieht den Prinzen und ist im Herzen erstaunt, daß ein Irdischer bis hierher ins Himmelsland vorgedrungen ist. So etwas hat er noch nie erlebt. Nur ein Mensch von größter Macht könnte es wagen, denkt er, hier einzudringen.

Der einzige aber, der heute auf der Erde lebt und

so mächtig ist, daß er sogar in den Himmel vordringen könne, dieser einzige ist Samuthakhot!

Dies erwägt Fürst Thummarat in seinem Herzen, und er ruft den Prinzen herbei und lädt ihn ein in die Stadt. Der Prinz und die Himmlische heben die zusammengelegten Hände zum Gruß vor Thummarat. Er tritt vor und umarmt und küßt den Hohen und lädt ihn ein, neben ihm selbst über sein Reich als Vizekönig zu herrschen:

«Die Stadt deines Sklaven hier ist zu Freude und Kurzweil erbaut. Ihr Wall ist aus Gold, denn die ganze Stadt entstand durch die Kraft der Ersten Verdienste des Erhabenen. Dein Sklave bittet, dir die Zeichen der Königsmacht überreichen zu dürfen, auf daß du hinfort herrschen mögest über die Hälfte der Stadt.»

Der Königssohn jedoch nahm die Ehre nicht an. Nur einen Monat will er die Gastfreundschaft hier im Palast genießen. Dann muß er weiterwandern.

Als der Prinz ungefähr vier Wochen bei Thummarat gelebt hat, verabschiedet er sich von ihm und fliegt durch die Luft bis zum See Anodat. Dort gibt es sieben Arten von Diamanten. Eine Badestelle für Dämonen und Engel liegt dort, eine für Einsiedler und eine andere für Zauberer; für Erleuchtete gibt es eine, eine für Predigermönche und eine für die vielen Heiligen. Die Königlichen ruhten am Rande des Anodat-Sees ungefähr einen Monat. Dann flogen sie hinüber zum Meere Chathathan. Das hat eine

Breite von tausend Meilen, ohne die schilfbewachsenen Randmoore zu rechnen. Kreisrund umgeben ist das Meer von einem Gebirge mit sechs gewaltigen Bergen: dem Silberberg, dem Goldberg, dem Diamantberg, dem Indigoberg, dem Schwefelberg und dem Kristallberg.

Als der Prinz am Gestade sich ausruht, denkt er an eines seiner früheren Leben und erzählt der Göttlichen davon:

«Einst war ich ein fürstlicher Elefant, Chathathan mit Namen. Ich herrschte über eine Herde von sechzigtausend Elefanten. Hier in der goldenen Höhle haben wir gewohnt.»

Die Prinzessin läßt ihre Gedanken zurückschweifen und erinnert sich, daß sie damals eine treue Dienerin des Elefantenherren war, Maha Suphattha mit Namen.

So unterhielten sich die Königlichen, am Gestade ruhend. Dann führten sie einander hinab zum Bade. Im Wasser spielten sie miteinander zur Freude und zum Vergnügen. Dann pflückten sie Blüten, um sich zu schmücken. Jeder war glücklich, und so vergaßen sie, an die Heimat zu denken.

Der Prinz führte alsbald seine herrliche Gattin fliegend hinüber zu einer Stelle, wo sie am Ufer ein goldenes Lager mit kristallener Ruhefläche gewahrten. Fünfzehn Ellen hoch und siebzig Ellen breit und lang war der königlich prunkende Pfühl. Dort wollten sie bleiben. Der Prinz sprach:

«Sieh her, hohe Schwester, wir beide werden uns hier niederlassen, um anzusehen das herrliche Lager aus Lapislazuli und Kristall! Hier laß uns wohnen und verschieben die Rückkehr nach Ramma Buranakhon.»

Nun betrachteten sie die Wunder. In der Nähe des Lagers gab es zwei Brunnen. Einer führte gewöhnliches Wasser, voll bis zum Rand. Der andere war gefüllt mit herrlichem Duftwasser. Weshalb standen die beiden Brunnen hier? Die Antwort ist klar: Von alters her haben die Mächtigen von hier das Wasser geholt zum Bade und zum Balsam des Körpers. Dann aber haben sie auf dem kristallenen Lager geruht, zur Erquickung der müden Glieder.

Der Prinz und die Prinzessin schöpfen von dem Wasser und baden ihre Körper, dann nehmen sie Balsam, um ihre Glieder damit zu durchtränken. Danach betten sie sich auf dem herrlichen Lager zur Ruhe. Friedlich schlummern sie ein.

*

Einen mächtigen Zauberer gibt es. Der fliegt just in diesem Augenblick durch die Luft und sieht das Paar auf kristallenem Lager schlafen. Flugs läßt er sich nieder, und vorsichtig zieht er das Zauberschwert unter dem Haupte des schlummernden Prinzen hervor. Als er es hat, schwingt er sich auf und sucht das Weite. Aus tiefem Schlaf erwachen der Prinz und die Göttliche. Mit schweren Gliedern erheben sie sich. Aber sie sehen das Schwert nicht mehr, und die Sorge in ihren Herzen läßt sie weinen. Der Prinz tröstet seine Gattin, indem er ihr die ewigen Lebensgesetze erklärt. Sie läßt ihn ausreden, fragt aber dann:

«Wie können wir nun von hier fortkommen?»

Der Prinz antwortet:

«Ich denke, wir werden das Meer überqueren und vom andern Ufer fort landeinwärts wandern.»

Er führt die Schöne zum Ufer hinab. Da sehen sie einen Baumstamm herantreiben. Der Prinz steigt ins Wasser und zieht die Prinzessin nach, behutsam sie führend. Sie läßt sich auf dem Stamm nieder, und er lenkt den Stamm schwimmend in die Flut. Durch seine Kraft werden sie das jenseitige Ufer bald erreichen.

Aber, ach, als sie bis zu des Meeres Mitte gelangt sind, da bricht ein Unwetter los mit gewaltiger Stürme Brausen. Das Wasser wühlen sie auf. Hoch schäumen die Wogen. Der Baumstamm birst, und seine beiden Teile treiben jeder in anderer Richtung ab, die Königlichen mit sich fortführend.

*

Als die Zeit kommt, daß die Göttergleiche die jenseitige Uferböschung erklimmen kann, da sieht sie den Gatten nicht mehr. Tiefe Traurigkeit läßt ihr Augenwasser rinnen. Sie verliert die Besinnung und fällt zum Erdboden nieder. Fast wäre sie aus dieser Geburt in eine andere hinübergedämmert. Aber sie erwacht wieder zum Bewußtsein. Sie trocknet ihre Kleider im Winde. Dann knotet sie ihren Schmuck in ein Tuch und wandert der Fußspur eines Elefanten nach. So gelangt sie zur Stadt Mathrat. Sie geht hinein und begegnet einer vornehmen Dame. Von ihr gefragt, gibt die Prinzessin Antwort, nämlich, daß sie auf dem Wege nach Ramma Buranakhon sei. Die Dame fragt weiter:

«Aus welcher Ursache bist du hierher gekommen? Hast du vielleicht Verwandte hier in der Stadt, die du besuchen wolltest?»

Die Prinzessin sagt, nein, Verwandte habe sie hier nicht. Da geleitet die Dame die Fremde in ihr Haus. Die Königstochter bringt nun einen herrlichen Edelsteinring zum Vorschein und bittet die Dame, ihn bei der reichsten Familie der Stadt nach dem gebotenen Preis zu verkaufen.

Die vornehme Dame betrachtet das Juwel und sagt:

«Der Wert eines solchen Ringes läßt sich nicht festlegen. Ich werde dafür Gold fordern, soviel fünf Ochsenkarren fassen.»

Der Reiche nahm den Ring und gab soviel Gold dafür, wie die Dame gefordert hatte. Sie ließ das Gold herausschleppen und übergab es der Königstochter voll Freude. Die Prinzessin konnte es nun zum Teil gegen Sklaven und Sklavenmädchen eintauschen. Dann konnte sie ein hübsches einstöckiges Haus bauen lassen und eine Halle als Ruheplatz und Wohnung für Wandermönche und Nonnen. Die Halle ließ sie ausmalen mit Bildergeschichten. Da war zum Beispiel die Geschichte einer Heirat vor der Halle des Stadtgeistes. Da sah man die Geschichte von einem Königspaar, das auf goldenem Kristallbett lagerte. Und eine Geschichte handelte davon, wie ein Prinz und eine Prinzessin auf einem Baumstamm übers Meer schwammen, wie der Stamm in einem Gewitter zersplitterte und wie die Königlichen voneinander abtrieben.

Vor der Halle ließ sie einen Wächter warten. Der sollte Mönche und Magier bedienen, wenn sie zur Halle kämen, um dort ihre Matten auszurollen und zu ruhen. Wenn sie speisen wollten, sollte er es den Köchen sagen, damit man ihnen Nahrung überreichen könnte nach ihrem Begehr. Der Wächter sollte Mönche und Magier bedienen, gleichzeitig aber darauf achten, ob vielleicht jemand vor den Bildern ein sonderbares Verhalten zur Schau trüge. Dann sollte er eilen und es der Prinzessin anzeigen!

So unterwies sie den Wächter. Er ging. Sie aber dachte an ihren Gatten, der noch immer mitten auf dem Meer schwamm und das Ufer nicht erreichen konnte.

*

Hier entsteht die Frage, warum die beiden auf dem Meer verschlagen und voneinander getrennt wurden. War das die Folge von Handlungen in einem früheren Leben, die so bestraft werden mußten? – Jawohl! Hier ist die Erklärung:

In einem Leben vor vielen anderen Leben *waren der Königssohn und die Prinzessin König und Königin. Einmal, im Sommer, wateten sie in einem Fluß, um sich zu waschen und zu baden. Zur selben Zeit ließ ein Jungmönch sein Boot das Ufer entlangtreiben. Die beiden Königlichen sahen es und schlugen mit den Händen aufs Wasser, damit Wellen entstünden und in das Boot hineinschlügen. Als es voll war, kippte es um und ging unter. Der Mönch weinte und schwamm fort. Die beiden Königlichen holten ihn ein und halfen ihm ans Ufer. Wegen ihres Übermutes in ihrem früheren Dasein, wegen der verdienstlosen Handlungsweise dem Jungmönch gegenüber, mußten der Prinz und die Prinzessin im Ozean schwimmen, selbst über fünfhundert Wiedergeburten hin.*

*

Als der Prinz schon sieben Tage auf dem Wasser des Großen Ozeans schwamm, da kam die Meeresgöttin Mani Mekhala zurück von der Götterversammlung und untersuchte den Bauch des Großen Wassers, wie es ihre Pflicht war. Da sah sie den Prinzen auf den Wellen treiben. Sie ging zu Phra In, ihrem Herrn, und erzählte ihm, was sie gesehen. Phra In hörte es, wurde zornig und schlug die Göttin, die sieben Tage lang ihre Pflicht vergessen hatte. Gemäß seinem sittlichen Verhalten hätte sie dem Menschen, der ins Wasser gefallen war, schon längst beistehen müssen. Eilen möge sie und dem Prinzen helfen, daß er aus der Flutgefahr errettet werde. Mani Mekhala erklärte dem Gott, daß es einen Zauberer gebe, der habe dem Prinzen ein Wunderschwert gestohlen. Dadurch sei er in diese Not und Gefahr gekommen. Der Hüter des Donnerkeils hört es und zürnt dem Zauberer. Er ergreift seine Diamantkeule und eilt fort, die Waffe fürchterlich schwingend. Zum Schlage auf das Haupt des Zauberers holt er aus und fragt:

«He, Withayathon, böser Hexenmeister, wie konntest du es wagen, dem Prinzen das Schwert zu stehlen? Schnell bring es zurück, sonst schlage ich dir mit der Keule aufs Haupt, daß es in sieben Scherben zerfällt.»

Aus Furcht vor Phra In nimmt der Zauberer das Schwert und bringt es dem schwimmenden Prinzen zurück. Der ergreift es, und schon zieht es ihn aus den Wassern in die Lüfte. Er landet vor der Stadt Mathrat. Dort will er umherwandern, Almosen erbetteln und nach der Gemahlin forschen. Um selbst kein Aufsehen zu erregen und unerkannt zu bleiben, legt er seinen königlichen Schmuck ab und verbirgt ihn in einem Versteck. Dann kleidet er sich wie ein Magier und wandert hinein in die Stadt. Die Bürger sehen ihn und zeigen ihm den Weg zur Halle der Wandermönche. Der Prinz geht hinein in die Halle, die die Königstochter hat bauen lassen. Freundlich wird er aufgenommen und erhält alles, was man Gästen zur Begrüßung gibt, vor allem ein reichliches Mahl.

Als der Prinz gespeist hat, geht er herum in der Halle, um die Wandmalereien zu betrachten. Er erkennt: das hier ist eine Geschichte, die Erlebnisse schildert wie meine eigenen. In Traurigkeit versunken, legt er die Hände zusammen und betet vor den Bildern. Der Mann, der die Mönche betreut, wundert sich über das sonderbare Betragen des Fremden und geht, der Königstochter davon zu melden. Sie eilt zur Halle und sieht jemanden, der ihrem verschollenen Gatten gleicht, in Meditation versunken knien. Sie entdeckt ein Muttermal, das sie kennt, und hat nun Gewißheit. In übergroßer Freude ruft sie ihn an:

«Ich habe eine heiße Zeit gehabt durch Trauer und Leiden, getrennt von meinem Gatten. Nun aber ist meine Trauer erloschen, und das Leiden ist ausgegangen. Die Not und Gefahr, in der ich gelebt habe, ist vorbei.»

Der Prinz und die Prinzessin gehen hinauf in das Haus, das sie gebaut hatte. Sie baden und benetzen ihre Körper mit Duftwassern. Dann speisen sie. Der Prinz holt seinen königlichen Schmuck, legt ihn an, und nun erst findet er Worte für sein Entzücken, die Gattin wiedergefunden zu haben.

Nicht lange ruht er. Dann läßt er die Magier kommen und übergibt ihnen Halle und Haus als Ruheplätze auf ihren Wanderungen. Auch Geld schenkt er ihnen. Als dies getan ist, fliegt er mit der Göttlichen auf zum Himmel. Die ganze Nacht durchfliegt er die Luft, denn es war hell genug. Als sie den königlichen Lustgarten erreicht haben, lassen sie sich zur Erde herab, um im Lustschloß zu ruhen.

*

Als die Gärtner des königlichen Parks Prinz und Prinzessin sehen, eilen sie hinüber zur Stadt, um König Siri Siha Norakhut die Freudenbotschaft zu bringen. Mit seiner Gattin und dem Hofstaat geht er zum Lustgarten, umarmt und küßt seine Kinder und fragt sie, warum sie so lange fort waren. Der Sohn wirft sich zu Boden und erzählt dem Vater die Geschichte von Anfang bis zum Ende.

König Siri Siha Norakhut befiehlt, die Stadt zu schmücken. Er weiht den Prinzen und übergibt ihm die königlichen Schätze, daß sie sein seien durch die ganze Stadt. Dann geht er hinaus, um als Einsiedler sein Dasein in Meditation zu vollenden, das Aufhören der Wünsche und den ewigen Geistesfrieden zu erlangen. Als er sein Leben beendet hat, wird er wiedergeboren und geht ein in die Welt des Himmelsgottes Phrom.

König Winthathat hat inzwischen erfahren, daß Samuthakhot in Ramma Buranakhon König geworden ist. Er schickt eine Botschaft hinüber und bittet seinen Sohn, die Herrschaft auch über sein eigenes Reich anzutreten. Dann zieht er aus, um im Walde als Eremit zu meditieren und so das Ende allen Begehrens und den unendlichen Seelenfrieden zu gewinnen. Als sein Dasein vollendet ist, wird er hineingeboren in den Himmel des Gottes Phrom.

Der neue König der Zwei Städte läßt Almosenhäuser bauen und verteilt milde Gaben an die Frommen. Die Bürger folgen der Lehre des Phothisat und leben nach den Fünf Geboten der Tugend. Als sein Leben beendet ist, da steigt Samuthakhot auf, um im Paradies wiedergeboren zu werden.

*

Als der Erleuchtete die Geschichte von Samuthakhot erzählt hat, da deutet er sie den Jüngern aus:

«Der böse Withayathon, der das Schwert mir stahl, ist auch heute mein Widersacher Thewathat. Mein Vater ist der König Winthathat der Geschichte, Thephathida ist meine Mutter, König Siri Siha Norakhut ist mein Schwiegervater und Konkawadi meine Schwiegermutter. Phimpha tritt in der Geschichte auf als meine Gattin Winthumadi. Ich selbst aber war einst Prinz Samuthakhot.»

3

PRINZ SUTHON GEWINNT DIE LIEBLICHE MANORA

Hauptgestalten der Erzählung:

In Pandjan:	*Athit Wong* König	*Suthon* Prinz
	Djantha Thewi Königin	
Im Reich der Flügelwesen:	*Thumarat* König	*Manora* Prinzessin
	Thewi Königin	

Der Hochheilige Lehrer saß im Tempel Chetawan und dachte nach. Ein Jungmönch, der sich zu einer lieblichen Jungfrau hingezogen fühlte, war der Grund seiner Meditation.

Dieser Mönch war umhergewandelt, um Almosen zu sammeln. Da hatte er eine Frau von ungewöhnlicher Schönheit gesehen. Als er ihr den Rücken gekehrt hatte, blieben seine Gedanken bei ihr, und als er an sie dachte, da liebte er sie. Und als er sie liebte, da begehrte er ihren Leib.

Als er zurückgekommen war mit dem Almosentopf voller Speisen, konnte er keinen Bissen hinunterbringen. Die anderen Mönche wunderte sein Betragen, und sie fragten ihn:

«Geht es dir nicht wohl?»

«Ihr Männer, die ihr älter seid als ich, wie kann ich wissen, was es ist, das mich beschwert. Vorhin habe ich beim Almosensammeln eine Frau gesehen, die mein Herz nun ersehnt, liebt, begehrt. Ich kann nicht dafür, mein Körper will sie besitzen!»

Die Mönche nahmen den Traurigen in ihre Mitte und führten ihn zu ihrem Großen Lehrer, um ihn zu fragen, ob es kein Mittel gebe gegen den Trieb. Der Mönch erzählte nach der Wahrheit, was ihm widerfahren war. Da redete der Erhabene:

«Mönch, wozu bist du hier? Ist es nicht, um Verdienste zu erwerben im Geiste? Bist du nicht zum Orden gekommen um deiner Seele willen? Wie kannst du nun deinem Lebensziel zuwider Frauenliebe begehren? Auch wir Mönche leben durch die Frau. Aber wir haben das Streben nach irdischen Gütern wie die Sehnsucht nach den Eltern hinter uns gelassen. Unser Leben wollen wir auf Erden nicht fortpflanzen!

Und doch, auch ich weiß, es ist schwer, der Versuchung zu widerstehen, wenn schöne Frauen uns verlocken.»

Als die Mönche diese Worte hörten, baten sie den Heiligen, sie näher zu erklären. Denn sie wollten aus seiner Erfahrung lernen. Da hob er an zur Predigt und erzählte das Gleichnis, das nun beginnt.

*

ES WAR EINMAL ein König, und er hieß Athit Wong, Sonnensproß. Der nannte die königlichen Schätze der Stadt Pandjan sein eigen. Seine Hauptgattin hieß Djantha Thewi, Mondprinzessin, und ihre Reize waren süßer als irgend etwas sonst.

Damals ging der künftige Buddha in der Kette seiner Wiedergeburten ein in den Keim, der im Leib der Königin befruchtet ward. Und als die zehn Mondumläufe voll waren, gebar Djantha Thewi einen Sohn, so schön wie ein Bild vom Himmel. In der Stunde seiner Geburt sprangen an den vier Ecken des Palastes vier goldne Quellen auf, und das Wasser floß in den vier Himmelsrichtungen dahin. Der königliche Vater sah es.

«Unser Sohn wird sich verdient machen um das Heilige Gesetz. Macht wird er haben wie der Gott Phra In, der Herr mit den Tausend Augen!»

In einer großen Weihefeier gab der König dem Prinzen den Namen Suthon, Schöner Schatz.

Als Suthon zum Jüngling erwuchs, war er kräftig und schön, und die ganze Stadt war darüber froh. Alle Wissenschaften hatte der Prinz studiert, und an Klugheit war ihm niemand gleich.

Wenn man von Pandjan, der nördlichen Stadt, in östlicher Richtung wandert, so kommt man zu einem Teich, der die Farbe des Lapislazuli hat. Der See ist voll von Lotos, von Königslotos, von Rot- und Weißlotos. Um den See herum wachsen Bäume, deren Blüten die süßesten Düfte verströmen. Dort ist es herrlich zu ruhen. Eine königliche Schlange, Chomphu Djit, der Rosa Strahl, wohnt in dem See. Und darum hat Pandjan alle Tage genug zu essen. Die Würdenträger der Stadt nämlich gehen jedes Jahr in einem Festzug hinaus, um den Schlangenkönig anzubeten. Dann bitten sie ihn zu helfen, daß die Stadt auch weiterhin stets satt zu essen habe. Daß die Stadt Pandjan im Überfluß lebt, das verdankt sie nur Chomphu Djit, dem Schlangenherrn.

*

Im Westen der Nordstadt Pandjan liegt ein Ort, Maha Pandjala. Dort herrscht Not. Die Stadt ist verarmt, und ihre Bürger leben im Elend. Viele von ihnen sind so von Hunger geplagt, daß sie auswandern und ihre Hütten in Pandjan neu errichten. So schmilzt die Bewohnerzahl von Maha Pandjala immer mehr zusammen. Mit Sorge sieht das der König Nantharat, der Herr der Freuden. Er befragt seine Räte:

«Wohin denn nur sind die Bürger gegangen, fast alle?»

«Wir sind deine Sklaven, Großkönig! Herr, sie haben einander geführt hinüber nach Pandjan!»

«Warum sind sie gegangen?»

«Herr, wir sind deine Sklaven. Sie aber sind gegangen, weil es in Pandjan ein leichtes ist, satt zu werden!»

«Warum ist es so leicht, dort zu essen zu finden?»

«Herr, deine Sklaven sind wir. Chomphu Djit, der Schlangenkönig, hilft ihnen, indem er sie beschützt und pflegt. Die Bürger von Pandjan sind wohlhabend und glücklich nur durch die Macht des Schlangenherrschers!»

König Nantharat von Maha Pandjala denkt: Wir müssen Chomphu Djit, die Schlange, töten, dann wird es uns besser gehen! Und weiter befragt er die Räte:

«Durch welche List können wir dem Natternhäuptling den Garaus machen?»

«Herr, wir alle sind deine Sklaven-Menschen! Uns scheint es, als könne man dem Schlangenherrn durch keine List beikommen, Herr! Man kann den Schlangenherrscher nicht töten! Es sei denn, ein Magier wird gefunden, der die Beschwörungen kennt. Der müßte niederringen, schlagen und töten den Fürsten der Schlangen.»

König Nantharat ließ nun verkündigen, daß die Magier herbeikommen sollten, alle fünfhundert, daß er wählen könne den einen, der die Beschwörungen sämtlich beherrscht. Dem gab er den Befehl, den Schlangenkönig zu ergreifen und totzuschlagen. Danach werde er mit dem Mutigen den Königsschatz teilen und ihm die Hälfte davon schenken!

«Herr, dein Sklave bin ich und der Sklave des Erleuchteten! Ich werde ihn dir bringen, den Schlangenkönig, und ihn dir zu Füßen legen, tot!»

«Sieh dich vor, Magier, und eile! Sei schnell und nicht langsam!»

Der Magier nimmt Urlaub und geht zu jenem See. Am Ufer will er ruhen, bis der Morgen graut. Dann wird er die Schlange beschwören, daß sie heraufkommt und sich ergreifen läßt.

Am Abend vorher versucht er die Beschwörung, um die Macht seines Zaubers zu prüfen. Er speit aus. Dann legt er das weiße Tuch an. In der Linken hält er das Kraut der Verachtung. Die Rechte ausgestreckt, bläst er die Formeln hinaus über das Wasser. Die Macht der Beschwörung läßt das Wasser aufbrodeln. Schwaden von Dampf wallen auf. Da hält der Magier ein. Er ist zufrieden. Nun legt er sich am Ufer zur Ruhe. Friedlich schlummert er ein.

Als der Morgen graut, steht er auf. Er geht in den Wald, um Giftkräuter zu pflücken.

*

Der Schlangenkönig ist indessen ans Ufer gekommen. Er verwandelt sich in einen Zauberer. Er drückt sich ins Ufergebüsch, um dort zu warten. In diesem Augenblick kommt ein Jäger des Weges. Puntharik, der Weiße Lotos, geht seinem Beruf nach und durchstreift den Dschungel. Im Gebüsch am Ufer des Sees entdeckt er die Schlange in der Gestalt eines Zauberers. Geschwind richtet der Schlangenkönig das Wort an den Jäger:

«Sieh her, Vater Jäger, woher des Wegs? Ich erwarte hier einen Magier. Bitte höre auf meine Frage und sprich: Was willst du hier?»

«Nun, großer Vater, ich bin ein Waldjäger und habe keine Aufgabe als die, Wild zu jagen, das man essen kann. Ich komme hierher, um ein Reh zu schießen.»

«Sieh, Vater Jäger, bist du ein Bürger von Pandjan, der nördlichen Stadt, oder kommst du von einem anderen Ort?»

«Ich bin ein Bürger der Stadt Pandjan.»

«Und jene Stadt, hat sie es schwer oder leicht, Nahrung zu finden?»

«Sieh her, Magier, die Stadt Pandjan hat es leicht, Speise zu bekommen!»

«Nun, Herr Jäger, und warum wird man in Pandjan immer satt?»

«Ich bin ein Sklave des Herrn! Meine Heimat hat Reis, Fleisch und Gemüse im Überfluß. Das kommt von der Macht des Schlangenfürsten. Chomphu Djit hilft uns.»

«Holla, wenn das so ist, was würdest du dann mit demjenigen tun, der dem Fürsten Chomphu Djit Leid zufügen will? Nun?»

«Ich würde jedem das Haupt abschlagen, der es wagt, die Hohe Schlange in Gefahr zu bringen.»

«Herr Jäger, sprichst du die Wahrheit? Oder nicht?»

«Ich Sklave des Herrn spreche wahr!»

Der Schlangenkönig Chomphu Djit gibt sich nun dem Jäger zu erkennen:

«Ich bin der Schlangenkönig. Ein böser Magier stellt mir nach und will mich umbringen. Bitte hilf mir, jenen Zauberer zu töten! Denn wenn du mir nicht hilfst, sein Leben zu bezwingen, dann werde ich von seiner Hand sterben!»

Und weiter spricht der Schlangenkönig und gibt dem Jäger Anweisungen:

«Du mußt gehen und dich verbergen am Rande des Waldes im Unterholz. Wenn der Zauberer gekommen ist, wird er mit der Beschwörung beginnen und die Giftkräuter ins Wasser streuen. Dann wird das Wasser aufwallen und Dampf emporbrodeln. In diesem Augenblick mußt du schießen. Treffen sollst du den Magier, aber ihn sterben lassen nicht! Dann mußt du aus Büschen und Bäumen hervorspringen, ihn beim Schopfe packen und dein Messer erheben, als wolltest du ihm das Haupt abschneiden. Drohen mußt du ihm und sagen:

‹He, Magier mit dem bösen Herzen, laß ab von deiner Verwünschung! Du mußt jetzt sterben, wenn du nicht rückgängig machst deinen Zauber!›»

«Ich bin ein Sklave nur des Schlangenkönigs. Herr, wie soll ich feststellen, ob der Magier seine Beschwörung zurückgenommen hat?»

«Gewiß, Waldjäger, kannst du es sehen! Wenn der Aufruhr im Wasser aufhört und der See daliegt wie gewöhnlich, dann wisse, daß der Zauber gebrochen ist. Dann kannst du dem Bösewicht getrost den Kopf abhauen, wir sind gerettet!»

Als der Schlangenherrscher dem Jäger seine List erklärt hat, kehrt er zurück in sein Element.

*

Der Zauberer tritt aus dem Walde und bringt, was er zur Beschwörungszeremonie braucht. Er sagt die Formeln auf und streut das Gift hinab in den See. Da entsteigen dem Wasser Schwaden von Qualm, und die aufsprühenden Tropfen sind Feuer. Der Jäger Puntharik, der sich in Wald und Busch verborgen hält, hat es gesehen. Nun schießt er seinen

Pfeil und trifft den Zauberer. Der Böse fällt um. Da eilt Puntharik herbei und ergreift das Haupt des Magiers. Er holt mit dem Messer aus, als wollte er den Zauberer erdolchen. Er bedroht ihn und sagt:

«Sieh her, du böser Zauberer: Fürst Chomphu Djit, der Schlangenkönig, ist unser Gott! Warum wolltest du ihm Böses zufügen? Geschwind, gib deine Verwünschung auf! Sonst werde ich dir mit diesem Dolch den Kopf vom Rumpfe trennen!»

Der Zauberer fürchtet den Tod. Er nimmt die Beschwörung zurück. Der Jäger Puntharik sieht, wie das Wasser aufhört zu brodeln und wieder klar ist wie zuvor. Da schneidet er dem Magier das Haupt ab mit seinem Dolch. Dem Bösen bricht das Herz, und er stirbt.

*

Chomphu Djit wird das Herz leicht. Er kommt herauf und geleitet den Jäger Puntharik in sein Reich. Sieben Tage dauert das Ehrenfest der Freude. Dann kommt Puntharik wieder aus dem Schlangenreich herauf. Der König schenkt dem Jäger zum Abschied einen kostbaren Diamanten. Er zeigt Puntharik eine Stelle am Ufer des Sees und sagt:

«Wenn du mich später einmal aus irgendeinem Grunde sehen willst, so komm hierher. Sprich mit der Schlange, die hier das Tor zu unserer Welt hütet. Sie wird dich führen zu uns hinab.»

Als der Schlangenkönig dem Jäger das erklärt hat, fährt er fort:

«Nun, Freund, wandere diesen Pfad entlang. An seinem Ende liegt deine Wohnung. Also gehe nur geradeaus, und du wirst deine Söhne und deine Frau zusammen mit allen Verwandten und Freunden wiedersehen! Dein Leben wird gesegnet sein von unendlichem Glück!»

Da zog der Jäger Puntharik hin, fand heraus aus dem Wald und gelangte glücklich nach Haus.

*

Es kam ein Tag, da durchstreifte der Jäger Puntharik wieder den Wald, um Wild zu schießen. Er kam zu der Hütte des Einsiedlers Katsapa, legte Pfeile und Bogen auf den Erdboden und trat an den Alten heran. Der fragte ihn nach dem Grunde, weshalb er hierhergekommen sei:

«Von ferne bist du gekommen, allein und ohne Begleiter, her bis zu diesem Wald. Was ist dein Beruf und was dein Begehr?»

Der Jäger Puntharik gibt Antwort in folgender Weise:

«Ich bin dein Sklave, Einsiedler, frommer Mann. Ich fürchte mich nicht im Walde, so wenig wie du. Ich gehe herum wie ein Löwe, um im Walde allein Wild aufzuspüren.»

Dann legte der Jäger die Hände zusammen, verneigte sich vor dem Einsiedler und kehrte ins

Dickicht zurück. Bald kommt er in einen Waldstrich, der wie ein Garten angelegt ist. Angenehm schattig ist es hier. Großkronige Bäume laden zur Ruhe. Inmitten des Gartens liegt ein viereckiger Teich, angefüllt mit reinem, klarem Wasser, überquellend von fünffach gefülltem Lotos. Der Teich ist eingesäumt von duftenden Blumen, vor allem von süßem Jasmin.

Der Jäger Puntharik traut seinen Augen nicht, als er die Herrlichkeit sieht. Er eilt zurück zum Einsiedler und befragt ihn über den Wundergarten.

«Ich bin dein Sklave, Einsiedler. Hier geradeaus bin ich an einen Teich gekommen inmitten eines wundersamen Gartens. Dort wachsen zauberhafte Blüten aller Art. Als ich das gesehen hatte, war ich so überrascht, daß ich fortgelaufen bin. Waren es Menschen oder Götter, die diesen Garten angelegt haben? Bitte, Hoher Herr, laß mich dich fragen. Bitte erzähl mir von dem Garten, daß ich es sogleich höre!»

Der Einsiedler spricht:

«Sieh her, Jäger! Wer den Garten angelegt hat, weiß ich nicht. Als ich kam, um hier zu leben, muß es den Garten und Teich bereits lange gegeben haben. Schwärme der lieblichen Flügeljungfrauen, der Kinari, pflegen hierherzukommen, um im Wasser des Teiches zu spielen. Wenn du sie sehen willst, wohlan, so verbirg dich im Ufergebüsch! Von dort wirst du beobachten können, wie sie im Wasser tanzen, zur Freude deiner Augen!»

Herr Puntharik, der Waldjäger, geht freudig sich verbergen im Buschwald am Rande des Glanzwassers. Heute kommt die fünfzehnte Nacht des zunehmenden Mondes. Am Tage davor pflegen die Schwärme der Kinari im Teich des Lustgartens sich zu baden.

Und schon kommen die sieben Kinari-Mädchen herbei, die Töchter des Baumkönigs Thumarat, dessen Reich auf dem Götterberge Krailat liegt. Mit ihren Gespielinnen kommen sie herabgeflogen aus der Luft. Sie führen sich tändelnd hinein in den Lotosteich, um darin zu spielen. Einige schwimmen, einige tauchen, einige tanzen und singen, wie es ihnen gerade einfällt. Als es Abend wird, geleiten sie einander heim durch die Luft.

Der Jäger Puntharik hat sie gesehen und ist sprachlos vor Staunen, denn noch nie hat er so Liebliches geschaut. Er denkt nach:

Die Flügeljungfrauen sind so zart und schön! Wie kann ich es nur anfangen, um sie zu fangen? Sie sind so schön, daß der Prinz Suthon sein Vergnügen an Ihnen hätte!

In Grübeln versunken kehrt Puntharik zum Einsiedler zurück. Er bittet ihn um Rat:

«Ich bin dein Sklave, Einsiedler! Höre, Tugendhafter! Ich bin gegangen, um den Schwarm der Kinari zu sehen, die zum Teich hüpften und tanzten, um im Wasser zu spielen. Da wurde der Wunsch in meinem Herzen geboren: ich muß eine fangen! Sag,

was soll ich tun, um sie zu erhaschen? Heiliger, der du der Herr bist, bitte gib mir deinen Rat!»

Der Einsiedler erklärt ihm die Kunst, eine Flügeljungfrau zu fangen, und er sagt:

«Merke, Jäger, das Wort, das ich dir sagen werde! Mein Rat ist der: Nimm einen Schlangenfuß und strecke ihn aus gegen die Schöne. Die Fessel wird sich um ihr Handgelenk legen, und du kannst sie ohne Gefahr zu dir heranziehen. Willst du sie anders fangen, so wird es dir nicht gelingen. Nur die Schlangenfessel kann helfen. Sonst gibt es keine Hoffnung, sie zu bekommen. Du wärest wie ein Mensch, der darauf aus ist, den Mond vom Himmel zu holen!»

Nun fragt der Jäger Puntharik den Einsiedler:

«Herr, ich bin dein Sklave! Wie soll ich wissen, wo es die Schlangenfessel gibt? Wie soll ich es anstellen, um sie zu bekommen? Herr, das sage deinem Sklaven sogleich!»

Nun spricht der Hohe Einsiedler:

«Jene Schlangenfessel gibt es im Reich der Nattern. Du mußt hinabsteigen in die Schlangenwelt, um sie zu holen. Die Kinari-Jungfrau ist es wert, wenn dein Herz sie liebt und wenn du Mut hast!»

Der Jäger hat es vernommen, und sein Herz hüpft vor Freude in seiner Brust. Er wirft sich vor dem Einsiedler nieder und nimmt Urlaub. Dann geht er geradenwegs zum großen See. Er denkt, daß der Fürst Chomphu Djit, der Schlangenkönig, ihm helfen wird. Der Torhüter erkennt den Jäger und führt ihn zum König. Der fragt ihn nach dem Grund seines Besuchs:

«Nun, Jäger, was führt dich her? Warum kommst du mich Sklaven des Höchsten zu suchen? Wenn du einen Wunsch hast oder wenn ich etwas für dich tun kann, so sag es mir. Ich werde alles zu deiner Zufriedenheit regeln!»

Der Jäger Puntharik erklärt:

«Ich bin einzig ein Sklave des Schlangenkönigs, des Mächtigen. Ich komme, weil ich dachte, ich würde vielleicht um die Schlangenfessel bitten!»

«Sieh her, Freund, bitte erwähle etwas anderes, das werden wir dir geben. Die Schlangenfessel ist uns zu wichtig. Vor Zeiten stieß der Himmelsadler Khrut auf uns herab, um uns mit seinen Krallen zu fassen. Damals hielten wir die Fessel in der Hand. Da konnte der Khrut nicht nahe herankommen und ist geflohen. Wir können unmöglich die Schlangenfessel weggeben!»

«Ich Sklave des Schlangenkönigs flehe: Bitte gib den Befehl und laß den Schlangenfuß holen!»

Da denkt der Schlangenherr:

Dieser Jäger hier hat sich um uns verdient gemacht. Er hat uns geholfen, unser Leben zu bewahren. Ob wir leben sollten oder sterben, das war in seiner Hand. Deshalb wird es wohl nicht gehen, daß wir ihm unsere Fessel verweigern!

Gesagt – getan: er befiehlt dem Schlangenfuß,

sich dem Jäger anheimzugeben. Himmelhoch freut sich Puntharik. Der Schlangenkönig geleitet ihn wieder hinauf zur Menschenwelt und sagt:

«Sieh, Freund, wenn du in Sorge fällst, so komm nur her zum See. Denke an uns. Das wird dich stark machen.»

Voll Freude eilt der Jäger Puntharik zurück zum Einsiedler und von dort zum Lotossee hinab, um sich im Röhricht zu verbergen. Voller Erwartung schaut er zum Himmel, in der Richtung, von wo die Kinari-Jungfrauen kommen müssen.

Die sieben Töchter des Mächtigen striegeln Flügel und Schwanz und putzen ihr Gefieder. Sie kommen mit ihren Gespielinnen vom Krailat-Berg geflogen. Durch die Luft kommen sie zum Lotosteich. Da legen sie mit Flügeln und Schwanz ihren Schmuck ab und breiten alles auf dem Boden hin. Dann steigen sie hinab ins Wasser.

Diesen Augenblick hat der Jäger Puntharik herbeigesehnt. Er befreit sich aus dem Gebüsch, wirbelt die Schlangenfessel durch die Luft und springt mitten in den Reigen der Mädchen. Die Fessel legt sich um die Hand der Prinzessin Manora, der Lieblichen. Die anderen Kinari-Jungfrauen sehen den Waldjäger und stieben entsetzt auseinander. Sie eilen ans Ufer, kleiden sich im Fluge an und fliehen auf in den Himmel. Jämmerlich schluchzen und weinen sie:

«Seit alters sind wir immer zu diesem Teich gekommen, um in seinen Wassern zu spielen. Niemals gab es auch nur die geringste Gefahr. Warum sucht uns dieses Verhängnis heim? Fürwahr, wir werden es dem König sagen: Ein Waldjäger hat die Königstochter gefangen! Die Göttliche Mutter der Prinzessin wird weinen müssen. Sterben wird sie wollen, ihrem lieben Kinde nach!»

Unterdessen ist der Schwarm der Flügeljungfrauen zum Berge Krailat emporgeflogen. Sie öffnen sich die Haarflechten, werfen ihren Schmuck ab und fallen nieder zu Füßen des mächtigen Königs Thumarat. Weinend klagen sie an:

«Weh, weh, großes Unglück ist der göttlichen Manora widerfahren. Ein Zauberer hat sie gefangen, wie der Tiger das zarte Reh schlägt im Gehölz!»

Phra Thewi, die Mutter, hat es gehört. Sie erhebt klagend die Hände beide und seufzt in übergroßem Jammer:

«Oh, oh, Manora, du geliebtes Kind! Nicht mehr kann deine Mutter dein Gesicht sehen. Meine Gedanken suchen zu dir. Mein Herz wird brechen, weil der böse Waldjäger mit seinem Spieß dich durchbohrt hat. Die Mutter sieht nicht mehr ihr Töchterlein. Da ist der Tod für sie Erlösung. Weiterzuleben ist nun ohne Sinn. Hier sofort will die Mutter sterben!»

Phra Thewi spricht zum König die Worte des Abschieds:

«Ich Sklavin unter dem Fuß des Großen Königs bitte um Urlaub. Denn ich will Manora folgen!»

«Wahrlich, du hast recht, eile schon, geh!»

Und Phra Thewi schwingt sich in die Lüfte, ihr nach die Dienerinnen, um Manora zu folgen.

*

Hier soll weiter vom Jäger Puntharik gesprochen werden.

Als Puntharik sieht, daß der Schlangenfuß das Gelenk der Manora umwindet, eilt er herzu, um die Hand der Lieblichen zu ergreifen. Sie schreit auf:

«Triff nicht das Leben deiner jungen Schwester, Jäger! Laß mich nicht sterben! Löse die Fessel, und ich werde mit dir gehen!»

Der Jäger Puntharik wickelt ihr die Schlangenfessel vom Arm. Und er sagt:

«Göttliche, bitte übergib mir statt dessen dein Gefieder; Flügel und Schwanz gib deinem Sklaven!»

Manora übergibt dem Jäger ihr Federkleid. Sie fällt in die Knie und wendet den Kopf nach Norden. Sie ruft zu Vater und Mutter:

«Das Ende ist da. Eure diamantfunkelnde Tochter kann nicht mehr zurückkehren vom strahlenden Teich. Die Sklavin von Vater und Mutter bittet um Verzeihung, da sie nun dem Waldjäger folgen muß. Was soll die Sklavin der Hohen Eltern sonst tun? Halb ohnmächtig ist schon das Kind und in der Gewalt eines Menschen!»

Weinend folgt Manora dem Jäger. Als sie die Vorgebirgskette erreicht haben, wendet sie sich zurück und legt ihre Brustkette aus Diamanten und Edelsteinen ab. Sie hängt sie über eine Astgabel und vertraut sie dem Bergfürsten Himaphan an:

Wenn ihre Mutterherrin bis hierher gefolgt sei, dann möge der Berg ihr diese Brustkette geben. Sie solle sie mitnehmen in die Heimat. Und der Berg möge ihr sagen, daß der Jäger Manora auf diesem Weg aus dem Bergreich hinausgeleitet habe.

Weinend bittet Manora den Berg, der Mutter ihre letzten Grüße auszurichten:

«Jeden Morgen und jeden Abend bin ich bisher vor die Mutter getreten, um mich vor ihr niederzuwerfen. Nun kann ich nicht mehr die Füße und Hände der Hohen Mutter küssen. Bisher war sie die Stütze der diamantfunkelnden Tochter. Aber von nun an werde ich die Mutter nicht mehr sehen. Ich werde sie nie mehr wiederfinden. Ob ich sterben werde oder wo ich leben werde, weiß ich nicht. Das ist der ewige Gang des Schicksals. Elend oder Überfluß gibt es überall auf der Welt. Das Schicksal ist wechselhaft für alle Wesen auf Erden. Für Jünglinge und Jungfrauen ist die Trennung von den Eltern natürlich. Kind und Mutter verflicht gleiche Liebe miteinander. Am Ende steht aber das Naturgesetz, daß ihre Liebe fast unmerklich von Tag zu Tag mehr verblaßt.»

So weint, jammert und klagt Manora. Dann geht sie mit dem Jäger. Er ist unschlüssig, ob er ihre Hand ergreifen soll oder nicht. Aber weil er ein armer Mann ist, paßt er nicht zu der Strahlenden. Darum kann er das Glück nicht bei Manora finden. So entschließt er sich, die Jungfrau zu Suthon zu führen, um sie dem Prinzen zu Füßen zu legen.

Hier muß gesagt werden, daß eine Frau, die Tugend hat, eine Frau, deren Anblick lieblich, deren Gestalt schön und deren Reize anziehend sind, daß eine solche Frau erhöht werden soll in der Welt. Darum muß der Jäger Puntharik die schöne Manora dem Prinzen Suthon schenken!

So führen Puntharik und Manora einander durch den Wald. Nicht sehr lange Zeit vergeht, da haben sie die Stadt Pandjan erreicht.

*

An jenem Tage reitet der Prinz auf seinem Königselefanten zum Lustgarten, von Pagen umgeben. Er erblickt den Jäger, wie er mit Manora daherkommt. Der Jüngling sieht und liebt, liebt und begehrt die Jungfrau. Von einem früheren Dasein her hat er eine angeborene Neigung zu ihr. Daher befiehlt er seinen Dienern, den Mann mit der Jungfrau zu sich zu bitten. Als der Jäger sich niederwirft, fragt er:

«Wie heißt du? Woher kommst du? Wo gehst du hin?»

Der Jäger antwortet und sagt:

«Der Sklave unter deinem Fuß heißt Puntharik. Ich komme vom Gebirge Himaphan und will die Tochter des Mächtigen Baumkönigs dir, Herr, bringen, denn ich bin dein Sklave.»

Der Prinz ist glücklich. Tausend Barren Goldes, einen Edelsteinring und andere Kleinodien gibt er dem Jäger Puntharik zum Dank.

Durch Boten läßt er den königlichen Eltern mitteilen, daß er eine Braut gefunden. König Athit Wong und Königin Djantha Thewi freuen sich und lassen ihre Herolde in der ganzen Stadt verkünden, die Bürger alle mögen Geschenke bereitmachen und herauskommen, um Prinzessin Manora, die liebliche Tochter des Baumkönigs, die Braut des Prinzen, zu empfangen. Die Bürger tun, was der König verlangt. Unterdessen läßt Athit Wong von seinen Beamten die Stadt ausschmücken, daß sie blitzend erstrahlt, schön wie die Himmelsstadt. Als alles fertig ist, lädt er Manora aus dem Lustgarten herein in die Residenz, denn er hat das Fest des dreifachen Segens vorbereitet: die Weihe des Palastes, die Hochzeit und den Segen des Ehevollzugs.

Als die Zeremonien beendet sind, hat der Prinz sich mit Manora in Liebe vereinigt. Die sich mit keiner anderen Frau vergleichen konnte, wurde seine Erste Gattin. Ewiges Glück tranken ihre jungen Herzen.

*

Nun soll von der Mutter der Lieblichen erzählt werden.

Die Göttliche flog umher, um die Königstochter zu suchen. Auf ihrer Wanderung erreichte sie auch den Lotosteich. Dort kam sie aus der Luft herab. Sie sieht die Ohrringe, Diamanten und Edelsteine, die Blumenkränze der Flügeljungfrauen, niedergeworfen und zertreten an der Badestelle. Die Königin kann ihren Schmerz nicht zurückdrängen. Ohnmächtig fällt sie nieder. Die Dame klagt um ihre Tochter:

«Die Mutter ist gekommen, um den glänzenden See zu betrachten. Nur das Gesicht der Manora kann sie nicht sehen. Ich weiß nicht, wen ich nach meinem Kind fragen soll – und es gibt hier auch niemand, den ich fragen könnte. Weh über das Schicksal, das uns voneinander getrennt hat! Was soll ich tun, um das Gesicht der lieblichen Manora wiederzusehen?»

So weint die Dame, und es ist, als wäre sie von Sinnen.

Die Königin löst ihre Haarflechten auf. Unter tiefen Seufzern folgt sie den Fußspuren, hinein in den Wald Himaphan. Auf ihrem Wege kommt sie zu dem Baum, in dessen Astgabel Manora ihren Schmuck gehängt hatte. Phra Thewi sieht es und fällt ohnmächtig nieder. Als sie wieder zu sich kommt, jammert und weint sie:

«Manora, deine Mutter ist schon so weit gegangen. Noch immer kann sie ihr diamantfunkelndes Kind nicht sehen. Nur deinen Schmuck hat sie bisher gefunden. Sie hat das Kind nicht einholen können, darum muß sie nun zurück zum Berge Krailat!»

Sie geht hinein in die Residenz ihres Gatten Thumarat. Als der König seine liebe Frau Thewi zurückkommen sieht, fragt er sie so:

«Nun berichte, Hohe Thewi, von deiner Wanderung durch Wald und Gebirge! Hast du unser Kind gefunden? Oder kehrst du ohne Manora zurück?»

Die Mutter von Manora spricht:

«Ich bin eine Sklavin des göttlichen Königs. Überall bin ich herumgegangen, um zu forschen und zu suchen. Aber ich konnte die göttliche Manora nicht einholen. Nur ihre Brustkette habe ich gefunden, die über einer Astgabel hing am Ausgang unseres Bergreiches. Weiter konnte ich nicht gehen, und so bin ich zurückgekommen.»

Die sechs Töchter setzen sich zur Mutter, und sie weinen zusammen in siebenfachem Jammer.

*

Nun kehren wir zum Prinzen Suthon zurück.

Am Hofe lebt ein Magier, in allen Beschwörungen wohlerfahren. Er ist dem Prinzen treu ergeben und dient ihm schon viele Monate jeden Tag. Der Hohe hat erkannt, wie vorteilhaft für ihn die Dienste des Magiers sind. Er sagt:

«Schon lange hast du mir gedient, Magier. Darum darfst du dir heute etwas wünschen!»

«Ich bin ein Fußsklave des Großkönigs», entgegnet jener, «und ich denke an die Zeit, wenn der Königsvater gestorben sein wird. Dann mögest du deinem Fußsklaven Macht geben und mich deinen Hofpriester sein lassen. Das erbitte ich für die Zeit, wenn du die Königsmacht übernommen haben wirst.»

Der Prinz hat das Wort vernommen. Aber ebenso haben die Hohenpriester es gehört, die als Ratgeber des alten Königs amtieren. Sie brüten Rache gegen den Prinzen und klagen ihn vor König Athit Wong an. Sich vor dem König niederwerfend, flüstern sie ihm ein, der Königssohn plane Aufruhr gegen seinen Herrn und Vater. Mord sogar trage er im Sinn, um selbst König zu werden!

Der königliche Vater hört die Räte an, aber glauben kann er ihnen nicht.

Da kommt ein Tag, und die Feinde fallen ins Reich ein. Sie kommen mit ihrem Heer und überwältigen die Stadt an der Grenze.

Die Nachricht von der Niederlage überrascht den König. Persönlich will er losziehen, um die Feinde zu unterwerfen. Doch er zweifelt, ob er den Sieg erringen kann, und bespricht sich mit seinen Priesterräten:

«Wer ist kriegsgewandt genug, um die Feinde zu bändigen?» fragt der König, und die Hohenpriester antworten:

«Bitte, Herr, schicke den Prinzen hinaus, o Herr!»

«Seht her, Magier, unser Kind, glaube ich, ist noch zart und nicht kräftig genug zu Kampf und Gefecht! Es geht nicht, scheint mir, daß ich den Prinzen hinaussende.»

«Wir sind deine Sklaven, Großkönig, und wir wissen, wie jünglingsstark der Königssohn ist. Besser kennt er das Gefecht als manch ein bejahrter Heerführer!»

Athit Wong, der König, läßt sich überzeugen. Es freut ihn, daß seine priesterlichen Ratgeber so sprechen. Er befiehlt Suthon zu sich. Der Prinz kommt herein und sagt:

«Sieh, Vater, hier bin ich. Nimm mich an als Freiwilligen. Denn noch heute will ich ausziehen, jene Kampfsklaven zu unterwerfen. Laß mich ziehen, Vater, nur dies einzige Mal!»

Der Prinz hört den Heiligen Befehl des Vaters an. Er erweist dem Vater zum Abschied die Ehren, die das Hofzeremoniell vorschreibt. Und nun geht er hinaus, um seine Mutter zu sehen. Er berichtet ihr, was vorgefallen ist und daß der Hohe Vaterkönig ihn in den Kampf ziehen läßt. Danach erzählt er es der Himmlischen Manora. Sie bestürmt ihn und will ihn nicht fortlassen. Aber der Prinz redet seiner Gattin zu, und beruhigt nimmt sie die Trennung auf sich. Dann eilt er, um das Heer aufzubieten und die Armee zusammenzustellen, die ihn begleiten soll. Als die glückbringende Stunde zum Aufbruch herangekommen ist, gibt Prinz Suthon das Zeichen. Er ersteigt den Rücken seines Streitelefanten. Die Züge der vier Waffengattungen setzen sich in Bewegung. In Paaren marschierend ziehen die Soldaten aus der Stadt. Weithin dehnt sich ihr Zug über das Land. Durchdringend trompeten die Elefanten. Die gewandten Reiter und die tapferen Fußsoldaten bewachen den Prinzen von allen Seiten. Ihr tausendfacher Tritt macht die Erde erzittern. Die Götter kommen herab, um das Heer zu beschützen auf seinem Marsch.

Durch die Tugend des Hohen erreichen sie schnell das Grenzland. Aber die Feinde sind feige. Sie warten nicht ab, bis sie kämpfen können. Fliehend suchen sie das Weite.

*

In der Nacht, nachdem der Prinz aufgebrochen war, hatte König Athit Wong einen Traum. Sein Leib reißt auf, und heraus quellen die Gedärme. Sie umschlingen den ganzen Erdteil und schlüpfen dann wieder hinein in seinen Leib. Und der König ist wieder wie zuvor. König Athit Wong erhebt sich vom Lager. Der Morgen graut, und er läßt seine Magier kommen. Er bittet sie, den Traum zu deuten. Sie aber frohlocken, denn sie wissen, nun ist ihre Stunde gekommen. Heute werden sie Suthon, ihrem Feinde, in den Rücken fallen können. Mit diesen Gedanken werfen sie sich vor dem König nieder und sprechen so:

«Wir sind deine Sklaven, Herrscher der Götter! Dein Hoher Traum bedeutet nichts Gutes!»

«Seht, Magier, worin soll das Böse liegen, das ihr erkennt?»

«Wir sind deine Sklaven, Götterherrscher! Die Bücher sagen, daß dein Reich in Gefahr ist und dein Leben vom Tode bedroht!»

«Seht, Magier, wenn dem so ist, wie können wir das Unheil abwenden?»

«Eine magische Beschwörung wäre das Mittel!»

«Was für eine Beschwörung?»

«Wir sind die Sklaven nur des Götterkönigs! Opfern müssen wir und töten ein Wesen, das auf zwei oder vier Füßen geht. So kann das Böse, das der Traum ankündigt, verwandelt werden in Gutes.»

Sich niederwerfend fahren die Magier fort:

«Wir sind deine Sklaven, Großkönig! Die Bücher der magischen Wissenschaften sagen es an: ‹Wenn jemand im Traum etwas gesehen hat, das nichts Gutes kündet, dann muß er die Opferfeier verrichten lassen. Wenn das Opfer getötet ist, verwandelt sich der Traum, und Gutes entsteht aus Bösem.› – Darum muß der Herr nur opfern, und schon gibt es für ihn keine Gefahr mehr. Der König wird mit der Königin weiter regieren, froh und glücklich wie zuvor! Das ist die Wahrheit.»

Der König befiehlt nun seinen vielen Höflingen, zu eilen und zu fangen, was sie an zwei- und vierfüßigen Tieren erhaschen können, damit das Opferfest sogleich gefeiert werden kann. Die Höflinge wenden sich an die Jäger, und mit Männern und Frauen stöbern sie im Walde auf, was zwei oder vier Füße hat. Im Opferhaus tragen sie zusammen, was sie gefangen haben. Sie werfen sich vor dem König nieder und melden ihm, daß alles zum Opfer bereit ist. Der König sagt es den Priesterräten:

«Seht her, Magier, alle Tiere sind schon bereit! Nun eilt und verrichtet das Opfer!»

«Wir sind deine Sklaven, Götterherrscher! Nur ein Ding fehlt noch! Darum können wir noch nicht zur Beschwörung schreiten!»

«Seht her, Magier, was soll denn noch fehlen?»

«Wir sind die Sklaven des Götterherrn. Es fehlt nur ein Flügelwesen von besonderer Art, ein Kinari!»

«Jene seltenen Flügelwesen zu finden, ist überaus schwer!»

«Schwer ist es nicht! Denn sogar in dieser Stadt gibt es eins. Es heißt Manora!»

«Die Göttliche Manora und Prinz Suthon sind ein Paar. Unmöglich ist es, sie zu nehmen und als Opfer zu töten!»

«Wir sind die Sklaven des Götterherrschers. Ob es unmöglich ist oder nicht, möge der Herr selbst entscheiden. Er möge sich vorstellen das heiße Unheil, das ihm geschehen wird, er möge sich vergegenwärtigen das Ende der Göttlichen Königin und die Zerstörung des Reiches!»

«Seht her, ihr Räte, wie könnten wir töten die Gattin unseres Kindes Suthon? Was ihr Priester verlangt, das ist nicht möglich!»

«Wir sind deine Sklaven, Großkönig! Bitte höre, wie die Sklaven des Erlauchten sich niederwerfend sprechen! Wenn ein Herrscher gestorben ist, opfern sich Frauen und Söhne, die er geliebt hat. Freiwillig folgen ihm seine Söhne und Frauen, die vielen, um ihm zu helfen, damit er die Seligkeit finde.»

Die Weisen am Hofe stimmten den Priestern zu.

Da fiel das heiße Feuer nieder auf das Haupt des Königs und brannte sich ein. Denn sein Sohn war fern. Niemand war da, um das Feuer zu löschen oder löschen zu lassen, wie es der Prinz getan hätte. Wäre der König bei Sinnen gewesen, so hätte er seinen Tod nicht gefürchtet, um dem Bösen zu entgehen in Liebe. Doch so richtete er seinen Sinn auf Manora und dachte:

Wenn mein Sohn noch lebt, wird er eine andere Frau finden, die ebenso gut ist wie Manora oder sogar noch besser.

So dachte der König das Unheil abzuwenden und der Gefahr zu entgehen. Die Weisen lobten und priesen ihn.

Die Magier und Priester redeten auf den König ein, und er blieb ruhig und wußte ihnen nichts mehr zu entgegnen. Da merkten die Ratgeber, daß sein Gewissen beruhigt war, und sie ließen von ihren Helfern das Opfer vorbereiten und befahlen, die Göttliche Manora zu fangen und herbeizubringen, um sie als Opfer zu töten.

Doch das Gerücht von dem königlichen Beschluß eilt ihnen voraus durch die Hohe Stadt. Als die vertrauten Dienerinnen der Lieblichen es hören, will ihnen das Herz aus der Brust fallen und in sieben

Teile zerspringen. Sie eilen zur Königin, der Mutter des Königssohns. Als sie vor ihr stehen, fallen sie nieder und berühren mit dem Gesicht die Füße der Göttlichen. Weinend tun sie ihr kund:

«Wir sind deine Sklavinnen, Königin! Du Hohe Mutter des Herrn, du scheinst nicht zu wissen, daß König Athit Wong den Worten der Zauberer verfallen ist. Er glaubt ihnen und wird unsere Herrin ergreifen lassen, um sie als Opfer zu töten. Wir flehen dich an, Mutter, hilf und gehe zum König, sprich zu ihm und bitte ihn, das Opfer zu verschieben, bis Prinz Suthon zurückgekehrt ist. Geh, wirf dich nieder vor dem königlichen Gatten und bitte ihn, unserer Herrin die Todesstrafe zu erlassen. Wir werden dir blindlings folgen und, wenn es sein muß, sterben!»

Djantha Thewi hat vernommen, welch Verhängnis der Göttlichen Manora droht, ihrer Schwiegertochter. Zusammen mit den Dienerinnen geht sie, um vor König Athit Wong sich in den Staub zu werfen. Der König aber ahnt, daß seine Gattin Djantha Thewi naht. Er befiehlt seinen Leibwächtern, die Königin nicht hereinzulassen. Djantha Thewi wird abgewiesen. Sie kehrt um. Zum Palast der Lieblichen wendet sie sich. Im Lustgarten trifft sie ihre Tochter. Seufzend klagt sie ihr, was sich zugetragen hat. Manora, die Göttliche, antwortet ihr gefaßt:

«Ich bin nur eine Sklavin der Hohen Mutter! Wenn es so ist, daß die Mutter nicht zum König vorgelassen wurde, dann muß ich gewiß sterben, bevor der Prinz zurückgekehrt ist, der mein Schirm war. Ein anderer Mann wird kommen, um mich zu ergreifen. Er wird mich führen zum Opfertod. Noch heute muß ich sterben. Ohne den Gatten bin ich hilflos. Nichts habe ich mehr, worauf ich mich stützen könnte. Prinz Suthon wird kommen und mir nachsterben! So muß es geschehen. Darum, o königliche Mutter, gib mir meine Geschmeide zurück, die du aufbewahrt hast. Denn ich muß mich schmücken, um strahlend Abschied zu nehmen zum Sterben!»

Djantha Thewi, die Mutter des Prinzen Suthon, hat die Geschmeide geholt und Manora gegeben zusammen mit Flügeln und Federschwanz. Nun schmückt sie ihren Körper nach Vogelart und legt an ihr funkelndes Federkleid. Dann tanzt sie vor der Mutter den Abschiedstanz. Djantha Thewi liebkost ihre Hohe Schwiegertochter, und erblassend seufzt sie:

«Der Herr Suthon, unser Kind, wird heimkommen. Wenn er dann Manora nicht sieht, wird er durch die Stadt laufen, und wenn er sie nicht trifft, wird mein kristallener Sohn auch sterben!»

Manora, die Göttliche, antwortet:

«Ich bin eine Sklavin der Mutter des Herrn. Wenn Prinz Suthon, mein Hoher Gatte, zurückgekommen ist, dann sage ihm dieses von mir:

‹Ich, die ich die Liebliche genannt werde, nehme Abschied zu Füßen des Königsgatten! Bitte verzeih mir, was ich getan habe!› Das bitte hilf mir dem Prinzen sagen. Und nun, bitte, laß mich gehen, denn mein Schicksal ist es, zu sterben!»

Als Manora das gesagt hat, neigt sie ihr Haupt gen Osten und verrichtet die Abschiedszeremonie vor der Hohen Mutter des Gatten. Dann erhebt sie noch einmal die Stimme und sagt:

«Ich, die Sklavin der Mutter des Herrn, bitte dich, daß du meinem Hohen Gatten ausrichtest, wie ich hier zu deinen Füßen von ihm Abschied genommen habe. Zuvor habe ich jeden Morgen und jeden Abend diese feierliche Handlung vollführt vor ihm, der so schön ist. Jetzt war es das letzte Mal. Denn nun kann ich die Ehrung nicht mehr wiederholen. Daß wir zusammen gelebt haben, ist gut; daß wir nun scheiden müssen, auch gut. Das ist nur natürlich für alle Wesen, die im Kreislauf von Tod und Leben geboren sind.»

Als die Göttliche Manora, die Hohe Schwiegertochter, das gesagt hat, schmiegt sie ihr Gesicht an die Füße der Königin Djantha Thewi und bittet sie noch einmal um Verzeihung für alles, was sie gefehlt haben könnte. Die Königin umfaßt den Kopf ihrer Schwiegertochter mit beiden Händen, und jammernd sagt sie:

«Getrennt ist das Kitz und das Küken von der Mutter. Verwaist ist die Mutter. Vom Kind und vom geliebten Mann muß sie scheiden. Herumirren muß sie in Wald und Gehölz, folgen den Bergen. Sie ist wie eine Hirschkuh, die ihr zartes Junges verloren hat und es suchen muß. Denn die Götter, die in Gebirge und Wald wohnen, die Götter in der Luft haben es zugelassen, daß Mutter und Kind voneinander getrennt wurden! Wenn der Königssohn zu unserer Stadt zurückgekehrt ist, wird er die Hohe Schwiegertochter nicht mehr sehen. Im Herzen wird er einsam sein wie eine Vogelmutter, die zum Nest zurückkehrt und es leer findet und verlassen von ihren Küken.»

Während Djantha Thewi noch klagt, strömen die Wachen in den Palast und besetzen ihn. Sie wollen die Liebliche fangen und abholen, um sie zu töten und zu opfern.

*

Manora nimmt ihre beiden Flügel und streift sie über ihre Arme. Ihre Hände legt sie noch einmal zusammen, um die Königin zu ehren. Dann schwingt sie sich auf in die Lüfte. Sie fliegt hinüber zum Walde Himaphan.

Bei der Klause des Einsiedlers läßt sie sich auf die Erde nieder zur Begrüßungsfeier. Dann erzählt sie ihm ihre Geschichte, damit der Einsiedler sie in allen Einzelheiten kennt. Dann fährt sie fort:

«Ich bin nur deine Sklavin, tugendhafter Herr. Wenn Prinz Suthon, mein Gatte, auf der Suche nach mir bis hierher gekommen ist, so übergib ihm, Herr, dieses Tuch und diesen Edelsteinring. Und hilf mir, indem du ihm verbietest, mir weiter zu folgen. Denn niemand kann von hier an weiter in den Wald vordringen. Unwegsam ist das Gehölz, und Menschenpfade durchziehen es nicht. Hier nämlich beginnt das Land der Höheren Wesen. Darum bitte ich Prinz Suthon, umzukehren und mir ja nicht zu folgen.»

Manora legt nun die Hände zusammen und wirft sich zu Boden. Ihren königlichen Gatten redet sie in ihrer Vorstellung an:

«Hier nehme ich Abschied von dir. Ich bitte dich um Vergebung. Wenn mein Schicksal die Folge ist von Taten, die ich in einem früheren Leben getan habe, mit meinem Körper, mit meiner Rede oder in meinem Herzen, dann bitte ich, daß der Herr mich aus seiner reinen Seele verbannen möge!»

Bei diesen Worten wendet Manora ihr Gesicht nach Süden, legt die Hände zusammen und verneigt sich vor dem fernen Prinzen. Dann fährt sie fort:

«Gerne wollte ich bei meinem Herrn bleiben, damit die Schätze unseres Lebens gleich seien. Doch ich kann meinem Wunsch nicht mehr folgen, und so muß ich scheiden. Vielleicht hat der Herr früher irgendeine Sünde begangen, und die Frucht dieser Sünde ist es, daß mein Wunsch zunichte wird!»

*

Als sie das gesagt hat, wendet sie sich wieder dem Einsiedler zu:

«Ich bin deine Sklavin, Herr! Wenn mein Gatte es

nun ablehnt umzukehren, wenn er mir noch weiter folgen will, so sage ihm, er soll nach Norden fortwandern. Er möge dieses magische Pulver nehmen, um sich damit später zu verzaubern. Wenn er die Wege der Menschen weit hinter sich gelassen hat, wird er den Wald der giftigen Bäume erreichen. Hier möge er ein Affenkind fangen und mitnehmen. Wenn er irgendeine Frucht essen will, möge er sie zuerst dem Äffchen geben. Nur wenn das Affenkind davon ißt, darf auch er sie verspeisen.

Weiter wird er zu einem Rohrwald kommen. Dort soll er mein Tuch nehmen und sich ganz darin einhüllen. Dann soll er sich auf die Erde legen und schlafen. Ein Elefantenvogel wird geflogen kommen auf der Suche nach Nahrung. Der wird denken, dort im Sand liegt ein Hirsch. Mit seinen Krallen und seinem Schnabel wird er den Herrn ergreifen und über den Rohrwald hinwegtragen bis zu seinem Nest in einem hohen Baum. Dort soll der Herr aufstehend in die Hände klatschen, und der Vogelfürst wird sich fürchten und fliehen.

Bald danach wird der Herr zwei Elefantenbullen treffen, die miteinander kämpfen und den Weg versperren. Hier möge der Herr das Zauberpulver nehmen und sich den ganzen Körper einpudern bis hinab zu den Heiligen Füßen. Dann soll er eine Beschwörungsformel murmeln und zwischen den Beinen der Elefanten hindurchlaufen. So wird er nicht in Gefahr kommen.

Später wird der Herr zu zwei Bergeskindern kommen. Sie haben Herz und Seele, beugen ihre Häupter hinunter und stoßen sie gegeneinander, mitten über dem Wege, den der Herr gehen wird. Da möge er einen Bann über die Berge sprechen von ihren Häuptern bis zu ihren Füßen. Dann werden die Berge auseinanderstreben und eine Schlucht freigeben. Durch diesen Hohlweg möge der Herr hindurcheilen!

Weiter wird der Herr zur Wohnung der Wasserschmetterlinge kommen. Er soll über sie eine Umzingelungsbeschwörung sprechen, damit sie ihn unbehelligt ziehen lassen.

Nach ungefähr hundert Meilen wird er zum Schilfwald kommen, dann zum Gold- und zum Silberberg, darauf zum Schwertgraswald und zum Rohrgestrüppdickicht.

Nach weiteren dreihundert Meilen wird er zu einem Dschungel kommen, der dicht und verfilzt ist. Die Büsche in diesem Dickicht sind dornig und voller Stacheln. Da muß der Herr hindurch. Dann erreicht er einen See, grundlos voll Wasser. Auch ihn muß der Herr durchschreiten. In dem Urwald dahinter wimmelt es von Schlangen aller Art. In diesem Wald legt sich ein Fluß in seinen Weg, den er durchqueren muß. Am jenseitigen Ufer ragen wie eine Wand Felsen auf. Da gibt es auch nicht die schmalste Schlucht, durch die der Herr weiterwandern könnte.

Wenn er dennoch vorankommt, so wird er auf einem Hügel im Walde einen Riesen treffen, der sich mitten auf seinem Wege auftürmen wird so hoch wie sieben Palmen übereinander. Der Herr möge abermals das Zauberpulver nehmen und damit die Spitze eines Pfeils bestreichen. Wenn sein Schuß die Brust des Großriesen trifft, wird er umfallen. Dann möge der Herr an ihm entlang in der Richtung, die das Haupt des toten Riesen weist, weiterwandern.

Nach ungefähr tausend Meilen wird er an einen anderen Strom kommen, in dem eine Pythonschlange haust mit langem und dickem Leib. Sie streckt ihren Schwanz aus dem Wasser und läßt ihn über die Uferböschung hängen, während sie ihren Kopf drüben auf den Sand gelegt hat. So kann sie wie eine Brücke zur Überquerung benutzt werden. Dazu möge der Herr seine Fußsohlen mit dem Zauberpulver einreiben und dann über den Rücken der Schlange hinschreiten. Wenn er das gegenüberliegende Ufer erreicht hat, möge er am Kopfe der Schlange vorbei sich in den Wald flüchten. Noch tausend Meilen muß er wandern. Dann erreicht er ein undurchdringliches Dornendickicht. Da gibt es keinen Schlitz, durch den er hineinschlüpfen könnte. Nur Vögel können über den Wald hinwegkommen. Am Rande dieses großen Dickichts steht ein uralter Baum. Viele fürstliche Vögel nisten in seinem Geäst. Diese Vögel haben häusergroße Riesenkörper. Wenn mein königlicher Gatte bis dorthin gelangt sein wird, möge er auf den Baum klettern und sich im Nest der Vögel auf die Lauer legen, damit er herausbekommt, welche der fürstlichen Vögel auf Nahrungssuche in die Himmelsstadt fliegen werden. Dann möge der Herr in den Flügelflaum eines dieser Vögel kriechen und sich darin verbergen und gut festhalten. Wenn der Vogelfürst sich zur Erde herabläßt, soll der Herr sich herausgleiten lassen und so laut wie möglich brüllen:

‹Ho!› Da wird der Vogel vor Angst abfliegen, und mein Königsgatte wird auf den Berg Krailat hinaufklettern können.»

*

Die Göttliche Manora hat dem Einsiedler alles erklärt. Nun schreibt sie die Beschwörungsformel auf ein Blatt. Dann überreicht sie dem Einsiedler ihr Tuch, den Edelsteinring und das Zauberpulver. Sie bittet den Heiligen Lehrer, das dem königlichen Gatten zu geben, wenn er bis hierher gelangt ist. Darauf verbeugt sie sich noch einmal in Gedanken vor ihrem Gatten und danach vor dem Einsiedler. Dann schwingt sie sich auf in die Lüfte und fliegt zum Berge Krailat, der die Hohe Stadt der Eltern der Lieblichen trägt. König Thumarat, der Vater, sieht voraus, daß seine Tochter zurückkehrt. Er denkt:

Manora, meine Tochter, hat mit dem Geschlecht der Menschen so lange gelebt. Wie könnte ich erwarten, daß sie in unserer Welt wieder leben kann, als sei nichts geschehen. Darum werde ich ihr ein neues goldenes Schloß bauen lassen. Darin möge mein geliebtes Kind unabhängig und selbständig leben mit ihren Gespielinnen!

Gedacht und getan. Er befiehlt den Baumeistern, ein Goldschloß zu bauen, damit Manora dort leben könne, wie es ihr gefällt.

*

Nun wenden wir uns wieder dem Königssohn zu.

Prinz Suthon hatte das Heer hinausgeführt in den Grenzbezirk von Pandjan, um die plündernden Haufen der Feinde zurückzuwerfen. Als er die Ruhe wiederhergestellt hatte, führte er das Heer zurück. In der Nacht zog er in Pandjan ein und trat sofort vor den König Athit Wong, seinen Vater. Sich vor ihm niederwerfend, erzählt er Punkt für Punkt, was sich ereignet hat an der fernen Grenze. Dann geht er, um die Hohe Mutter zu begrüßen. Als Djantha Thewi sieht, daß Prinz Suthon zurückgekehrt ist, kommt sie hervor, um ihn zu empfangen. Sie umarmt und küßt ihren Sohn. Die Tränen fließen, und sie weint.

Der Sohn nun richtet das Wort an seine Mutter und fragt, warum sie so gramerfüllt sei.

«Sieh her, Suthon, Sohn: Manora, deine Frau, ist geflohen. Sie ist fort und verloren.»

Und Djantha Thewi erzählt die ganze traurige Geschichte. Als Prinz Suthon gehört hat, was geschehen ist, stockt sein Herz, und er denkt, es wird ihm sofort aus der Brust brechen. Er schaut über den Palast hin, der so still daliegt wie eine Begräbnisstätte. Er kann seinen Körper nicht mehr aufrechthalten, und besinnungslos bricht er nieder wie jemand, dem beide Beine durchgehauen worden sind. Die Hohe Djantha Thewi, die Mutter, holt Duftwasser und reibt damit den ganzen Körper ihres Sohnes ein. Als er wieder zur Besinnung gekommen ist, steht er auf und geht zum Schlafgemach seiner strahlenden Gattin. Er sieht sich um, und sein Blick fällt auf die Schlafmatten der Lieblichen, die hingebreitet sind, und auf die Blüten, die überall herumliegen und fahl und trocken geworden sind. Weinend sagt er:

«Mein Herz will zerspringen, als wäre es getroffen von vergiftetem Pfeil. Die liebe Manora, wohin ist sie gekommen? Nirgends sehe ich mehr das Gesicht der Geliebten. Ich werde Abschied nehmen und hinauswandern, um die Liebliche zu suchen. Wenn ich sie nicht wiederfinde, werde ich nicht zurückkehren. Dann werde ich sterben im großen Wald. Nur wenn ich die Gattin finde, will ich zu meiner Mutter heimkehren. Sonst will ich lieber tot sein.»

Königin Djantha Thewi sieht, wie betrübt und todtraurig ihr Sohn ist. In ihrem Herzen hofft sie noch immer, daß sie ihn von seinem Gram heilen kann. Sie sagt:

«Sieh, lieber Sohn, weine nicht Manora nach! Königliche Mädchen und Frauen, die von Gestalt und Gesicht vergleichbar sind mit Götterjungfrauen, gibt es noch so viele, daß die Erde davon überquillt. Mit ihnen magst du dich vergnügen! Aber Manora folgen? Nein! Denn später wirst du die Königsschätze erben, und dann mußt du hier sein, um zu regieren.»

Der Prinz antwortet seiner Mutter:

«Ich bin der Sklave meiner Mutter-Herrin. Wenn ich Manora nicht sehen kann, möchte ich nicht mehr Mensch sein!»

Die Hohe Dame bestürmt ihren Sohn. Aber sie kann nichts verhindern und muß am Ende still sein. Der Prinz nimmt mit allen Ehren Abschied von seiner königlichen Mutter. Dann geht er hinab vom Schloß und hinaus aus der Stadt. Als Djantha Thewi, die Königin-Mutter, ihren Sohn aus ihren Blicken entschwinden sieht, kommt ihr Herz in solche Bewegung, daß es fast bricht. Sie eilt dem Sohn nach, erreicht ihn und fleht ihn an, zurückzukehren:

«Sieh her, lieber Sohn, du mußt zurückkommen! Wenn du gehst, hat deine Mutter keine Stütze mehr. Wenn ich dich nicht mehr sehen kann, muß mein Leben verlöschen!»

Die königliche Göttin aber muß ihren Sohn gehen lassen, nur ihre Blicke folgen ihm.

*

Der Prinz geht hinüber zum Haus des Waldjägers und fragt ihn:

«Wo liegt die Wohnung von Manora? Weißt du es oder nicht?»

«Ich bin ein Sklave des Göttergleichen! Dein Fußsklave kennt Manora nicht. Ich weiß nur, daß sie große Macht hat, so daß sie sogar in der Luft fliegen kann. Ich glaube, sie ist in die Welt der Götter gegangen und auf immer verloren. Aber wenn der Herr ihr folgen will, so ist die Hütte des Einsiedlers das erste Ziel. Der wird wohl wissen, wo Manora lebt.»

Prinz Suthon bricht auf zur Wohnung des Einsiedlers. Der Jäger nimmt Dolch und Messer, auch Pfeile und Bogen, und zusammen kehren sie Pandjan den Rücken. Vor der Stadt wendet der Prinz sich um und läßt seine Blicke noch einmal über die Stadt schweifen. Er sagt:

«Wenn ich Manora wiederbekomme, werde ich die Heimat, die herrliche, wiedersehen. Wenn ich die Liebliche dagegen nicht finde, werde ich nicht zurückkehren in diese Stadt!»

Als er diese Worte gesagt hat, stößt er seinen Kriegsruf aus, mutig wie ein Königslöwe. Dann wendet er sein Haupt zum Walde Himaphan, und sie wandern los. Als sie die Wohnung des Einsiedlers erreicht haben, läßt er den Jäger zurückkehren. Der Herr selbst legt seine Waffen ab und geht allein hinein zum uralten Lehrer. Er begrüßt den Einsiedler nach den Regeln und setzt sich nieder. Und dann hebt er an, um den Alten nach Manora zu fragen. Mit aufgehobenen Händen bestürmt er ihn:

«Ich bin ein Sklave des Herrn. Ich begrüße den Hohen Einsiedler in allen Ehren. Denn ich will fragen, ob du Manora, die Göttin, gesehen hast, die Geliebte deines Sklaven, Herr, der hier vor dir kniet.»

Nun erzählt der Einsiedler dem Prinzen die ganze Geschichte:

«O Suthon, Königssohn, wohl habe ich die göttliche Manora getroffen. Sie hat mir aufgetragen, folgendes zu bestellen: Ich bitte den Herrn, daß er zurückkehrt. Denn von hier an wird der Weg schwierig. Nur Wesen, die mächtiger sind als Menschen, können auf ihm wandern. Darum bitte ich den Herrn umzukehren! – Das hat die göttliche Manora mir befohlen, dir zu sagen.»

Nun erzählt der Einsiedler, daß Manora ihm drei Dinge zur Aufbewahrung gegeben hat, nämlich einen Edelsteinring, ein Tuch und einen schmalen Ring für den kleinen Finger. Der Einsiedler holte diese drei Dinge hervor und legte sie dem Herrn in die Hände. Als der Prinz sieht, was Manora ihm hinterlassen hat, da schlägt er seine Brust mit beiden Händen, und seine Tränen benetzen die Juwelen, Manoras Herzenspfänder, die ihm die Geliebte lebendig verkörpern. Der Einsiedler fragt nun Prinz Suthon, ob er zurückkehren wird oder fortfahren will mit der Suche. Aber der Prinz antwortet, lieber wolle er sterben, als sein Gesicht zurückzuwenden. Da weiß der Einsiedler, daß Prinz Suthon seine Liebe ewig an Manora gewandt hat. Deshalb erzählt er dem König der Könige auch den zweiten Teil der Botschaft, die die Göttliche hinterlassen hat:

«Es gibt noch weitere Worte, die Manora mir gesagt hat: Wenn der Herr nicht zurückkehren mag und mir weiter folgen will, dann möge er geradeaus wandern auf dem Weg, den ich ihm bezeichnen werde. Er möge mein Zauberpulver mischen und zu Staub zerreiben. Dann beschwöre und segne er den Puder. Sodann fange er ein Affenkind, ein kleines, das sein Führer sein wird. Und er gehe immer in gerader Richtung fort...»

So lauteten die Worte der Lieblichen, und so hat sie der Einsiedler dem Prinzen Suthon überbracht, ganz genau und in allen Einzelheiten. Der Herr hat sie gehört. Er drückt den Ring seiner Geliebten an seine Brust. Dann spricht er zum Einsiedler:

«Ich Sklave des Herrn werde jetzt gehen. Wenn ich die andere Hälfte meines Lebens wiedererlange, werde ich in meine Heimat zurückkehren. Wenn ich dagegen meine Geliebte nicht finde, werde ich im Wald sterben! Wenn es aber wahr ist, daß ich in meinen vorausgegangenen Leben nützlich und hilfsbereit war anderen Wesen gegenüber, wenn ich nicht Sinnenlust gesucht habe bei den Frauen anderer Männer, dann möge ich Manora wiederfinden, dann möge mein Sehnen sich erfüllen. So sei es!»

Als er das gesagt hat, da fängt er sich ein Affenjunges, ein ganz kleines, und läßt es seinen Führer sein. Er nimmt Abschied vom Einsiedler, wie es die Regel verlangt, und dringt ein in den Wald, den die Göttliche ihm bezeichnet hat. Er erkennt den Weg aus der Beschreibung und wendet sein Gesicht nach Norden. Der Einsiedler geleitet ihn noch ein kleines Stück auf den Weg, dann kehrt er zu seiner Klause zurück.

*

Phra Suthon, der Herr, begann zu wandern. Es heißt, die Zeit seiner Wanderung betrug sieben Jahre, sieben Monate und sieben Tage. Durch viele Gefahren ging er hindurch, als er den endlosen Wald durchwanderte: Da gab es einen Riesenfürsten. Sein Körper war so groß wie die siebenfache Länge eines Palmbaumes. Seine Augenränder waren rot wie Feuerbrand. Sein Fell schimmerte grünlich wie der Indigoberg. In der linken Hand trug er eine eiserne Mörserkeule und rechts eine stählerne Axt. So stand er breitbeinig mitten auf dem Weg des Prinzen. Der sieht den Riesen, aber er läßt nicht den Mut sinken. Denn Furcht ist ihm fremd. Tapfer ist er wie ein Löwe. Er nimmt den Zauberpuder und bestreicht damit die Pfeilspitze. Er schießt und trifft die Brust des Großriesen. Der fällt um auf die erbebende Erde. Der Prinz geht an dem gefällten Unhold vorbei in der Richtung, die das Haupt des Toten bezeichnet.

Bald kommt er an einen Fluß, dessen Wasser ätzende Säure ist. Der Herr nimmt das magische Pulver und bestreut sich damit die Fußsohlen. Dann tänzelt er auf dem Rücken der fürstlichen Würgeschlange hinüber. Der Fluß ist überschritten. Da kommt er an einen Rohrdschungel, dessen Dornen noch schärfer sind als die ätzende Säure. Er will Umschau halten und schwingt sich durch die Äste wie ein Affe hinauf auf einen gewaltigen Baum, der am Rande des Waldes wächst. In diesem Augenblick geht die Sonne unter. Der Herr sieht nichts mehr und weiß nicht, wie er von hier weiterkommen kann. Er weint und macht sich selbst Vorwürfe:

«Wegen einer Frau habe ich Vater und Mutter verlassen, deren Stütze ich war. Elend und Not aller Art mußte ich durchstehen. Und nun war alles umsonst. Wie komme ich von hier wieder fort? Die Last der Sorge wird mich erdrücken!»

Damals noch gab es Schwärme von Vögeln, die so groß waren wie Wohnhäuser. Sie pflegten sich auf jenem Baum zum Schlafen zu versammeln. Als sie sich in den Zweigen niedergelassen hatten, begannen sie sich zu unterhalten:

«Wohin werden wir morgen früh fliegen, um uns Nahrung zu suchen?»

Mit lauter Stimme antwortet der Leitvogel:

«In die Königsstadt des Königs Thumarat sollten wir ausschwärmen, hinüber zum Berge Krailat. König Thumarat nämlich hat eine Tochter. Sie heißt

Manora. Diese Manora hat einst ein Mensch ergriffen und mitgenommen. Inzwischen ist Manora zurückgekommen. Morgen ist der siebte Tag seit ihrer Rückkunft. Da gibt es ein großes Fest in der Stadt. Eine Reinigungsfeier wird stattfinden, damit Manora den unangenehm beißenden Geruch der Menschen verliert. Wir sollten hinüberfliegen, um an den Speiseopfern der Götter uns zu atzen!»

Der Große Prinz hat die Reden der Vögel belauscht. Er weiß nun, daß sie morgen zum Berge Krailat fliegen werden. Leise, ganz leise tastet er sich hin zum Vogelfürsten und schlängelt sich zwischen den Flügelfedern hindurch. Im Flaumfell sucht er sich einen Unterschlupf. Dort knotet er sich mit Dersträhnen ein. Fest eingenistet im Flügelflaum des Vogels überkommt ihn der Schlaf. Am Morgen weckt der Vogelfürst seine Gefährten, und der Schwarm fliegt über den Rohrwald dahin. Am Rande eines Teiches vor der Himmelsstadt segeln die Tiere zur Erde herab. Der Hohe Prinz läßt sich sachte zu Boden gleiten und taucht unter im Schilf am Gestade.

*

In der Stadt besprechen sich die Töchter des Königs, die sieben Prinzessinnen. Denn heute soll die Göttliche Manora in der Reinigungsfeier gebadet werden. Als sie sich einig sind, fliegen sie, jede eine goldene Schöpfschale in der Hand, zum Ufer jenes

Lotosteiches hinüber, um Wasser für Manora zu holen.

Der Herr sitzt am Ufer des Teiches und wartet. Er hört die Stimmen der Flügeljungfrauen, und nun weiß er:

Jetzt ist das Ende meiner Irrfahrt da! Jetzt werde ich Manora wiedersehen. Die Wanderung durch Wald und Busch, über schroffe Gebirge und durch reißende Ströme wird belohnt werden. Meinen Sterndiamanten werde ich wiedergewinnen. Nur: was soll ich tun, damit Manora erfährt, daß ich ihr gefolgt bin? Vielleicht sollte ich beten, daß sich mein Sehnen nun ganz erfüllt!

Und dann hat Prinz Suthon aus tiefstem Herzen gebetet, daß es ihm gelingen möge, von nun an auf immer mit Manora vereint zu leben. Um das zu erreichen, möge eine der Jungfrauen ihren Schöpfnapf nicht heben können!

Als er das Gebet gesprochen hat, tritt er aus dem Gebüsch und lehnt sich an den Stamm eines Baumes am Ufer. In diesem Augenblick kommen die Kinari-Mädchen zum Teich herab. Sie schöpfen Wasser und erheben die gefüllten Näpfe. Dann waten sie aus dem Wasser heraus und kehren heim. Nur eine der Kinari-Schwestern kann ihren Schöpfnapf nicht aus dem Wasser heben. Ratlos zieht sie das Gefäß hin und her. Da gewahrt sie den Hohen im Schatten seines Baumes am Ufer. Sie kommt schüchtern näher und spricht zu ihm:

«Ich bin deine Sklavin, Herr. Bitte hilf mir, den Napf aus dem Wasser zu heben!»

«Sieh her, jüngere Schwester, wofür soll das Wasser sein, das du da schöpfst?»

Die Flügeljungfrau erzählt ihm, was wir schon in allen Einzelheiten wissen. Der Hohe Herr schreitet zum See hinab und hebt den Napf heraus. Dabei wirft er seinen Fingerreif hinein. Dann läßt er das Kinari-Mädchen gehen.

Die Flügeljungfrauen, die ihr Schöpfgefäß hatten herausheben können, sind schon bei Manora angekommen. Der Reihe nach besprengen sie die Göttliche mit dem Wasser, damit sie sich baden kann. Jene Schwester nun, die als letzte ankommt, gießt Manora das Wasser übers Haupt. Da hat sich der Wunsch des Heiligen erfüllt durch seine Tugend. Der blitzende Reif wird von den Wasserflüssen herausgetragen aus der goldenen Schale. Er fließt mit herab und schlüpft zurück an den kleinen Finger der Göttlichen Manora. Als sie ihn sieht, erschauert ihr Herz. Ihr Gatte ist endlich da! Es ist ihm, den sie so liebt, gelungen, ihr bis hierher zu folgen!

Manora, die Göttliche, ist gebadet. Sie geht in ihr Schlafgemach und läßt jene Kinari folgen, um sie zu befragen:

«Aus welchem Grunde bist du später als die anderen Freundinnen vom Lotosteich zurückgekommen, sprich!»

Das Mädchen erzählt die Geschichte. Manora sagt:

«Die Worte, die du eben zu mir gesagt hast, diese Worte hat mein Gatte, Suthon, der Königssohn, zu dir gesprochen! Sprich, wo ist Suthon jetzt?»

«Ich bin deine Sklavin, Geliebte des Herrn! Prinz Suthon sitzt im Schatten eines Baumes am Lotossee!»

«Höre, Liebe, sage niemandem etwas von dieser Geschichte! Und geh und bringe diese Geschmeide und diese Duftpulver und diese himmlischen Gewänder zu meinem Gatten und reiche sie ihm dar! Bitte ihn, sich im Lotosteich zu baden und lade ihn ein, sich mit den schönen Dingen, die ich ihm schicke, zu schmücken!»

Die Flügeljungfrau hat den Befehl der Königlichen vernommen. Sie nimmt den Schmuck und die anderen schönen Dinge. Hinaus geht sie, um sie dem Prinzen zu überreichen und ihm die Botschaft der Lieblichen zu überbringen. Prinz Suthon taucht in den See und legt dann Gewänder und Schmuck an. In seiner Schönheit herrlich geschmückt, setzt er sich am Saum des Teiches nieder, um zu warten.

*

Die Göttliche Manora denkt nach.

«Ich weiß nun, daß mein Gatte eingetroffen ist. Ich sollte es der Mutter erzählen, damit auch sie sich freuen kann!»

Gedacht und getan: Sie geht zur Mutter und teilt ihr die Freudenbotschaft mit. Die Mutter antwortet:

«Du solltest nun gehen und es deinem königlichen Vater sagen, denn auch er muß es wissen!»

Mit ihren Dienerinnen geht Manora, die Göttliche, zur Residenz ihres Vaters, des Königs. Als sie ihn nach den Regeln begrüßt hat, setzt sie sich zur Seite nieder und schlägt die Augen nieder vor des Vaters Größe.

Nachdenklich betrachtet König Thumarat seine Tochter. Er sagt:

«Nun, Manora, du bist gegangen, um bei den Menschen zu wohnen. Sehr lange warst du fort! Unter den Menschen hast du auch einen Gatten gewählt. War das ein König, ein Magier oder ein Kaufmann? Du hast das deinem Vater noch nicht genau erzählt!»

«Ich bin deine Sklavin, Hochheiliger Vater! Mein Geliebter ist tatsächlich ein kleiner Mensch. Aber er ist ein mächtiger Mensch. Er hat soviel Macht wie Phra Narai, der Gott. Er ist der Erste Mann der Welt. Diener hat er von hunderterlei Art. Herr, deine Sklavin hat gesprochen!»

«Oh, liebe Manora, warum hast du dann deinen Gatten verlassen und bist zu uns zurückgekommen?»

Manora, die Göttliche, erzählt nun die ganze Geschichte von Anfang bis zu Ende. Denn ihr Vater soll alles wissen!

Nun antwortet der König.

«Wenn dein Mann so stark und ausdauernd ist, aus welchem Grunde denkt er dann nicht daran, dir zu folgen? Wenn er nämlich bis hierher durchkäme, dann wäre seine übernatürliche Macht bewiesen. Dann würde ich dich gern ihm anvertrauen als Gattin.»

Die Göttliche Manora hat gehört, was ihr Vater gesagt hat. Große Freude durchströmt ihr Herz. Sie wirft sich nieder und sagt zum Hochheiligen Vater:

«Ich bin deine Sklavin, Göttlicher. Was der Herr soeben gesagt hat, ist das wahr oder nicht?»

«Oh, geliebte Manora, es ist Wahrheit!»

«Ich bin deine Sklavin, Göttlicher! Mein Gatte Suthon, der Königssohn, ist mir tatsächlich gefolgt und ist schon hier!»

«Was, liebe Manora? Dein Gatte ist bereits da? Ist das wahr?»

«Er ist hier! Das ist die Wahrheit! Ich bin deine Sklavin, Herr!»

«Und, Manora, wo ist er jetzt?»

«Noch ist er außerhalb der Heiligen Stadt, o Herr.»

«O wirklich, Geliebte? Dann mußt du sofort gehen und ihn hereinrufen, lauf!»

Die Göttliche Manora hatte viele Zofen und Damen. Hinaus gingen sie, um Prinz Suthon hereinzubitten.

Als der Königliche Vater von Manora den Prinzen Suthon eingeladen hatte, betrat er die Heilige Stadt mutig wie ein Löwenkönig. Er ging hinein in die Halle des Königsschlosses. Nach der uralten Form grüßt er den Schwiegerkönig, der da sitzt auf dem prunkvollen Balkon. Wie es sich ziemt, fällt der Prinz auf die Knie.

Die göttlichen Bewohner der Himmelsstadt sehen das Menschenwesen. Sie drängen heran, um den Prinzen aus der Nähe anzuschauen. Sie können ihre Blicke nicht von ihm wenden. König Thumarat sieht sich satt an dem Prinzen. Sein Herz ist voll Freude, als er fragt:

«Wirklich, lieber Gast, hast du Wald, Busch und Gehölz durchquert wer weiß wie lange? Bist du wirklich bis zu dieser Heiligen Stadt zu Fuß gekommen?»

«Ich bin nur ein Sklave vor dir, Göttlicher! Dein Fußsklave hat versucht, Urwald und Dschungel zu durchqueren. Sieben Jahre, sieben Monate und sieben Tage sind vergangen, seit ich mich auf den endlosen Weg machte. Ich habe den Pfeil geschossen und ums Leben gebracht einen Großriesen. Als er tot war, bin ich an seinem Haupt vorbeigeschritten. Darauf bin ich an einen Säurefluß gekommen, der mir den Weg verlegte. Nachdem ich mir die Fußsohlen bestreut hatte mit magischem Puder, bin ich über den gewölbten Rücken, über den langen und dicken Leib des Pythonfürsten geschritten. Denn er schlief, Schwanz und Kopf auf beiden Seiten ans Ufer gestreckt, einer aus Holz gemachten Brücke sehr ähnlich! Als dein Fußsklave hinübergelaufen war, kam ein Rohrwald. Das Dornengestrüpp breitete sich undurchdringlich vor mir hin. Da war der Weg zu Ende. Weiterwandern war unmöglich. Ich habe mich aufgeschwungen auf einen uralten Baumriesen am Rande des Dickichts. Als ich mich bis zu den oberen Ästen hinaufgezogen hatte, brach die Abenddämmerung herein. In jener Nacht kamen Schwärme von übergroßen Vögeln zum Wipfel des Baumes. Sie wollten hier alle zusammen nisten. Sie verabredeten sich, am Morgen zu dieser Stadt zu fliegen, um sich hier zu atzen. Ich, dein Fußsklave, habe mich im Flügelflaum des Vogelfürsten verborgen. Da hat er mich fliegend über den Rohrwald geführt. Am Gestade des Lotosteiches hat er gerastet. Da hat sich dein Fußsklave unsichtbar gemacht. Ich bin geflohen und habe meinen Körper im Schilf versteckt. Später sind die Flügeljungfrauen gekommen, um im Lotosteich Wasser zu schöpfen. So hat die Göttliche Manora die Geschichte erfahren.»

König Thumarat hört es und klatscht vor Freude in die Hände:

«O Wunder», ruft er und fragt den Hohen Gast weiter: «Sieh, Lieber, wirklich, du bist Suthon, der Königssohn?»

«Dein Fußsklave heißt Suthon, Herr, ich bin dein Sklave!»

«Sieh her, Lieber, du kennst die Bogenkunst, nicht wahr?»

«Ich bin dein Sklave, Göttlicher! Ein Ding, das dein Fußsklave nicht kennt, das gibt es nicht!»

«Gut, Lieber, dann laß uns deine Künste sehen!»

«Ich bin ein Sklave des Großkönigs! Der Herr möge seine Leute Palmenbäume holen lassen, sieben an der Zahl. Die sieben Bäume mögest du aufpflanzen lassen in einer Reihe, je ein Klafter voneinander entfernt. Dann laß Bohlen aus dem harten Holz des Gummibaumes bringen, ebenfalls sieben, jeder drei Ellen dick und ein Klafter lang. Die Bohlen laß anlehnen in den Zwischenräumen an die Palmen. Darauf bestelle sieben steinerne Säulen und befiehl, sie vor den Bohlen in den Zwischenräumen einzugraben. Dann laß Eisenplatten holen, sieben, und Kupferplatten, sieben, jede Platte vier Ellen dick und ein Klafter lang. Die Platten mögen gegen die Steinsäulen gelehnt werden, ebenfalls in der Reihe. Dann brauche ich Lastkarren, vollbeladen mit Sand, sieben Stück, hintereinander der Reihe nach aufgestellt. Und dann will dein Fußsklave den Bogen spannen, und du sollst den Pfeil sehen, wie er alles durchschlägt und am Ende der Reihe wieder hervorschießt!»

«Sieh, Lieber, das willst du alles mit einem Pfeilschuß durchbohren? Soll das wahr sein?»

«Ich bin nur ein Sklave vor dir Göttlichem, aber

trotzdem brauchst du mir nicht zu mißtrauen. Dein Fußsklave wird alle Hindernisse durchschießen! Herr, dein Sklave hat gesprochen.»

König Thumarat gibt den Befehl. Die Diener eilen davon und stellen alles auf, wie Prinz Suthon es gewollt hat. Als es fertig ist, läßt der König den Gong schlagen, um die Menge der Großbürger zur Versammlung zu rufen. Prinz Suthon steht auf dem Königsplatz vor dem Palast, mutig wie der Götterkönig vor dem Heer der Kampfriesen. Da erhebt er den Bogen, legt den Pfeil auf die Sehne und läßt ihn abschnellen. Die sieben Palmen, die sieben Gummibaumbohlen, die sieben Steinsäulen, die sieben Eisenplatten, die sieben Kupferplatten und die sieben Sandwagen, alles zersplittert, zermahlen zu Staub. Wie der Gottesdiskus läßt der Pfeil eine Furche der Zerstörung hinter sich und taucht dann ein in den Großen Ozean. Auf dem Grund des Meeres prallt er ab, zerteilt die Fluten und fliegt auf zum Himmel, in den Bauch des weltumschlingenden Ringgebirges Djakrawan. Dort kehrt der Pfeil um und legt sich gezähmt wieder in die rechte Hand des Großmächtigen. Da hat die Menge der Gewaltigen, der König Thumarat selbst und die Herren Götter in der Luft, den Schützen gelobt und tosenden Beifall gerufen:

«Schon gut, schon gut! Du hast viel Kraft und große Kunstfertigkeit. Nicht lange, und du wirst die Erleuchtung finden!»

König Thumarat kommt vom königlichen Thron herab, umarmt den Herrlichen und sagt:

«In dieser Stadt gibt es einen steinernen Thron. Tausend Männer braucht man, um ihn zu heben. Du Starker wirst das womöglich allein können!»

«Ich bin ein Sklave vor dir, Großkönig! Wohl wird dein Fußsklave den Thron aufheben können! Denn die Kraft meiner Tugend gibt mir Stärke!»

Die Götter und Herren kamen erneut zur Versammlung. Der Prinz stand wortlos da, dann hat er seine Muskeln gedehnt und seinen Körper angespannt wie ein Königslöwe. Er ist an den Thron aus Stein herangetreten und hat ihn – zuerst sich nach Süden wendend – dreimal umschritten. Dann hat er eine Hand, seine Rechte, an den Stein gelegt und gebetet:

«Bei meiner Zukunft: Wenn ich wirklich einst aufsteigen werde, um auf dem göttlichen Edelsteinthron zu sitzen; wenn es wahr ist, daß ich der Macht des Versuchers widerstehen und sein Heer vernichten werde; wenn ich tatsächlich die Erleuchtung finden soll und die Allwissenheit, sitzend an der Wurzel des Baumes der Erkenntnis; wenn ich wirklich die Unantastbarkeit aller lebendigen Wesen in der ganzen Welt wiederherstellen kann, unbezwingbar wie ein Berg – dann habe ich einen Wunsch! Der Steinthron möge so leicht werden, daß ich ihn heben kann!»

Das Gebet ist verklungen. Er berührt den Thron

aus Stein, und er hebt ihn, als wäre er aus Blattwerk gemacht. Staunend sieht der König die Dinge, die da vor ihm geschehen.

König Thumarat hat das Wunder mit angesehen. Er kommt von seinem Sitz herab, umarmt und drückt den Hohen und bittet ihn um Verzeihung für sein anfängliches Mißtrauen. Die Großbürger kommen und rufen Beifall. Sie schwingen die Freudenwimpel hin und her, Zehn- und Hunderttausende!

König Thumarat ergreift abermals das Wort und fragt:

«Kannst du Großer dich eigentlich noch an deine Gattin erinnern?»

«Ich bin ein Sklave des Göttlichen! Ich, dein Fußsklave, kann mich sehr wohl an sie erinnern!»

König Thumarat zeigt seine Freude über die Antwort. Er wendet sich zu den Gemächern und befiehlt seinen sieben Töchtern, sich zu schmücken nach allen Regeln der Schönheitskunst. Ihr hübsches und gefälliges Aussehen sollen sie noch verschönern. Ihr Herz und ihre Bewegungen sollen gleich angenehm erscheinen. Dann sollen sie sich in einer Reihe niedersetzen, Manora umgebend. Nun bittet der König den Prinzen Suthon herein und fragt ihn:

«Sieh her, Lieber! Hier sitzen meine sieben Töchter. Unter ihnen ist auch deine Gattin. Bitte, zeige sie mir! Wenn du sie herauskennst, wohlan, so nimm sie an der Hand und tritt mit ihr vor mich hin!»

Der Herr blickt die Schönen der Reihe nach an. Mit Schrecken wird es ihm klar: er erinnert sich nicht mehr an Manora. Alle sieben sehen vor ihm aus wie die Geliebte. Er denkt nach, durch welche List er Manora erkennen soll. Er stellt fest:

Wer auf dem Wege zur Erleuchtung ist, der muß es natürlich vor allem mit Gebeten versuchen! Also werde ich darum beten, die Hand von Manora ergreifen zu können.

Nun spricht er folgende Beschwörung:

«Bei meiner Vergangenheit! Wenn ich nützlich war für das Leben; wenn ich hilfsbereit war zu allen Wesen; wenn ich im früheren Dasein niemals die Frau eines anderen zum Ehebruch verführt habe, dann möge ich die Göttliche Manora herauskennen; dann bitte ich die Götter, mit mir Mitleid zu haben und mir einen Wink zu geben!»

Der Götterkönig Phra In hat es gehört. Warmes Mitgefühl wallt in ihm auf. Der Tausendäugige fliegt durch die Luft und erscheint dem Hochheiligen. Er sagt:

«Siehe, du Großer Mensch, ich werde mich in einen Goldkäfer verwandeln und mich auf die Stirn deiner Frau setzen! Denn auch ich will bei dir Verdienste sammeln, um meiner zukünftigen Leben willen. Du wirst so die Frau erkennen, die deine Gattin ist!»

Der Hohe hat sich die Worte des Götterkönigs gemerkt. Als Phra In die Göttliche Manora bezeichnet hat, nimmt Prinz Suthon sie an der Hand und sagt zum König:

«Dies ist deines Fußsklaven Gattin, Herr.»

König Thumarat freut sich über die wunderbaren Fähigkeiten des Prinzen. Er befiehlt den Priestern, mit Segenswasser das Hochzeitsschloß feierlich zu weihen. Glänzendes Silbergeschmeide und funkelnde Juwelen läßt er vor dem königlichen Schwiegersohn aufhäufen. Dann hat der König den Hohen Suthon und die göttliche Manora mit heiligem Wasser gesegnet, damit sie fortan die königlichen Schätze gemeinsam verwalten!

Der Herr vereinigt sich mit Manora, wie er es sich so lange ersehnt hatte.

*

Nicht lange Zeit ist seit dem Segensfest vergangen. Eines Nachts, als sich der Prinz zum Schlafen hingelegt hatte, wanderten seine Gedanken zu seinem Großen Vater und zu seiner Hohen Mutter. Sorgen beschleichen sein Herz:

«Oh, ich suche meine tugendvollen Eltern, doch ich kann sie nicht sehen! Geboren sind wir Menschen, um bei Vater und Mutter zu leben. Denn die Eltern haben Tugenden, die mit nichts zu vergleichen sind. Land und Flüsse, selbst der Berg Djakrawan, sind nicht breit, tief, lang oder hoch genug, um sie an den Verdiensten von Vater und Mutter zu messen. Ich habe meine tugendhaften Eltern im

Stich gelassen. Diese böse Tat muß ich wieder gutmachen! Ich muß Vater und Mutter wiedersehen!»

So machte er sich Vorwürfe. Weinend und schluchzend fuhr er fort:

«Ich weiß nicht einmal, wie es meiner lieben Mutter geht! Wie soll ich es anfangen, um zu ihr zu gelangen? Denn zu lange schon habe ich meine Mutter nicht gesehen und die Menge der Verwandten. Gefangen lebe ich hier und werde noch sterben müssen!»

Jammernd liegt er da. Er schließt die weinenden Augen und schläft, das Gesicht in die Hände geschmiegt, seufzend ein. Als Manora erwacht, sieht sie Prinz Suthon, das Gesicht von den Händen bedeckt, schlafen. Zwei- oder dreimal redet sie ihn an, bis er sie versteht. Warum er so traurig sei, fragt sie ihn. Er reibt sich die Tränen aus den Augen und sagt schluchzend:

«Geliebte Manora, dein älterer Bruder denkt immer an seine Hohe Mutter, die daheim sitzt und immerdar weinen muß.»

«Ich bin deine Sklavin, Göttlicher! Sag mir, was kann ich tun, um deine Mutter zu trösten?»

«Dies ist die Wahrheit, Göttliche, ohne Mutter kann dein älterer Bruder nicht mehr weiterleben! Darum mußt du mich zur Wohnung meiner Mutter zurückkehren lassen, wenn du willst, daß ich am Leben bleiben soll!»

«Ich bin eine Sklavin vor dir, Großkönig! Ich werde meinen Vater bitten, mich auch ziehen zu lassen. Der Bruder will wandern. So werde auch ich gehen!»

Was der Prinz auch tut, um Manora davon abzuhalten, sie hört ihn nicht. Von ihrem Vater fordert sie die Freiheit, dem Prinzen zu folgen, wohin er befiehlt. Suthon ist glücklich, daß Manora ihn begleiten will.

Am Morgen geht er hinein, um vor seinem Schwiegervater, dem König, die Abschiedsfeier zu vollziehen. Er teilt ihm mit, daß er zurückkehren muß zu seiner Hohen Mutter. König Thumarat hört es. Traurigen Herzens antwortet er:

«Sieh, lieber Prinz Suthon, ich werde dir zur Menschenerde das Geleit geben!»

Dann befiehlt er den Hofmarschällen, das Heer zu rüsten, damit es bereit sei, loszuziehen und seinem König zu folgen.

Thumarat führt den Prinzen mit Manora aus der Heiligen Stadt hinaus. Von den Obersten, die ihm dienen, wird er auf dem Marsch auf allen Seiten umgeben und bewacht. Die Menge der Hauptleute befehligt das unzählige Heer der Soldaten, das die Luft durcheilt. Denn fliegen können sie alle kraft ihrer Tugend.

Nach nicht allzu langer Zeit haben sie die Menschenwelt erreicht. Die Hauptleute lassen das fliegende Heer nahe der Stadt Pandjan landen. Dort sollen die Lustzelte errichtet werden. In einer einzigen Nacht ist alles vollendet. Es sieht aus, als hätten sie eine neue Stadt erbaut. Beim Morgengrauen sehen die Bürger der Stadt Pandjan, was vor ihren Toren entstanden ist. In höchster Erregung führen sie sich gegenseitig zur Stadtmauer. Vor Furcht fällt ihnen das Herz aus der Brust. Denn sie denken, daß sie ihre Heilige Stadt nun gegen einen unbekannten Feind aus dem Weltall verteidigen müssen.

König Athit Wong ist durch das Getümmel in der Stadt geweckt worden. Er öffnet das Löwentor seines Palastes und blickt von seinem Balkon über die Stadt. Vor ihren Toren erkennt er eine zweite Stadt, die von Mauern und Wehrgängen rings umschlossen ist, alles aus frischem Holz gefügt. Sorge beschwert sein Herz. Er weiß nicht, was er denken soll und wie das Wunder zu lösen ist. Sinnend setzt er sich nieder, um nachzudenken.

*

Prinz Suthon fürchtet, daß sein Vater vor Angst sein Herz verlieren wird. Er ahnt, daß der König denkt, die Feinde seien wiedergekommen, weil sie erfahren hätten, daß Suthon verschollen ist. Deshalb – wird der König glauben – haben sie ihre Heere herbeigeführt, um die Königlichen Schätze von Pandjan zu rauben und wegzuführen. Dies erwägt der Prinz. Dann geht er los, auf allen Seiten bewacht von Offizieren der Leibwache. Bei seinem Schwiegervater meldet er sich ab und geht hinüber zu seiner Stadt. Zu Füßen seines Hohen Elternpaares sinkt er nieder.

Mit zusammengelegten Händen erzählt er seine Geschichte von Anfang bis zu Ende, vom Abschied bis zu Manoras Wiedergewinnung.

König Athit Wong und Djantha Thewi können es nicht fassen, daß ihr Sohn zurückgekehrt ist. Sie küssen sein Haupt und erzählen ihm, was in der Stadt vorgefallen ist, seit er sie verlassen hat. Vor Freude weinen sie.

Der Prinz führt seine Eltern inmitten seiner Leibwache zum Heerlager des Königs Thumarat. Der König kommt zur Begrüßung aus dem Zelt. Mit gewählten Worten, die ihm von Herzen kommen, empfängt er seine Gäste. Volle sieben Tage bewirtet er sie. Dann übergibt er den Eltern des Herrn königliche Geschenke aus Edelgestein.

So verabschiedet er sich, um in seine Heilige Stadt zurückzukehren.

Die Weiblich-Schöne, Manora, die Göttliche, war nun wieder vereinigt mit dem Hohen Prinzen.

Als König Athit Wong in seine Stadt zurückgekehrt war, befahl er seinen Hofbeamten, die Häuser zur Segensfeier zu schmücken. Dann hat er seinen Sohn geweiht. Fortan sollte er das Reich regieren.

König Athit Wong verließ die Stadt. Als Einsiedler wollte er seine Tage beschließen. – Es dauerte nicht lange, und Begehren und Wünsche fielen von ihm ab. Als sein irdisches Dasein sich beschloß, da ging er ein in die Welt des Gottes Phra Phrom.

König Suthon hat die königlichen Schätze in Gerechtigkeit und Liebe verwaltet. Seine Hohen Eltern hat er gepflegt und ernährt. Aus der Tugendkraft hat er gelebt. Als seine irdische Geburt erfüllt war, stieg er zur Wiedererweckung auf in den Dusit-Himmel. Die vielen Großbürger, die unter seiner Lehre gestanden hatten, folgten ihm hinauf, als ihr Alter vollendet war.

*

Der Hochheilige Herr des Glaubens hatte seine Predigt beschlossen. Er sagte:

«Seht her, ihr vielen Mönche, meine Jünger von alters her, der Prinz hatte sein Leben und das seiner Eltern hingeworfen, weil er seine Frau allzu sehr liebte.»

Zum Schluß der Verwandlungsgeschichte sprach der Erleuchtete von den Vier Höchsten Wahrheiten, von Schmerz und Sorge, den Quellen von Schmerz und Sorge, dem Abklingen von Schmerz und Sorge und vom Leben ohne Schmerz und Sorge.

Dem Jungmönch, der vorher von Begehren gepeinigt war, gingen die Augen auf, und er wurde ein Heiliger.

Der Herr legte nun die Verwandlungsgeschichte aus:

«König Athit Wong ist wiedergekehrt zum Leben als mein Vater.

Königin Djantha Thewi ist in ihrer jetzigen Erscheinung meine Mutter.

König Thumarat ist heute mein Schwiegervater.

Die schöne Manora ist meine Frau.

Prinz Suthon aber, das bin ich selbst, der Buddha!»

4

PRINZ SUTHANU UND SEIN FLIEGENDES PFERD

Hauptgestalten der Erzählung:

In Pharansi:	*Phrom That* König	*Suthanu* Prinz
	Kesani Königin	
		Karenuwadi Prinzessin und Linke Gattin
In Setanakhon:	*Setarat* König	*Djirapha* Prinzessin und Rechte Gattin
	Pathumkhapha Königin	
Im Reich der Menschenfresser:	*Khantan* König	*Anchanawadi* Prinzessin und Geliebte

Der Höchste Glaubenslehrer saß in beschaulicher Ruhe im großen Tempel Chetawan und dachte an seinen Sieg über den Fürsten des Bösen und sein Heer. Die Frucht seiner Gedanken war diese Geschichte, aufgezeichnet von seinen Jüngern in der großen Versammlung.

Die Jünger sagten, daß die Geschichte so begonnen habe:

Es war einmal, da saßen die vielen Mönche beisammen im Haus des Gesetzes und unterhielten sich miteinander.

«Seht her, ihr Ältesten», sagte einer von ihnen, «unser Herr meditierte sieben Tage allein, ohne Gefolge und geistlichen Anhang. Allem Tun seiner Hände hatte er abgeschworen, denn er wollte das Tugendgesetz finden. So saß er auf dem Thron unter dem Baum der Erkenntnis und bezwang den Fürsten des Bösen. Der hatte sich aus der Macht seines Zaubers tausend Arme geschaffen. Seinen Soldaten hatte er die mannigfachsten Wundergestalten verliehen. Gefährlich sahen sie aus und furchterregend. In den Händen hielten sie die zerstörerischsten Waffen. Ungefähr dreitausend Meilen tief war ihr Getümmel, als sie den Herrn bedrängten. Er aber besiegte sie alle und unterwarf ihren Führer, den König des Bösen. Da gewann er, der unser Heiliger Lehrer ist, die wunderbarste Erleuchtung.»

Der Buddha selbst, als er saß in seiner Zelle in jenem Chetawan-Tempel, vernahm das Wort der Mönche mit seinem feinen Gehör und erschien ihnen im Haus des Gesetzes, wo sie sich versammelt. Er setzte sich auf seinen Thron und fragte:

«Seht her, ihr vielen Mönche! Ihr sitzet hier im Gespräch. Worum geht es euch?»

Die Mönche erzählten ihm, worüber sie gesprochen, denn ihr Meister mußte es wissen. Er aber antwortete ihnen:

«Seht, ihr Mönche! Gute Taten hab' ich vollbracht dreißig mal zehn, eh' ich zum Buddha ward. In meinem größten Kampf hab' ich gesiegt. Denn es ist mein Schicksal, siegreich zu bleiben in jedem Kampf. Schon früher waren mir gewaltige Siege geschenkt. Damals, als ich noch nicht so stark war wie heute, war es meine Aufgabe, böse Geister niederzuzwingen, und es gelang mir.»

Diese Ansprache hielt der Erhabene den Mönchen. Dann war es still. Die Mönche waren begierig, die Geschichte aus der Vergangenheit, auf die er angespielt, in ihrer Gänze zu hören. Sie bestürmten ihn zu sprechen. Da führte er sie in die Welt der Vergangenheit und predigte zu ihnen.

*

ES WAR EINMAL VOR LANGER, LANGER ZEIT ein König. Der hieß Phrom That mit Namen und regierte in der Stadt Pharansi. Der Herr liebte eine Frau, Kesani mit dem feinen Haar. Er hatte sie geheiratet, und sie war nun seine Erste Gattin. Groß war sie über allen Freudenmädchen, den sechzehntausend Schönen des Hofes.

Aber der Herr bekam weder einen Königssohn noch eine Königstochter. Eines Tages strömten die Bürger der Stadt zur Versammlung vor dem Palast und riefen laut:

«Wir sind deine Sklaven, Herr, der du bist gleich dem König der Götter! Wenn du ohne Sohn, ohne Tochter stirbst, sind wir alle verwaist. Dann werden wir keinen König haben, uns zu beschützen und zu nähren. Darum ist unsere Bitte: Herr, sei uns gnädig in deinem Herzen! Wünsch dir endlich einen Königssohn, der das Reich nach dir regieren kann als König und der an deiner Statt dein Blut in die Zukunft tragen soll.»

König Phrom That hörte die Rede an und sprach:

«Schon gut! Ich werde euren Wunsch erfüllen.»

Er befahl allen königlichen Freudenmädchen, unter der Führung der Königin Kesani hereinzukommen in den Audienzsaal. Er gab ihnen seinen Königsbefehl:

«Ihr vielen, die ihr bei mir wohnt! Ewiges Glück möget ihr haben alle miteinander! Doch es ruft euch die Pflicht: Richtet euren Sinn darauf, mir einen Sohn hervorzubringen, und trachtet danach, ihn in eurem Schoß zu empfangen. Wer mir einen Sohn schenkt, dem soll das Glück leuchten: Ich werde diesem Sohn den Königsschatz der Stadt schenken.

Drum helft einander, ihr alle, und wünscht euch ein Kind, wie ich hier euch befohlen.»

Die Frauen nahmen den Befehl entgegen und grüßten den König mit Ehrerbietung und Liebe. Dann kehrten sie in ihre Kammern zurück. Einige von ihnen gingen und opferten ihren Göttern, jenen, die sie seit jeher am meisten verehrt. Alle miteinander hofften, daß ihnen der Sohn in den Schoß gelegt würde. Aber ihr Wunsch erfüllte sich nicht.

Als die Königin Kesani es bemerkte, rief sie die Freudenmädchen zusammen und sprach:

«Ihr alle, ehret die Götter und opfert! Bittet sie alle, daß ein Sohn geboren werde aus meinem Schoße.»

So lautete ihr Befehl. Sie selbst ging und erfüllte die Acht Vorschriften. Einen Schatz von hunderttausend Silberlingen verschenkte sie an Bettler und Straßensänger, an Arme und Bedrückte. Denn sie wußte, was nottat, und folgte ihrer Güte.

Nun betrat sie das Schloß und legte sich auf das Thronbett des Königs. Ihre Gedanken richtete sie auf Barmherzigkeit und Glaubenstreue. Sie betete:

«So wahr die Acht Vorschriften, denen ich gefolgt, unbefleckt und unversehrt über der Welt strahlen, so gewiß möge ich heute ein Kind empfangen in meinem Leibe!»

Als sie das Gebet gesprochen, schlief Kesani ein auf dem Thronbett des Königs.

*

Durch die Wunderkraft des Gebetes der Königin wurde es warm auf dem Sitz des Gottes In, des Herrschers der Götter. Der Tausendäugige sah hinab, und da wußte er, warum: Die Königin Kesani hatte lange treu den Geboten gelebt. Nun wünschte sie sich einen Sohn. Der Gott überlegte:

Ich sollte einen Göttersohn bitten, auf die Menschenwelt hinunterzusteigen, um sich im Schoße der Königin neu zu verkörpern.

Er überlegte, welcher Göttersohn wohl geeignet wäre, diese Aufgabe zu übernehmen. Da fiel sein Blick auf den Phothisat, für den die Zeit fast reif war, wieder auf die Menschenwelt zurückzukehren. Der Götterherr besuchte den Phothisat und sagte zu ihm:

«Sieh her, du Wesen ohne Fehler! Es ist an der Zeit, daß du wieder hinabsteigst auf die Erde. Du sollst Einzug halten im Leib der Königin Kesani, der Ersten Gattin des Königs Phrom That.»

Der Phothisat nahm den Vorschlag an und befolgte den Gottesbefehl.

Der Götterherrscher war es zufrieden. In der Stunde der letzten Nachtwache, nahe der Morgenröte, betrat er den Schlafraum der Königin Kesani und flüsterte ihr ins Ohr:

«Horch, Königin! Morgen früh, wenn du aufwachst vom Schlummer, dann bade dein Gesicht und wasch dich gut. Lege dir deinen schönsten Schmuck an und setz dich ans Löwenfenster, von wo du den Torweg des Palastes überblickst. Auf dem Pfad der Luft wird ein Geier kommen, im Schnabel die Frucht des Brustbeerenbaumes. Diese Frucht wird er vor deinem Angesicht fallen lassen. Lies sie auf, o Königin, verspeise ihr Fleisch und wirf ihren Stein auf die Erde. Wenn du dies alles tust, wirst du in deinem Schoß einen Sohn empfangen.»

Als der Götterkönig seine Rede beendet, kehrte er in seinen Himmelspalast zurück.

*

Beim Morgengrauen erhob die Königin Kesani sich von ihrer Bettstatt, badete ihr Gesicht und wusch sich den Leib mit duftendem Wasser. Ihre prunkvollsten Gewänder legte sie an und ihren schönsten Schmuck. Sie öffnete das Löwenfenster, wendete ihr Gesicht zum Eingang des königlichen Palastes und blickte den Luftweg entlang, wie König In ihr flüsternd befohlen. Inzwischen hatte sich der Götterherr in seiner Wunderkraft zu einem Geier verwandelt. Er nahm eine Brustbeere in den Schnabel und flog damit hinab. Vor dem Angesicht der Königin Kesani ließ er die Frucht auf die Erde fallen. Als die Königin es sah, freute sie sich sehr. Sie stieg die Treppe hinab, um die Beere aufzuheben, verspeiste das Fruchtfleisch und warf den Stein auf den Erdboden zurück.

Im gleichen Augenblick kam eine Stute über den Palasthof getrabt, erblickte den Stein der Brustbeere

und fraß ihn auf. Kaum hatte sie ihn verschlungen, da wölbte sich ihr Bauch. Und zur gleichen Zeit hob sich auch der Leib der Königin. Da wußte sie, daß sie empfangen hatte. Sie ging und erzählte es dem König Phrom That, ihrem Gatten. Frohlockend rief er aus:

«Meine Erste Gattin ist guter Hoffnung!»

In seinem Glück schenkte er ihr königliche Gaben, damit sie ihren Schoß wohl verwahren und pflegen könnte. Unzähligen Dienerinnen gab er den Auftrag, für das Wohl der Königin zu sorgen.

*

Die Stute, als die Zeit ihrer Trächtigkeit vergangen war, warf ein Fohlen. Die Augen des Fohlens waren groß wie Ohrringe, die mit Diamanten und Edelsteinen eingelegt sind. Daher nannten die Bürger das Tier: Pferdekönig, Manikakhi, Edelstein!

Als die zehn Mondumläufe vollendet waren, gebar auch die Königin ein Kind. Der Körper des Prinzen glänzte wie echtes Gold. Die Könige alle aus ganz Chomphu Thawip brachten Geschenke zur Geburt des Prinzen, vor allem kostbare Edelsteine der Sieben Arten. Die gaben sie hin, um die Verdienste des Prinzen zu feiern.

König Phrom That, der königliche Vater, befahl, seine geistlichen Räte zu holen und die weisen Seher alle, denn sie sollten die Zukunftszeichen des Prinzen, seines geliebten Sohnes, deuten.

Die Wahrsager beugten sich über das Kind, prüften seine Merkmale und sprachen die Weissagung: «Wir sind deine Sklaven, Herr, der du bist dem Götterkönig gleich! In den Vier Erdteilen, den großen, und auf den zweitausend Erdsplittern, den kleinen, die der großen Diener sind, auf der Fläche von ganz Chomphu Thawip, wird es niemanden geben, der sich diesem Prinzen vergleichen könnte in der Wissenschaft der Bogenkunst.»

König Phrom That hörte die Weissagung seiner Ratgeber, und es machte ihm Freude. Er verlieh dem Prinzen als Königsgeschenk den Namen Suthanu, Guter Pfeil, und ließ ihn prägen in eine goldene Platte.

Die Weissagung aber ward erfüllt: Als Prinz Suthanu großjährig geworden war, da war er mit dem Bogen so gewandt, daß niemand es ihm gleichtat in der Pfeilkunst.

*

Der Vatersbruder des Prinzen hatte eine Tochter, die hieß Karenuwadi, die Schöne Elefantin. Ihre Gestalt und die Zeichen ihres Geschlechtes waren von hohem Liebreiz. Wenn man sie nur anschaute, ward einem das Herz zur Liebe bewegt. Die Haut der Prinzessin war hell und klar und so weich und zart, wie sie nur die Göttermädchen auf dem Berge Krailat besitzen. Niemand auf der ganzen Welt paßte so gut zu ihr wie Suthanu allein.

Eines Tages spielte Prinz Suthanu mit dem Weißen Prinzen Setakuman, dem jüngeren Bruder von Karenuwadi. Er malte auf eine Tafel das Bild einer Frau und sagte:

«Ich habe deine ältere Schwester noch niemals gesehen. Ob sie wohl so schön ist wie dieses Bild? Sprich, gleicht mein Bild ihrer Schönheit oder nicht? Bitte, betrachte, was ich hier gemalt!»

Setakuman antwortete:

«Du hast Karenuwadi noch nicht gesehen?»

Da hob er an und beschrieb seinem Freunde die Schwester und lobte ihre Schönheit, und die Worte, die er sprach, erfreuten Suthanu das Herz. Als sie lange genug miteinander gespielt hatten, trennten sie sich und gingen jeder zu seiner Wohnung.

*

Die Zeit verging. Als Suthanu sechzehn Jahre alt geworden war, starb Phrom That, sein königlicher Vater. Die Hofbeamten alle unter der Führung der geistlichen Räte vollzogen die heilige Verbrennungsfeier. Dann sollte der Prinz geweiht werden, damit er den Strahlenden Schatz der Stadt Pharansi beherrschen, den Königsstamm fortpflanzen und das Reich an Stelle des Vaterkönigs pflegen könne. Gemeinsam wurde die Segensfeier vorbereitet. Sie schmückten die edlen Schimmel, die so weiß waren, wie es sich für Thronpferde geziemte. Die führten sie dem Prinzen vor, damit er sie begutachten könnte. Er aber befahl, statt dessen Manikakhi, den Pferdekönig, zu satteln und zu zäumen und ihm die höchsten Rangzeichen und die wertvollsten Geschmeide der Thronpferde anzulegen.

Die Höflinge taten, wie ihnen befohlen, und führten dem Prinzen den Pferdekönig Manikakhi vor. Der Prinz saß auf, und schon war der große Augenblick gekommen. Die Festmusik brauste auf, und die Bürger alle brachen in den Ruf des königlichen Siegessegens aus. Die Würdenträger hoben die Fahnentücher und schwenkten sie über ihren Häuptern hin und her.

Fürst Manikakhi vollführte einen Sprung durch die Luft, wohl ein Klafter hoch. Die Bürger und Beamten sahen es und lobten und priesen die Kraft des Pferdekönigs. Aber schon sprang er noch einmal, und zwar so hoch, wie ein Palmbaum wächst. Und wieder sprang er: zweimal, dreimal so hoch, und schließlich schwebte er so hoch wie sieben gewaltige Palmen.

Die Großbürger und Höflinge sahen den Fürsten Manikakhi weit oben in der Luft über ihnen schweben und fürchteten für ihren Prinzen. Schnell liefen sie zu Kesani, der königlichen Mutter, um ihr von dem Wunder zu melden.

*

Sie kam gerade vom Bade und war im Begriff, sich ihr schönes Haar aufzustecken zur Feier. Da stürzten die Bürger herein und warfen sich vor der Unverhüllten in den Staub. Aufgeregt redeten sie durcheinander und riefen:

«Wir sind deine Sklaven, Königin! Komm, Mutterherrin, schnell. Manikakhi, der Pferdekönig, will deinen Sohn, unseren Kronprinzen, durch die Luft entführen. Hilf uns, Herrin, und laß es nicht zu, denn ohne König wären wir schutzlos und würden zu armen Leuten!»

Königin Kesani sah, wie die Bürger weinten. Sie ließ ihre Flechte los, und das Haar löste sich wieder auf, denn erst die eine Seite hatte sie fertig gesteckt. Auch fehlte ihr das Gewand, das sie noch nicht wieder angelegt. Von ihrem Haar spärlich bedeckt, eilte sie zum Tor des Palastes und erblickte den Pferdefürsten, der in der Luft schwebte und ihren Sohn auf seinem Rücken trug. Vor Schreck schrie sie auf, hob ihre Arme über das Haupt und rief:

«Sieh her, geliebter Sohn! Komm zurück zu deiner Mutter! Mach mich nicht unglücklich. Wenn ich dich heute verlieren muß, wird mein Herz in sieben Teile zerspringen, und ich werde sterben, hier am Palasttor.»

Der Prinz vernahm die Stimme seiner Mutter, blickte hinab auf die Erde und erkannte die Weinende am Tor des Palastes. Er sah die Tränen, die ihr das Gesicht badeten, in der Sonne funkeln, und sein Herz ward bedrückt vom Mitleid mit seiner armen Mutter. Seine Leidenschaft für den Fürsten

Manikakhi, den Pferdekönig, erkaltete, denn Dankbarkeit und Mutterliebe waren stärker in ihm. Er dachte:

Wegen des Fürsten Pferdekönigs hier ist meiner Mutter Kummer entstanden. Deshalb weint sie dort unten, daß man um ihr Leben fürchten muß. Wenn er mich nicht zurückbringen will, werde ich dem Pferdekönig den Kopf abschneiden müssen, damit ich zu meiner Mutter zurückkehren kann!

So dachte er, schwang das blitzende Schwert und ließ es durch die Luft sausen, um das Haupt des Pferdekönigs abzuschlagen.

Fürst Manikakhi wußte, was das zu bedeuten hatte, und sprach zu dem Prinzen in der Sprache der Menschen:

«Ich bin dein Sklave, Herr aus dem Stamm des Götterkönigs. Töte mich nicht, o Herr, denn wäre ich tot, so könntest du niemals König werden! Töte mich nicht!»

Der Königssohn fragte:

«Sieh, du ausgezeichnetes Pferd, was du da sagst, die Worte, sind sie wahr oder nicht?»

Der Pferdekönig entgegnete:

«Was ich gesagt habe, ist die Wahrheit! Das kann dein Herz getrost glauben!»

Als der Prinz das hörte, steckte er das blitzende Schwert zurück in die Scheide. Er dachte an die Tugenden seiner königlichen Mutter, und seine Augen füllten sich mit Wasser. Er neigte den Kopf, sprach die Formeln des ehrenden Abschieds und bat die Mutter, in den königlichen Palast wieder einzutreten. Bald werde er zurückkehren.

Fürst Manikakhi, der strahlend-mächtige Pferdekönig, setzte sich in Bewegung und flog in einem Satz bis zu der Weißen Stadt Setanakhon. Dort kam der Pferdefürst aus der Luft herab und hielt an. Der Prinz sollte sich vor der Stadt von den Anstrengungen der Reise ausruhen und wieder zu Kräften kommen, schlummernd in einer Rasthütte für Wanderer.

*

Der Höchste König, der in Setanakhon die Königsschätze verwaltete, hieß Setarat, der Weiße König. Er war der Oberste Herrscher des Reiches. Seine Erste Gattin trug den Namen Pathumkhapha, Lotosschoß. Ihre königliche Tochter hieß Djirapha, und ihre Gestalt war von so großer Schönheit, daß einem das Herz im Leibe lachte, wenn man sie sah. Die Körperfarbe der Prinzessin glich dem Lotos, der rein und klar im Teich erblüht. Ihre Schönheit war wie die der Göttermädchen. Von ihrem Leib ging ein Strahlen aus, schöner als bei allen Frauen der Welt, fast so schön wie bei den Göttinnen im Himmel.

Die Königstochter hatte eine Dienerin, Lotos mit Namen, Pathuma. Sie war von kurzem Wuchs, eine Zwergin! Einst war sie eine Sklavin des Königs gewesen. Jetzt aber hatte er sie seiner Tochter geschenkt, damit sie sich ihrer bedienen könnte.

Die Könige alle in Chomphu Thawip, in allen Städten und Orten klein und groß, wollten die Königstochter Djirapha zur Frau gewinnen. Sie sandten königliche Geschenke, und in ihren Botschaften baten sie um die Prinzessin. Der Strom ihrer Herolde wollte nicht enden.

Setarat, der Großkönig, antwortete und sandte seine Botschafter in alle Städte. Er ließ verkünden: «Meine königliche Tochter soll dem gehören, der ihrer am würdigsten ist, dem mächtigsten König der Welt!»

Von nun an ließ König Setarat seine Tochter in einem eigenen Schloß wohnen, dessen siebenfach übereinandergeschichtete Dächer weithin strahlten. Dort sollte die Zwergin Pathuma ihre Unschuld bewachen.

*

Als der Prinz auf die Erde herabgekommen war und sich ausgeruht hatte, nahm er dem Pferdefürsten Sattel und Zaum ab und sprach zu ihm:

«Sieh, Manikakhi, Pferdekönig, du Edler! Gehe nun und such dir Futter, wo du willst. Aber bleib in der Nähe. Denn wenn ich an dich denke, mußt du im Augenblick zur Stelle sein!»

Der Pferdekönig nahm den Befehl an und ging,

um am Stadtgraben zu grasen. Dort biß er zarte Halme und Blättchen nach Herzenslust. Der Prinz aber verkleidete sich in einen wandernden Weisen und ging so in die Stadt hinein.

Als die anderen Weisen dort in der Stadt den Prinzen sahen, freuten sie sich sehr, denn der Fremde gefiel ihnen, und ihre Liebe flog ihm zu. Der Prinz blieb jedoch nicht bei ihnen, sondern ging weiter bis zum Markt, wo sich die Bürger zu versammeln pflegten, zwischen den Marktständen, an der Straße. Er mischte sich unter die Leute; doch was sie auch sprachen, stets war es verbunden mit Lob und Preis der Schönheit der Prinzessin Djirapha. Er hörte die Frage:

«Warum ist die Königstochter so hübsch und schön? Sie muß schon in ihrem früheren Dasein die größte Tugend besessen haben!»

Und die Antwort:

«Djirapha, die Königstochter, hat eine so reizende Gestalt und die Zeichen so herrlicher Schönheit, weil sie sich Verdienste erworben hat um den Orden der Mönche: Sie hat Kleidung, Nahrung, Wohnung und Heilkräuter gespendet. Und ein Abbild des Erleuchteten hat sie geschaffen. Das war es, was sie an Verdiensten mitbrachte aus ihrem früheren Dasein!»

Als der Prinz die Worte der Großbürger der Stadt hörte, die der Prinzessin Schönheit priesen und ihre Reize in allen Einzelheiten so bildhaft beschrieben, da dachte er:

Was soll ich tun, um die Königstochter Djirapha von Angesicht zu sehen?

Und er entwarf einen Plan.

*

Es wurde Nacht. Der Prinz salbte seinen Körper mit wohlriechenden Ölen und nahm die Vier Duftwasser in die Hand. Er schmückte sich mit den königlichen Rangzeichen und ergriff einen süßduftenden Blütenkranz. Dann richtete er seine Gedanken auf das edle Pferd Manikakhi – und schon stand es gesattelt vor ihm, bereit, seine Befehle zu hören.

Der Prinz sah das Pferd an und sagte:

«Ich möchte die Königstochter sehen, deren Name Djirapha ist. Was soll ich tun, damit mein Wunsch sich erfülle?»

Manikakhi, das Pferd, antwortete:

«Ich werde meinen Herrn führen und ihn die Königstochter schauen lassen.»

Der Prinz frohlockte. Er hielt den Blumenkranz und die duftenden Wasser und schwang sich auf den Rücken des Pferdes. Manikakhi führte ihn gerade hinein in die Vorhalle des Schlosses, worin die Prinzessin Djirapha Wohnung genommen hatte. Der Prinz ließ das Pferd an der Tür halten und blickte durchs Schlüsselloch. Da gewahrte er all die Herrlichkeiten des Körpers der Schlummernden. Aber er sah auch Pathuma, die Zwergin, die in der Nähe des königlichen Bettes ruhte. Er dachte:

Diese Frau ist wirklich atemberaubend schön. Ihr Gesicht und ihre Haut sind rein, und weiß ist sie wie die Göttermädchen im Himmel. Das kann niemand anders sein als Djirapha, die Prinzessin von der schönen Gestalt. Oder sollte es sonst irgendeine Frau sein des Hofes und die Königstochter nicht?

So dachte er in seinem Zweifel. Er zog Manikakhi, den Pferdekönig, zu Rate, ob die Schlafende wohl Djirapha sei oder jemand anders. Der Pferdekönig schaute zum Schlüsselloch hinein und beruhigte seinen Herrn:

«Diese Frau ist keine andre als Djirapha, die Königstochter, selbst!»

Nun steigt der Prinz vom Rücken des Pferdekönigs ab und öffnet – langsam, langsam, leise, leise – die Tür. Er schleicht hinein in das Schlafgemach der Königstochter und ergötzt sich am Anblick der selig Schlummernden. Vom Scheitel bis zur Fußsohle betasten seine Blicke ihre wohlgerundeten Formen, und er kann sich nicht sattsehen an ihrer Schönheit. Seine Hände zieht es zu ihr hin, und er muß sie berühren und streicheln ihren hingebreiteten Leib. Er benetzt sie mit den liebespendenden Wassern und legt ihr den Blütenstreif ums Handgelenk.

Dann wendet er sich der Sklavin Pathuma zu, die dem Bett der Prinzessin den Rücken zukehrt. Er malt mit dem Duftöl ein Bild von tiefer Bedeutung auf ihren Rücken und besprüht auch sie dann mit den Düften, die ihm übriggeblieben sind. Dann betrachtet er wieder die Königstochter und vergißt in ihrem Banne die Zeit.

Plötzlich wird Manikakhi unruhig. Leise flüstert er zum Türspalt hinein:

«Ich bin dein Sklave, Herr des Göttergeschlechts! Bitte, komm heraus! Die Mitternachtsstunde ist lange vorbei! Schon ist die Zeit der letzten Nachtwache gekommen. Der Morgen graut. Komm schnell!»

Wie von ferne dringt das Wispern des Pferdes an sein Ohr. Aber er kann sich nicht von der Königstochter losreißen, denn seinen Körper hatte ein unsagbares Sehnen erfaßt. Gegen sein Herz eilte er hinaus, schwang sich aufs Pferd, und Manikakhi, der treue Pferdekönig, führte ihn flugs hinaus aus der Stadt und zurück zur Rasthütte, der Ruhestätte der Wanderer.

Die Gedanken des Prinzen jedoch sind bei der Königstochter Djirapha geblieben, und er sagt zu seinem Pferd:

«Ich kann nicht mehr leben ohne die Prinzessin. Du magst nun gehen und grasen, wo es dir beliebt. Aber wenn die Nacht wieder gekommen ist, dann eile und steh mir zu Diensten!»

Da trabte Manikakhi davon, denn das Gras am Stadtgraben war würzig und gut.

*

Beim Morgengrauen, als die Sonne, sich aus dem Dunst erhebend, ihr Strahlenkleid leuchten ließ, wachte Prinzessin Djirapha vom Schlummer auf. Da fiel ihr Blick auf den Rücken der Zwergen-Sklavin Pathuma, und sie erkannte das Bild einer Fischreuse, in die vergnügt ein Fischlein hineinschwamm. Sie sah, daß ihre Sklavin ganz mit duftenden Wassern übersprüht dalag. Lachend fragt sie die Zwergin:

«Ältere Schwester, he, woher hast du die duftenden Salben, die deinen Körper bedecken? Wen hast du empfangen heute nacht, der dich so schön überpudert?»

Pathuma, die Zwergin, hörte die Frage und sagte:

«O Wunder! Wahrlich, woher kommen die Düfte denn wohl?»

Sie hatte nämlich gesehen, daß Djirapha ganz und gar übersprüht worden war von duftenden Ölen und Pudern. Und, natürlich, da war auch der Blütenkranz, ihr ums Handgelenk gelegt. Sie fragte:

«Ich bin deine Sklavin, Herrin! Die süßen Düfte und die Salben in deinem Schoß, der Blütenkranz schließlich an deiner Hand – womit hast du sie dir verdient in dieser Nacht, o Herrin?»

Die Königstochter hörte die Frage und trat in die Nische der Kammer, um ihr Schattenbild, vom Schein der Kerzen gegen die Wand geworfen, zu betrachten. Und da erblickte sie das Bild ihrer wohlgerundeten Brüste, schimmernd vom Glanz der duftenden Öle, und vor allem das Schattenbild des Blütenkranzes, der ihr am Handgelenk hing. Sie erschrak in ihrem Herzen, denn sie wußte, was das zu bedeuten hatte. Sie dachte:

Wahrscheinlich ist In, der Herr, in mein Schloß gekommen oder ein andrer Götterkönig, der größer ist als gewöhnliche Götter. Er wird das alles getan haben!

Daher sagte sie zu Pathuma, der Zwergin:

«In der kommenden Nacht wollen wir wachen und warten, was sich unseren Augen offenbaren wird!»

Die Sklavin stimmte der Königstochter zu.

*

Suthanu, der löwenstarke Held, dachte an den Pferdekönig, als die Dämmerung kaum gekommen war. Sofort war das Tier zur Stelle, und der Königssohn stieg auf. Wieder führte das Pferd ihn in das Schloß der Königstochter. Und abermals tat er, was er schon in der vergangenen Nacht getan, und er tat es in der zweiten Nacht zum zweiten und in der dritten zum dritten Male. Die Königstochter Djirapha und die Sklavin Pathuma hatten jedesmal wachbleiben wollen, und jedesmal waren sie in der entscheidenden Stunde eingeschlafen.

Als nun die vierte Nacht herankam, sagte Prinzessin Djirapha zu Pathuma, ihrer Sklavin:

«Sieh, ältere Schwester Pathuma! Heute nacht dürfen wir nicht wieder schlafen wie schon so oft! Wir müssen den Gott, der uns besuchen kam, hereinlassen und ihn dann hier gefangensetzen im Schlafgemach. Weil aber wahrscheinlich wieder der Schlaf kommen wird, um uns zu übermannen, sollten wir uns gegen ihn schützen! Wir sollten Lotosfrüchte holen und ihnen ihr Öl auspressen, um es uns in die Augen zu träufeln, Tropfen für Tropfen, links und rechts! Wenn wir das tun, wird uns nämlich der Schlaf verschonen, und wir werden wachbleiben bis zum Morgengrauen.»

Pathuma, die Sklavin, entgegnete:

«Wenn wir diese List gebrauchen, wird unser Wunsch wohl in Erfüllung gehen!»

Die Königstochter und die Sklavin führten gemeinsam ihren Anschlag aus. Sie lagen auf ihrem Lager, doch der Schlaf mied sie, und sie blieben hellwach, obgleich es inzwischen Nacht geworden war.

*

In der Mitternachtsstunde schmückte der Prinz sich mit den Zeichen seines Ranges, salbte seinen Körper mit süßduftenden Ölen, nahm einen Blütenkranz und betörende duftende Wasser und stieg zu Pferd. Er ritt zum Schloß der Königstochter und öffnete die Tür zu ihrem Schlafgemach. Da sah er sie, wie im Schlaf offen hingebreitet in ihrer liebreizendstrahlenden Blöße, und ihr Schoß schimmerte und glühte, daß der ganze Saal lebendig erhellt war. Der Schein ihres Schoßes war so hell und warm wie das

Licht einer Zauberlampe, die alle Menschen in ihren Bann zieht. Der Prinz fragte sein Pferd:

«Sieh, Manikakhi, Pferdekönig, du Freund! Hast du das verlockende Strahlen ihres Schoßes gesehen oder nicht?»

Der Pferdekönig sagte schlicht:

«Ja, ich habe es gesehen!»

Die Königstochter blinzelte dem Prinzen Suthanu entgegen und flüsterte Pathuma zu:

«Der Götterherr, der mächtiger ist als alle Götter des Himmels, er ist da! Siehst du ihn in seiner männlichen Schönheit, oder nicht?»

Pathuma, die Sklavin, antwortete:

«Wohl habe ich ihn gesehen. Herrin, jetzt gilt es, ruhig zu bleiben, trotz freudvoller Erwartung und trotz aller Bereitschaft zur Liebe!»

Die beiden Frauen zogen da eine Ecke ihres Schlaftuches sich über die Augen und taten, als ob sie schliefen und nicht wußten, was um sie geschah.

Der Prinz entließ sein Pferd, betrat das Schlafgemach, setzte sich auf den Rand des Bettes der Königstochter und sprach leise die süßen Worte der Liebesverführung zu ihr. Und während er ihr betörende Dinge zuflüsterte, begann er, ihren Körper mit berauschenden Ölen zu salben und ihre Brüste mit den Händen sanft und zart zu streicheln. Dann ging er und übersprühte die Sklavin Pathuma mit dem, was übriggeblieben war. Und er tat alles genau so wie in den vorigen Nächten. Er stand vor der Königstochter und konnte seinen Blick nicht von ihr wenden, denn sein Herz ward zu ihr hingezogen durch das Liebeswasser, das ihrer beider Körper verband.

Und als die Stunde kam, mahnte der Pferdekönig zum Aufbruch und sagte:

«Ich bin dein Sklave, Herr, du aus dem Göttergeschlecht! Komm heraus, die Zeit ist verstrichen!»

Der Prinz hörte das Pferd sprechen, und langsam trat er vom Bett zurück, um seinem Pferd zu folgen.

*

In diesem Augenblick flüsterte Djirapha der Sklavin ihren Befehl zu:

«Ältere Schwester, getraust du dich, Hand an den Götterkönig zu legen, an ihn, der höher ist als alle Götter des Himmels? Wir werden einander beistehen, um ihn uns einzufangen, denn er soll nicht gehen, ohne daß seine Sklavin ihm liebend gedient.»

Pathuma nahm den Befehl ihrer Herrin an und zögerte nicht. In einem Satz sprang sie von ihrem Lager. Auch Djirapha, die Prinzessin, hatte sich erhoben und warf sich dem Prinzen in den Weg. Mit ihren beiden Händen umfaßte sie seine Schenkel und flüsterte:

«Herr, bleib bei mir!»

Inzwischen hatte die Sklavin, von ihrem Lager aufspringend, des Prinzen Hände ergriffen und eisern umklammert. Sie sagte:

«Herr, warte einen Augenblick und tritt zurück von der Tür!»

Der Prinz weiß nicht, was er denken soll. Er ruft das Pferd zu Hilfe:

«Sieh, Pferd, mein Freund! Die Königstochter und ihre Dienerin haben mich ergriffen und festgenommen! Ich weiß nicht, was ich tun soll!»

Das Pferd antwortet:

«Wenn dem so ist, Herr, dann bleibt dir nichts übrig, als dazubleiben. Ein Unglück kann dir daraus nicht entstehen!»

Der Prinz entgegnet:

«Nun gut, Bruder Pferd! Dann geh und such dir dein Gras wie gewöhnlich! Ich werde hierbleiben. Aber wenn ich an dich denke, dann sei pünktlich zur Stelle!»

Da trabte das Pferd davon, um sich sein Futter zu suchen.

*

Die Königstochter hatte sich wieder auf ihrem Prunkbett niedergelassen, und der Prinz setzte sich zu ihr, als das Pferd gegangen war.

Djirapha sprach süße Worte zu ihm und lud ihn ein, auf ihrem Bette zu schlafen. Als er seine Glieder ausstreckte, streichelte sie seinen Körper, damit die Anstrengung des Tages abklingen möge und seine Muskeln sich lösten. Und allmählich wagten es ihre kleinen Hände und strichen ihm über die Schenkel, um ihn zum Schlaf zu verlocken. Da ward der Prinz durch die Prinzessin erfreut.

Mit süßen Worten fragte Djirapha, die Königstochter, ihn nun aus nach seiner Herkunft:

«Ich bin deine Sklavin, großer Herr», sagte sie, «ich habe einen großen Verdacht: Herr, du bist doch der Götterkönig, der über den Göttern thront, nicht wahr? Oder bist du König In selbst? Bitte, erweis mir die Gnade und sprich!»

Als der Prinz die Königstochter so fragen hörte, dachte er:

Wenn ich sage, daß ich In bin oder ein Götterkönig, größer als die anderen Götter, die Geliebte wird es wohl glauben. Aber es wäre das Wort eines Lügners. Es wäre nicht die Wahrheit. Die Wahrheit zu sprechen, das ist das Gesetz aller gläubigen Menschen. Nur die Wahrheit erbringt Nutzen für die Zukunft! Töricht wäre es, hier zu lügen. Drum laßt uns reden, wie es die Wahrheit gebietet!

So dachte der Prinz und sprach:

«Sieh, du Herrliche! Schwester mit dem schönen Gesicht! Dein Bruder hier ist weder ein Gott noch gar der Herr In! Ich bin der Sohn des Königs Phrom That, der den Königsschatz der Stadt Pharansi beherrschte. Ich heiße Prinz Suthanu. Das sollst du, Schwester, nur wissen!»

Die Königstochter Djirapha hat das Wort vernommen, das ihr Gatte zu ihr gesagt. Ihr Herz freute sich wie der Leib eines Menschen, der in der heißen

Jahreszeit plötzlich von den kühlenden Duftwassern der sechzehn Arten begossen wird. Und zum Dank vereinigte die Liebende ihren Schoß mit der Kraft des Geliebten, und sie spielten miteinander langsam und lange.

*

Seit frühester Zeit pflegte Pathuma, die Sklavin, ihrer Herrin die Schüsseln und Speisen zu bringen, die Badegeräte und Wasser. Seit aber der Prinz bei der Königstochter wohnte, mußte Pathuma nicht sie nur allein bedienen; nein, doppelt so viel mußte sie bringen von jeglichem Ding, und mehr als gewöhnlich!

Die Küchenfrauen merkten es und staunten:

«Warum holst du neuerdings von allem viel mehr als bisher?»

Pathuma blieb ihnen die Antwort schuldig. Nichts sagte sie. Ihr Geheimnis versiegelte sie im Herzen. Sie fürchtete sich, die Wahrheit zu verraten, denn sie liebte Djirapha, ihre Königstochter, sehr. Darum schüttelte sie den Kopf und blieb ruhig.

Die Küchenfrauen sahen, wie sich Pathuma so unnatürlich aufführte, und drohten ihr:

«Wenn du uns nicht die Wahrheit sagst, werden wir es König Setarat melden. Wenn dann dein Leben in deinem Körper bleibt, so wirst du wohl die königliche Strafe erleiden müssen, und sie wird dich grausam treffen.»

Pathuma fürchtete sich sehr vor der königlichen Bestrafung. Darum bat sie ihre Gefährtinnen:

«Laßt mich frei, daß ich zu meiner Herrin zurückkehren kann. Ich werde dann so schnell wie möglich zu euch zurückkommen und euch die Wahrheit sagen.»

Pathuma beschwor die Frauen mit inständigen Bitten. Dann eilte sie davon und erzählte Djirapha die ganze Geschichte. Die Königstochter zog den Prinzen zu Rate. Er aber hatte schon lange darauf gewartet, und voll Freude sagte er:

«Sieh, Pathuma! Du sollst dich nicht fürchten! Geh hin und erzähle ihnen alles wahrheitsgemäß. Sage ja keine Lüge!»

Pathuma nahm das Wort des Prinzen entgegen und verkündete den Küchenfrauen, was im Schlosse geschehen. Die Frauen aber brachten es vor den König:

«Wir sind die Sklavinnen des Herrn, der den Göttern gleicht! Ein Jüngling ist gekommen und hat eine große Sünde gegen die Majestät deiner Tochter begangen: Er wohnt in ihrem Schlafgemach!»

König Setarat hörte es, und seine Wut war gewaltig und glich dem Zorn der Giftschlange, die ein Mensch mit einem Holzhammer auf den Schwanzansatz geschlagen. Er dachte:

Besser wäre es schon, wenn ich meinen Zorn herunterschlucken könnte! Denn vielleicht ist jener Jüngling von großer Kraft und stark, und ich weiß es nur nicht. Ich sollte vielmehr zunächst seine Macht auf die Probe stellen. Wenn sich herausstellen sollte, daß er nicht weiter gefährlich ist, werde ich ihm das Haupt abschlagen.

*

König Setarat wollte Klarheit gewinnen über den Fremden. Daher befahl er, die Könige alle einzuladen aus ihren Städten, verstreut über ganz Chomphu Thawip. Sie sollten zur Versammlung an seinem Hof erscheinen. Dann sprach er zu seinen Höflingen:

«Seht her, ihr vielen Herren! Am siebten Tage ab heute werde ich ein großes Fest veranstalten. Dazu brauche ich Hartholzplanken, acht Finger dick, sieben an der Zahl, alle gleich groß. Lehnt sie aneinander in einer Reihe. Vor die Holzplanken stellt eiserne Platten, sieben Stück, acht Finger dick auch sie, gegeneinander lehnend in der Reihe. Vor die Eisenplatten stellt Kupferscheiben, ebenfalls sieben, jede zwei Finger dick, in einer Reihe. Und dann bringt sieben Ochsenkarren, voll Sand geladen. Fahrt sie in der Reihe hintereinander auf. Zum Schluß brauche ich noch sieben Palmbäume, die ihr am Ende der Reihe hintereinander aufpflanzen sollt. Nun bringt mir einen flinken Hirsch, den stellt in ein Gehege hinter den Palmen. Darin laßt ihn hin und her springen, den siebten Tag zu erwarten!»

Die Höflinge führten den Befehl aus. Als sie fertig waren, meldeten sie es dem König.

Setarat kam aus dem Palast heraus und nahm auf dem vorderen Thron Platz. Er hielt eine Ansprache:

«Nun ist alles bereit. Jetzt geht und holt den Gatten meiner Tochter herbei, denn er soll mir endlich die Ehre erweisen!»

Die Wachen gingen zum Schloß der Prinzessin Djirapha und richteten dem Prinzen den Befehl aus:

«Der König wartet auf dich, du sollst ihm die Ehrung erweisen!»

*

Der Prinz vernahm es mit Freuden. Die königliche Djirapha mußte ihn baden und waschen in duftendem Wasser und dann ihm das Prunkgewand anlegen. Sie betupfte seinen Körper mit Duftölen und steckte ihm die königlichen Rangzeichen an. In der Hand sein strahlendes Schwert, so führte er Djirapha aus ihrer Halle. Er glich dem fürstlichen Löwen, dem Löwenkönig, der seine kristallene Höhle verläßt, um seinem Volk die Löwenfürstin zu zeigen. Er schritt daher wie der König der Könige, In, der Gott, der mit Suchada, seiner göttlichen Gattin, aus dem Himmelspalast tritt. So ging der Prinz dahin, geziert mit Schönheit und Macht, und wer ihn sah, versank in Anbetung. Als er der Prinzessin Schloß den Rükken kehrte, nahm er Djirapha, seine königliche Gattin, an der Hand und stellte sich in der stolzen Haltung des Königs den Blicken des Volkes. Majestätisch schritt er dahin, und die Bürger, die seine

Straße säumten, erfaßte aus tiefster Ehrfurcht ein Zittern vor seiner Größe.

So sahen ihn König Setarat und seine Gattin Pathumkhapha, sahen ihn die königlichen Ehrenjungfrauen und die Freudenmädchen, die Könige alle, die aus den Städten des Erdteils Chomphu Thawip gekommen waren, die Führer der Heere der vier Waffengattungen, die Kampfgruppen der königlichen Kriegsknechte, und alle, alle erfaßte das Wunder im Herzen. Der Prinz kam vom Schloß seiner Gattin Djirapha und führte sie hinein in den königlichen Audienzsaal, um vor dem Herrscher und Pathumkhapha, der Mutterkönigin, die feierlichen Begrüßungsformeln zu sprechen. Dann nahmen sie Platz, wo es ihrem Range zukam.

*

König Setarat erwiderte den Gruß des Prinzen und hielt eine königliche Ansprache:

«Sieh her, Jüngling, dem Unglück und Glück zugleich beschieden sind. Dein Vater begehrt, dein Können zu sehen. Zeige deine Macht, daß wir sie alle erkennen!»

Der Prinz hörte das königliche Gebot und erwiderte dem Herrn mit ehrerbietigen Worten:

«Ich bin dein Sklave, Herr gleich den Göttern! Blick auf und schau, o Herr, die Macht, die dein Sklave dir nun zeigen wird!»

Mit diesen Worten ergriff er den Bogen und nahm

einen Pfeil aus seinem Gewand. Hoch warf er die Waffen auf in die Luft. Bogen und Pfeil fielen wieder herab zur Erde, und der Prinz richtete das Wort an die Könige aller Reiche in Chomphu Thawip, die gekommen waren zum Fest:

«Ihr Könige alle, die ihr euch hier versammelt habt! Wer glaubt, daß er meinen Bogen vom Boden aufheben kann, der möge ihn sich holen, und die Großbürger alle hier im Kreis sollen Zeugen sein.»

Kaum war sein Wort verklungen, da sprangen sie alle auf und stürzten sich auf den Bogen. Sie faßten ihn an nach der Reihe; aber sie konnten ihn weder verrücken noch auch nur um Haaresbreite von der Stelle erheben, wo er lag. Nun stand der Prinz von seinem Sitz auf und hob den Bogen mit dem kleinen Finger der Hand hoch. Er hielt ihn vor der Brust, legte einen Pfeil auf und spannte die Sehne dreimal in einem herrlichen Schauspiel der Kraft. Da glich er dem Götterkönig, wenn er gegen die Dämonen zu Felde zieht. Dann verneigte er sich vor dem König, kniete nieder und sagte:

«Ich bin dein Sklave, göttergleicher Herr! Gib mir etwas zu schießen!»

König Setarat befahl:

«Sieh her, lieber Sohn, du Mächtiger! Dein Vater befiehlt dir, diese sieben mal fünf Hindernisse zu durchschießen, daß deine Kunst uns allen sich offenbare.»

Der Prinz hörte das königliche Wort, grüßte ehrerbietig den Herrn, krümmte den Bogen und steckte den Pfeil auf die Sehne. Er schoß. Der Pfeil durchschlug die sieben Bohlen aus Hartholz, die sieben Panzerplatten aus Eisen, die Kupferscheiben alle sieben, und weiter durchschlug er alles und traf den Hirsch in seinem kreisenden Lauf ins rechte Auge, so daß er tot zusammenbrach. Dann kehrte der Pfeil zu seinem Herrn zurück und fiel vor seinem Angesicht ihm zu Füßen in den Staub.

Die Großbürger alle sahen das Wunder und schrien laut auf vor Erstaunen und Freude. Einige warfen ihm Blumenkränze zu, andere legten ihren Schmuck ab und warfen ihn auf seinen Weg, wieder andere nahmen Tücher und schwenkten sie als Siegesfahnen im Wind. Alle aber riefen tausendstimmig den Segensruf. Die Erdfläche, die dicke Scheibe, die vierundzwanzig Millionen Meilen lang ist und breit, gab ein donnerndes Getöse von sich, laut wie das Trompeten eines kampfwütigen Elefantenbullen. Dieses Wunder geschah aus des Prinzen großherrlicher Macht.

König Setarat wußte sich nicht zu fassen vor Freude. Er kam vom Thron herab, umarmte den Prinzen und drückte ihn an seine Brust. Er küßte ihm den Scheitel und befahl, sofort das Hochzeitsfest zu feiern. Er segnete die Königstochter Djirapha und den Prinzen miteinander ein und erteilte ihnen die Weihe des höchsten gemeinsamen Glückes.

Strahlend vor Freude kehrten die Gatten heim in ihren Palast, und der Prinz ward mit der Königstochter ein Leib und ein Blut, und ihre Lust war süß.

*

Es kam eine Nacht, in der der Prinz mit Djirapha auf dem Thronbett lag und nicht einschlafen konnte. Als die Stunde der vierten Nachtwache kam und es fast schon Morgen war, dachte er an seine königliche Mutter, und seine Tränen flossen und badeten sein Gesicht. Der Pfeil der Sorge durchbohrte seine Brust, und weinend jammerte er vor sich hin:

«Meine königliche Mutter, wie mag es ihr gehen! Wird sie im Glück leben oder im Schmerz? Wahrscheinlich wird sie noch immer um mich trauern und in Krankheit darniederliegen, weil sie getrennt ist von ihrem lieben Sohn. Es ist höchste Zeit, zu ihr zurückzukehren! Wenn ich nicht noch heute gehe, werde ich sterben aus Sehnsucht nach ihr!»

Als der Prinz so bitterlich weinte, erwachte Djirapha aus ihrem Schlummer. Sie hörte ihren Gatten seufzen und fragte:

«Ich bin deine Sklavin, lieber Mann! Warum weinst du so sehr? Habe ich etwas getan, das dich betrübt?»

Die Göttliche erhielt jedoch keine Antwort und mußte die Frage dreimal wiederholen. Da entrang sich der Schmerz seiner Brust, und er sagte:

«Sieh her, du mit dem schönen Gesicht! Dein Bruder dachte in Sehnsucht an die königliche Mutter. Darum mußte ich weinen. Ich will dir die Geschichte erzählen, Schwester, du mußt sie kennen! Als mein Vater gestorben war, da bereiteten die Großbürger von Pharansi mir das Fest der Thronbesteigung. Sie wollten, daß ich an Stelle des Vaters den Königsschatz ihrer Stadt verwalten sollte. Aber Manikakhi, der Pferdekönig, erhob Einspruch. Er entführte mich durch die Luft. Zurückblickend hörte ich die süße Stimme meiner Mutter, die mich wiederhaben wollte. Da stand sie an der Tür des königlichen Palastes und rang flehend die Hände. Ihr Kummer war schwer, und groß mein Mitleid. Aber was half es? Ich neigte mein Haupt zu ehrendem Abschied und rief meiner Mutter zu, sie solle in den Palast zurückkehren.

Manikakhi, der Pferdekönig, führte mich in diese Stadt, und da bin ich nun schon so lange – aber das Gesicht meiner Mutter habe ich nicht vergessen. Nun denke ich immerzu an ihre Abschiedsworte, und meine Tränen fließen.»

Djirapha, die Göttliche, hörte ihren Gatten klagen und wollte sein Herz trösten. Sie sagte:

«Wenn das so ist, Herr, so beruhige deinen Kummer, bevor du ganz unglücklich wirst! Ich bin nicht weniger traurig als du, wenn du weinst. Sag mir doch, was du denkst: Was sollen wir tun?»

Der Prinz antwortete:

«Sieh her, du liebes Gesicht! Dein Bruder ist zu lange schon von der Mutter getrennt. Wenn ich nicht heimkehre, um meiner Mutter Angesicht zu sehen, werde ich sterben! Darum, Schwester, laß deinen Bruder ziehen! Laß mich Abschied nehmen von dir, damit ich zu meiner Mutter zurückkehren kann. Wenn ich erst weiß, wie es ihr geht, werde ich ruhig sein und zurückkommen in diese Stadt, um mit dir, Schwester, weiter zusammen zu wohnen!»

Djirapha, die Göttliche, antwortete:

«Ich bin des Gatten Sklavin! Wenn der Herr seine königliche Mutter besuchen will, so bitte ich, laß mich mitkommen! Herr, laß Gnade walten und nimm mich mit!»

Der Prinz entgegnete:

«Sieh her, du mit dem hübschen Gesicht! Schwester, steh ab von deinem Herzenswunsch! Du kannst dem Bruder nicht folgen. Darum bleib hier in dieser Stadt. Nicht lange, und ich werde zurückkommen, laß mich nur erst meine Mutter wiedersehen!»

Djirapha jedoch beschwor ihren Gatten kniefällig, sie doch mit sich zu nehmen auf die Reise:

«Wenn du krank bist, Herr, und Schmerzen und Fieber dich plagen, dann will ich dich pflegen! Und noch eines: die Königinmutter ist schon alt. Laß mich gehen, um ihr zu dienen und sie zu stützen in ihrer Gebrechlichkeit! Wenn du gehst, muß ich mich schämen. Die Leute werden mich beleidigen, denn jedermann muß denken, mein Herzwasser sei verdorben und schlecht – sonst hätte ich dich nicht fortgeschickt! Drum erweis mir die Gnade und laß mich gehen, um deiner Mutter zu ihren Füßen in Ehrfurcht zu dienen!»

Da sagte der Prinz:

«Schwester, wenn du willst, so komm mit und folge deinem Herzen!»

*

Als der Prinz und Djirapha einig waren, blickte schon der Morgen hell und klar zum Fenster herein. Der Prinz badete sein Gesicht, wusch sich und legte seinen Königsschmuck an. Er trat vor König Setarat und Königin Pathumkhapha, verneigte sich und sprach:

«Ich bin euer Sklave, höchst königlicher Vater und königliche Mutter! Seit ich mich auf die Tugenden stützte, widerfuhr mir nur Glück, und ich fand kein Unglück. Jetzt bittet euer Sklave um Urlaub. Ich will meine königliche Mutter besuchen in der Stadt Pharansi. Dann werde ich zurückkommen unter euren Fuß, o Vater und Mutter!»

Die beiden Königlichen konnten dem Prinzen sein Vorhaben nicht verbieten und sprachen:

«Folge nur deinem Wunsch, du lieber Sohn! Wir beide können dich nicht zurückhalten, denn du strebst zurück zu deiner Mutter, die dich geboren!»

Und Setarat fuhr fort:

«Meine Tochter Djirapha habe ich dir übergeben. Sie war mein – nun ist sie dein! Nimm sie mit, wenn du willst, damit sie deiner Mutter dienen kann!»

Der Prinz antwortete auf die Worte des Königs: «Vater, du hast mir Gnade erwiesen. Deine Tugend ist groß. Dein Sklave bittet dich um deine königliche Gabe: Laß mich die Königstochter mitnehmen, daß sie meiner Mutter ihre ehrerbietige Liebe zeigen kann, wie du es befiehlst.»

Nun ordneten Setarat und Pathumkhapha an, ein Fest zu rüsten für den Prinzen und Djirapha, zum Abschied. Er ließ am nächsten Morgen seine Tochter sich schmücken mit den alten Geschmeiden der königlichen Frauen seines Stammes. Er lud sie ein, seinen letzten väterlichen Rat zu hören, und das Augenwasser benetzte seine Wangen, als er anhob, sie zu lehren:

«Liebe Djirapha, du weißt, du bist mein ewig geliebtes Kind! Du wirst nun deinem Gatten nachfolgen in seine Stadt. Du darfst in deiner Treue nicht nachlassen und mußt seinem Gebot immerdar folgen. Niemals darfst du seinen Wünschen Widerstand leisten! Ehre und fürchte deinen Gatten, damit er dir stets seine Liebe bewahre!»

So lehrten die Eltern ihre Tochter. Als sie fertig waren, ließen sie ihr Wegzehr bereiten, damit sie etwas zu essen hätten auf dem Wege. Dann vertrauten sie Djirapha, ihre Tochter, dem Prinzen an und gaben ihnen zum Abschied den Segen.

Der Prinz und die Göttliche nahmen den Segen an und erwiderten die Liebe der Eltern mit den Worten des Dankes. Alle hatten Tränen in den Augen, die langsam die Wangen herabflossen.

*

Nun nahm der Prinz seine Gattin an der Hand, und sie schritten herab vom Palast, schön wie der Herr In, der König der Könige, wenn er Suchada, die Göttin, aus dem Himmelspalast herabführt. Hoheitsvoll standen sie da, als der Prinz die Würdenträger des Hofes anredete, um sich auch von ihnen zu verabschieden:

«Seht her, ihr wohlhabenden Bürger! Wir beiden wollen nun Abschied nehmen von euch. Vergebt uns alles, was ihr uns vielleicht vorzuwerfen habt! Laßt uns ohne Groll ziehen! Und noch eines: Tut nichts Böses, sündigt nicht mehr, sondern lebt nach den Glaubensgesetzen, von nun an auf immer.»

Die Hofbeamten und Würdenträger, die Räte und Weisen, sie alle hörten das Wort des Abschieds. Einige machten die Zeichen segnenden Grußes, andere legten die Hände zusammen aus Liebe. Alle aber weinten:

«Von nun an werden wir euch nicht mehr sehen, ihr Herrlichen, geziert mit den Schätzen erhabenster Schönheit und höchster Macht. Euch Diamanten-Strahlenden geben wir unseren Segen: Geht im Glück, bleibt ohne Gefahr, Not und Krankheit!»

So sprachen die Bürger und seufzten. Nun führte der Prinz seine Gattin fort aus der Stadt, die königliche Straße entlang. Draußen vor dem Tor blieb er stehen, dachte an Manikakhi, sein Pferd, und schon stand es vor ihm. Der Prinz stieg in den Sattel und hob dann Djirapha zu sich empor. Im gleichen Augenblick flog der Pferdekönig auf in die Luft.

*

Mit der Schnelligkeit seiner Pferdekraft führte Manikakhi seinen Herrn in einem Tage bis ans Ende eines Weges von siebzigtausend Meilen. Da sah der Prinz der göttlichen Djirapha ins Antlitz und bemerkte zu seinem Schrecken, daß es ganz blutleer und blaß geworden war. Schlaff ruhte sie in seinen Armen auf dem Rücken des Pferdes. Ihr Körper war am Ende seiner Kraft. Der Prinz nahm ihren Blumenkranz und schwang ihn vor den Augen seines Pferdes hin und her. Er rief:

«Sieh, Pferdekönig! Du mußt sofort anhalten!»

Manikakhi jedoch widerspricht:

«Herr, hier darf ich nicht halten! Denn dieses Land ist das Reich des Menschenfressers Khantan.»

Der Prinz entgegnet:

«Was soll das heißen: es ist das Reich des Menschenfressers Khantan?»

Manikakhi erwidert:

«Ich bin dein Sklave, göttergleicher Herr! Khantan, der Menschenfresser, hat zuerst dem GroßkönigWetsawan, dem Himmelsherrn, gedient. Drei Jahre lang schöpfte er ihm jeden Tag das Wasser, worin Wetsawan die Füße badete. Als die drei Jahre vergangen waren, hielt er es jedoch nicht mehr aus. Er mußte wieder Menschenfleisch fressen. Darum trat er vor Wetsawan und erbat sich die Abschiedsweihe. Der Herr gab seinem Flehen nach und erteilte ihm folgenden Segen. Er sagte:

‹Sieh, Khantan, wenn dich nach Menschenfleisch gelüstet, so mußt du zuerst dieses Reich hier pflegen. Du mußt eine Raststätte darin erbauen, für Nahrung und Eßgeschirr sorgen, so wie die Menschen es lieben. Wenn dann jemand kommt, um in der Rasthütte zu übernachten, so sollst du in der Nacht dreimal klopfen und fragen: ‚Wer wohnt in meiner Hütte?' Wenn dein Gast alle drei Male zur Antwort gibt: ‚Wir selbst', so mußt du ihn in Frieden gehen lassen! Wenn du aber dreimal gefragt hast und der Fremde hat nicht geantwortet, dann darfst du ihn essen mit Haut und Haar!›

So lautete der Segen, den Wetsawan dem Menschenfresser erteilte. Sogleich erbaute Khantan eine Rasthütte, stellte Eßgeschirr auf für die Wanderer, wie es die Menschen gewohnt sind, und pflegte sein Reich.

Khantan, der Menschenfresser, hat eine jüngere Schwester. Sie heißt Anchanawadi. Khantan hat ihr am Gestade des Meeres ein Schloß erbaut, darin sie Hof hält. Ihr Bruder geht seither und durchstreift alle Reiche von Chomphu Thawip. Er stellt den Töchtern der Könige nach und fängt sie ein. Dann schenkt er sie seiner Schwester, die sie zu ihren Sklavinnen erniedrigt.

Khantan, der Menschenfresser selbst, wohnt ganz in der Nähe in einem anderen Schloß. Darum, o Herr, können wir hier nicht rasten!»

So sprach Manikakhi, der Pferdekönig, und hielt nicht inne in seinem Lauf.

*

Als sie die Rasthütte gerade überfliegen wollten, fragte der Prinz das Pferd:

«Wessen Haus ist das?»

Manikakhi antwortete:

«Es ist die Hütte des Menschenfressers Khantan.»

Der Prinz fragte weiter:

«Frißt Khantan denn alle Menschen ausnahmslos, die ihm in den Weg laufen, oder läßt er manche unbehelligt weitergehen?»

Das Pferd antwortete:

«Gewiß, viele rührt er nicht an!»

Da ward der Entschluß des Prinzen gefaßt. Er sagte:

«Meine jüngere Schwester Djirapha ist am Ende ihrer Kräfte. Sonne und Wind auf der Luftreise haben ihren Körper ausgedörrt. Wenn wir weiterreiten und keine Rücksicht nehmen auf sie, wird sie sterben, von Wind und Sonne verzehrt. Darum laß uns haltmachen, in der Hütte ausruhen und morgen früh weiterreisen!»

Das Pferd Manikakhi muß gehorchen. Es gleitet zur Erde. Der Prinz steigt ab, und behutsam hebt er auch Djirapha herunter. In der Hütte legt er sie nieder. Manikakhi schöpft klares Wasser und gibt es dem Prinzen. Die Schlafende reibt er damit ab, daß ihr Körper sich erfrischt. Manikakhi gibt dem Prinzen dann seine Wegzehr, damit er sich stärken kann. Er stellt sich an den Eingang der Hütte, bereit, seinem Herrn zu dienen.

Wie der Prinz gegessen hat, sagt er:

«Sieh, Manikakhi, Pferdekönig! Wir wollen einander ablösen beim Schlaf. Du sollst als erster ruhen! Ich will indessen euer beider Schlummer bewachen!»

Das edle Pferd widerspricht:

«Ich bin dein Sklave, göttergleicher Herr! Es ziemt sich nicht, daß ich mich von dir bewachen lasse! Im Gegenteil! Ich werde für dich sorgen! Schlafe nur ruhig ein, o Herr, und erquicke dein Herz!»

Der Prinz entgegnet:

«Sieh her, Pferdekönig! Du hast uns hierher getragen, einen langen und beschwerlichen Weg! Du bist müde! Wie könnte ich von dir verlangen, schlaflos zu sein und noch die Nacht mir zu dienen? Darum schlaf vor mir! Ich will dich hüten und pflegen.»

Aber Manikakhi widerspricht zum zweitenmal dem Prinzen:

«Ich bin dein Sklave, göttlicher Herr! Dein Gedanke ist nicht richtig. Wir Pferde sind dazu gemacht, daß die Menschen sich unser bedienen. Ich aber bin von besonderer Art. Nur mir kann es gelingen, die Gefahren zu bannen, die in dieser Nacht auf uns lauern. Wenn ich jedoch schlafe, so gewahre ich nicht, was ich sehen muß! Darum, o Herr, schlaf und laß mich für dich sorgen!»

Der Prinz hat's gehört. Sein Herz vertraut dem Pferd, und die Angst weicht. Er sagt:

«Nun wohl, du edles Pferd voll Güte! Ich werde vor dir schlafen.»

Und sofort schlief er ein.

*

Schon in der ersten Nachtzeit kam Khantan zur Hütte, pochte an die Tür und fragte:

«Wer wohnt in meiner Hütte?»

Der Pferdekönig antwortete:

«Wir alle wohnen hier!»

Khantan hörte es und kehrte um. Alsbald kam er jedoch wieder und klopfte an und fragte wie das erstemal.

Das Pferd rief:

«Wir selbst.»

Khantan wendete sich ab, kam aber sehr bald zurück und fragte noch einmal. Da antwortete ihm das Pferd zum drittenmal. So vergingen die ersten Nachtstunden.

Als die Mitternacht herangekommen war, erwachte der Prinz aus seinem Schlummer und sagte:

«Sieh, Pferdekönig, Manikakhi, du sollst jetzt schlafen! Ich werde aufpassen und dich bewachen.»

Das Pferd war es zufrieden und legte sich hin.

Nicht lange, da klopfte es an die Tür. Khantan war wiedergekommen und fragte:

«Wer ist in meiner Hütte?»

Der Prinz antwortete:

«Wir selbst!»

Khantan hörte es und ging fort. Dann kam er zurück, klopfte an die Tür und fragte wie zuvor. Der Prinz sagte wieder:

«Wir selbst.»

Khantan machte sich davon. Bald aber meldete er sich und fragte zum drittenmal. Der Prinz antwortete jedesmal. So verging die Stunde der Mitternacht, und die Hälfte der Nacht war vorbei.

In den späten Nachtstunden, in der Nähe des Morgengrauens, erwachte Djirapha aus ihrer Ohnmacht und bestürmte den Prinzen, zu schlafen und sie statt seiner wachen zu lassen. Den Prinzen schmerzten seine Glieder, weil Sonne und Wind sie ausgetrocknet. Darum gehorchte er der Frau, als sie ihn so inständig bat. Er sagte:

«Paß auf, Schwester mit dem schönen Gesicht! Wenn du es unbedingt willst, gut, so wird dein Bruder schlafen!»

Sogleich schlief er ein. Djirapha streichelte ihm

die müden Glieder und sorgte dafür, daß ihr Gatte ruhig schlummerte.

Da pochte es abermals an die Tür. Khantan war da und fragte:

«Wer wohnt in dieser Hütte?»

Djirapha sagte mit ihrer süßen Stimme leise:

«Wir selbst sind es, die hier wohnen!»

Khantan hörte es und kehrte um.

Aber bald schon kam er zurück, klopfte an die Tür und fragte zum zweitenmal. Djirapha quälte das Gähnen, aber sie ermannte sich und flüsterte mit schläfriger Stimme die Antwort, so daß Khantan sie gerade noch verstand. Wieder kehrte er um. Als sie ihn davonstampfen hörte, übermannte sie das Gähnen mit großer Gewalt. Sie konnte ihre Schlafsucht nicht mehr bezwingen und sank betäubt auf ihr Lager.

*

Der Menschenfresser war längst wieder zur Hütte zurückgeschlichen, und nun erhob er seine Stimme zum drittenmal. Aber da war niemand, der ihm hätte Antwort geben können, denn sie schliefen friedlich alle miteinander.

Khantan erhält keine Antwort. Er hört nur die ruhigen Atemzüge der Schlafenden. Mit grölender Stimme brüllt er auf. Die Tür tritt er ein, und schon steht er in der Hütte.

Manikakhi, das Pferdetier, schläft an der Tür,

sieht den Menschenfresser vor sich stehen und ruft:

«Wer wagt es, hier einzubrechen?»

Der Menschenfresser antwortet:

«Ich heiße Khantan!»

In diesem Augenblick erwachen auch der Prinz und Djirapha. Sie hören, wie der Menschenfresser mit dem Pferd streitet, und fürchten sich sehr. Manikakhi jedoch tröstet sie und sagt:

«Habt keine Angst! Ich werde mit Khantan kämpfen und ihn unschädlich machen!»

Khantan hört es und fragt:

«Mit wem willst du kämpfen?»

Das Pferd antwortet:

«Mit dir natürlich! Sobald du mit mir handgemein wirst, bist du auch schon besiegt!»

Khantan entgegnet:

«Wenn du mit mir kämpfen willst, so zeige mir erst einmal, was du kannst! Das muß ich wissen, bevor ich mich mit dir einlasse!»

Manikakhi, das Pferd, nimmt die Bedingung an und sagt:

«Wenn's weiter nichts ist, sollst du deinen Willen haben! Darum laß uns vor die Hütte treten und anfangen!»

Als sie vor der Hütte standen, sprang Manikakhi in die Luft und zeigte seine Macht. Und während er in der Luft hin- und hersprang, trat er plötzlich mit den beiden Vorderhufen dem Menschenfresser ins

Gesicht, daß sein Blut im Strom herniederquoll. Das Pferd sprang behende zurück, drehte sich um, schlug hinten aus und zerstampfte seinem Feind mit den Hinterhufen die Brust. Blutüberströmt stand Khantan da und wußte nicht, was ihm geschah. Die beiden Königlichen hatten in ihrer Hütte das Stampfen gehört. Der Prinz wollte Manikakhi anfeuern und rief:

«Sieh dich vor, Pferdekönig, und weiche nicht! Paß auf deine Zügel auf, daß er dich nicht bändigen kann!»

Der Menschenfresser hörte den Ruf des Prinzen, der von fern an sein Ohr drang. Er sah die eisernen Zügel am Halse des Pferdes blinken, und blitzschnell greift er zu. Er hält die Zügel fest. Manikakhi kann sich nicht mehr bewegen. Seine Macht ist dahin. Khantan hat gesiegt. Er schwingt sich auf den Rükken des noch eben so mächtigen Pferdes und befiehlt seinen Dienern:

«Ihr alle, habt keine Furcht. Der Feind ist besiegt. Nehmt nun dieses Pferd und fesselt und knebelt es!»

Die Menge der Diener des Menschenfressers tut nach seinem Befehl. Sie legen dem Pferdekönig gewaltige Ketten an.

*

Der Kampflärm hat sich gelegt. Eine schwüle Ruhe senkt sich über das Land. Dem Prinzen wird unheimlich in der Hütte, und er tritt vor die Tür, um zu schauen. Aber das Pferd ist verschwunden. Er ruft es mit lauter Stimme, aber keiner Antwort Laut dringt an sein Ohr. Er führt Djirapha auf den Vorplatz, und sie halten Ausschau in allen vier Himmelsrichtungen. Das Pferd bleibt unsichtbar. Da müssen sie weinen.

«Jetzt sind wir beide tot! Ohne das Pferd können wir nicht leben!»

Sie durchstreifen den Wald und suchen das ganze Gebiet ab nach ihrem Freund. Sie kommen auch an die Stelle, wo das Blut des Menschenfressers die Erde verkrustet. Wie sie es bemerken, senkt sich Trauer in ihr Herz:

«Hier hat der Bösewicht unser liebes Pferd gefressen!»

Die beiden fallen sich in die Arme und drücken sich jammernd einander an die Brust. Der Prinz erhebt die Hände, streichelt seiner Gattin den Rücken und klagt:

«Jetzt ist die Not über uns hereingebrochen. Unser Schicksal ist besiegelt. Wie sollen wir unser Leben behalten, wenn wir von unserem edlen Pferd getrennt sind? Dem Tode können wir nimmermehr entfliehen. Niemand ist da, der uns einen Ausweg zeigen könnte, wie es bisher noch immer das Pferd getan, das uns über Länder und Siedlungen, über große und kleine Reiche, über Dschungel und Waldungen hinweggeführt. Jetzt hat Manikakhi uns zwei hier abgeworfen und ist uns entwichen. Oder was ist ihm widerfahren, daß es seine Pflicht gegen uns so verletzt?»

Die göttliche Djirapha hört das Jammern ihres Gatten. Sie beugt ihren Kopf herab zu den Füßen des Gatten und stimmt in sein Klagelied ein:

«Ich weine. Wir zwei werden uns in diesem Walde verirren. Unsere Sünden aus früherer Zeit folgen uns nach. Daß wir hier in der Wildnis ausgesetzt wurden, ist unser selbst verschuldetes Unglück.»

So weinte die göttliche Djirapha, und der Prinz mußte sie trösten:

«Sieh erst, Schwester mit dem schönen Gesicht! Weine nicht! Laß den Gram sich nicht auf deinen Zügen ausprägen! Allen Wesen der Welt ist beschieden, daß sie einst voneinander scheiden müssen. Das Verhängnis trifft nicht uns nur allein. Alles, was geboren wird, erlebt Glück und Unglück bunt gemischt. Niemand kann sich sein Schicksal erwählen. Darum, Schwester, besänftige deinen Kummer!»

So tröstete der Prinz seine Gattin. Dann fuhr er fort:

«Sieh, jüngere Schwester! Zwischen den Blättern der Bäume hier drüben schimmert es hell und blau, wie ferne Wolken. Das muß das Meer sein! Wir wollen uns einen Weg zum Ufer bahnen! Ein Tuch werden wir nehmen und es als Fahne im Wipfel eines Baumes befestigen. Das soll ein Zeichen sein für die vielen Kaufleute, deren Schiffe dem Ufer folgend dahinsegeln. Wenn die Kaufleute das Tuch sehen, werden sie auf ihren Schiffen beidrehen und uns aufnehmen. Dann können wir wieder glücklich sein!»

Djirapha lächelt.

«Was der Herr da sagt, ist ein guter Gedanke! Vielleicht kann er uns nützen.»

Nun schlagen sich die beiden zum Strand durch, hängen ein Tuch als Fahne in den Wipfel eines Baumes und setzen sich in den Schatten an seinen Stamm.

*

Fünfhundert Kaufleute gab es zu dieser Zeit. Die waren mit ihren Gütern unterwegs. Ihr Schiff war vollgeladen mit Waren. So fuhren sie auf dem Großen Ozean dahin.

Als sie die Fahne im Baumwipfel sahen, dachten sie, daß Schiffbrüchige dort gestrandet seien. Sie refften die Segel und ruderten ihr Schiff ans Ufer. Als sie den Prinzen unter dem Baum sitzen sahen, fragten sie ihn:

«Woher kommst du, Fremdling, und warum hast du dir dies Land zur Wohnung erwählt?»

Der Prinz erhob sich, ging den Kaufleuten entgegen und sagte:

«Wir haben unseren Weg verloren! Schenkt uns die Gnade und nehmt uns mit! Helft uns, daß wir am Leben bleiben!»

Die Kaufleute hörten das Flehen des Prinzen, und ihr Herz fühlte Mitleid. Sie betrachteten den Prinzen und die Prinzessin und fühlten mit ihnen. Daher luden sie die beiden ein und ließen sie in ihr Schiff steigen. Sie wendeten und setzten ihre Reise über den Ozean fort.

Seit der Prinz und Djirapha in das Schiff gestiegen waren, fuhr es schnell vor dem Winde dahin. Als sieben Tage vergangen waren, hatten sie die Mitte des Ozeans erreicht. Da kam ein mächtiger Wind auf. Schnell wurde er zum Sturm. Die Kaufleute konnten die Segel nicht mehr von den Masten lösen, und ihre Anker faßten keinen Grund. Von Panik erfaßt, riefen sie:

«Wir sind verloren!»

Die Wellen erfaßten das Schiff und rissen es hin und her, vom Wind unterstützt. Die Bretter, aus denen es zusammengefügt war, lösten sich von den Rippen. Wasser und Wellen drangen in den Schiffsleib ein. Die Deckplanken splitterten, und ein Zittern lief durch das Schiff: es wollte untergehen, mitten auf dem Meer.

Die Kaufleute, von Todesangst gepackt, fielen nieder und beteten zu den Göttern, die sie verehrten, und flehten sie an um ihr Leben:

«Wir sind eure Sklaven, ihr mächtigen Götter, die ihr im Wasser wohnt und auf der Erde! O Mond und Sonne, die ihr die Erde und all ihre Länder hell bescheint! Vor allem aber ihr, Götter des Großozeans! Helft uns und wendet ab die Gefahr, die uns so gräßlich bedroht!»

Als der Prinz sah, daß die Kaufleute sich keinen

Rat mehr wußten, sondern ihre Rettung im Weinen erblickten, schritt er zur Opferfeier.

Er schüttete Milch, Butter, Honig und Zucker ins Meer. Dann nahm er sein Gewand, ließ es sich voll Öl saugen, bis es vollkommen durchtränkt war, und legte es sich fest um den Leib. Ein zweites Tuch nahm er und wickelte Djirapha hinein. Und mit einem dritten schließlich umhüllte er eine gewaltige hölzerne Planke. Dann zog er Djirapha kletternd mit sich auf die Spitze des großen Mastbaumes.

Als das Schiff unterging, wurden die Kaufleute alle von Fischen und Schildkröten verschlungen. Sie fanden den Tod im Meer.

Der Prinz sah über den Ozean hin. Dort, wo das Wasser rötlich schimmerte wie das Blut, dort mußte seine Stadt Pharansi liegen. Mit erhobenen Händen rief er seine Mutter an, die in jener Stadt Königin war. Dann sprang er mit Djirapha vom Mast herab. Sie fielen etwa eine Stierlänge voneinander entfernt ins Meer, dort, wo es weder Fische noch Schildkröten gab. Die Holzbohle, die sie vorher mit dem Stoff umwickelt hatten, folgte ihnen nach. Sie brauchten sich nur daran festzuhalten, und schon schwammen sie mit der Strömung dem Ufer zu.

Aus der Macht der Sünden, die sie in ihrem früheren Leben begangen, brach jedoch die Bohle plötzlich mittendurch. Der Prinz, der an dem einen, und Djirapha, die an dem anderen Ende hing, wurden voneinander abgetrieben, jedes in einer Richtung, und sahen sich nimmermehr. Wegen der einstigen Kühle und Kälte ihrer Herzen mußten sie das Unglück der Trennung leiden, daß sie fast ums Leben gekommen wären. Ihre Kräfte verließen sie schnell, weil sie lange schon keinerlei Nahrung hatten. Und auf dem Ozean treibend, weinte der Prinz nach seiner Gattin und Djirapha nach ihrem Gatten.

*

Hier müssen wir nun fragen: was haben die beiden getan, daß sie – ein Spielball der Wellen und Winde – auf dem Großen Ozean voneinander getrennt werden mußten?

Die Antwort ist klar! Die beiden Königskinder wurden voneinander mitten auf dem Meer getrennt durch die Macht der Sünden, die sie in einem früheren Leben begangen.

DAMALS *waren sie Mann und Frau und wohnten in einem Hause im Reiche Pharansi. Eines Tages gingen sie zusammen zum Fluß, um zu baden.*

Während sie im seichten Wasser fröhlich spielten, ruderte ein Jungmönch vorbei in seinem Boot. Die beiden, Mann und Frau, sahen den Mönch vorbeirudern und wollten ihn necken in ihrem Übermut. Daher schlugen sie mit den Händen auf das Wasser, daß es Wellen gab in jenem Fluß. Die Wogen schlugen ins Boot, und es lief voll Wasser und kenterte. Der Mönch schlug um sich und suchte verzweifelt, sich über Wasser zu halten. Immer wieder ging er unter, aber stets kam er für Augenblicke wieder hoch. In seiner Todesangst lernte er sogar schwimmen. Als die beiden, Mann und Frau, genug über den Armen gelacht hatten, schwammen sie zu ihm hin, faßten ihn unter die Arme und zogen ihn ans Land.

Weil sie eine gemeine Sünde begangen hatten, wurden sie aus der Nacht der Sündenfrüchte auf dem Ozean voneinander getrennt. Nun war die Reihe an ihnen, Kummer und Sorgen zu erdulden, denn die Sünde folgt dem Bösen durch fünfhundert Geburten. Darum hat der Große Lehrer in seinem Gesetz gelehrt und gepredigt:

«Menschen, seid nicht übermütig und schaut nicht herab auf eure Sünden, als wären sie nichts! Sagt nicht: wir haben nur so geringe Sünde begangen, ihre Folgen erreichen uns nimmermehr! Denn die Sünde, und sei sie noch so klein gewesen, bringt Frucht, wenn die Zeit gekommen ist. Ihre Frucht aber ist unser Unglück! Die Reissamen, die von den Menschen in den Acker gelegt werden, wachsen unsichtbar anfangs, um später um so deutlicher sichtbar Frucht zu tragen. So geht es auch mit den Sünden: einst werden sie Frucht tragen, sichtbarlich!

Eure Verdienste aber, auch sie dürft ihr nicht unterschätzen! Wie klein auch immer die gute Tat war, irgendwann kommt ihre Frucht zu uns! Denn auch die Früchte der Verdienste wachsen fort und werden groß. Gute Taten bringen Glück, wie Böses Unglück bringt! Darum, wisset! Die Verdienste, die wir erworben, so gering sie auch waren, bringen Glück und Zufriedenheit. Den Sünden dagegen, auch den kleinen, folgt die Strafe bald! Wer Verstand hat, weiß: das eine ist gut und das andere böse. Darum sollen wir stets überlegen, ehe wir etwas tun: ist es gut oder nicht? Denn unsere Taten werden Frucht tragen. Und die Sünde soll fern bleiben von unserer Seele. Wem es gelingt, tugendhaft zu leben, der wird den Weg der Erleuchtung wandeln.»

*

Als Djirapha von ihrem Gatten getrennt war, trieb sie mit ihrer Planke dem Strom des Wassers nach. Als die Wellen und der Wind ihre Richtung zum Ufer nahmen, wurde sie angeschwemmt und erklomm die Böschung. Ganz allein ging sie weiter und weinte, daß sie als Frau geboren. Als sie an ihren Gatten dachte, kam ihr der ganze Jammer erst voll zum Bewußtsein:

«Was soll ich tun», seufzte sie, «damit ich Suthanu, meinen Gatten, wiedertreffe? Er war meine einzige Stütze. Jetzt bin ich von ihm fern. Ob er noch lebt, weiß ich nicht. Ich sehe sein Gesicht nicht mehr. Gewiß muß ich nun sterben.»

Djirapha fuhr fort zu weinen:

«Was für eine Sünde habe ich begangen, daß ich von meinem Gatten getrennt wurde? Wenn ich je etwas Gutes getan habe, so mögen wir uns wiedertreffen in der Stadt. Aber die Trennung offenbart große Sünde! Diese Sünde ist der Grund unseres Unglücks. Oh, gäbe es doch einen Gott, der zu mir käme, um mir den Weg zu zeigen, daß ich meinen Gatten wiedersehe. Dann könnte ich weiterleben! Wenn ich ihn jedoch nicht finden kann, werde ich sicherlich sterben. Denn wie sollte ich ohne ihn mein Leben weiter fristen können?»

Und sie fuhr fort und jammerte:

«Mein Gatte schwamm auf dem Meer gleich mir. Die Fischbrut wird ihn gefressen haben, das ist gewiß. Denn Fische gibt es genug, böse und wilde, in diesem Wasser. Da sind Drachen und Krokodile, Roßkrebse und Meeresschweine, Haie und Sägefische. Sie schwimmen herum und haben meinen Gatten zerrissen und unter sich verteilt. Denn wie laut ich auch rufen mag, nicht höre ich seiner Stimme Antwort.»

So weinte die göttliche Djirapha. Als ihr Jammer langsam abklang, legte sie ihr Gewand ab, das von Wasser triefte, und wrang es aus. Sie zog ihre drei Ringe von der Hand und knotete sie in den Saum ihres Kleides, damit sie unterwegs sicher verwahrt wären. Dann wanderte sie los. Sie wußte nicht, wohin sie sich wenden sollte, und folgte dem erstbesten Pfad durch den Wald.

*

Nach zwei oder drei Tagen erreichte die Prinzessin die Stadt Inthapat. Sie betrat sie als arme, fast verhungerte Frau.

Dort gab es einen Reichen. Vor Zeiten war er ein Mann gewesen von größtem Ansehen. Der Schatz seiner Freudenmädchen und Dienerinnen war so groß, daß man sie weder zählen noch schätzen konnte. Aber die Herrlichkeit dauerte nicht lange. Der Reichtum ward aufgezehrt, und der Reiche wurde wieder zum armen Mann. Er mußte den Almosentopf halten und damit bettelnd von Haus zu Haus ziehen, um sein Leben zu erhalten.

Djirapha kam zum Hause von Thukhot, dem Armen. Sie ging hinein, um ihn zu sehen, und sagte:

«Ich bin deine Sklavin, Herr! Bitte, erweise mir die Gnade und laß mich in deinem Hause wohnen!»

Thukhot antwortete:

«Sieh, Mutter! Ich lebe in Not und Armut. Zu essen kannst du nichts bekommen von mir. Ich muß selbst betteln gehen, um mein Leben zu fristen. Warum wolltest du bei mir leben?»

Djirapha entgegnete:

«Ich weiß, daß du ein verarmter Mann bist. Armut soll Armut aufheben! Wenn es dir nicht lästig ist, so erlaube mir, bei dir zu wohnen!»

Thukhot antwortete:

«Sieh, Mutter! Wenn du unbedingt willst, so bleib hier! Tue, was du magst!»

So bekam Djirapha die Erlaubnis, im Hause des Armen zu leben.

*

Am nächsten Morgen kam Djirapha in den Saal, um Thukhot den Morgengruß zu entbieten. Sie sprach:

«Ich bin deine Sklavin, Vater! Bitte, nimm diesen Ring und verkaufe ihn in der Stadt. Von dem Erlös wollen wir uns etwas zu essen kaufen!»

Thukhot nahm den Ring, untersuchte ihn genau

und erkannte, daß es ein Kleinod von unschätzbarem Wert war, ein Schatz für die Stadt. Er fragte sie, um wieviel Geld sie ihn hergeben würde. Djirapha entgegnete:

«Nimm hin und verkauf den Ring, und wenn du auch nur vier Ochsenkarren voll Silber erhieltest, mir wär' es genug! Wenn du nicht mehr dafür bekommst, ich bin es zufrieden.»

Der arme Thukhot nahm ihren Befehl an und ging auf den Markt, wo es von Kauflustigen wimmelte. Dort verkaufte er den Ring und erhielt dafür Silber, vier ausgewogene Karrenladungen voll. Die brachte er Djirapha, und sie schenkte ihm einen ganzen Ochsenkarren voll Silber. Die anderen drei Ladungen nahm sie für sich. Einen Teil bewahrte sie auf, etwas nahm sie, um damit Sklaven und Sklavinnen zu kaufen, Diener zu mieten, Handwerkszeug und Hausgeräte zu besorgen und vor allem Reis, viel Reis von verschiedenen Arten, zusammen für fünfhundert Silberlinge. Sie warb Zimmerleute an, die an der Kreuzung der vier Straßen eine Halle erbauen sollten, als Sammelplatz der Wanderer, die, aus allen Richtungen kommend, durch die Stadt strömten.

*

In der Halle ließ sie Malereien anbringen, die an die Wände gezeichnet wurden und die Geschichte von Suthanu erzählten: Das erste Bild, wie Suthanu auf seinem Pferd durch die Luft reitet. Ein anderes, wie Suthanu die Tür des Schlosses öffnet; wie er in das Schlafgemach der Prinzessin eindringt, die dort mit ihrer Sklavin Pathuma im Schlummer ruht; und wie er die göttliche Djirapha mit duftenden Ölen liebkost. Und ein Bild, auf dem Pathuma mit der Fischreuse auf dem Rücken sichtbar ist, während er selbst mit der Prinzessin das Thronbett besteigt. Dann das Bild, auf dem König Setarat, der es erfahren hat, Suthanu herbeiruft, um seine Künste und Wissenschaften zu prüfen; und auf dem er seinen Kindern den Segen gibt, daß Suthanu hinfort mit der Königstochter Djirapha gemeinsame Speise essen darf. Ferner das Bild, wie die beiden auf dem fliegenden Pferd aus Setanakhon herausreiten und zur Hütte des Menschenfressers Khantan kommen, in der sie rasten wollen. Dann das Bild, auf dem der Menschenfresser mit dem Pferd kämpft. Sowie das Bild, auf dem die beiden im Baumwipfel ihr Tuch befestigt haben, während sie selbst unter dem Baume sitzend warten. Alsbald das Bild der vielen Kaufleute mit ihrem Schiff, die die beiden aufnehmen. Schließlich das Bild des untergehenden Schiffes, von dessen Mast die beiden Königlichen mit ihrer Holzbohle herabspringen, um vom Strom des Wassers, der Wellen und des Windes abgetrieben zu werden, bis das Holz zerbricht. Und als letztes das Bild, auf dem die beiden getrennt voneinander jeder in einer Richtung davongetragen werden.

Diese Bilder ließ Djirapha anmalen, daß die ganze Geschichte dargestellt sei, vom Anfang bis zur Trennung inmitten des Meeres.

*

Den Mönchen, den Weisen und den Bettlern, die zu jener Halle kamen, ließ Djirapha reichlich Almosen spenden. Wer in die Halle kam, der sollte darin nach Herzenslust sich sattessen! Djirapha erklärte den Hütern der Halle, was sie sagen sollten, wenn jemand fragte, wem die Halle gehöre. Dann sollten sie sagen:

«Unsere Herrin Ummathan hat sie gebaut!»

Die Dienerinnen taten, wie ihnen befohlen war, und bald nannten die Bürger die Almosenhalle: Ummathans Saal.

Sie hatte die Halle erbauen und mit Bildern ausmalen lassen, damit sie Nachrichten von dem Prinzen erhielte, von dem sie getrennt war. Darum befahl sie den Hütern:

«Wenn die Menschen, die in der Halle sitzen, miteinander allerlei bereden, so merkt's euch und gebt Bericht! Vor allem aber achtet darauf, ob jemand kommt, der sich vor den Bildern irgendwie auffällig benimmt. Dann eilt und meldet es mir sofort! Jedermann, der in die Halle tritt, um zu essen, soll nach der Mahlzeit von euch umhergeführt werden, damit er die Bilder an den Wänden ja nicht übersieht! Wenn ihr das alles tut, werdet ihr mein größtes

Wohlwollen erwerben. Darum folgt meinem Befehl genau!»

So gebot Djirapha ihren Dienerinnen und ließ sie nach dem Gebot der Mildtätigkeit handeln. Und die Armen kamen zur Ummathan-Halle in nie abreißendem Strome.

*

Als der Prinz von Djirapha getrennt worden war, hielt er sich an seinem Holzbrett fest und folgte ihm durch den Ozean. Wellen und Wind warfen ihn hierhin und dorthin. Schließlich wurde er an ein Ufer gespült, das hieß Anchanawadi. Dort stieg er an Land. Aber als er an die Gattin dachte, traten ihm die Tränen in die Augen, und er weinte aus Leid und Kummer, daß ihm fast seine Brust zersprungen wäre. Mit sich versteinerndem Herzen ging er vom Hafen Anchanawadi hinweg, um sich in einem Bananenhain zu verbergen.

Zur gleichen Stunde saß die Menschenfresserin Anchanawadi, die jüngere Schwester des bösen Khantan, der das Land gehörte, in ihrem Schloß. Sie sprach zur Prinzessin Karenuwadi, der Schönen Elefantin, ihrer frisch geraubten Dienerin:

«Sieh, Karenuwadi, du sollst zum Wasserhafen gehen und mir Wasser schöpfen, daß ich mich baden kann!»

Karenuwadi rief die anderen entführten Königstöchter herbei, ihre sechzehn Freundinnen, daß sie ihr beim Wassertragen helfen sollten. Sie führte die sechzehn Prinzessinnen durch den Wald, auf dem Weg, der am Bananenhain vorüberführt. Der Prinz sah sie kommen und erkannte Karenuwadi, seine junge Verwandte, an die er sich wohl zu erinnern wußte.

Die Königstöchter stiegen ins Wasser zum Bade. Spielend wuschen sie ihre göttlichen Glieder. Dann schöpften sie Wasser, gossen es in die geflochtenen und mit Harz abgedichteten Wasserbehälter und trugen es fort. Auch Karenuwadi stieg hinab zum Bade, schöpfte Wasser in den Wasserkorb und folgte ihren Gespielinnen nach.

*

Wie die Prinzessin am Bananenhain angekommen ist, ruft der Prinz leise ihren Namen:

«Sieh, Karenuwadi, meine jüngere Schwester! Komm, setz dich zu mir, daß wir uns miteinander unterhalten können!»

Karenuwadi hört die Stimme des Rufenden. Sie läßt ihre Last stehen und biegt die Blätter auseinander, um ins Dickicht zu sehen. Da erblickt sie nackt einen Mann! Vorsichtig nähert sie sich ihm und fragt:

«Wenn du einen Namen hast – wie heißt du? Warum rufst du mich?»

Der Prinz fragt nun seinerseits:

«Du kennst mich also nicht?»

Darauf Karenuwadi:

«Nein, niemals habe ich dich gesehen!»

Der Prinz gibt ihr Antwort:

«Ich bin Prinz Suthanu!»

Als Karenuwadi den Namen hört, da weiß sie, daß es ihr königlicher Verwandter ist, ihr älterer Bruder! Sie fällt ihm zu Füßen und fragt:

«Herr, warum bist du hierhergekommen?»

Der Prinz erzählte ihr nun seine Geschichte, von Anfang an, bis zur Trennung von Djirapha, denn Karenuwadi sollte die ganze Wahrheit erfahren. Als sie es hörte, bemitleidete sie ihren Bruder sehr. Sie konnte ihr Augenwasser nicht zurückhalten und weinte bitterlich.

Nun fragte der Prinz:

«Sieh, jüngere Schwester mit dem schönen Gesicht! Was machst du in diesem Lande?»

Karenuwadi erzählte ihm, wie Khantan sie gefangen und der Menschenfresserin, seiner jüngeren Schwester, als Sklavin geschenkt – und mit ihr noch sechzehn andere Königstöchter! Als der Prinz das hörte, dachte er in seinem Herzen:

Diese Geschichte ist wirklich ganz so, wie der Pferdekönig es mir erzählt.

Dann befahl er Karenuwadi:

«Schwester, du darfst niemandem verraten, daß dein Bruder gekommen ist, um in diesem Lande zu wohnen.»

*

Nachdem der Prinz ihr alles gesagt hatte, begann er mit ihr zu spielen und zu scherzen. Er übte mit ihr die sechzehn Künste der Liebkosung: Er strich ihr übers Haar, streichelte ihre Ohrmuscheln und berührte die Ohrlöcher. Er streichelte ihr Haupt, die Stirn und die Augenbrauen. Er küßte ihr Gesicht, berührte ihre Nase und spielte mit ihrem Kinn. Er liebkoste ihren Nacken und strich ihr über den Rükken. Dann kitzelte er ihren Nabel und seinen Hof. Und dann berührte er, was im geheimen liegt. Da ward sie bereit zur Vereinigung, und der Prinz zeigte der Schönen, was der Mann in Wollust vermag. Karenuwadis Blut wallte auf, und in Lust sättigte sich ihr Leib an der Liebeskraft des Prinzen. Denn es ist für Mann und Frau natürlich, die Befriedigung ihrer sinnlichen Begierde ineinander und durch den andren zu suchen.

Nun war es Karenuwadi, die dem Prinzen befahl: «Ich bin deine Sklavin, mein hoher Gatte! Herr, bleibe hier und offenbare dich niemandem! Denn nur ich allein will dich besitzen!»

Der Prinz nahm den Befehl an und ging tiefer ins Dickicht hinein, um sich noch sicherer zu verbergen. Karenuwadi, liebessatt und schwer, bog die Blätter auseinander und verließ die Stätte der Freude. Sie schulterte den Wasserkorb und eilte den Freundinnen nach. Als sie im Schloß ankam, ging sie geradenwegs ins innere Gemach der Menschenfresserin. Aber wo sie ging, folgte ihr der Duft des Mannes und erfüllte bald den ganzen Saal. Anchanawadi wunderte das sehr, und sie fragte die Königstöchter:

«Einer von euch haftet Mannesduft an! Wie konnte ein Mann hier eindringen?»

Die Königstöchter empörten sich:

«Wir sind deine Sklavinnen, Mutterherrin! Hier gibt es keinen Mann, der gekommen wäre, um mit uns zu leben.»

Anchanawadi fragte noch zwei- und dreimal, aber die Königstöchter blieben bei ihrer Antwort.

*

Am Morgen des neuen Tages führten die Prinzessinnen einander zu Karenuwadi und sprachen:

«Als du, Schwester, gestern ins Gemach eingetreten bist, hat der Duft eines Mannes das ganze Schloß durchzogen. Wir verdächtigen dich, daß er von deinem Leib ausging! Wenn du uns nicht die Wahrheit sagst, werden wir die Rache über deinem Haupt zusammenziehen. Wir werden es der Menschenfresserin sagen, und sie wird dich bestrafen.»

Karenuwadi fürchtete sich und sagte:

«Wenn ihr vielen es wißt, so werdet ihr gewiß schweigen, nicht wahr? Sonst kann ich es euch nimmermehr sagen!»

Die Königstöchter antworteten wie aus einem Munde:

«Wenn wir es wissen, werden wir es vor jedermann geheimhalten. Darum sag uns getrost die Wahrheit!»

Karenuwadi erzählte:

«Mein älterer Bruder ist gekommen. Jetzt lebt er im Bananenhain.»

«Wie heißt dein Bruder?»

«Mein Bruder heißt Prinz Suthanu.»

«Was du da sagst, ist es wahr?»

«Ich habe die Wahrheit gesagt.»

«Wie sieht er aus, dein Bruder? Erzähle uns alles von ihm, welche Zeichen er trägt und welche Merkmale.»

Karenuwadi hörte die Frage. Und in Liebe beschreibt sie Gestalt und Erscheinung des Prinzen, der ihr Gatte ist:

«Seht, meine Freundinnen! Es gibt niemanden, den man meinem älteren Bruder vergleichen könnte. Denn er ist geschmückt mit den Zeichen höchster Schönheit! Hundert Zungen und tausend Zungen und hunderttausend Zungen reichten nicht aus, um seine Schönheit ganz zu beschreiben. Wie sollte meine eine Zunge genügen, euch seine Leibespracht deutlich zu machen? Es mag euch genug sein zu wissen, daß mein Bruder von Gestalt und Erscheinung schöner ist als irgendein Mensch!»

Das hörten die Königstöchter, und ihre Herzen füllten sich mit Liebe und Begehren. Ihr Schoß wurde bereit, mit dem Prinzen in der Vereinigung zu verschmelzen.

Als die Zeit des Wasserschöpfens gekommen war, begleiteten alle sechzehn Jungfrauen Karenuwadi zum Bananenhain. Der Prinz streichelte sie und spielte mit ihnen, um ihre Lust zu erregen. Er küßte sie und fand Eingang in ihren willigen Schoß. Denn die Königstöchter alle liebten und begehrten den Prinzen. Und als die Stunde der Trennung kam, eilten sie zum Wasser, ihre Hitze zu kühlen. Sie schöpften die Behälter voll und kehrten zum Schlosse zurück.

*

Aber kaum hatten die Königstöchter den Saal betreten, da durchzog eine Wolke von Mannesduft das Schloß. Anchanawadi roch es voll Lust und fragte die Königstöchter:

«Wie kommt es, daß euch allen dieser durchdringende Duft des Mannes entströmt? Der ganze Palast liegt da, in die süße lockende Wolke gehüllt. Ihr vielen, ihr habt mich belogen, als ich euch gestern befragt! Wenn ihr mir nicht die Wahrheit sagt, sollt ihr sterben! Wie auch immer die Wahrheit aussieht, ich kann sie hören! Sagt es mir an und rettet euer Leben!»

Die Königstöchter standen starr vor Schrecken und Todesfurcht. Sie konnten das Geheimnis nicht mehr verschlossen halten. Sie wollten der Menschenfresserin die Wahrheit sagen und baten sie, ihnen die Strafe zu erlassen und Verzeihung zu gewähren.

Die Menschenfresserin entgegnete:

«Ihr alle, sprecht nach der Wahrheit! Ich werde euch nichts tun, ihr sollt straffrei sein!»

Da faßten die Königstöchter sich ein Herz und gestanden:

«Wir sind deine Sklavinnen, Mutterherrin! Der Sohn des Königs von Pharansi, Suthanu, der ältere Bruder von Karenuwadi, ist gekommen und wohnt in diesem Lande. Jetzt hält er sich verborgen im Bananenhain!»

Anchanawadi hörte den Namen «Suthanu», und ihr Herz füllte sich mit Freude. Wie ein Mensch, den das Segenswasser benetzt, so freute sich sich. In ihrem Herzen dachte sie:

Wenn Suthanu wirklich die Klugheit besitzt, die ihm zugeschrieben wird, so wird er meinen Wunsch verstehen, den ich ihm in einer Rätselbotschaft zusenden werde.

So dachte sie und schrieb Buchstaben nieder und Zeichen. Das sandte sie an Karenuwadi und befahl:

«Diesen Brief sollst du deinem Bruder geben. Wenn er weise ist und besonnen, so wird er das Rätsel verstehen. Wenn er es gelöst hat, soll er in dieses Schloß kommen. Wenn er es dagegen nicht versteht, so muß er mir zur Speise dienen!»

Karenuwadi nahm den Brief und brachte ihn weinend dem Prinzen. Als sie bei ihm war, übergab sie ihm den Brief und sagte:

«Wenn du den Inhalt dieses Briefes lesen kannst, so wirst du am Leben bleiben. Wenn du ihn aber nicht zu deuten weißt, wird die Menschenfresserin dich verspeisen!»

Der Prinz nahm den Brief und blickte hinein. Da wußte er, daß die Menschenfresserin nach einer anderen Speise als der des Magens verlangte. Ihre Sinne lechzten nach Befriedigung durch den Mann. Daher sagte der Prinz zu Karenuwadi:

«Schwester, weine nicht! Der Bruder hat das Rätsel in den Zeichen des Briefes gelöst!»

So sprach er und begann mit der Antwort. Er malte auf ein Stück Pappe das Bild eines Mannes, der die Hände erhoben hat und den Nacken der Anchanawadi liebkost. Als er fertig war mit der Zeichnung, faltete er sie zusammen und klebte sie zu. Er gab den Brief der Prinzessin, daß sie ihn ihrer Herrin überbrachte.

Anchanawadi, die Menschenfresserin, öffnete den Verschluß. Sie erkannte das Bild des Prinzen, dessen Männlichkeit sich steif und fest aufgerichtet hatte in der Umarmung einer Frau. Ihr Herz wird von höchster Freude satt. Sie denkt:

Suthanu hat das gemalt, wie nur ein erfahrener Mann es malen kann.

Sie eilte und holte Geschmeide und Stoffe, Salben und duftende Puder. Das sandte sie an Karenuwadi, sie solle es ihrem Bruder bringen.

Karenuwadi nahm es, überbrachte es dem Prinzen und sagte:

«Diese Dinge sendet dir die Menschenfresserin!»

Der Prinz hörte es und dachte:

Jetzt ist es an der Zeit, daß ich Anchanawadi besuche.

Er stieg ins Wasser, wusch seinen herrlichen Körper, zog die Gewänder an und schmückte sich mit den Geschmeiden. Er bestrich seine Haut mit dem duftenden Balsam und wand sich einen Blumenkranz ums Handgelenk. Als er fertig war, ging er los. Er schritt dahin wie gewöhnlich, eilte sich nicht, sondern setzte die Füße nach Art der Könige beim Festumzug. Schön war er anzusehen wie Fürst Löwe, der Löwenkönig, wenn er aus seiner goldenen Höhle hervortritt, oder wie In, wenn er zu seinem Himmelspalast hinaufsteigt.

*

Anchanawadi, die Menschenfresserin, hatte das Fenster geöffnet, um nach dem Prinzen Ausschau zu halten. Als sie ihn sah, wie er in seiner vollendeten Schönheit kam, war ihre Freude groß. Suthanu, der Königssohn, ist gekommen!

Laut rief sie hinab und lud den Prinzen ein:

«Ich bin deine Sklavin, Hohes Wesen! Bitte, erweis mir die Gnade und komm herein!»

Dann stieg sie hinab, um den Prinzen zu empfangen. Er ergriff die ausgestreckten Hände der Frau und schritt mit ihr hinauf aufs Schloß. Sie führte ihn sogleich in ihr Schlafgemach. Da setzte er sich auf ihr Bett und sprach zur Begrüßung die Worte der

Liebe. Sie aber verschloß ihm den Mund durch ihre Leidenschaft und stillte mit ihm das Gelüst ihres Schoßes, wie die Natur es verlangt. Große Befriedigung brachte ihr der Prinz. Der Frau erwuchs aus seiner Umarmung die Liebe. Ihr Herz fühlte sich jedesmal mehr an den Prinzen gebunden.

Der Prinz wohnte nun im Schloß der Anchanawadi und machte sie und die vielen Königstöchter glücklich jeden Tag und jede Nacht.

*

Und dann kam eine Zeit, da mußte der Prinz an seine Mutter denken. Er überlegte:

Welche List soll ich mir ausdenken, damit ich meine Mutter wiedersehe?

So dachte er und fragte Prinzessin Karenuwadi:

«Hast du, Schwester, etwas darüber gehört, ob es hier irgendwo ein Pferd gibt?»

Karenuwadi antwortete:

«Einst habe ich sie miteinander sprechen hören, daß hier in der Nähe ein Zauberpferd gefangengehalten wird.»

Der Prinz entgegnete:

«Sieh, Schwester, was soll ich tun, um jenes Pferd zu sehen?»

«Das ist schwer zu sagen! Denn es soll ein Pferd sein, das alles tut, um zu seinem ersten Besitzer zurückzukommen, so sehr liebt und verehrt es ihn. Darum hat der Fürst der Menschenfresser es gefesselt in einen eisernen Käfig gesperrt, worin es von der Menge der Menschenfresser bewacht wird. Wenn du es sehen willst, so steck dich hinter die Menschenfresserin! Irgendwann ergreife die Gelegenheit, ob du nun bei ihr stehst oder sitzt, mit ihr gehst oder schläfst oder dich mit ihr über irgend etwas unterhältst. Gib ihr den Gedanken ein, daß sie sich das Pferd von ihrem Bruder erbittet! Alsbald kannst du es nach Wunsch betrachten!»

Der Prinz vernahm Karenuwadis Rat. Als sie ihm das Pferd beschrieb, wußte er, daß es der Pferdekönig Manikakhi war. Er dachte:

Die List, die Karenuwadi mir hier vorschlägt, wird meinen Wunsch wohl in Erfüllung gehen lassen!

Seine Gedanken verschloß er in sein Herz.

*

Und eines Nachts, kurz vor der Morgendämmerung, begann der Prinz zu jammern und zu klagen. Die Menschenfresserin erwachte und hörte das Seufzen des Prinzen. Sie fragte:

«Geliebter, warum weinst du so sehr?»

Der Prinz blieb still und gab keine Antwort. Anchanawadi mußte dreimal fragen. Dann erst antwortete der Prinz:

«Sieh, du mit dem schönen Gesicht! In alter Zeit, als ich noch in Pharansi wohnte, pflegte ich auf einem Reittier zu sitzen, einem sogenannten Pferd, und sein Springen und Laufen war mir ein glückliches Spiel. Seit ich aber hier bei dir lebe, habe ich auch noch nicht ein einziges Pferd gesehen. Darum hat dein älterer Bruder geweint. Wenn du mich liebst, so geh zu deinem Bruder und bitte ihn um das Reittier, das er besitzen soll. Bringe es mir her, und ich will es zu meinem Vergnügen reiten! Aus deiner Tat werde ich sehen, ob du wahre Liebe zu mir hegst und würdig bist, mein Gesicht weiterhin zu sehen! Denn wenn du mir meinen Wunsch nicht erfüllst, werde ich nicht mehr lange leben!»

Die Menschenfresserin hörte, was der Prinz zu sagen hatte, und ihr Mitleid war groß. Sie sagte:

«Ich bin meines Gatten willige Sklavin! Wegen so einer Kleinigkeit möge der Herr sich nicht sorgen! Beruhige deinen Schmerz! Ich werde mir das Wundertier ausbitten. Du sollst es haben!»

*

Am nächsten Morgen rief die Menschenfresserin die Prinzessin Karenuwadi und befahl:

«Du sollst meinen Bruder besuchen und ihm ausrichten, daß ich das Tier, das er gefangen hat, haben will. Er soll es herschicken, daß ich es reiten kann.»

Karenuwadi nahm die Botschaft und ging zu Khantan. Sie vollzog vor ihm die ehrenvolle Begrüßung und richtete ihm alles aus, was Anchanawadi ihr aufgetragen. Khantan hörte sie ruhig an und sagte dann:

«Sieh, Karenuwadi! Laß das Tier aus dem Spiel! Meine Schwester mag sich alles wünschen, was ich besitze, nur nicht dieses Pferd. Ich werde ihr alles schenken, was ihr Herz begehrt. Aber dieses Pferd hier ist ein bösartiges und wildes Tier! Wenn jemand es nimmt, um es zu reiten, so schlägt es aus und beißt um sich, daß es den Zudringlichen fast das Leben kostet. Das Pferd aus dem Zwinger zu lassen, wäre Leichtsinn; es zu reiten, ist ganz unmöglich! Darum kannst du es nicht haben! Ich werde statt dessen meiner Schwester etwas anderes schenken. Kehre zu ihr zurück und richte es ihr aus!»

Karenuwadi kehrte um und meldete Anchanawadi, was Khantan ihr befohlen. Die Menschenfresserin erzählte es dem Prinzen. Suthanu brach in Tränen aus. Anchanawadi konnte seinen Schmerz nicht ertragen. Sie rief Karenuwadi und trug ihr auf:

«Geh erneut und fürchte dich nicht! Schon vor langer Zeit hat mein großer Bruder das Pferd eingefangen. Damals war es bösartig und wild. Inzwischen hat die Gefangenschaft es gezähmt. Darum geh noch einmal hin und bitte es dir aus, denn dein Bruder soll es reiten, nicht ich!»

*

Karenuwadi wußte nun, daß es in Wirklichkeit ihres Bruders Pferd war. Daher eilte sie zu Khantan und sagte ihm alles, was Anchanawadi ihr befohlen hatte.

Khantan entgegnete:

«Wenn das so ist, dann geh und hol dir das Pferd und führe es zu meiner Schwester!»

Karenuwadi nahm das Wort des Menschenfressers und überbrachte es seinen Pferdeknechten. Sie sagte:

«Der Große Khantan hat mir befohlen, dieses Pferd zu ergreifen und es mitzunehmen.»

Mit diesen Worten trat sie an das edle Pferd heran. Sie flüsterte ihm ins Ohr und sagte:

«Sieh, Manikakhi, Pferdekönig! Suthanu, der mächtige Prinz, dein Herr, ist gekommen und wohnt in diesem Land!»

Manikakhi hörte es und dachte in seinem Herzen:

Von Suthanu, meinem Herrn, bin ich lange schon getrennt. Jetzt ist er endlich wieder da!

So dachte er, und sein Augenwasser strömte herab und badete sein Gesicht. Als er seinen Schmerz bezwungen hatte, füllte die Freude sein Herz, denn er würde Suthanu wiedersehen! Da stieß er einen lauten Schrei aus.

Karenuwadi ließ den Eisenkäfig öffnen und betrat ihn selbst, um das Pferd aus seinen Ketten zu befreien. Dann führte sie es vor das Schloß und erhob die Hände zum Abschiedsgruß vor Khantan.

Der Große Menschenfresser saß im Saal und beobachtete Karenuwadi, wie sie den Pferdekönig friedlich an der Hand herbeiführte. Er verwunderte sich in seinem Herzen, und als Karenuwadi die zusammengelegten Hände erhob, fragte er sie:

«Sieh, Karenuwadi, welche List hast du gebraucht, um das Untier gefügig zu machen, daß es sich von dir anfassen läßt?»

Karenuwadi antwortete dem Menschenfresser:

«Ich habe es bezwungen mit der Macht von Anchanawadi, deiner Schwester.»

Khantan entgegnete:

«Meine jüngere Schwester kennt nicht eine einzige Beschwörungsformel! Darum kann sie dir nicht ihre Macht geliehen haben. Leugne nicht: Du vermagst es aus eigener Kraft!»

Karenuwadi blieb still. Sie neigte ihr Haupt und nahm Abschied von Khantan. Sie führte den Pferdekönig zur Wohnung des Prinzen. Suthanu sah seinen Freund kommen und konnte seine Erregung nicht mehr bezwingen. Er weinte laut.

Auch Manikakhi, der Pferdekönig, mußte weinen, als er den Prinzen wiedersah. Er vermißte Djirapha und fragte den Prinzen sogleich:

«Wohin ist Djirapha gegangen, daß sie nicht mehr bei dir ist?»

Der Prinz gab zur Antwort:

«Sieh, Manikakhi, mein treues Pferd! Djirapha und ich wurden voneinander getrennt. Ich wollte ihr folgen, da wurde ich in das Land der Menschenfresser verschlagen.»

Nun sprach der Pferdekönig:

«Herr, du kannst hier nicht mehr bleiben! Laß uns gehen und Djirapha suchen!»

Der Prinz entgegnete:
«Sieh, Manikakhi, Pferdekönig! Was du hier sagst, kann nicht sogleich ausgeführt werden! Wir müssen dem Land des Großen Menschenfressers erst glücklich entflohen sein, bevor wir daran denken können, Djirapha zu suchen!»
Manikakhi hörte es und sah es ein.

*

Nach zwei oder drei Tagen ergreift der Prinz das Wort und sagt zu Anchanawadi:
«Du mit dem hübschen Gesicht! Laß uns in den Lustgarten gehen, um das Pferd zu unserer Unterhaltung springen zu sehen. Laß uns zur Erquickung unseres Herzens berauschende Wasser trinken, nur ein einziges Mal!»
Die Menschenfresserin denkt nicht weiter nach über den Wunsch des Prinzen und hegt keinen Verdacht. Sie läßt das Festessen bereiten und Gebäck zum Rauschtrank. Dann geleitet sie den Prinzen und die vielen Königstöchter, ihre Dienerinnen, in den Lustgarten. Dort trinken sie das berauschende Getränk, bis sie ganz betrunken sind und die Besinnung verlieren. Nur der Prinz und Karenuwadi bleiben nüchtern. Auch sie nehmen den Rauschtrank, doch behalten sie ihn im Mund und speien ihn jedesmal heimlich aus. Als sie sehen, daß die Menschenfresserin und die Königstöchter betrunken und besinnungslos daliegen, lassen sie alle zum Schloß zu-

rückbringen und legen sie in ihre Betten, damit sie ihren Rausch ausschlafen können.

Nun spricht der Prinz zu Karenuwadi und ermahnt sie:

«Schwester, sei nicht traurig! Beruhige dein Herz! In kurzer Zeit wird dein Bruder dir das Pferd zurückschicken und dich abholen.»

Mit diesen Worten stieg er auf den Rücken des schnellen Pferdes, und Manikakhi hob ihn auf in die Luft.

*

Als sie das Königreich Inthapat erreicht hatten, ließ das Pferd sich vor der Stadt zur Fläche der Erde gleiten. Der Prinz stieg von seinem Rücken ab und sagte:

«Sieh, Manikakhi, Pferdekönig! Bleib hier und warte auf mich! Ich will mich verkleiden und in die Stadt gehen, um nach Djirapha zu forschen, ob sie hier lebt oder nicht.»

So befahl der Prinz dem Pferd. Dann verkleidete er sich und ging im Gewande der Weisen in die Stadt hinein.

Als er die Gruppen der Bürger auf dem Markt sah, trat er zu ihnen und fragte:

«Seht, ihr Bürger, Mönche und Weisen! Wer als Fremder in diese Stadt kommt, wo findet er Ruhe und Nahrung?»

Die Bürger antworteten:

«Sieh, weiser Mann! Hier gibt es eine fromme Frau, die dort drüben in jenem Hause wohnt. Sie hat eine Rasthütte gebaut, die Ummathan-Halle. Dort läßt sie Almosen verteilen an Mönche, Weise und wandernde Prediger. Wer in diese Stadt kommt und hungrig ist, geht als erstes zu jener Halle.»

Der Prinz hörte es und ging den Weg, den ihm die Bürger gewiesen. Als er die Halle erreicht hatte, trat er ein und unterhielt sich mit den Mönchen und Weisen, die sich dort ausruhten, und die Erinnerung führte ihn zurück in ferne Zeiten.

Die Dienerinnen, die sich um die Wanderer kümmern sollten, gaben dem Prinzen zu essen und sagten dann:

«Sieh, weiser Lehrer! Die Mönche und Prediger, die hier vorbeikommen, kennen meist schon die Regeln des Hauses. Sie alle müssen nach dem Essen sich unsere Malereien ansehen, die eine berühmte Geschichte erzählen, folgend den Wänden der Halle. Darum geh bitte auch du und schau dir die Bilder an!»

*

Der Prinz tat es und schritt zu den Bildern. Da sah er sich selbst auf dem Pferd durch die Luft reiten, er sah sich ins Gemach der Prinzessin treten und Djirapha streicheln und liebkosen, er sah sich lächeln und auf dem Thronbett ruhen, er sah, wie er die Brust der Prinzessin berührte, und er sah die Freude ihrer Körper. Der Reihe nach folgte er den Gemälden, bis er zu dem Bild kam, auf dem er mit Djirapha auf dem Pferde die Stadt verließ, um in der Hütte des Menschenfressers zu übernachten. Mit traurigem Gesicht betrachtet er das Bild, auf dem die beiden Flüchtenden die Fahne im Wipfel des Baumes befestigen, unter dem sie dann ihre Rettung erwarten. Sein Herz erbebt. Er kann seinen Kummer nicht mehr beherrschen. Das Tränenwasser füllt seine Augen, als er das Schiff sieht, auf dessen Mastbaum sie gestiegen sind, um von dort ins Wasser zu springen; und er weint, als er die beiden Schiffbrüchigen auf der Holzbohle erkennt, die dann bricht, so daß die beiden voneinander weggetrieben werden, jeder in einer Richtung. Da muß der Prinz tief seufzen. Die Dienerinnen hören es und melden es ihrer Herrin Djirapha:

«Wir sind deine Sklavinnen, heilige Mutter! Heute kam ein junger Mönch und betrachtete die Wandmalereien in der Halle. Zuerst sah er das Bild, wo man laut lacht im fröhlichen Spiel der Glieder. Aber als er weiterging, wurde er immer ernster, und zuletzt konnte er zu jammern nicht mehr aufhören. Wir halten das Betragen des Mannes für sehr sonderbar und wollten dir deshalb davon berichten, Mutter und Herrin!»

Djirapha hörte es und öffnete das Fenster, von dem sie zu der Halle hinübersehen konnte. Sie sah einen Weisen, der saß da und weinte. Sie starrte ihn an und wußte plötzlich, daß es ihr Gatte war! Mit wankenden Knien lief sie zur Halle hinüber, warf sich vor dem Gatten nieder und berührte mit dem Gesicht seine beiden Füße. Weinend rief sie aus:

«Ich bin deine Sklavin, du Ausgezeichneter! Mein Herz brannte wie im glühenden Feuer. Das kam von den Schmerzen der Trennung von dir. Jetzt endlich ist der Brand erloschen und die Hitze gekühlt. Meine Sorgen sind dahin, denn ich habe dich wiedergesehen!»

Der Prinz sah Djirapha an und weinte vor Freude und Glück. Er sprach zu Djirapha Worte der Liebe. Sie sank ihm in die Arme, und die ganze Nacht blieben sie dort in Liebe vereint.

Schnell hatte sich das Gerücht unter den Bürgern der Stadt verbreitet: Suthanu, der königliche Prinz, ist gekommen, der Thronfolger aus Pharansi, dem der Königsschatz dort gehört. Die Bürger von Inthapat jauchzten und kamen zur Ummathan-Halle, um dem Prinzen zu huldigen. Sie bestaunten seine Schönheit und wurden des Anblicks nicht satt. Der große König Panat, der das Reich regierte, suchte den Prinzen auf und bot ihm seinen Königsschatz. Aber der Prinz wies das Geschenk zurück. Nur zwei oder drei Tage blieb er dort. Dann nahm er Abschied von dem Reichen, der Djirapha Wohnung gegeben, und von Panat, dem Herrn der Stadt. Er predigte zu den Bürgern vom Weg der Tugend. Dann setzte er

Djirapha auf den Rücken des Pferdekönigs Manikakhi, sprang auf, und sie ritten durch die Luft davon, geradenwegs in Richtung Pharansi.

*

Königin Kesani, die Mutter des Prinzen, hatte nur Kummer und Sorge gehabt seit dem Tage, als ihr Sohn sie verlassen. Jeden Tag und jede Nacht stellte sie sich an das Tor des Palastes, um seine Rückkehr in die Stadt zu erwarten.

Der Prinz zügelte sein Pferd, als er die Stadt vor sich auftauchen sah, kam aus der Luft herab und führte Djirapha in sein Schloß. Vor der königlichen Mutter fielen sie in Ehrfurcht nieder. Der Prinz weinte aus Schmerz und Freude des Wiedersehens nach so langer Trennung. Königin Kesani umarmte ihren Sohn, küßte sein Haupt und seufzte:

«Als du von mir gegangen bist, du Sohn meiner Brust, war ich traurig. Sitzend, liegend, gehend, stehend aß ich nur Tränen. Das Glück war für mich vorbei. Nun sind Trauer und Schmerz im Herzen der Mutter erloschen, denn ich habe dich wieder, geliebtes Kind! Jetzt ist mein Glück zurückgekommen, und ich werde Freude haben alle Tage und Nächte.»

Dann streichelte Kesani den Rücken ihrer lieben Schwiegertochter und fragte ihren Sohn:

«Diese Frau, welchen Königs Tochter ist sie? Lieber, wo bringst du die Schöne her? Sie scheint zu dir zu passen, und wir wollen sie dir segnen als Erste Gattin.»

Der Prinz entgegnete:

«Die Prinzessin hier ist die Tochter des Königs Setarat, des Herrschers von Setanakhon.»

Nun erzählte er der Mutter seine ganze Geschichte bis zu seiner Rückkehr nach Pharansi. Königin Kesani freute sich sehr und befahl ihrem Sohn, Djirapha in Palast und Königshof einzuführen als Königin.

Jetzt merkten auch die Wahrsager und Weisen, die Diener und das ganze Gefolge, daß der Prinz zurückgekommen war. Sie ließen es ausrufen durch die ganze Stadt, daß die Bürger kämen zur Begrüßung. Das Fest der Königsweihe wurde gefeiert. Die Fünf Hoheitszeichen des Königs, der Diamantenschatz und das viele Gold wurden dem Herrscher übergeben. König und Königin nahmen das Segensbad, legten den königlichen Schmuck an und wurden geweiht: Sie sollten fortan die Königsschätze der Stadt verwalten und den Königsstamm fortpflanzen in die Zukunft.

So lebte das königliche Paar im Glück in der Stadt Pharansi.

*

Es kam ein Tag, da dachte der König an Anchanawadi, die Menschenfresserin, und an Karenuwadi, seine liebe Schwester. Schnell entschlossen verabschiedete er sich von seiner Mutter und von Djirapha, seiner Gattin, die statt seiner für die Stadt sorgen sollte. Er stieg auf sein Pferd Manikakhi und ritt geradenwegs zum Palast des Menschenfressers Khantan. Er rief:

«Holla, Khantan, Häuptling der Menschenfresser! Ich heiße Suthanu und war der Gatte deiner Schwester Anchanawadi! Darum sende sie mir schleunigst heraus, denn ich habe Hunger auf ihr süßes Fleisch! Wenn du sie nicht wieder hergibst, begehst du eine große Sünde gegen das Gesetz!»

Khantan hörte das Geschrei vor dem Schloß, ließ Anchanawadi kommen und rief:

«Da draußen steht ein Mensch. Er heißt Suthanu und behauptet, er habe dich einst zur Liebe verführt.»

Anchanawadi mußte nun vor ihrem Bruder bekennen:

«Ja, Suthanu ist mein Gatte!»

Khantan hört es und denkt:

Dann hat jener Suthanu doch die Wahrheit gesagt!

Und aus unerklärlichen Gründen empfand der Menschenfresser plötzlich herzliche Zuneigung zu Suthanu. Er trat zu ihm vors Schloß und sprach:

«Du mächtiger Mensch, bitte, schenk mir die Ehre und komm in mein Schloß. Meine Schwester wartet auf dich – ich will sie dir gerne geben!»

Suthanu bemerkte sofort, daß er das Herz des grausamen Menschenfressers erweicht hatte. Darum nahm er sich vor, ihn zu einem Leben gemäß den Fünf Geboten zurückzugewinnen. Denn wenn Khantan es über sich brächte, sein Leben treu den Geboten zu beenden, so könnte er im Himmel wiedergeboren werden. So dachte Suthanu, kam herab aus der Luft und folgte Khantan zu Anchanawadi ins Schloß. Khantan versammelte seine Diener und Knechte, und sie mußten vor Suthanu niederknien, um ihn zu ehren. Dann übergab er ihm seine Schwester Anchanawadi. Suthanu nahm das Geschenk an und hielt dem Herrn der Menschenfresser seine Predigt.

*

«Früher, als du noch ein Mensch warst, o Khantan, hast du dreierlei Sünden begangen. Du warst gemein und bösartig durch Körper, Rede und Herz! Darum wurdest du wiedergeboren in solch elender Gestalt. Daraus folgt: Tue nichts Böses! Begehe nicht die dreierlei Sünden, sondern folge den Drei Tugenden und pflege die Fünf Gebote. Töte kein Leben, keine Lebewesen, keine Tiere! Enthalte dich des Diebstahls und nimm keine Dinge, deren Besitzer nicht bereit ist, sie dir zu geben! Steh ab von der fleischlichen Begierde nach Wollust, damit du keine Sünde begehst! Enthalte dich der Lügenrede und sage nichts Falsches! Nimm keine Rauschgifte zu dir, vor allem kein berauschendes Getränk, denn es ist der Grund des Verderbens. Das ist es, was wir die Fünf Gebote nennen!

Sieh, Menschenfresser, der du die Sünde begangen hast,

Lebendiges zu töten! Wenn du fortfährst, Wesen umzubringen, die lebendig sind und deinetwegen sterben müssen, so wirst du – wenn dein Leben zu Ende ist und dein Körper zerfällt – wiedergeboren werden in den Vier Welten der Zerstörung, bedrückt von allen Qualen und Schmerzen. Wenn du eines Tages der Mordtaten überdrüssig bist, wirst du als Mensch wiedergeboren werden. Aber die anderen Menschen werden dich deiner Vergangenheit wegen hassen, und es wird manch einen geben, der an dir Rache nehmen will. Krankheiten, Schmerzen und Fieber werden dich heimsuchen, und dein Leben wird kurz sein. Du wirst sterben in den besten Jahren und nimmermehr die Weisheit des Alters erreichen. Das ist die Strafe für die Mordsünde! Und weiter: Menschen, die Diebstahl begehen, die Schätze stehlen und Dinge, die der Besitzer nicht freiwillig hergibt – wenn ihr Leben beendet ist und ihr Körper dahin, so werden sie in der Welt der Zerstörung wiedererstehen, sie werden in den Qualen der Hölle schmachten. Wenn sie aus der Hölle erlöst, wieder auf Erden wandeln müssen, so werden sie in die Familie von Bettlern hineingeboren, und sie werden nichts besitzen, das ihr eigen wäre. Ihre Schätze werden zerrinnen, ihre Güter werden durch Feuer zerstört werden, Elefanten, Pferde und Sklaven werden ihnen entlaufen, und sie werden im Elend sterben. Solche Frucht gibt die Sünde des Diebstahls!

Und dann: Wenn jemand der Lustsünde frönt, sich naturwidrigen Begierden hingibt, Ehebruch treibt mit der Frau eines andren – dann wird er am Lebensende, wenn sein Körper vergeht, in die Welt der Zerstörung, in die Hölle geworfen, und Not und Elend suchen ihn heim. Aus der Zerstörungswelt erlöst, wird er wieder zum Menschen. Aber er wird abstoßend häßlich sein, und niemand wird ihn lieben oder begehren. Er wird als Männerschänder und als Eunuch über die Erde gehen. Das ist die Frucht der Lustsünde!

Ferner: Menschen, die Lügen erzählen und nicht sprechen nach der Wahrheit, werden am Lebensende, wenn ihr Körper zerfällt, der Zerstörung anheimgegeben, der Hölle! Aus der Hölle erlöst, werden sie als Menschen wiedergeboren – aber was sie auch sagen, niemand wird es glauben. Sohn, Tochter, Frau oder Diener, sie alle werden sich von ihnen nicht belehren lassen und ihren Befehlen nicht folgen. Jedermann wird an ihrer Rede zweifeln aus Furcht, er könnte belogen werden.

Das ist die Frucht der Lüge.

Und schließlich: Wenn du dich, o Khantan, vergiftest an berauschenden Getränken, wenn du dein Herz betrunken und wankelmütig machst, wirst du im Tode zur Hölle fahren. Wenn du als Mensch wiedergeboren wirst, wird dir alle Einsicht fehlen, dumm wirst du sein und schwachsinnig durch die Welt torkeln, lallend und ohne Verstehen. Das ist die Frucht des Genusses berauschender Gifte.

Sieh, Großer Khantan! Wer diese fünffachen Sünden begeht, wird ihre Früchte ernten im Elend, wie ich es hier beschrieben.

Ganz anders aber geschieht denen, die Verdienste sammeln und den Fünf Geboten folgen. Ihr Herz wird in Tugend vollendet. Sie töten nichts, was Leben hat. Voller Barmherzigkeit pflegen sie alle Lebewesen und tun Gutes denen, die dar-

ben. Wenn solche Menschen sterben, wird ihre Seele wiedergeboren in der himmlischen Wunderwelt. Sie leben herrlich und in Freuden, bis sie vom Himmel herab wieder auf die Erde geboren werden. Sie werden ein erfülltes Leben führen und alt und weise werden. Jedermann wird ihnen ergeben dienen, und niemand wird auf Rache sinnen. Ihre Lieben werden bei ihnen sein und sich niemals von ihnen scheiden. Sie werden im Kreis ihrer Freunde und Verwandten in Eintracht leben und in Seligkeit sterben.

Ähnlich wird es dem gehen, der den Diebstahl verabscheut und nichts nimmt, was ihm der Besitzer nicht geben will, der aus ehrlichem Herzen nichts anfaßt, was einem andern gehört. Am Ende seines Lebens wird er in das Paradies des Himmels aufsteigen. Wenn er wieder herabkommt und Mensch wird, werden ihm Reichtümer gehören, die man weder zählen noch schätzen kann. Er wird nicht in Lebensgefahr geraten, in Diebsgefahr, Feuer- oder Wassergefahr! Wenn er etwas nicht hergeben will, wird es ihm niemand nehmen können. Das ist die Frucht der Ehrlichkeit.

Schön sind auch die Früchte der Enthaltsamkeit! Wenn ein Mensch seine Begehrlichkeit zügelt, keine Sünde begeht mit der Frau eines andern, am wenigsten mit dessen Hauptfrau, dann wird er am Ende seines Lebens, wenn der Körper zerstört wird, in die Glückswelt des Himmels aufsteigen. Wenn er wieder auf die Menschenwelt herabkommt, wird er die Zeichen herrlichster Schönheit tragen. Jeder, der ihn sieht, wird nicht satt werden in seinem Anblick. Denn sein Körper wird in gesunder Farbe strahlen, gleich der Farbe des Lotos. Jedermann wird ihn lieben, und Verwandte und

Freunde werden ihm huldigen. Das ist die Frucht der Enthaltsamkeit von der Lustsünde.

Wer von der Lügenrede absteht, wird ebenfalls Verdienste erwerben. Wer keine Unwahrheit über die Lippen bringt und in Lauterkeit redet und spricht, wer die Wahrheit sagt ohne Rücksicht auf die Folgen, der wird am Lebensende in die Paradieswelt aufsteigen. Wenn er auf die Menschenwelt herabkommt, wird sein Mund den süßen Duft des Lotoskerns ausströmen, seine Zunge wird von edler Gestalt sein, und die Zähne werden ihm ebenmäßig in einer Reihe stehen und wie Diamanten blitzen, die der Goldschmied geschliffen. Was auch immer er sagen wird, die Menschen werden es mit Freude vernehmen, und jedermann wird ihm verehrungsvoll zuhören. Wenn er einen Sohn hat, eine Tochter oder eine Frau, so wird es ihm leicht, sie zu lehren. Seine Befehle werden sie befolgen und seine Gebote niemals übertreten. Die Früchte der Wahrheit sind so, wie ich sie hier beschrieben habe.

Und nun die Früchte der Enthaltsamkeit von berauschenden Getränken! Wenn jemand keine Rauschgifte zu sich nimmt und die Trunkenheit meidet, so daß nichts Böses daraus entstehen kann, dann wird er sterbend ins Paradies kommen. Zurückgekehrt zu den Menschen, wird er große Klugheit besitzen. Alle Zweifel wird er besiegen. Aus seiner Weisheit werden andre lernen, und er wird ein großer Lehrer sein, voll Festigkeit, Standhaftigkeit und Güte. Solche Früchte entstehen, wenn man die Rauschgifte meidet!

Sieh, Großer Khantan, das ist der Erfolg des Lebens unter

den Fünf Geboten! Wer ihnen folgt und vor allem kein Leben vernichtet, der kommt gewiß ins Paradies. Ihm bleiben die Qualen der Vier Arten der Zerstörung erspart!»

*

So predigte Suthanu und beschrieb die Früchte der bösen und der guten Taten. Er pries die Gebote und ließ ihre ganze Erhabenheit prächtig erstrahlen.

«Diese Gebote», sagte er, «sind Schmuck und Geschmeide der Menschen. Etwas Wertvolleres gibt es auf Erden nicht. Sie sind unsere himmlische Speise, denn sie haben die Macht, den Kreis der Zerstörung zu sprengen. Die Gebote sind der Weg zur Erleuchtung! Sie sind die Brücke zur Allwissenheit! Sie führen zum seligen Erlöschen.»

Khantan war von des Königs Rede wie gebannt. Der Glaube zog in sein Herz. Dankbar sprach er:

«Die Rede, die der Herr mir gehalten hat, hat mir den Glauben geschenkt, Herr, du hast mir das Gesetz erklärt und mir gezeigt, was Tugend und was Sünde ist. Der Zweifel ist von mir genommen. Aus Schaden bin ich klug geworden. Du hast den Weg gefunden und hast ihn auch mir eröffnet, der ich vom Wege abgekommen war.»

Nun hatte Suthanu den Menschenfresser gezähmt. Khantan ließ ab von Übermut und Bosheit. Jetzt war er wie der Stierkönig Usupharat, dem die Hörner abgehauen, wie eine Giftschlange, der der Giftzahn gezogen worden war! Er selbst begann zu predigen und sprach seinen Knechten zu, daß sie, wie er, den Geboten folgten.

Der Prinz führte Anchanawadi und Karenuwadi und alle sechzehn Königstöchter nach Pharansi und beschenkte sie mit der Ehre, seine Nebenfrauen zu sein.

Manikakhi überreichte er ein königliches Dankopfer von fünfhunderttausend Silberlingen.

Er selbst verwaltete den Königsschatz gemäß den Zehn Gesetzen der Könige. Seine vierfach guten Taten machten ihn überall beliebt. Als er das Alter erreicht hatte, stieg er auf in die Welt des Himmelsgottes Phrom, ins Paradies.

*

Als der Höchste Glaubenslehrer seine Erzählung beendet hatte, sagte er, daß König Phrom That und Kesani nun wieder auf Erden erschienen waren, als seine Eltern. König Setarat und Pathumkhapha waren in neuer Gestalt die Eltern seiner Gattin. Seine Haupt- und Nebenfrauen von damals folgten ihm jetzt als seine Schülerinnen im Orden. Manikakhi ward wiedergeboren als König der Pferde, wie es ihm zukam.

«Suthanu aber hielt seinen Körper aufrecht und wurde offenbar in mir selbst, dem Meister der heutigen Zeit! Ihr vielen, merkt euch die Geschichte und ihren Sinn, wie ich ihn euch erklärt!»

5

DIE KÖNIGIN SIRIMADI

Hauptgestalten der Erzählung:

In Djampak:	*Totsakit* König	*Siri Wibun Kit* Prinz
	Sirimadi Königin	
Im Ausland:	*Wiluparat* König	

Der hochheilige Lehrer saß im Chetawan-Tempel und dachte nach über einen Mönch, der seiner Mutter zu essen gab. Und er wollte predigen. Der Erhabene fragte:

«Sieh her, Mönch, ich habe gehört, daß du deine Speisen außerhalb des Tempels verschenkst. Ist das wahr?»

«Ich bin dein Sklave, Herr, der du die Macht hast. Es ist wahr.»

«Und jener Mensch – wer ist es?»

«Ich bin dein Sklave, Mächtiger! Jener Mensch ist meine Mutter, Herr!»

Da spendete der Hohe Glaubenslehrer dreifachen Beifall und sagte:

«Gut so! Du bist auf einem Wege, den ich schon durchschritten habe. Denn von alters her ist es die Pflicht der Gelehrten, für Mutter und Vater zu sorgen. Es ist eine große Tat, sein Leben für Mutter und Vater zu opfern.»

So sprach der Buddha. Dann schwieg er und war still. Jener Mönch aber wollte mehr wissen und bat den Heiligen, von jenem Leben zu sprechen, auf das er angespielt hatte, von dem Weg, den er schon durchschritten habe. Da hob der Buddha an zur Predigt.

*

Es war einmal, da lebte ein König, und er hieß Yotsakit, der Würdig-Berühmte. Er beherrschte die Stadt Djampak. Der Hohe hatte eine Erste Gattin. Ihr strahlender Name war Sirimadi. Sie war größer als alle sechzehntausend Freudenmädchen des Hofes.

König Yotsakit war kinderlos. Sohn und Tochter blieben ihm versagt. Die Bürger der Stadt waren sehr beunruhigt darüber. Darum gingen sie auf den Königsplatz zur Versammlung. Und sie fragten den König:

«Wir sind deine Sklaven, Gottkönig! Dein Reich wird sterben, das ist gewiß.»

«Seht her, Bürgerherren, ihr vielen, warum soll unser Königreich zerstört werden?»

«Wir sind deine Sklaven, Götterherrscher! Wo ist der Kronprinz, der die Sippe des Herrn fortführen und das Reich beherrschen soll nach dir? Nicht zu finden ist er. Darum wird das Reich sterben.»

«Wahrlich, ihr alle, eure Sorgen vergeßt! Führt einander heim, ihr sollt getröstet werden!»

Der Herr Yotsakit dachte nach über den Rat der Bürger seiner Stadt. Dann rief er seine sechzehntausend Freudenmädchen zusammen und befahl ihnen, sie sollten sich anstrengen und einander helfen, ihm einen Sohn hervorzubringen. Und die Freudenmädchen alle, alle, sechzehntausend an der Zahl, sie wollten dem König seinen Wunsch erfüllen. Sie fielen nieder in Anbetung vor allen Dingen, die sie verehrten, vor allem vor dem Mond. Sie richteten ihr Herz auf den Wunsch nach einem Sohn, alle gemeinsam; aber ihnen blieb die Frucht versagt.

Der Herr Yotsakit, der König, ging nun zu seiner Gattin und sprach:

«Hohe Frau Sirimadi, bitte, richte dein Herz darauf und versuche, mir einen Sohn zu schenken, einen nur allein, bitte!»

Die Königin Sirimadi nahm den Königsbefehl an und entgegnete:

«Ich bin deine Sklavin, Göttersohn! Ich werde mein Herz richten auf deinen Wunsch!»

So kam es, daß die Königsgattin begann, nach den Vorschriften und Geboten zu leben. Denn sie wollte einen Sohn bekommen. Sie folgte dem Willen des Königs und betete zu den Göttern um ihren Segen. Sie sagte:

«Wahrlich, ich will die Befehle meines Herrn erfüllen, und darum bitte ich, daß mein Leib empfange, gemäß dem Wunsch.»

Durch die Macht des Gebets der Königin wurde es warm im Schloß des Götterherrschers Phra In. Der Gott schaute hinab, und da wußte er auch schon, warum:

«Die Hohe Sirimadi wünscht sich einen Sohn. Gut. Wir wollen ihr einen schenken!»

Phra In überlegte und suchte einen Sohn, der der Königin wert war. Da fiel sein Blick auf den Phothisat, der seine irdische Existenz vollendet hatte und im Begriff war, wieder in den Himmel aufzusteigen.

Phra In, der Herr, ging zur Wohnung des Erwählten und sprach zu ihm:

«Du Mensch ohne Fehl, wahrlich, du sollst abermals geboren werden in der Welt!»

«Ich bin dein Sklave, Götterkönig! Wenn ich in der Menschenwelt wiedergeboren sein werde, welche Verdienste soll ich dann erwerben?»

«Wahrlich, du Wesen ohne Tadel, wenn du wieder eingehst in die Menschenwelt, so wird deine Tugend sich vollenden, und Glück und Freude werden daraus entstehen.»

«Wenn das so ist, gut, ich will den Vorschlag annehmen und deinen Wunsch erfüllen!»

Der Phothisat befolgte die Einladung des Herrn Phra In und kam herab von der Götterwelt. Er hielt Einzug in den Leib der Hohen Sirimadi, der Königsgöttin.

Zu jener Stunde lag Sirimadi und schlief, denn es war Nacht. Da hatte sie einen Traum: Ein Heiliges Schwert kam aus tiefstem Gebirge herübergesegelt auf den Wegen der Luft. Auf seinem Fluge zog es Edelsteine an sich, schön und klar von Farbe und Art. Die schüttete es der Königin in die Hand.

Als sie erwacht war, erzählte sie ihren Traum dem Königsgatten. Der Herr Yotsakit ließ die Wahrsager und Traumdeuter hereinkommen. Er erzählte ihnen den Traum und fragte:

«Dieser Traum, ist er böse oder gut, ihr Traumdeuter und Ratgeber, sprecht!»

Sie wahrsagten dem König, daß seine Gattin ein Kind in sich trage.

«Das zeigen die Zeichen der Verdienste, Herr, wir sind deine Sklaven!»

Nicht lange danach erkannte auch Sirimadi die Zeichen und sah, daß sie schwanger war. Freudig sagte sie es ihrem Gatten. Da befahl Yotsakit, den Schoß der Königin mit allen Wohltaten der Welt zu pflegen.

*

In jenen Jahren regierte im Auslande ein anderer König. Die Menge der Höflinge von dort draußen sprach zu ihm:

«Wir sind deine Sklaven, Götterkönig! Du hast von Yotsakit gehört, der seine Stadt gemäß dem Gesetz beherrscht. Djampak ist es wert, daß du um sie kämpfst und sie eroberst.»

«Wenn das stimmt, was wollt ihr, daß ich tue?»

«Wir sind deine Sklaven, Göttervater! Der Herr Yotsakit ist stets den Geboten gefolgt. Das ist der Grund, weshalb es nicht schwer ist, ihm das Leben zu nehmen. Denn er wiegt sich in Sicherheit und denkt, daß er das Leben niemals verlieren wird, weil er so fromm ist. Wenn er tot ist, werden wir kämpfen und die Stadt Djampak nehmen. Das wird so einfach sein, wie man ein Wespennest ausräuchert, ein böses, dem der Wespenkönig fehlt.»

Der Auslandskönig sah es ein und folgte dem Willen der Höflinge. Er warb Kriegsknechte an und zog ihre Heere in der Nähe der Stadt Djampak zusammen. Dann sandte er Herolde hinüber und ließ König Yotsakit die Botschaft überbringen:

«Wenn der Hohe Herr Yotsakit wünscht, mit uns zu kämpfen, dann möge er herauskommen und uns gegenübertreten vor der Stadt. Wenn nicht, so möge er uns den Weißen Königsschirm übergeben, unverletzt!»

Die Höflinge des Königs Yotsakit, alle tausend, waren mutige und tapfere Kämpfer. Als sie das Wort der Herolde hörten, ergriff sie der Zorn. Sie machten ihre Waffen und Kriegsgeräte fertig, und dann warfen sie sich vor dem Herrn Yotsakit, ihrem König, nieder. Sie stießen ihre Stirnen in den Staub und flehten ihn an:

«Wir sind deine Sklaven, du Mächtiger! Die Menge der Soldaten hier vor dir ist nur von einem Wunsch beseelt, der ihr Herz voll erfüllt: Hinauszuziehen und die Schlacht für dich zu schlagen. Deine Fußsklaven wollen kämpfen bis zum Tode, aber den Herrn aufgeben und den König wegwerfen, nein, das können wir nicht, das ist unmöglich!»

König Yotsakit hat den Höflingen zugehört, als sie ihn um seinen Königsbefehl gebeten haben. Aber er öffnete seine Lippen nur, um sie zur Besonnenheit zu ermahnen:

«Wenn ihr vielen mit dem Feind kämpfen wollt, so tut es ja nicht mit den Waffen des Krieges! Die

Menge des Elends in dieser Welt stammt vom Neid und Zorn und von der Beleidigung. Daher kommt das Dunkel, das die Welt verhüllt. Ihr Lieben, nicht durch Böses sollt ihr im Wettstreit siegen!»

Nachdem er seinen Dienern und Soldaten diesen Rat erteilt hatte, befahl er ihnen, in ihre Häuser heimzukehren. Dann ging der König zum Gemach seiner gesegneten Gattin. Sie saß auf dem hohen Thronbett, als der König zu ihr sprach:

«Es ist wahr, Geliebte, dein älterer Bruder muß dich bitten, von ihm Abschied zu nehmen. Schwester, ich will in den Wald gehen und Einsiedler sein. Geliebte, denke nicht mehr an deinen Bruder, es ist vorbei. Das Kind, das in deinem Schoß ruht, ziehe es auf und ernähre es gut, gleich ob es ein Mädchen oder ein Knabe wird!»

Wie Sirimadi das Königswort vernimmt, da ist es ihr im Herzen, als sei sie getroffen vom Strahl. Sie sinkt zu Boden, wie von hundert Pfeilen durchbohrt. Ihre Hände erhebt sie beide, sie schlägt ihren hohen Busen und weint. Von Tränen geblendet, kann sie ihren Blick nicht erheben zu ihrem Gatten, als sie zu ihm schluchzend spricht:

«Ich bin deine Sklavin, Großkönig! Was du da eben gesagt hast, ich kann es nicht fassen. Du willst allein in den Wald gehen, um im Dickicht zu leben. Auch ich habe schon lange diesen Wunsch. Wie soll ich mein Leben fristen, vereinsamt in der Stadt, wenn du fort bist, Herr? Die Tage werden zu zählen sein, bis ich herzgebrochen sterben werde, wie ein Vogelweibchen, das dem Gatten entfallen und entflogen ist. Darum, Herr, wenn du gehst, ich will dir folgen und mit dir gehen. Laß uns tun wie die Elefanten! Wenn sie eine Familie gründen wollen, so wandert der Elefantenmann ins Dickicht, um sich darin zu verbergen. Die Elefantenfrau jedoch, die Elefantenkuh, sie folgt der Fährte des Mannes und geht seinen Fußspuren nach überallhin, bis sie den Geliebten gefunden. Darum will auch ich meinem Herrn folgen in den Wald. Deine Fußsklavin wird deinem Wege folgen, wo auch immer du hingehst! Wie kann ich glücklich in der Stadt leben, wenn der Herr in Not kommt und das Elend ihn berührt mitten im Walde? Drum, wenn du gehst, laß mich meine Schritte heften an deine Spuren!»

König Yotsakit hat die Rede seiner Gattin gehört, und nun antwortet er ihr voll Dankbarkeit:

«Wenn du es willst, so folge deinem Herzen und gehe mit dem Bruder.»

König und Königin verkleideten nun ihre Würde, damit sie niemand erkannte. Dann verließen sie Djampak, die Stadt, und gelangten zu einem Dorfe nahe dem Wepun-Gebirge mitten im Walddschungel. In jener Gegend gab es eine Hütte aus Blättern, einst die Wohnung eines Einsiedlers, die er auf seiner Wanderung zurückgelassen. Der Herr führte seine Gattin zu dieser Blatthütte, um darin zu leben. Dann machte er sich daran, das Blätterdach zu flicken, denn es war zerrissen. Und als die Hütte wiederhergestellt war, da traten der König und die Königin in den Mönchsstand und lebten nach den Regeln der Einsiedler. Sirimadi, die Einsiedlerin, erbat sich von ihrem König die Erlaubnis, in den Wald zu gehen, um Wurzeln und Früchte zu sammeln, denn sie wollte ihrem Herrn dienen. So erfüllte sie ihre Pflicht im Dienen, wie sie es gewollt hatte. Der Einsiedlerkönig war froh darüber und sagte:

«Heute haben wir gute Frucht geerntet, nicht wahr? Wir haben uns unseren Wunsch erfüllt und sind in den Wald gegangen. Wir haben die Königsschätze weggeworfen, die uns so viel Sorge gebracht. Wir haben die Stadt aufgegeben wie ein Haus, das einer Räuberbande in die Hände fiel. Weil wir hier im Walde dem Gesetz folgen können, werden wir nicht zur Hölle fahren!»

*

Der Außenkönig Wiluparat hat seine Truppen um die Stadt aufgestellt und Djampak belagert. Er ist eingezogen in die Stadt und hat die Königsschätze in seiner Hand vereinigt. Aber ruhelos streifte er umher, denn Yotsakit, der rechtmäßige König, war lebendig entflohen. Darum ließ er in der ganzen Stadt ausrufen:

«Wenn einer mir das Haupt des Herrn Yotsakit bringt, so werde ich ihm tausend Silberlinge dafür geben!»

Ein Waldjäger war zu dieser Zeit in der Stadt. Er hatte die Ankündigung des Königs gehört. Insgeheim befestigte er sie in seinem Herzen. Eines Tages ging er im Wald auf die Jagd. Fernhin wanderte er und bahnte sich seinen Weg durch das Dickicht. Als er sieben Tage unterwegs war, verließ ihn sein Mut. Er fürchtete zu sterben, und mal hierhin, mal dorthin sich wendend, weinte er jämmerlich. Da erschien plötzlich vor ihm die Hütte des Königseinsiedlers Yotsakit. Als er näher kam, erkannte er den König. Er trat vor den Alten und fragte ihn, ob er sich bei ihm ausruhen dürfe. Ungefähr sieben Tage blieb er da. Dann wollte er heimkehren und bat den Einsiedler, ihm den Weg nach Hause zu zeigen.

Yotsakit führte und geleitete ihn und wies ihm den Weg:

«Herr, merke auf! Wenn du diesem Weg hier folgst, so wirst du zu deinem Haus in der Stadt kommen. Aber, bitte, sprich zu niemandem, und bewahre das Geheimnis, daß wir hier wohnen!»

Der Waldjäger nahm den Befehl an und versprach es. Dann sagte er die Abschiedsformeln und ging.

Der Königseinsiedler hatte den Waldjäger empfangen, ihn sieben Tage bei sich wohnen lassen und ihn dann auf den Heimweg geführt, daß er glücklich nach Hause kam, ungefährdet, wie die Blüte des Lotos, die – von Wassertropfen umsprüht – vom Wasser doch niemals zersetzt wird.

Aber der Jäger war undankbar, und in seiner Brust dachte er nur, wie er Böses tun könnte, denn das war seine Art. Er folgte dem Weg über den Wall des Gebirges, durchquerte das düstere Gehölz und gelangte nach Djampak zurück. Doch der Undank hetzte ihn auf. Er trat vor den Fürsten aus dem Auslande, vor Wiluparat, und sagte:

«Ich bin dein Sklave, Götterkönig! Dein Fußsklave ist im Walde gewesen. Ich habe die Wohnung des Herrn Yotsakit erkundet!»

«Sieh dich vor, Jäger, oder ist das die Wahrheit?»

«Herr, ich bin dein Sklave! Wahr ist, was ich dir gesagt habe!»

Der Auslandsfürst Wiluparat gab dem Jäger nun einen Schatz von tausend Silbermünzen. Dann ließ er den Jäger führen und folgte ihm mit den Scharen seiner Kriegsknechte bis hin zur Wohnung des königlichen Einsiedlers Yotsakit.

*

Der König hat draußen das Waffengeklirr gehört, und sein Blick gleitet über das unermeßliche Heer der Feinde hin. Da sagt er zur Einsiedlerin Siri-madi:

«Wahrlich, Geliebte, jener Mann muß ein Verräter gewesen sein. In seiner Bosheit ist er gegangen und hat unsere Wohnung verraten. Darum müssen Bruder und Schwester sich heute voneinander trennen und scheiden. Das Kind, das du in deinem Schoße trägst, pflege es gut und schütze es allezeit. Ich kann nirgendwohin mehr entfliehen. Darum wird dein Bruder die Soldaten hereinkommen lassen, damit sie mich ergreifen.» Und er fuhr fort: «Wohlan, Geliebte, dein Bruder nimmt nun Abschied. Ich werde jetzt vor den König treten. Du aber bleibst zurück. Bitte, nimm dich in acht, damit du das Kind, das dir im Schoß liegt, großziehen kannst nach Wunsch. Dein Bruder wird dir sein Wolltuch und seinen Ring geben. Hier, diese beiden Dinge sollen unser Kind an seinen Vater erinnern.»

Die Einsiedlerin Sirimadi hat das Wort ihres königlichen Gatten gehört, und es ist ihr, als wollte ihr Herz in sieben Teile zerspringen. Das Wasser fließt ihr aus den Augen, und in ihrem Schmerz erhebt sie die Hände und schlägt sich links und rechts die Brüste. Ihre Haare, die zur Krone zusammengedreht waren, faltet sie auf, und jammernd schluchzt sie:

«Ich bin deine Sklavin, Großkönig! Ich bitte dich, laß mich dir zu Füßen Abschied nehmen. Warum, Herr, willst du mich verlassen und wegwerfen im Walde? Laß mich dir mein Leben opfern! Götterkönig, du hast mir doch sonst stets dein Mitleid geschenkt. Wenn ich eine Strafe verdient habe, so bitte ich dich, vollziehe die Strafe an meinem Leben! Mein Haupt ist das Letzte, das ich zu deinen Füßen dir als Abschiedsgeschenk geben kann.»

Die Königin bittet ihren Gatten um Verzeihung für ihre Verfehlungen und folgt ihm auf dem Weg.

Noch einmal umfaßt ihr Blick den König, wie er dahinschreitet. Sie kann ihre Tränen nicht mehr zurückhalten und wendet sich um zur Hütte.

*

König Yotsakit überschaut das Heer der Königsknechte, die so prachtvoll herbeigezogen sind, aber Furcht kennt sein Herz nicht. Mutig wie ein Königslöwe eilt er herab vom Berge, und geradenwegs stürmt er auf den mächtigsten Haufen ein. Die Diener und Knechte umzingeln den König und fassen ihn an. Manche von ihnen, sündigen Herzens und roh, treten herzu und umbinden und fesseln ihn. Tausend andere schlagen mit Ruten auf ihn ein. Seine geschundene Haut reißt auf und löst sich in Fetzen von seinem blutigen Leib. Das königliche Blut entrinnt seinen Wunden, und sein Angesicht ist ganz entstellt. Mit Fesseln von fünf Arten umwunden, führen sie ihn nach Djampak ins Gefängnis.

*

Als König Yotsakit kaum ergriffen war, da vollendete sich die Zeit der Schwangerschaft, und Sirimadi gebar einen Königssohn, schön wie ein Gott. In der Mitternachtsstunde betrachtete sie den Phothisat, umarmte ihn und drückte ihn fest an die Brust. Sie weinte:

«Die Mutter hat ihr liebes Kind geboren. Lieblich bist du anzusehen, Erstgeborener! Einen Vater hast du nicht. Du bist hier im großen Walde auf die Welt gekommen. Unsere Tugend war zu gering! Denn sonst wärest du geboren worden früher, als wir noch in der Heiligen Stadt wohnten. Jetzt aber ist es dunkel und Nacht, und die Mutter ist allein. Als wir noch im Kreise unserer großen Familie lebten, wenn du da geboren worden wärest, da hätten wir die Sattheit des Herzens erlangen können. Jetzt aber gibt es keinen Vater mehr für dich, und für mich kein Feuer, um meinen Schoß zu durchglühen.»

So weinte die Hohe Frau bis zum Morgengrauen. Dann wusch und badete sie den Prinzen und ließ ihn auf ihrer Matte schlafen. Als es Tag war, gab sie dem Kind einen Namen. Sie nahm den Namen der Mutter und den des Vaters und mischte sie miteinander und hieß den Prinzen Siri Wibun Kit, Hoch voll Ruhm. Und als der Prinz größer war, da diente er seiner Mutter und half ihr mit all seiner Kraft.

*

Einmal hatte die Einsiedlerin Sirimadi einen Traum: Sie lachte, scherzte und spielte mit Yotsakit, ihrem Gatten.

Als sie vom Schlummer erwachte, merkte sie, daß es nur ein Traum gewesen! Sie erhob sich von der Matte, kniete nieder und sprach:

«Wahrscheinlich habe ich in einem früheren Leben eine schwere Sünde auf mich geladen. Darum muß ich hier im Walde Not und Elend leiden. Es war nur ein Traum, daß ich den König wiedergesehen habe. Denn nun bin ich wach und sehe ihn nicht mehr. Sorge und Schmerzen lasten nur schwerer noch auf mir! Die Füße des Königs kann ich nicht umfassen, denn meine Tugend ist gering. Es ist klar: Durch frühere Sünde bin ich getrennt von meinem geliebten Manne und fern vom Palast, wo ich einst auf dem Thron saß und auf geheiligtem Bette ruhte.»

Der Prinz hörte seine Mutter klagen. Er kam zu ihr, legte die Hände zusammen wie zum Gebet und fragte:

«Warum weinst du, liebe Mutter? Habe ich etwas Strafbares getan, oder weinst du aus anderem Grund?»

«Sieh, Lieber, dein Vater war König. Yotsakit hieß er und verwaltete die Schätze in der Stadt Djampak. Von einem anderen König wurde er betrogen. Der Böse rüstete seine Streitmacht, kam zum Kampf und riß uns die Stadt Djampak hinweg. Dein Königsvater und deine Mutter führten einander fliehend in den Wald. Wir kamen in diese Hütte, um hier als Einsiedler zu leben. Später zogen die Diener und Knechte jenes Betrügerkönigs uns nach, und an unsere Spuren geheftet, folgten sie uns. Sie ergriffen deinen Vater, Lieber, und nahmen ihn fort. Jetzt weiß die Mutter nicht, ob dein Vater noch am Leben oder ob sein Dasein bereits vollendet ist. Nur im Traum hat deine Mutter gesehen, daß er noch lebt. Darum muß ich weinen um deinen Vater.»

Der Prinz hört die Geschichte, die seine Mutter erzählt, und betet:

«Bei meinem Leben – ich bitte, daß mein Vater nicht sterben möge. Was soll ich tun, um mehr von ihm zu erfahren? Wenn ich mich weiterhin im Walde verberge, so wird es heißen, daß ich undankbar bin gegen den Vater. Was ist zu tun? Ich werde gehen und ihn befreien, daß er dem Unglück entflieht!»

Nun wendete er sich an seine Mutter:

«Ich bin dein Sklave, Mutter! Wenn es stimmt, was du sagst, so werde ich dem Vater folgen!»

Und er sagt die Abschiedsworte:

«Ich bin dein Sklave, Mutterherrin! Bitte, gib mir Urlaub, daß ich meinem Vater folgen kann, um ihn zu suchen. Wenn ich am Leben bleibe, so wird mein Vater auch den Tod noch nicht erreicht haben, der das Zerbrechen ist!»

Sirimadi will dem Prinzen sein Vorhaben verbieten und grollt:

«Sieh her, Lieber, jetzt kannst du noch nicht fortgehen. Deine Mutter kannst du nicht allein im Wald zurücklassen, ohne Hilfe und Schutz. Diese neue Trennung könnte ich nicht ertragen. Als ich das erstemal allein blieb, da wurdest du mir geschenkt. Nun willst du, mein Diamantkind, dich von mir trennen. Da wird mein Leben verlöschen und zunichte werden, das ist gewiß. Die Mutter wird sterben und das Gesicht deines Vaters nie mehr sehen. Lieber, habe Mitleid mit mir und bleibe hier, deiner

Mutter zum Schutz, in diesem Wald. Lieber, trenne dich nicht von mir. Denn dann werde ich nur Kummer und Not zu essen haben wie ein Vogelküken, dem die Mutter entflogen!»

Der Prinz erhebt wieder seine Stimme und spricht seiner Mutter gut zu.

«Daß wir ohne Vater hier leben, hat keinen Sinn! Wir müssen uns um ihn kümmern, damit alles wieder gut wird!»

Sirimadi sieht, daß sie ihren Sohn ziehen lassen muß. Da gibt sie ihm das Wolltuch und den diamantüberkrusteten Ring. Er nimmt die beiden Andenken an, wirft sich nieder, nimmt Abschied und geht hinaus.

Den Wald Himaphan durchquert er und gelangt in das Land, in dessen Mitte Djampak, die große Stadt, liegt. Vor dem Tor der Stadt hält er an und legt sich in einer Rasthütte am Wegesrand zur Ruhe nieder für die Nacht.

*

Zu dieser Stunde lag der Räuberkönig, der Djampak erobert hatte, auf dem Prunkbett und dachte nach:

Wessen sind nun die Königsschätze dieser Stadt? Oh, sie gehören Yotsakit, dem Herrn der Stadt! Das ist gefährlich. Yotsakit wird sich verschwören mit dem König eines anderen Landes, und dann werden sie kämpfen, um die Stadt zurückzuerobern. Morgen früh werde ich Yotsakit töten lassen.

Als der Morgen anbrach und es hell wurde, befahl er seinen Dienern, die Henker rufen zu lassen. Er sprach:

«Ihr Männer, holt den König aus dem Gefängnis, peitscht ihn aus mit tausend Schlägen und schneidet ihm dann den Kopf ab, denn er soll fallen und sterben noch heute!»

Die Henker sprachen die Formel der Unterwerfung und gingen hinaus, um die Hinrichtung vorzubereiten, denn der Augenblick des Kopfabschlagens war noch nicht gekommen – es war ja noch morgens!

*

Der Prinz, als Einsiedler vom Walde, hatte sich von seinem Lager erhoben und die Morgenwaschungen vollzogen. Nun ging er in die Stadt, um sich Almosen zur Speise zu erbetteln, auf der Suche nach seinem königlichen Vater. Als er in der Stadt hin und her wanderte, sah er einen alten Mann, der zum Richtplatz geführt ward. Da fragte er die Umstehenden flüsternd:

«Der Mensch, der dort die Todesstrafe erleiden soll, wer ist er?»

Die Bürger antworteten:

«Herr wir sind deine Sklaven. Dieser Mensch war früher der Herr dieser Stadt. Jetzt ist sein Ende gekommen.»

Der Prinz hat die Bürger sprechen hören, und nun

wußte er, daß dort sein Vater zur Richtstatt geführt wurde. Kraft und Mut hatte der Jüngling gleich sieben Elefanten. Er dachte:

Wenn wir hineingehen, ergreifen und an uns reißen den Schatz dieser Stadt, der Großkönig und ich, dann wird sich uns kaum jemand entgegenstellen. Aber ist so ein Vorhaben vielleicht ein Unrecht? Werden wir womöglich eine schwere Sünde auf uns laden aus so einem nichtigen Grund? Wenn wir die Tugendgebote jedoch übertreten, werden wir niemals die Allwissenheit erreichen, nach der wir so lange schon streben.

So überlegte der Prinz, und sein Herz war wie zerspalten durch den Pfeil der Sorge. Besinnungslos fiel er zur Erde nieder. Als er wieder erwachte, da nahm er das heilige Goldschwert der Weisheit und zerbrach damit die Sorge. Geradenwegs ging er zu seinem Vater und warf sich ihm in den Weg, um die Ehrung der Begrüßung zu vollziehen.

Als die Bürger der Stadt das sahen, sprachen sie untereinander:

«Was will der heilige Einsiedler dort bei unserem König? Ob es wohl der verschollene Königssohn ist? Aber woher sollte er kommen, denn niemals hörte man etwas von einem Prinzen oder von einer Prinzessin!»

Aber der Herrliche löste das Rätsel und klärte es auf. Er rief laut, daß alle es hören konnten:

«Ich bin dein Sklave, Götterkönig! Dein Fußsklave

will sich vor dir niederwerfen in den Staub. Denn ich bin dein Sohn, der dir gefolgt ist. Sieh, hier bin ich, Vater, und das hier ist dein Diamantring und das dein wollnes Tuch. Dein Fußsklave ist gekommen, um sein Leben zu opfern für dich. Laß mich an deiner Statt sterben!»

König Yotsakit hat es gehört. Aber er weiß nichts von einem Sohn. Darum fragt er ihn aus, um Klarheit zu gewinnen:

«Sieh her, Lieber, allein soviel weiß ich, daß ich im Wald einst lebte, jedoch habe ich damals keinen Sohn gehabt. Wo also kommst du her? Seit wann gibt es irgendwo ein Kind aus meinem Schoß?»

So spricht der König. Aufrecht steht der Prinz, als er antwortet:

«Wahrlich, der Fußsklave hier vor dir, der eben in die Stadt gekommen, er ist dein Sohn. Wenn du es nicht glauben kannst, Herr, so schau doch auf diesen Ring und auf dieses dein eigenes Tuch!»

König Yotsakit sieht nun deutlich, daß der Prinz vor ihm sein eigener Königssohn ist. Da will er ihn lehren und ihm gebieten als Vater, und er sagt:

«Dein Vater hier ist schon alt. Keine Kraft mehr ist in meinen Gliedern. Das Leben hat für mich keinen Sinn mehr. Du aber, Lieber, hast noch die schönste Jugendkraft. Darum darfst du dein Leben nicht hinwegwerfen. Höre auf deinen Vater, der dir diese Lehre gibt!»

Der Prinz hat seinem Vater zugehört und den väterlichen Befehl vernommen. Aber er entgegnet:

«Ich bin dein Sklave, Großer König. Solange dein Fußsklave noch Leben in sich hat, werde ich dich erretten wollen. Herr, erhalte dein Leben!»

Yotsakit gibt zur Antwort:

«Warum hast du, Lieber, verlassen und weggeworfen deine Mutter, daß sie allein im Wald leben muß? Geh zurück und bleibe bei ihr, das ist besser! Tue nach den Worten deines Vaters!»

«Ich bin dein Sklave, Großkönig! Die Gefahr, in der du, Vater, schwebst, ist weit schlimmer als der Kummer meiner Mutter. Der Schmerz, den dein Fußsklave auf sich nehmen will, ist nicht gleich dem Elend, in dem ich dich hier vor mir sehe. Dein Leben soll niedergezogen und abgestreift werden von dir. Welchen Sinn hat es dann noch, daß ich am Leben bleibe? Darum will ich dir mein Leben schenken, damit wenigstens du, Herr, nicht stirbst!»

So sprach die Dankbarkeit aus ihm. Und die Götter priesen ihn, denn wer die Tugend des Dankes besitzt, dessen Körper wird einst auslöschen, und glücklich wird er eingehen in die Himmelswelt.

König Yotsakit konnte seinem Sohn nun nichts mehr entgegenhalten, und daher gab er sich dem Schmerz ganz hin und weinte.

*

Der Prinz eilte hinein in den Palast und trat vor den Verbrecherkönig. Er bat ihn um die Erlaubnis, sein Leben mit dem seines Königsvaters auszutauschen.

«Ich bin dein Sklave, Götterkönig», sagte er, «dein Fußsklave ist gekommen, um sein Leben aufzugeben und zu sterben an Vaters Statt. Ich bitte dich nur um diese Gnade, Herr!»

«Wenn du mich bittest, dein Leben für das deines Vaters zu nehmen, wohlan, es sei! Gehe hin und befreie deinen Vater!»

Der Prinz freut sich sehr. Er nimmt den Spruch an und kehrt zurück zu seinem Vater. Der König soll frei sein! Den Hohen Göttern aber verkündet er:

«Ich bin euer Sklave, ihr Götter dort oben in Herrlichkeit. Ich lade euch ein, hierher zu kommen. Bitte, erhört meine Worte. Denn ich gebe nun mein Leben auf, um meinen Vater vom Tode zu erlösen. Wenn es jemand gibt, der mein Haupt, Auge oder Herz haben will, meine Zunge, mein Fleisch oder mein Blut, er soll es bekommen! Abschneiden oder herausreißen möge er von mir, was er will, und ich werde nicht verzagen, denn mein Opfer ist notwendig auf dem Weg zur Erleuchtung.»

So sprach der Prinz zu den Götterscharen. Dann machte er seinen Vater frei und ließ ihn zurückkehren. Sich selbst aber überantwortete er den Henkern, und sie banden ihn mit fünferlei Fesseln. Sie führten ihn zur Richtstätte im Todeswald vor der Stadt.

Aber die Tugenden, Mitgefühl und Dankbarkeit im Herzen des Prinzen waren so stark, daß das Richtschwert in Pulver zerfiel, als die Henker es nach dem Haupte des Prinzen zückten. Im Herzen verwundert waren sie, als sie es sahen, und sie eilten zum König, um es ihm anzusagen. Gewaltig war seine Wut, vergleichbar dem Zorn einer giftigen Schlange, die man mit hölzernem Knüppel am Schwanzansatz getroffen. Der König brüllte:

«Wenn das wahr ist, so laßt die stärksten und fettesten Elefantenbullen los. Sofort sollen sie ihn zerstampfen.»

Die Henker taten wie geheißen. Die kräftigen Elefanten trompeteten, als sie den Prinzen sahen, und in wilder Flucht setzten sie davon.

Als der König es hörte, befahl er, Fett in die Grube der feurigen Kohlen zu werfen. Die Henker gingen und führten den Befehl aus. Aber als sie den Prinzen hinabwarfen, wuchs eine Blüte von Goldlotos hervor, unermeßlich groß wie die Tugenden des Prinzen. Der sich öffnende Schoß der Erde wölbte sich auf, und das Feuer konnte den Prinzen nicht brennen. Strahlend stand er im Lotoskelch, vergleichbar den Göttern, die auf dem wollnen Tuch ihres steinernen Thrones ruhen.

Der König erfuhr es in seinem Schloß, und zornig rief er aus:

«Wenn das so ist, ihr Herren, so bringt blutiges Fett und werft es in die Schlangengrube, wo man die Räuber tötet!»

Die Henker warfen den Prinzen hinab, aber der Schlangenfürst Nakharat kam aus seiner Welt herauf und hüllte ihn in die Knospe einer Goldlotosstaude, groß wie seine Tugend. Darin eingehüllt führte Nakharat den Prinzen ins Schlangenreich.

*

In diesem Augenblick erbebte die große Erde, und ihre Kruste barst. Eine gewaltige Spalte klaffte auf. Der falsche König, der gegen den Prinzen so bösartig war, daß keine Strafe schwer genug ist, seine Sünde zu sühnen, er wurde vom Abgrund verschlungen und wiedergeboren in der Hölle.

Nun kam der Schlangenfürst mit seinen Dienern herauf aus seinem Reich. Sie führten den Prinzen aus der Schlangenwelt hervor und trugen ihm unermeßliche Gastgeschenke nach. In der Stadt Djampak weihten sie ihn zum neuen König, daß er die Königsschätze fortan verwalte.

Dann kehrte Nakharat zurück in seine Welt.

*

Prinz Siri Wibun Kit hatte die Herrschaft zusammen mit seinem Vater kaum übernommen, da zogen sie schon, von allen Seiten bewacht, inmitten ihrer Heere zum Sitz ihrer königlichen Gattin und Mutter. Seit sie allein im Walde lebte, hatte sie nichts zu essen gehabt als Sorge und Kummer, denn sie war von ihrem Gatten getrennt und konnte ihren geliebten Sohn nicht mehr sehen. Jammer und Not drückten ihr das Herz ab, und der Tod ereilte sie in jener einsamen Blätterhütte.

Als der Prinz näherkam, erkannte er die Blätterhütte, aber nichts regte sich in ihr. Sein Herz war voll Furcht. Er dachte:

Oh, warum ist es in unserem Blätterhaus so totenstill? Weshalb ist es so kalt und kühl hier überall?

Der Hohe Herr eilte in die Hütte. Als er sich umblickte, sah er den Leichnam der Mutter so jämmerlich hingestreckt auf dem kahlen Boden. Sein Schmerz brach laut aus ihm hervor:

«Oh, Heilige Mutter, ist dein Leben vollendet? Ich, dein Sklave, rufe zu dir: Wie lange willst du noch schlafen? Wach auf! Das kleine Kind, das du aus deiner Brust geboren hast, ist wieder da!»

König Yotsakit und die Soldaten hörten den Prinzen klagen. Sie konnten ihren Schmerz nicht mehr bezähmen, und sie weinten heiß.

Der Prinz ließ nun die Obersten aufheben den Leichnam der Heiligen Mutter, und sie legten ihn in einen goldenen Sarg. Den Sarg stellten sie auf einen Tragethron aus Gold, und der Zug kehrte in tiefster Nacht heim in die Stadt.

*

In seiner Trauer spricht der Prinz:

«Nun ist mein Königsschatz heimgebracht. Ich habe noch meinen Körper und mein Herz, das ihn belebt. Körper und Herz aber der geliebten Mutter sind tot. Sie hat nichts Böses getan, und doch wurde ihr Leben zerstört. Ich will ihr mit meinem Leben dienen und mich mit ihr verbrennen. Das soll meine Antwort sein auf die Liebe meiner Mutter. So soll die Erleuchtung geboren werden in dieser Zeit. Ich Sklave des Götterkönigs nehme Abschied, um einzugehen in den Schlaf. Mein Herzenswunsch ist es, zu sterben unter dem Sarg der Heiligen Mutter. So will ich aufwiegen ihre Liebe.»

König Yotsakit, der Vater, will es ihm verbieten. Er sagt:

«Sieh her, Lieber, du darfst noch nicht sterben und deiner Mutter folgen!»

Der Prinz hört es nicht, soviel auch der Vater zu ihm spricht. Er gehorcht der Macht seiner Dankbarkeit, tritt an den Scheiterhaufen, läßt den Sarg heben und legt sich darunter. Nun ruht der Sarg der Mutter auf seiner Brust.

Dann läßt er die Flammen sich alle versammeln.

Und es geschah ein Wunder zum Zeichen seiner Tugend. Alle konnten es sehen klar vor Augen: Der Herr wird die Erleuchtung finden!

Sein Körper wurde von keiner Hitze gebrannt. Sondern schön dahinleuchtend glühte sein Leib wie

ein himmlisches Bild. Inmitten der Asche wurde es offenbar vor den Bürgern, und sie konnten es sehen.

Sie kamen herbei, ihre Fähnchen zu schwenken, und Tausende fielen nieder zur Anbetung. Und sie legten ihre Opfergaben vor der Glut der Heiligen Asche zu Boden.

*

Die Großerde, die dicke Scheibe, wohl vierundzwanzig Millionen Meilen lang und breit, donnernd dröhnte sie auf, vergleichbar einer Herde kräftiger Elefanten, die brüllend trompeten. Der Berg Sineru Rat bog seine Spitze herab zur Anbetung, und er war wie ein Bambusstamm, den die Flammen erfaßt und das Feuer weichgemacht haben. Auf wirbelte der Ozean, und gischtschäumend brüllte er auf in wilder Freude. Die Blitze zuckten hin und her über den Himmel, und das Grollen auf der Erde fand sein Echo in der obersten Welt des Phrom-Gottes.

*

Die Verbrennungsfeier war beendet. Der Prinz erhob sich aus der Asche und ging und baute eine Stadt in der Wildnis, bei der Blätterhütte am Abhang des Wepun-Gebirges. Das sollte der Mutter ein Denkmal sein. Dort verrichtete er jedes Jahr eine Gedenkfeier zu ihrer Ehre. Die Stadt aber erhielt den Namen «Siedlung der Lehre».

Der Prinz hielt den Königsschatz hoch erhoben, bis sein Alter voll war. Dann ging er in den Himmel ein.

*

Der Erhabene hatte seine Predigt beendet. Nun verkündete er die Vier Höchsten Wahrheiten. Als sein Wort verhallt war, fand jener Mönch, der seiner Mutter diente, zu den höchsten Verdiensten im Glauben des Erleuchteten.

Der Buddha schloß seine Rede. Sirimadi sei auf die Erde zurückgekehrt als seine eigene Mutter. Totsakit sei auch jetzt in anderer Gestalt sein Vater. Der Betrügerkönig sei wiedererstanden in seinem Widersacher Thewathat. Die Henker aber seien in alle Hunde eingegangen, die den Mönchen auf den Straßen folgen, um sie zu beißen. Das Gefolge des Prinzen von damals seien jetzt die Jünger des Erleuchteten. Und Siri Wibun Kit schließlich, das sei er selbst, der Höchste Herr der Welten.

*

Soweit das Wort des Buddha, das hier zu Ende ist.

6

WIE PRINZ WORAWONG SEINE BEIDEN KÖNIGINNEN GEWINNT

Hauptgestalten der Erzählung:

In Phusa:	*Wongsathirat* König		
	Kawai Linke Gattin	*Waiyathat* Prinz	
	Wong Suriya Rechte Gattin	*Wong Suriyamat* Erster Prinz	
		Worawong Zweiter Prinz	*Darawong* Prinz
Im Waldreich:	*Lophan* der Reiche	*Kharawi* Rechte Gattin von Worawong	
In Khura Nakhon:	*Phusarat* König	*Makut* Prinzessin und Linke Gattin	

Es war einmal ein König. Sein Name war Wongsathirat. Er herrschte über die Stadt Phusa. Seine Erste Gattin hieß Wong Suriya, und er ließ sie größer sein als all die sechzehntausend Freudenmädchen des Hofes. Der König liebte seine Gattin sehr, und sein Herz fand bei ihr die höchste Befriedigung.

Damals kam der Ausgezeichnete von der Götterwelt herab. Er ging ein in den Leib der Königin. Als die zehn Monde voll waren, gebar sie einen Prinzen. Das Kind war von goldner Farbe. Seine Gestalt war von höchster Schönheit. Ihn anzuschauen war eine große Freude.

Es kam der Tag, da der Prinz einen Namen erhalten sollte. Die Wahrsager und Zukunftsdeuter kamen herbei zur Versammlung.

Sie gaben dem Königssohn den Namen Wong Suriyamat.

Einige Zeit verging, da kam unser Herr, der Phothisat, auf dem Weg durch die Verwandlungen zur Erde herab und hielt Einzug in den Leib der Königin. Als sie ihren Prinzen geboren hatte, war auch er von der Farbe des Goldes. Ausgestattet war er mit den Zeichen der höchsten Verdienste. Die Wahrsager gaben ihm den Namen Worawong, Ausgezeichneter Sproß.

König Wongsathirat besaß noch eine Gattin. Sie war die Geringere. Ihr Name war Kawai. Ihren Sohn nannte sie Waiyathat. Sein Charakter war niedrig und gemein. Schwer fiel ihm das Sprechen, schwierig war es, ihn zu lehren, denn nicht interessierte er sich für die Berufung des Königs. Nur eines tat er gern: Er lauerte den Armen auf und belästigte sie in jeder Weise. Die beiden Ersten Prinzen taten so etwas nicht. Liebe und Treue bezeigten sie ihrem königlichen Vater und dienten ihm wie die Sklavenratten unter seinem Fuß. Sie taten fleißig die königlichen Arbeiten, und das Herz ihres Vaters war darüber froh.

Die Bürger, die unter dem Mutwillen des bösen Prinzen Waiyathat litten, versammelten sich auf dem Markt und klagten mit lauter Stimme den Prinzen an. So erfuhr der König von seinem ungebührlichen Verhalten. Zornig fällte er sein Urteil:

«Waiyathat ist ein Mensch, der nicht zu lehren ist. Ein Bösewicht ist er! Die Sippe und Familie des Königs hat von ihm nur Schlimmes zu erwarten. Vor aller Welt beschämt er unser Haus. Schon gibt man uns die Schuld für sein Verhalten. Darum soll er erniedrigt werden zum Sklaven. Den beiden Prinzen soll er dienen. Denn sie sind es, die dereinst unseren Stamm fortpflanzen werden in die Zukunft.» So bestrafte der König den Prinzen Waiyathat.

*

Die Königin Kawai hatte von dem Urteil des Königs Bericht erhalten. Tiefe Traurigkeit beschlich ihr Herz. Kummer und Sorge nagten an ihr, und sie weinte:

O weh, mein Sohn ist ein Mensch ohne Gesittung! Er hat kein Glück im Leben. Ich muß mich schämen seiner Erniedrigung. Was für eine List soll ich brauchen, um zu erreichen, daß die beiden Prinzen, die an meinem Unglück schuld sind, der königlichen Rechte entkleidet und verstoßen werden?

So dachte sie und rief die beiden Prinzen herein in ihr Gemach, in den Raum, wo sie dem König so oft willig gedient. Sie sprach zu den Prinzen:

«O ihr Lieblinge, ihr süßen jungen Herren! Kommt nur herein und freut euch mit der Mutter!»

Sie umarmte und drückte die beiden Knaben an ihren Busen. Sie setzte sie auf das Freudenlager und küßte und liebkoste ihre Wangen. Listig sprach sie zu ihnen:

«Prinz Waiyathat, euer Bruder, ist ein Mensch von schwerer Zunge. Lernen kann er nichts, und den königlichen Geschäften steht er fern, denn er ist nicht wie ihr! Seinen königlichen Vater hat er erzürnt. Nun ist er verloren.»

Die beiden Prinzen gaben zur Antwort:

«Unser Bruder ist noch wie ein Schoßkind und von zartestem Verstand. Darum traf ihn die Züchtigung des Königs und uns alle die Schande. Was sollen wir tun, um dich, o Mutter, wieder heiter zu machen und dein Herz wieder froh?»

Da lächelte sie und zeigte es ihnen. Sie verführte die beiden Königssöhne zur Lust. Zwei oder drei Tage vergnügte sie sich mit ihren knabenhaften Gliedern. Um sie in Schuld zu verstricken, ließ sie die beiden ein in das Innerste Gemach. Auf dem königlichen Thronbett erwies sie ihnen ihre Verehrung.

So gemein war sie und ohne Scham, daß sie laut aufschrie im Augenblick der Wollust, in der Verstrickung mit den Leibern der Knaben. Denn das war ihre List: Die Leute sollten wissen, daß sie von den Prinzen berührt worden war in Unzucht, mitten am Tage.

*

König Wongsathirat herrschte Kawai an:

«Wer hat es getan?»

Sie warf sich vor ihm nieder und log ihm vor, daß die Prinzen hereingekommen seien, daß sie sie bedrängt hätten mit zuchtloser Gebärde und der Fliehenden bis ins Innerste Gemach gefolgt seien:

«Dort zwangen sie mich, flach mich auf den Rücken zu legen, und kamen herauf, und halb kniend, halb sitzend legten sie sich mir auf den Leib. Sie ließen mich den Mund öffnen und steckten mir einen Tuchknebel hinein. Ich preßte die Lippen zusammen, da würgten sie mich am Hals, und mein Schrei ward erstickt.»

Dann fuhr sie fort und sagte:

«Ich bin deine Sklavin, Großkönig! Meine Ehre ist befleckt. Wenn der Herr mir nicht seine Gnade schenkt, werde ich noch heute mir das Leben nehmen.»

König Wongsathirat hörte, was seine Gattin ihm erzählte, und sein Zorn loderte gewaltig. Er gebärdete sich wie eine Giftschlange, die man am Schwanzansatz getroffen. Er rief nach den Scharfrichtern und befahl, die Prinzen beide zu ergreifen und ihnen die Arme auf den Rücken zu fesseln. So sollten sie hereingeführt werden.

Die Scharfrichter fesselten die Prinzen, um sie dem König zu übergeben.

Da weinten und schrien sie laut nach ihrer Mutter:

«Wir sind deine Sklaven, Mutterherrin. Wir bitten dich, hilf deinen Kindern! Denn in große Not sind wir gefallen!»

Als die Königin das hörte, wurde das Herz ihr schwer. Sie schlug sich die Brüste, und weinend lief sie vor den Thron. Vor des Königs Füßen rief sie aus:

«Ich bin deine Sklavin, du Ausgezeichneter! Der Herr hat den Scharfrichtern befohlen, die Kronprinzen beide gebunden hierherzuführen! Warum?»

Als König Wongsathirat das Wort seiner Gattin vernahm, die ihn fragte, da zürnte er ihr sehr, und laut schalt er sie aus:

«Du bist ein gemeines Weib! Deine Söhne haben von dir die Zuchtlosigkeit ererbt! Kawai hat sie gepflegt und genährt wie eigene Söhne. Gemein und undankbar haben sie gehandelt und die Tugend mißachtet, die Kawai um sie vollbracht. Töten wollten sie ihren Vater und die Königsschätze an sich reißen, das ist sicher!»

So beschimpfte er die Königin. Und ohne sie weiter zu beachten, befahl er den Scharfrichtern:

«Ihr Scharfrichter, geht und gebt den beiden Wegelagerern die Königliche Strafe, jedem von ihnen achtzigmal! Dann legt ihnen den Strick um den Hals und schleift sie zum Dickicht der unbestatteten Verbrecher. Dort bringt sie zu Tode!»

Die Scharfrichter folgten dem Befehl. Königin Wong Suriya umarmte und drückte ihre Söhne an sich mit der Kraft ihrer Liebe. In ihrem großen Jammer schluchzte sie:

«Ihr meine Söhne, die ich liebe wie meine Augensterne! Bisher habt ihr mir nur Glück und Zufriedenheit gebracht. Eure Rede war süß und lieb, und ihr folgtet dem Wort der Mutter stets. Ihr waret der Inhalt meiner Liebe. Seit ich euch geboren habe, gab es für mich kein Alleinsein mehr. Nun aber heißt es scheiden! Getrennt von euch werde ich mein Leben beenden. Wenn ihr heute mir entrissen werdet, wohlan, so will ich noch heute sterben. Die anderen Menschen genießen die Lust des Lebens frohen Herzens, alle, die ohne Sünde sind, und die Sündigen nicht minder! Nur mich allein deckt das Elend zu, nur ich allein brenne in meiner Seelennot, ich werde in Kummer und Schmerzen jammern um euch und Tränen trinken Tag und Nacht!»

Als die Prinzen ihre Mutter so weinen sahen, da kamen auch ihnen die Tränen, und sie warfen sich vor der Mutter zu Boden:

«Wir sind deine Sklaven, Mutterherrin, die du dein Leben für uns gelebt! Heute werden wir Sklaven zu deinen Füßen sterben. Nur deine Tugend, Mutter, gibt uns Trost! Sie möge unser Haupt umhüllen in der Stunde des Todes. Du, Mutter, hast uns genährt und gepflegt. Wir aber konnten es nicht entgelten. Wir müssen dir den Dank für deine Liebe schuldig bleiben. Denn schon heute werden wir sterben. Du aber lebe gesund und folge deiner königlichen Pflicht. Bewahre dem König die Treue und bleib ihm gewogen Tag und Nacht.

Dem König, der unser Vater war, ihm möge das ewige Feuer leuchten, daß er in seinem königlichen Amt fortlebe zu dauerndem Glück. Er möge seine Lebenskraft bewahren, nicht altern und niemals sterben. Fortfahren möge er, Verdienste zu sammeln im Glauben, denn der Unglaube ist der Weg, auf dem der Todeskönig sich uns nähert!

Oh, das Leben aller Wesen auf Erden hat keinen

Bestand! Ewig in der Welt ist nur der Tod. So sprechen die Erleuchteten in ihrer dreifachen Weisheit: Nichts wissen wollen die Wesen von Krankheit, Gefahr, Fieber und Schmerzen, die sie plötzlich wie vom Spieß durchbohrt dahinraffen. Nichts wissen wollen sie vom Tod, der ihrem Leben plötzlich ein Ende setzt; nichts wissen davon, daß die Seele ein Ding ist, dem die Ewigkeit versagt blieb. Das ist die Weisheit der Welt!»

Die Scharfrichter griffen zu. Fort rissen sie die beiden Prinzen aus den Armen der Königin, mit der sie ihr Weinen vereinte. Hinaus trieben sie ihre Opfer aus dem Schloß. Die Königin sank besinnungslos an der Schwelle zu Boden. Die Kammerfrauen eilten herbei und trugen die Ohnmächtige zurück in die Halle. Als sie erwachte, seufzte sie schwer und sprach:

«Ich werde den Scharfrichtern Gold geben, tausend geprägte Taler! Dann werden sie meine Kinder gehen lassen.»

Schnell entschlossen gab sie ihrer vertrautesten Dienerin das Gold für die Scharfrichter und prägte ihr ein, was sie sagen sollte. Die Dienerin nahm das Gold, spielte es den Scharfrichtern in die Hände und meldete ihnen den Befehl der Königin.

Die Scharfrichter nahmen die tausend goldenen Münzen, und ihre Habgier war befriedigt. Voll Freude versprachen sie alles:

«Heute nacht werden wir die Königssöhne beide

aus der Stadt führen. An ihrer Statt werden wir zwei Räuber töten, die die schwerste Strafe verdienten.»

Als die Dämmerstunde gekommen war, ließ die Königin die Prinzen durch ihre Vertraute in den Palast holen. Sie küßte sie und weinte Tränen der Liebe. Brot und Reis gab sie ihnen auf den Weg, jedem ein Säckchen. Dann überreichte sie jedem von ihnen einen Stirnreif und einen Fingerring, dazu Diamanten, soviel eine Kokosnußschale faßt, im Wert wohl hunderttausend Silberlingen gleich. Sie sprach:

«Seht, geliebte Kinder, diese Steine gibt euch die Mutter, damit ihr sie verkaufen und dafür Reis erhandeln könnt. So sollt ihr euer Leben in der Fremde fristen!»

Die beiden Prinzen umfaßten die Füße der Mutter, und weinend erwiderten sie:

«Wir sind deine Sklaven, Mutterherrin! Wenn wir in drei Jahren noch leben, werden wir heimkehren zu dir.»

Mit diesen Worten nahmen sie Abschied von ihrer Mutter.

*

Die Tränen traten den beiden Brüdern über die Lider, als sie vom Schloß herabschritten, um zu wandern. Ihre Schutzgötter folgten ihnen und sorgten für sie, daß sie von Krankheit und Gefahr verschont blieben.

Sie folgten dem Weg durch den Wald, und als es Abend wurde, streckten sie sich unter einem Gummibaum zur Ruhe. Ihre Gewänder legten sie ab und deckten sie über das weiche trockene Laub. So schliefen sie bis zum Morgen. Da nahmen sie etwas Reis aus dem Sack und begannen zu essen. Ihre Blicke trafen sich, und aus Sehnsucht nach ihrer Mutter füllten sich ihre Augen mit Tränen. Immer wieder unterbrach ihr Schluchzen das Mahl. Als es wieder Abend geworden war, gedachten sie der Tugenden ihrer Mutter und klagten laut:

«Unsere Mutter lebt im Elend und nährt sich von der Sorge um uns. Waisen sind wir geworden, ohne Stütze, ohne Freund! Unser Elend ist gleich dem der Mutter.»

*

Zwei Hühnerfürsten hatten sich unterdessen im Gummibaum niedergelassen, einer schwarz, einer weiß; denn der Gummibaum war ihre Wohnung. Der weiße Hahn war als erster angelangt und setzte sich daher ganz oben im Wipfel zur Ruhe. Der schwarze kam später und mußte unten im Astwerk schlafen. Als das Morgengrauen den Himmel bezog, krähte es im Wipfel. Der schwarze Hahn erwachte vom Krähen dort oben und rief:

«Du niederträchtiger Hennenherr! Du dünkst dich wohl besonders tugendhaft! Du schaust voll Verachtung auf mich herab und steigst mir über den

Kopf, um deinen stinkenden Schmutz mir aufs Haupt fallen zu lassen und mich damit schwarz zu besudeln.»

Der weiße Hahn entgegnete:

«Du schwarzer Hühnerherr! Ein Wegelagerer bist du! Ich war vor dir da, also schlafe ich in der Höhe. Du bist nachher angekommen, darum mußt du mit der Tiefe vorliebnehmen. Aber du hast recht! Ich besitze in der Tat eine besondere Tugend. Wisse: wer von mir das Herzfleisch ißt in der Stunde meines Todes, der wird der König der Könige sein auf Erden! Du aber, was kannst du dem an Verdiensten entgegensetzen?»

Der schwarze Hahn gab Antwort:

«Wer mein Herzfleisch ißt, der wird eine gewaltige Steinsäule aus ihrer Grundfeste reißen, wird einen Riesen erlegen und dann ein großer König sein!»

Da ergrimmte der weiße Hahn, und in ihrer Wut hieben sie aufeinander ein, daß die Federn flogen. Sie kämpften miteinander, bis sie beide ihren Wunden erlagen und tot auf die Erde fielen.

Die beiden Königssöhne hatten das Streitgespräch der Hähne mit angehört.

«Offenbar sind diese beiden Tiere Götterhähne», sagten sie, «und können unser Schicksal wenden!»

Sie zündeten ein Feuer an und brieten die Hähne beide. Der Ältere aß das Herzfleisch des Weißen und der Jüngere das des Schwarzen.

Worawong, der Jüngere, sprach nun zu seinem Bruder:

«Hoher Bruder, der du der Ältere bist! Wir beide sind vom Glück gesegnet. Nun ist es sicher: wir werden unsere Mutter wiedersehen!»

*

Ungefähr anderthalb Monate wanderten die Königssöhne hin und her durch den großen Wald. In den kleinen und großen Himmelsrichtungen durchstreiften sie den Dschungel. Dann kamen sie zur Goldstadt Ayamat. Dort, vor der Stadt, stand eine Hütte, Wanderern zur Rast errichtet. In dieser Hütte wollten sie ruhen.

Der König der Goldstadt war gerade sieben Tage tot. Einen Sohn oder eine Tochter, die seinen Stamm hätten fortführen können, hinterließ er nicht. Darum hatten die königlichen Beamten und Räte, die Minister alle und die Weisen sich versammelt. Sie sprachen:

«Es ist an der Zeit, einen neuen Herrscher durch die Probe des Königswagens zu küren, einen Herrn, der alle Verdienste hat, die den König zieren sollen. Darum laßt uns zur Wagenprobe schreiten und beten, der Königswagen möge rollen bis zu der Wohnung dessen, der der Würdigste ist für das Amt des Herrschers.»

Sie ließen den Königswagen frei. Langsam setzte er sich in Bewegung. Er wandte sich zum Tor und rollte hinaus aus der Stadt, geradenwegs auf die Rasthütte zu, in der die beiden Prinzen schliefen. In drei sich zusammenziehenden Kreisen fuhr er immer langsamer werdend um die Hütte herum, als wolle er die Prinzen einladen, doch beide hinaufzusteigen auf den Thron des Wagens. Als er zum Stillstand kam, berührte die unterste Sprosse der Thronleiter die Füße des schlafenden älteren Bruders. Der Weiseste der Wahrsager betrachtete die Linien unter den Fußsohlen des Schlummernden und erkannte die Zeichen der Tugend. Da rief er aus:

«Oh, du Auserwählter! Die Königsschätze nicht nur eines Reiches, nein: die Schätze aller Reiche der Vier Erdteile werden dir gehören!»

Nun hoben sie den Prinzen behutsam auf von seinem Lager und betteten ihn auf den Thron des Königswagens. So führten sie ihn zum Palast und legten ihn zur Ruhe aufs heilige Thronbett des Königs.

*

Als Wong Suriyamat vom Schlummer erwachte, fiel sein Blick auf die Freudenmädchen und die Leibwachen, die sein Bett umstanden, auf die Beamten, die Weisen und Wahrsager. Er richtete sich vom Lager auf und starrte sie an. Da sanken sie alle vor ihm in die Knie und riefen:

«Wir sind deine Sklaven, Göttlicher! Unser König ist gestorben und hinterließ weder Sohn noch Tochter, weder jüngere noch ältere Geschwister. Darum bitten wir dich, Herr, die Macht zu übernehmen, uns zu regieren und zu ergreifen die Königsschätze der Stadt!»

Wong Suriyamat unterbrach ihre Rede:

«Ihr vielen, die ihr mich hierher gebracht, wohin ist mein jüngerer Bruder gekommen?»

Die Höflinge antworteten:

«Wir sind deine Sklaven, göttlicher Herr! Dein Bruder schlief in jener Hütte!»

Voll Zorn entgegnete er:

«Wir beiden Brüder sind hierher gelangt, von Mutter und Vater getrennt und fern von unserer Stadt. Unser Glück und Unglück haben wir gemeinsam getragen. Warum habt ihr meinen Bruder verstoßen und ihn draußen vor der Stadt verlassen?»

«Wir sind deine Sklaven, göttlicher Herr! Sei nicht böse! Wir werden deinen Bruder sogleich in die Stadt und vor dein Angesicht führen.»

So sprachen die Höflinge und eilten zu jener Hütte. Aber sie fanden den Prinzen darin nicht. Da trennten sie sich voneinander und gingen, jeder in einer anderen Richtung, fort, um ihn zu suchen. Bestürzt kamen sie wieder, denn sie hatten keine Spur von ihm entdeckt. Sie traten vor König Wong Suriyamat und sprachen:

«Wir sind deine Sklaven, gottgleicher Herr! Ein Wunder ist geschehen. Wir, deine Fußsklaven, gingen auf die Suche nach deinem Bruder. Alle Bezirke des Reiches haben wir durchstreift. Aber gefunden haben wir ihn nicht. Da sind wir umgekehrt, um es dir zu melden.»

König Wong Suriyamat sehnte sich nach seinem jüngeren Bruder und jammerte:

«Ich werde sterben. Denn ihr seid allein zurückgekommen, habt meinen Bruder verworfen und alles getan, daß er heimatlos durch die Welt ziehen muß! Seht, ihr Herren! Wir zwei haben weder Vater noch Mutter noch Freunde. Jeden Tag nur sahen wir einander ins Gesicht. Nun ist mein Bruder dahin. Als Waise zog er einsam fort. Er weint. Sein Gesicht ist von Tränen gebadet. Niemanden hat er mehr, der ihn trösten könnte. Seine Heimat ist ihm verloren. Darum wird er sicherlich den Tod erleiden.»

*

Die Höflinge antworteten:

«Wir bitten dich, Herr! Laß eine Halle erbauen, an deren Wände wir die Bilder deiner traurigen Geschichte malen werden: Zuerst, wie dein königlicher Vater den Scharfrichtern befahl, euch Prinzen beide zu binden und hinzurichten. Dann, wie ihr beide der Todesgefahr entronnen und aus der Stadt geflohen seid. Und schließlich, wie ihr Brüder euch in der Rasthütte vor der Stadt zur Ruhe gelegt und wir Höflinge dich, den älteren Bruder, in die Stadt geleitet haben. Das alles laß dort in der Halle in Bildern erzählen, und laß dein Abbild in goldenen

Linien erstrahlen! Wenn dann die Wanderer und Heimatlosen kommen, um sich in der Halle auszuruhen, so laß ihnen Nahrung reichen aus Barmherzigkeit. Wenn dein jüngerer Bruder noch lebt und eines Tages auf seiner Wanderung in die Halle tritt, dann wird er die Geschichte dort verstehen. Weinen wird er vor Schmerz und Freude. Wir aber werden es sehen und erkennen: Jener Mann ist der Bruder unseres Herrn!»

König Wong Suriyamat tat, wie die Höflinge ihm geraten, und erfüllte, was sie vorgeschlagen.

*

Als Prinz Worawong von seinem Schlummer erwachte, war das Lager neben ihm leer. Er sprang auf und trat aus der Rasthütte: aber sein älterer Bruder war fort. Er weinte bitterlich und rief:

«Wir Brüder mußten von unserer Mutter getrennt durch die Welt wandern. Heißes Unheil suchte uns heim. Aber wir hatten jeder im andern den besten Freund. Jetzt bin ich verlassen. Mein Freund ist fort. Wo werde ich nun meine Nahrung finden? Wenn ich sterbe, wird mein Bruder es nimmermehr erfahren. Und ich habe nicht bemerkt, daß der Streifentiger kam, um meinen Bruder zu beißen und fortzuschleppen, nicht bemerkt, daß ein Riese gekommen oder ein Geist, um meinen Bruder zu fressen! Sein Leben ist dahin, wenn ein Tier ihn zerrissen.

Freilich: nichts ist übriggeblieben von ihm – wo doch sonst die Tiere einen Rest ihres Opfers liegenlassen! Muß ich da nicht vielmehr glauben, daß mein Bruder an mir eine Last empfand, die er mit sich schleppen mußte: Ja, deshalb hat er mich verlassen! Nun muß ich allein mein Glück suchen. Wo aber werde ich es finden? Bruder, du bist gegangen – so gehe in Frieden! Ich habe nun niemand mehr, der für mich sorgt gleich einem Vater. Denn wenn ich verzagt war, hast du mich, o Bruder, mit deinen Armen umfaßt und mich getröstet. Deine Tugend war groß! Unmöglich, daß du mich hier freiwillig meinem Schicksal überlassen hättest. Mein Unglück ist die Strafe für Verfehlungen, die ich in meinen früheren Leben auf mich geladen. Darum trifft mich nun das Elend der Trennung. So geschieht es mir recht!»

Prinz Worawong machte seinem Kummer Luft, und es wurde ihm leichter ums Herz, aus der Macht der Vernunft. Da begann er zu wandern. Er folgte irgendeinem Weg, der sich im Walde verlor. Bald wußte er nicht mehr, wo er war. Als es Schlafenszeit war, bettete er sich im Walde zur Ruhe. Und seine Schutzgötter wachten über ihm, daß er ohne Krankheit blieb und ohne Beschwerden.

*

Wenn Prinz Worawong vom Schlummer erwachte, ging er fort und wanderte bis zum Abend. So kam er schließlich zu dem Haus eines reichen Mannes. Er hoffte auf Mitleid und ging hinein zu den Sklavinnen des habgierigen Lophan, um von ihnen Nahrung zu erbitten.

«Ich bin euer Sklave, Mutterschwestern», sagte er, «und bitte euch um ein paar Bissen Reis. Denn ich habe meinen Weg verloren. Erwerbt euch Verdienste und tut Gutes an mir!»

Ein altes Mütterchen unter den Sklavinnen hatte Mitleid mit ihm und brachte eine irdene Schüssel voll Reis. Das gab sie ihm und sprach:

«Ich bin eine arme Frau und habe weder Fackel noch Kerze! Du mußt die Speise im Dunkeln verzehren!»

Der Prinz nahm die Schüssel und setzte sich draußen vor das Haus. Er holte seiner Mutter Diamanten hervor und legte sie auf den Rand der Schüssel. Im funkelnden Schein der Diamanten aß er sein Mahl.

Die Alte sah das Leuchten und dachte in ihrem Herzen: Woher mag er Fackel und Kerze genommen haben, jener Bettler? Sie schleicht sich heran und sieht, daß es Diamanten sind, die da leuchten. Sie eilt zu Lophan, dem Habgierigen, und sagt:

«Es ist jemand gekommen, der hat Diamanten auf seinen Eßnapf gelegt und speist nun im Schein ihres Lichtes. Dort draußen sitzt er vor dem Haus!»

Der habgierige Reiche ist ein Mensch, der nur einer Macht, der des Geizes, gehorcht. Kaum hatte er die Worte der Alten gehört, da ging ein Grinsen über seine Züge, und er ließ seine Sklavenknechte kommen. Er befahl ihnen, den Prinzen zu ergreifen und ihm die Glieder zu zerschlagen, denn er habe seine Diamanten gestohlen! Die Knechte rissen dem Prinzen die Steine weg, warfen ihm einen Strick um den Hals und zerrten ihn ins Haus. Der Prinz ächzte vor Schmerz und rief:

«Ich habe dir keine Diamanten gestohlen. Dies hier sind die Schmucksteine meiner Mutter, die sie mir zum Abschied geschenkt! Willst du sie haben, so nimm sie nur hin! Doch laßt mich gehen in Frieden!»

Der Reiche jedoch ließ den Prinzen in Ketten legen und übergab ihn dem Wächter der Räuber. So fiel der Prinz ins Unglück. Kein Essen brachte er mehr über die Lippen und duldete schwere Schmerzen.

*

Der Reiche hatte eine Tochter, Kharawi, die Redliche. Sie sah den Gefesselten und erkannte, daß er in großer Gefahr schwebte. Ihr Herz empfand Mitleid mit ihm, Freundschaft und Liebe. Das Begehren ihres Schoßes nach dem Manne aber erwuchs aus der Kraft der Liebe, die ihre Körper einst in einem früheren Leben vereinigt hatte.

Darum trat sie nun vor ihren Vater, hob die Hände flehend empor und sprach:

«Ich bin deine Sklavin, Vater! Begehe keine Sünde

und laß jenen Menschen frei, den du gebunden! Sieh dich vor und füge anderen nichts Böses zu, denn es fällt auf dich zurück!»

So sprach Kharawi und weinte. Ihr Vater, der Reiche, hörte ihre Worte und lachte und schalt sie aus:

«Pfui, du ungetreue Sklavin, du sittenlose und ehrvergessene Tochter! Du hast dein Herz an jenen Räuber gehängt und willst nun seine Liebe genießen! Du begehrst den Dieb und läßt deinen Vater vor Scham sein Gesicht verlieren. Ich werde dich umbringen!»

Verschüchtert lief die Tochter des Reichen davon. Sie schloß sich in ihre Kammer ein, rief eine vertraute Dienerin herbei und sagte:

«Hier hast du Silber und Gold. Geh damit zum Wächter der Räuber und sprich zu ihm: Dies alles sollst du haben, aber laß jenen Dieb frei und nimm ihm die Fesseln ab im Kerker!»

Die Sklavin nahm das Silber und Gold, gab es dem Kerkermeister und sagte:

«Du kannst dir dies alles verdienen, wenn du den Diamantendieb freiläßt und ihm im Kerker die Fesseln abnimmst.»

Der Wächter der Räuber nahm das Silber und Gold und befreite den Körper des Prinzen von den quälenden Kerkergeräten.

Kharawi buk nun Kuchen und kochte Reis und Speisen und bereitete Betel. Sie befahl, es dem Prinzen zu bringen. Da vergingen seine Leiden, und nach zwei bis drei Tagen war er genesen und lebte gesund in jenem Gefängnis.

*

Es kam eine Zeit, da wollte Lophan, der Reiche, zum Handel in ein fernes Land fahren. Er packte seine Waren zusammen und schleppte sie auf ein Schiff. Dann warf er den Prinzen hinab in den Kiel. Kharawi litt schwere Not, als sie es sah, denn nichts fürchtete sie mehr, als von dem Prinzen getrennt zu werden. Darum ging sie zu ihrem Vater und flehte ihn an:

«Bitte, nimm mich mit, denn auch ich möchte die fremden Länder sehen, die du bereist.»

Der Reiche ward zornig. Boshaft beschuldigte er seine Tochter.

«Du treuloses Weib, das du Unzucht getrieben mit dem Räuber! Wenn du ihm folgen willst, wohlan, so werde ich dich nicht mehr zurückbringen!»

Kharawi jedoch ließ nicht locker. Sie schmeichelte ihrem Vater mit süßen Worten. Als sein Zorn sich legte, warf sie sich ihm zu Füßen und heulte und jammerte mit lauter Stimme:

«Wenn du gehst, Vater, werden Fieber und Krankheit dich heimsuchen, und niemand wird da sein, der dich pflegt und liebt. In Not und Schmerzen wirst du sterben!»

Lophan hörte die Worte seiner Tochter und wurde anderen Sinnes. Er freute sich über die Treue seiner

Tochter, denn er nahm ihre Worte für Wahrheit. Da führte er sie auf das Schiff.

Der Tag der glückbringenden Vorzeichen war gekommen, und der Reiche rief seine Sklaven und Knechte herbei, denn sie sollten das Schiff in den Strom hinausstoßen. Trotz allen Anstrengungen jedoch gelang es ihnen nicht, das Schiff vom Ufer zu lösen. Da ließ der Reiche den Prinzen die Fahne erheben hoch über das Haupt des Schiffes und das Tuch langsam hin- und herschwenken. Kaum hatte der Prinz die Fahne ergriffen, da bewegte sich das Schiff, und langsam trieb es aus dem Hafen. Jeder, der es sah, freute sich über die Tugend des Prinzen.

Der Reiche konnte den Prinzen nun nicht mehr töten. Darum verbitterte noch tieferer Haß sein Herz. Wegen dieser Sünde des Reichen hielt der Ozean sein Schiff viele Tage auf seinen Wassern fest. Erst spät gelangten sie zum Hafen der Stadt Khura Nakhon.

*

Wenn jemand fragt, was es mit dieser Stadt Khura Nakhon auf sich hat, so lautet die Erklärung so:

Diese Stadt heißt Khura Nakhon, denn es ist die Stadt des Säureteiches. An diesem Teich steht eine gewaltige Steinsäule. In der Säule aber wohnt der Geist eines Riesen.

Darum erhielt die Stadt den Namen Khura Nakhon, Stadt des Säureteiches!

In die Steinsäule gemeißelt steht eine Inschrift: «Jener Mensch, der diese Säule aus ihrer Grundfeste lösen und mit dem Schwert den Riesengeist erschlagen kann, wird Verdienste erwerben unendlich.»

Alle drei Jahre verwandelt sich das Wasser in diesem Teich zu ätzender Säure. Dann tritt der Geist aus der Säule hervor und frißt den König auf, der in der Stadt regiert. Sobald also ein König drei Jahre regiert hat, kommt der Geist herbei und frißt ihn auf. Dann wird ein neuer König gewählt, der die Schätze übernimmt. Und der Geist frißt auch ihn, und ein anderer steht auf an seiner Statt, und so fort in Ewigkeit.

Damals herrschte Phusarat, der Mächtige König, in jener Stadt und verwaltete ihren Königsschatz. Lophan ging zu ihm und überreichte ihm seine königlichen Geschenke. Er sprach zu König Phusarat: «Ich, dein Fußsklave, habe einen Räuber gefangen, den ich dir schenken will.»

König Phusarat hört es und denkt:

Wenn der siebte Tag voll ist, wird der Geist kommen und mich holen, denn ich soll seine Speise sein. Das darf nicht geschehen! Ich werde diesen Räuber statt meiner regieren lassen. Wenn der Geist kommt, wird er den Räuber fressen. Ich bin der Todesgefahr entronnen und kann den Königsschatz behalten.

So dachte er und sprach:

«Großreicher Mann! Bringe mir jenen Räuber!»

Er befahl seinen Beamten, den Reichen zu begleiten. Sie kamen zum Schiff und zerrten den Prinzen heraus und trieben ihn mit Schlägen und Tritten vor sich her zum Palast. Der Prinz mußte es erdulden, doch vor Schmerz strömten ihm die Tränen aus den Augen und badeten sein Gesicht.

Kharawi sah es mit an, und ihr Herz wollte zerspringen und in sieben Teilen aus ihrer Brust hervorbrechen. Ohnmächtig sank sie hin.

*

Die Beamten des Königs führten den Prinzen vor Phusarat. Als der König die vornehme Gestalt des Prinzen sah, ward Mitleid in seinem Herzen geboren. Er hielt eine königliche Rede und sprach:

«Fremdling, oh, du bist noch ein kleiner Knabe und hübsch von Gestalt und Gliedern. Du hast die Raubsünde auf dich geladen und schämst dich nicht, sprich!»

Der Prinz grüßte den König ehrerbietig und erzählte:

«Ich bin dein Sklave, göttergleicher Herr. Ein Räuber bin ich nicht. Meine Mutter gab mir die Diamanten. Der Reiche hat sie mir entrissen und sprach das Lügenwort! Er hat mich bestraft und gefangen. In Ketten hat er mich hergeführt!»

Der König hörte die Geschichte und antwortete:

«Jüngling, verzage nicht! Ich werde dich nähren und dir die Königsschätze dieser Stadt übergeben!»

Der Prinz entgegnete:

«Ich bin dein Sklave, Götterherrscher! Mein Schmerz ist noch nicht gestillt, und den Seelenfrieden habe ich verloren. Wie kann ich da die Stadt regieren?»

Der Große König fragte:

«Was verursacht deinen Kummer?»

«Ich bin dein Sklave, gottgleicher Herr! Ich bin von meiner Stadt getrennt und von Vater und Mutter. Mit meinem Bruder zog ich einst aus. Jetzt bin ich allein.»

Und nun erzählte er die ganze Geschichte, von Anfang bis zu Ende, denn der König sollte alles wissen!

König Phusarat hörte es mit an und sagte:

«Ich weiß, daß du ein Räuberkind bist. Sehr zweifelhaft ist, ob du aus königlichem Blute stammst und auf dem Wege zur Erleuchtung! Darum geh und lies die Buchstaben, die in die Steinsäule gemeißelt sind. Wenn du den Geist getötet hast, daß er stirbt – dann magst du die Stadt regieren!»

Der Prinz wird zu jener Säule geführt und liest die eingemeißelten Buchstaben. So erfährt er von dem Fluch, der auf der Stadt liegt. Er denkt in seinem Herzen:

Ich werde die Säule umreißen, das Schwert packen und den Riesengeist erschlagen!

Freudig kehrte er zum König zurück und sprach: «Ich bin dein Sklave, göttlicher König! Fürchte dich nicht und verliere nicht dein Herz! Sondern bewahre ewiges Glück in deinem Herzen! Denn ich weiß, o König, wer die Säule ausreißen kann: das bin nur ich allein. Komm und schau mir zu am siebten Tage. Aber zuvor, o König, befiehl dem Reichen, er möge meine Diamanten bringen und sie mir zurückgeben. Ich werde die Diamanten nehmen und sie zu meinen Soldaten machen, wenn ich mit dem Geist kämpfen werde.»

Sogleich befahl König Phusarat dem reichen Lophan, die Diamanten herauszugeben. Als der Prinz sie wieder hatte, war seine Freude groß, fast so groß, wie wenn er das Gesicht seiner Mutter wiedergesehen hätte. Er hob die Diamanten an seinen Mund und küßte sie und legte sie sich aufs Haupt.

König Phusarat ließ nun den Prinzen im heiligen Wasser baden und befahl, ihn mit den Zeichen der königlichen Macht zu schmücken. Er ließ den Prinzen Speisen von angenehmstem Geschmack kosten und nährte und pflegte ihn gleich einem Sohn, aus den eigenen Lenden geboren.

Schnell verbreitete sich die Kunde davon über alle Länder.

*

Als der siebte Tag erreicht war, kamen alle Bewohner des Landes aus den kleinen und großen Himmelsrichtungen herbei zur Stadt. Manche zeigten Schmerz und Trauer, andere wieder Freude und Glück. Sie standen auf dem Platz vor dem Palast und warteten darauf, daß der Geist den König fressen sollte.

König Phusarat befahl seinen Kriegern, hinzugehen und die steinerne Säule auszureißen. Sie packten alle gemeinsam an, aber die Säule bewegte sich nicht, und kraftlos sanken die Krieger um. König Phusarat entsetzte sich in seinem Herzen, als er es sah, und flehte den Prinzen an, ihn zu retten:

«Sieh, Lieber, alle meine Soldaten sind ohnmächtig zu Boden gefallen. Nicht ein einziger Mann hier im Reich könnte die Säule bezwingen. Darum, lieber Sohn, versuche du es und reiße die Säule aus mit deiner gewaltigen Kraft!»

Der Prinz schritt an die Säule heran und sprach ein Gebet:

«Ich bin der Sklave von euch, ihr Götterherren alle, dort oben im Himmel. Wenn ich wirklich dazu bestimmt bin, dereinst die Erleuchtung zu finden, so laßt die Säule sich herausheben aus der Erde, sobald ich Hand an sie gelegt!»

Nun kamen die Götterherren herbei, voran der Götterherrscher In. Sie versammelten sich in der Luft mit großem Getümmel, denn sie wollten dem Prinzen helfen, die Steinsäule herauszuziehen.

Der Prinz macht sich bereit. Er denkt an seine Tugenden und Verdienste, an die vielen guten Taten, die er vollbracht: an die milden Gaben, die er verschenkt, an die Gebote, die er befolgt, an sein Leben als Mönch, an die Klugheit, Beharrlichkeit, Geduld, Wahrheit, Entschlossenheit, Barmherzigkeit und den Gleichmut seines Herzens.

«Sie alle, meine Tugenden», sagt er, «mögen kommen und mich an allen Seiten umgeben und mir helfen im Kampf mit dem Geist!»

So spricht er und tritt an die Säule heran. Er zieht die Säule glücklich heraus und findet in ihrer Grundfeste ein Schwert. Er ergreift es und stößt die Säule ins Wasser. Mit lautem Krachen schlägt sie auf der Wasserfläche auf und zerfällt in Staub und Pulver. Große Wunder werden da offenbar. Der Erdboden erbebt und dröhnt auf, und es ist wie der donnernde Ruf eines wilden Elefantenbullen. Die Götter des Himmels bis hinauf zu dem Himmelsgott Phrom klatschen Beifall. König Phusarat ergreift das Wort und sagt:

«Das Werk, das du hier vollbracht, zeugt von größter Vollkommenheit. Aber nun wird sogleich der Riesengeist erscheinen und erblühen in der Gestalt einer heiligen Lotosstaude.»

Noch einmal betet der Prinz:

«Wenn ich wirklich so viele Verdienste gesammelt habe, daß ich zum König in dieser Stadt werden kann, so bitte ich nur um eines: daß diese Diamanten, wenn ich sie ins Wasser werfen werde, nicht untergehen mögen!»

So betete er und warf die Diamanten in den Teich. Da fielen sie hin, doch gingen sie nicht unter, sondern ruhten auf dem Rücken des Wassers. Der Prinz stieg mit dem Schwert in der Hand in den Teich hinab. Die Diamanten kamen und legten sich in einem großen Kreis um ihn herum und schützten ihn wie ein Kleinod der Schrein. Der Geist schoß herauf und blühte empor als Lotos. Der Prinz zerhieb mit dem Schwert die Blüte, und da wurde es offenbar: Die Staude verwandelte sich in einen Riesen, der tot auf dem Wasser dahintrieb. Götter und Menschen freuten sich und klatschten der segensreichen Tat Beifall, und in aller Mund war das Lob des Siegers.

*

König Phusarat umarmte und liebkoste den Prinzen.

Er sagte:

«Sieh, du Lieber, du hast mir das Leben gerettet. Dafür will ich dir meine Tochter schenken, Makut, das Diadem, die Göttliche! Wir werden die Hochzeit feiern und das Weihefest, und du sollst die Königsschätze der Stadt haben!»

Der Prinz antwortete:

«Ich bin dein Sklave, göttergleicher König und Herr! Meine Gattin heißt Kharawi und ist die Tochter des reichen Lophan. Ich bin nämlich schon lange verheiratet!»

Der König entgegnete:

«Was macht das? Du sagst, du hast schon eine Frau. Viele Männer doch gibt es, die haben zwei Frauen und mehr! Du sollst zwei Gattinnen haben, eine zur Rechten und eine zur Linken!»

Dann befahl er seinem Gefolge, Kharawi herbeizuholen. Er redete sie an:

«Sieh, Mutter Kharawi, du bist eine gute Frau. Makut aber, meine Tochter, auch sie ist gut. Darum: seid freundlich zueinander und liebt euch wie Geschwister, die aus einem Leibe geboren. Helft einander und dient eurem Gatten!»

Kharawi erwies dem König die Ehre. Sie nahm seinen Befehl an und sagte:

«So sei es! Was du mir in deiner Gnade befohlen, es möge geschehen!»

Alsbald ließ der König die heilige Weihefeier vollziehen, die volle sieben Tage dauerte. Dann stieg der Prinz auf den Thron und herrschte. Sein Ruhm breitete sich aus über alle Lande: In Khura Nakhon gibt es einen gewaltigen König. Er heißt Worawong und hat viele Verdienste. Den Riesengeist hat er totgeschlagen, und nun verwaltet er den Königsschatz der Stadt.

König Worawong ließ voll Ehrfurcht den heiligen Stadtgeist wieder zurückholen in die Stadt, den Schutzgeist, den vor Zeiten der Geisterriese vertrieben und der seither auf dem Rande des Kreisgebirges Djakrawan saß und sich nach seiner Stadt sehnte. Der König machte dem Geist gewaltige Geschenke und lud ihn ein, in den heiligen Geisterschrein der Stadt zurückzukehren. Der Stadtgeist kannte die Tugend des Königs und entsprach seinem Wunsch. Er schenkte ihm einen Diamanten von großer Macht und verriet ihm, wie jener Diamant zu brauchen sei:

«Ich bin dein Sklave, göttlicher König», sagte er, «dieser Diamant hat große Kraft. Wenn du, Herr, auf der Luftschicht spazierengehen willst, so mögest du den Diamanten halten. Was auch immer dein königlicher Wunsch sein wird, dieser Diamant wird ihn erfüllen!»

König Worawong nahm das Geschenk und herrschte in Frieden lange Zeit.

*

Eines Tages, zur Mitternachtsstunde, dachte der König zurück an seinen älteren Bruder. Sorge und Kummer drückten ihn. Er dachte:

Seit ich Großkönig bin, habe ich nichts mehr erfahren von meinem Bruder, ob er noch lebt oder was sonst mit ihm geschehen sein mag.

So dachte er, und am Morgen trat er vor seinen königlichen Schwiegervater. Er gab ihm den Königsschatz zurück und sagte:

«Ich will von dir Abschied nehmen, um meinen Bruder zu suchen.»

König Phusarat vernahm die Rede, seine beiden Augen füllten sich mit Tränen, und er sagte:

«Du willst fortgehen und deinem geliebten Bruder folgen. Dein Vater wird es dir verbieten! Denn es gehört sich nicht: was soll aus deinen beiden Gattinnen werden? Willst du sie mitnehmen oder nicht?»

Worawong antwortete:

«Ich bin dein Sklave, gottgleicher Herr! Ich werde dir Makut, die Göttliche, zurückgeben und nur Kharawi mitnehmen, das ist genug, denn schon lange waren wir Freund und Freundin miteinander!»

Als Makut die Worte ihres königlichen Gatten vernahm, konnte sie ihren Schmerz nicht mehr bezwingen. Weinend flehte sie ihn an:

«Ich bin deine Sklavin, königlicher Herr! Bitte, wirf mich nicht fort! Nimm mich mit. Laß auch mich deine Freundin sein! Wir wollen zu dritt unser Glück und Elend tragen! Zusammen wollen wir die kleinen und großen Wälder durchziehen. Wenn wir uns nur ansehen, so wird das genug sein, unsere Herzen zu erquicken auf dem Weg, den wir gehen. Weise mich nicht zurück und nimm nicht nur Kharawi mit, denn welche Sünde habe ich begangen, daß du mich verlassen willst? Wenn du deine Fußsklavin zurückstößt, werde ich sterben, denn der Tod ist mir dann lieber als das Leben. Oh, welche Qual ist es doch, als Frau in die Welt geboren zu sein! Ich bin deine Sklavin, Herr des Königswagens! Laß mich dir folgen!»

Worawong, der große König, gab zur Antwort:
«Ich weiß, daß du nichts Böses getan hast! Gewiß:

du bist meine geliebte Frau. Aber ich werde über den Luftweg gehen. Wie soll ich euch beide umarmen auf der Reise? Darum: bleibe du hier bei deinem Vater! Laß deinen Bruder ziehen! Es wird nicht lange dauern, dann bin ich zurück. Warte auf mich und sei nicht traurig, daß du ein Weilchen von mir getrennt bist!»

König Worawong sprach vor König Phusarat die ehrenden Formeln des Abschieds. Dann umarmte er Kharawi und stieg die Freitreppe empor. Er hielt den Diamanten in der Hand und flog auf in die Luft. Die vielen Leute innerhalb und außerhalb der Stadt folgten dem Beispiel der Prinzessin Makut und weinten.

*

Die beiden Königlichen flogen durch die Luft. Als es Abend wurde, sahen sie im großen Walde eine Einsiedlerhütte. Sie ließen sich aus der Luft herab, traten ein, legten die Hände zum Gruß zusammen und ließen sich in einiger Entfernung nieder.

Der Einsiedler fragte:

«Ihr beide, wo kommt ihr her?»

«Wir sind deine Sklaven», antwortete der Prinz. «Wir kommen aus Khura Nakhon und bitten dich, gib uns ein Nachtlager. Laß uns diese Nacht bei dir bleiben! Sobald die Morgenröte sich erhebt, werden wir von dir Abschied nehmen und gehen.»

Der Einsiedler fragte:

«Ihr zwei, wie lange seid ihr schon unterwegs?»

«Seit der Morgenstunde! Als der Abend kam, sahen wir deine Hütte.»

«Ich habe gehört, daß Khura Nakhon in der äußersten Ferne liegt. Wie kommt es, daß ihr nur einen Tag für diese Strecke gebraucht habt?»

«Wir kamen auf dem Luftweg durch die Macht eines Diamanten.»

Als der Einsiedler das hörte, dachte er:

Wenn diese zwei Menschen schlafen, werde ich den Diamanten wegnehmen und davonfliegen.

Der Prinz und Kharawi waren müde, und ihre Glieder schmerzten von der Reise. Früh legten sie sich schlafen. Der Einsiedler lief hin und her. Als er merkte, daß die beiden schliefen, schlich er sich – leise, leise – heran und zog ihnen den Diamanten weg. Er flog damit davon.

Als der Prinz vom Schlummer erwacht, findet er den Diamanten nicht mehr und sieht auch den Einsiedler nicht in der Hütte. Er weckt Kharawi und sagt:

«Sieh, du mit dem hübschen Gesicht, der Einsiedler hat uns den Diamanten gestohlen und ist damit geflohen!»

Kharawi umfaßt die Füße des Gatten und weint:

«Ich bin deine Sklavin, königlicher Herr! Wohin wollen wir nun gehen? Wer wird uns den Weg aus diesem Wald zeigen? Ziellos werden wir uns durch das Dickicht winden, mit wilden Tieren, Tigern und anderen Ungeheuern. Wir werden sterben, daran gibt es keinen Zweifel.»

Der Prinz streichelt und liebkost Kharawi, küßt ihr Gesicht und redet auf sie ein:

«Sieh her, du mit dem hübschen Gesicht! Eine böse Untat müssen wir begangen haben! Wir haben geglaubt, daß der Einsiedler den Geboten treu sein würde. Wir haben keinen Verdacht gehabt, daß er ein krummer, unehrlicher Mann sein könnte. Er aber fürchtete sich nicht vor der Sünde. Es heißt, daß Einsiedler in der Gnade leben, geschmückt durch die Verklärung des Glaubens, dem Lebensgesetz der Weisen folgend. Sieh, du mit dem hübschen Gesicht! Seit frühester Zeit kanntest du nur die Zufriedenheit. Als du noch im Palast deines reichen Vaters lebtest, warst du im Glück. Jetzt findest du dich wieder auf dem Pfad der Schmerzen. Du mußt deine Füße benutzen zum Laufen, und essen kannst du nur Sorge und Kummer. Du trägst ein Kind in deinem Schoß und mußt doch durch Dornen und Dickicht gehen, den bösen, wilden Tieren ausgeliefert. Welche Schmerzen stehen uns bevor auf dem Weg der Not, der nun für uns beginnt?»

Worawong weint. Er nimmt seine Gattin an die Hand, aber welche Richtung er einschlagen soll, das weiß er nicht. So wanderten sie hin und her in den großen und kleinen Himmelsrichtungen, auf dem Weg der Trübsal.

*

Der Prinz redete seine Gattin an:

«Sieh her, du mit dem hübschen Gesicht! Wenn in diesem Wald ein Dämon wohnt und er erscheint vor uns – was sollen wir dann tun? Denn ich habe keine Waffe in der Hand! Wenn ich nur ein Schwert hätte, ich würde mich sogar vor Geistern nicht fürchten!»

Als der Prinz und seine Gattin am Ende ihrer Kräfte waren und nicht mehr weitergehen konnten, hielten sie an und setzten sich unter einen Gummibaum. Der aber gehörte einem bösen Geist!

Als er das königliche Paar kommen sah, eilte er herbei und schrie die beiden mit grölender Stimme an. Der Prinz schlug die Augen auf und erkannte den Geist. Er riß seine Gattin an der Hand hoch und floh mit ihr in den Wald. Der Geist jagte ihnen nach und ergriff auf seinem Wege große und kleine Bäume und knickte sie um. Schließlich war der Strand des Ozeans erreicht. Der Geist mußte zurückbleiben in seinem Reich. Die beiden Königlichen aber stürzten sich in die Fluten und schwammen davon.

Der Prinz sprach zu seiner Gattin:

«Der Große Ozean ist ein fürchterliches Wasser. Überall gibt es Gefahren. Er ist die Wohnung des Fischgeschlechts. Nur wer zu den Fischen freundlich ist, dem werden sie nichts tun.»

Während er noch sprach, war ein Sturm aufgekommen. Mächtige Wolken ballten sich am Himmel zusammen. Schwere Regentropfen fielen herab. Der Bauch des Lufthimmels wurde schwarz, und Dunkelheit senkte sich nieder, so daß man die großen und kleinen Richtungen nicht mehr unterscheiden konnte. Die Wellen warfen die beiden Schwimmer hin und her, bis ihre Körper erschlafften und ihre Kraft erlahmte. Da wurden sie voneinander abgetrieben und getrennt.

*

Als die Dämmerung des Morgens den Himmel bezog, warfen die Wellen den Prinzen auf den Strand. Er kletterte an der Uferböschung hoch und machte sich auf die Suche nach seiner Gattin. Lange ging er den Strand entlang. Aber er fand sie nirgends. Da klagte er in seinem großen Jammer:

«Oh, welche Sündenbosheit haben wir in unserem früheren Leben begangen! Dein Bruder hat dich umfangen, als wir uns dem Meer anvertrauten. Heute nacht wurdest du von einer Welle gepackt, und meine Hände waren leer, als ich weiterschwamm, über das tiefe Meer dahin. Nun stehe ich am Strand und sehe dich nicht, und der Rücken des Wassers ist leer. Das Fischvolk wird dich auf dem Großen Ozean überfallen und getötet haben. Als du am Ende deiner Kräfte warst, wirst du untergegangen sein. Oh, du Geliebte, nun ist dein Bruder allein!

Oder bist du bereits ans Ufer gelangt und gehst im Walde umher, den Gatten zu suchen? Du siehst mich nicht und denkst, daß ich gestorben bin. So läufst du allein und verlassen hin und her. Niemand wird mir mehr soviel Gutes erweisen wie du. Du hast mir geholfen vom ersten Augenblick an, als ich noch ein armer Bettler war, bis zu der Zeit, da ich König wurde. Der Einsiedler hat das alles verschuldet. Er hat uns den Diamanten gestohlen und ist damit geflohen. Wenn wir ihn behalten hätten, nie wären wir in solche Not gekommen. Ich bitte euch, In und Phrom, Herren der vier Weltrichtungen und alle Götterherren in den sechs Schichten des Himmels und euch, ihr Götter des Großozeans, helft mir und holt mir den Diamanten zurück! Wendet unser Schicksal zum Glück! Laßt uns einander nicht vergessen! Führt uns zur Freude wieder zusammen!»

So betete der Prinz. Seinen Körper konnte er nicht mehr aufrecht halten, und ohnmächtig fiel er auf den Strand nieder. Nicht lange, so kam er wieder zur Besinnung. Aber sein Herz war voll Schwermut, denn er glaubte, daß seine Gattin tot sei:

«Der Kummer wird ihr Herz mit seinem Feuer verbrannt haben...»

Der Prinz erhob sich aus dem Sande und ging fort. Er trauerte um seine Gattin, ging im kleinen und großen Walde hin und her und fand nicht heraus.

*

Sieben Tage und Nächte war er schon auf der Wanderung. Da kam er zu einer Stadt, die hieß Ayamat.

Der Einsiedler, der den Diamanten gestohlen hatte, war damals zu hoch hinauf geflogen. Er war vom Säurewind erfaßt worden, und mit geborstenem Schädel lag er nun vor der Stadt Ayamat auf dem Erdboden. Kaufleute fanden ihn dort, nahmen den Diamanten auf und brachten ihn dem König Wong Suriyamat. Er möge ihn in seiner Rasthalle in einem gläsernen Schrein zur Schau stellen.

Als der Prinz in die Stadt Ayamat hineinschritt, kam er auch an jener Rasthalle vorbei. Er trat ein und ließ sich zu essen geben. Dann ging er in der Halle herum und besah sich die Gemälde. Er erkannte das Bild seines Bruders und wußte, was für ein Diamant das war im Schrein. Er ging weiter und sah das Bild der Brüder, wie sie der Mutter entrissen wurden. Als er zum dritten Bild kam, sah er die Brüder in der Hütte schlummern. Seine Glieder versagten. Ohnmächtig sank er zu Boden.

Als die Dienerschaft das sah, wunderte sie sich sehr und meldete es dem König. Wong Suriyamat hörte die Nachricht und stieg sogleich auf den Hals seines Königselefanten. Geschwind ritt er zur Rasthalle hinüber. Beim Näherkommen erkannte er seinen jüngeren Bruder, sprang ab, umarmte und drückte ihn und streichelte sein Haupt unter Tränen. Auch König Worawong, der Jüngere, erkannte seinen Bruder, erwiderte herzlich seine Umarmung und weinte mit ihm.

Die Könige seufzten, denn die Trennung voneinander war schrecklich gewesen für sie, so schlimm wie der Tod eines Menschen, der in der Blüte seiner

Kraft auf den Scheiterhaufen geworfen wird. Ohnmächtig sanken sie beide zu Boden. Als das Gefolge und die vielen Diener die Könige fallen sahen, legte sich schweres Mitleid auf ihre Herzen und drückte auch sie in den Staub. Gefällt lagen sie alle da, wie ein Holzwald, der vom Sturmwind erfaßt niederbricht und daliegt ohne Leben, dem Erdboden gleich.

*

Als die beiden Könige wieder zur Besinnung kamen, fragte der jüngere den älteren Bruder:

«Ich bin dein Sklave, Herr, gleich dem Götterkönig so groß! Als du mit mir, deinem Fußsklaven, in der Hütte geschlafen und mich dann verlassen hattest, wohin bist du da gegangen?»

Der ältere Bruder antwortete:

«Sieh erst, lieber jüngerer Bruder! Was sagst du da? Ich werde dir alles erzählen! Hör zu! Als wir zwei in der Hütte schliefen, da kamen die Bürger und Beamten dieser Stadt und die königlichen Räte. Sie hoben mich auf und trugen mich auf den königlichen Wagen. So führten sie mich in die Stadt hinein. Als ich erwachte, sah ich meinen jüngeren Bruder nicht mehr. Ich jagte alle Knechte hinaus zu der Hütte. Sie sollten dich holen. Als sie aber dort ankamen, warst du schon fort. Nun schwärmten sie aus. In allen Himmelsrichtungen suchten sie dich. Aber sie fanden dich nicht und kehrten schließlich heim. Da ließ ich diese Rasthalle bauen und gab Almosen den Armen auf ihrer Wanderung. Denn ich wollte dich, lieber Bruder, wiederfinden. Seit ich von dir getrennt wurde, hat mein Glück mich verlassen. Ich aß nur Sorgen bis heute, da ich dein liebes Gesicht wiedersehe. Nun aber erzähle du! Wohin bist du gegangen, als wir getrennt wurden, war es zum Glück oder Unglück?»

Der jüngere Bruder antwortete:

«Ich bin dein Sklave, mein Bruder! Als ich von der Trennung geschlagen und von Unglück und Kummer bedrückt als Waisenkind durch den Wald ging, kam ich zum Hause des reichen Lophan. Der Habgierige hat mir meine Diamanten entrissen und mich zerschlagen und geschunden in den Kerker geworfen. Die Tochter des Reichen jedoch, Kharawi, sah mich und fühlte Mitleid mit mir. In ihrer Liebe bestach sie den Kerkermeister, und er nahm mir die Fesseln ab. Dann gab sie mir zu essen, daß ich nicht starb.

Später fuhr der Reiche Lophan nach Khura Nakhon, um dort Handel zu treiben. Er nahm mich mit und verschenkte mich an den König jenes fremden Landes, an Phusarat. Denn er hoffte, Phusarat werde mich töten. Am siebten Tage kam ein Riesengeist und wollte den König fressen. Ich riß die Steinsäule, die seine Wohnung war, aus ihrer Grundfeste heraus und schlug den Geist tot. Zum Dank schenkte Phusarat mir seine Tochter Makut und den Königsschatz der Stadt. Ich aber entgegnete, daß ich bereits eine Frau hätte, die Tochter jenes Reichen! Da ließ König Phusarat mich mit Kharawi feierlich segnen und weihte sie zu meiner Ersten Gattin. Makut, die Göttliche, wurde zu meiner Zweiten Gattin geweiht, und mir selbst wurde mit den Königsschätzen der königliche Segen erteilt.

Dein Fußsklave, o Bruder, regierte nicht lange, da dachte ich an dich, unter dessen Fuß ich hier liege. Ich nahm Abschied von meinem Schwiegervater und stieg die Freitreppe empor, Kharawi umarmend und einen Diamanten haltend, den mir der Schutzgeist der Stadt geschenkt als Dankesgabe für meine Tugend. Bis zum Abend flog ich über den Luftweg dahin. Dann trat ich mit meiner Gattin in die Blätterhütte eines Weisen. In der Nacht stahl der Einsiedler mir den Diamanten und floh. Nun mußten wir den Wald auf den eigenen Füßen durchqueren. Wir trafen auf unserem Wege einen Dämon, der dort ebenfalls umherstreifte. Er sah uns und jagte uns vor sich her durch die Nacht. Als wir den Strand des Großozeans erreicht hatten, stürzten wir uns in die Fluten und schwammen davon. In der Mitternachtsstunde kam ein gewaltiger Sturm auf. Meine liebe Frau, schwanger und schwer, wie sie war, wurde vom Wasser des Meeres verschlungen und war verloren. Ich aber erreichte das Ufer, suchte die Gattin, aber fand sie nicht. So kam ich schließlich in diese Stadt.»

König Wong Suriyamat küßte seinem Bruder das

Haupt, streichelte ihm mit der rechten Hand den Rücken und sagte:

«Lieber, überlaß dich nicht der Schwermut! Ich werde dir die Hälfte meines Königsschatzes geben, und gemeinsam werden wir über mein Reich herrschen.»

Mit diesen Worten führte der König seinen jüngeren Bruder in die Stadt hinein.

*

Alsbald übergab König Wong Suriyamat seinem Bruder den Diamanten der Kaufleute und sagte:

«Sieh her, lieber Bruder, hier ist dein Diamant. Prüfe ihn und sieh, ob es wirklich der deine ist!»

Aber er brauchte den Diamanten nur anzuschauen, um zu wissen, daß es seiner war. Er sagte es dem König, und Wong Suriyamat ließ seinen Bruder das Kleinod behalten. Nun sprach er zum König:

«Ich bin dein Sklave, mein König und Herr! Laß mich gehen, denn ich will Makut herbeiholen und sie dir zu Füßen legen.»

König Wong Suriyamat entgegnete:

«Der ältere Bruder wird es dem jüngeren verbieten! Denk doch an Kharawi, deine verschollene Erste Gattin! Du hast sie hierherführen wollen, aber unterwegs hast du sie verloren. So wird es auch Makut ergehen! Wenn du aber unbedingt gehen willst, wohlan, doch bleib mir nicht lange fort!»

Worawong hielt den Diamanten empor und wurde

von ihm durch die Luft gezogen bis hinüber nach Khura Nakhon. König Phusarat und seine Gattin saßen mit Prinzessin Makut am Fenster, als er ankam. Es wurde ihnen wohl im Herzen. Sie luden ihn ein, auf dem Thron Platz zu nehmen, und fragten nach Neuigkeiten von Kharawi. Der Prinz erzählte ihnen alles, was ihm unterwegs widerfahren war. Die drei Königlichen hörten, was geschehen war, und konnten ihren Schmerz nicht zurückhalten. Sie weinten. Als sie wieder zur Ruhe kamen, flehte der Prinz seinen Vater an, er möge die Königsschätze behalten, und fuhr fort:

«Mein älterer Bruder ist König in Ayamat. Er wünscht, die schöne Makut sich anzuschauen. Daher hat er mir befohlen, die Prinzessin herbeizuholen. Wirst du gehen, liebe Makut, oder nicht?»

Prinzessin Makut gibt zur Antwort:

«Was sprichst du da, Herr? Natürlich will ich dir folgen! Ich werde gehen, wohin du mich auch führst, denn ich bin deine Sklavin!»

Als König Phusarat das hörte, weinte er und sprach:

«Lieber Sohn, als du das letztemal fortgingst, da hast du eine Frau mitgenommen und sie unterwegs verloren. Warum willst du die andre nun auch ins Unglück führen?»

So sprach er und gab dem Prinzen zum Abschied eine königliche Gabe: ein Schwert. Der Prinz nahm es an und führte dann seine Gattin, Urlaub zu nehmen von den Eltern. Er erhob sich mit ihr in die Lüfte und flog an jenem Tage ganz bis nach Ayamat. Sie traten vor König Wong Suriyamat zur ehrenden Begrüßung und setzten sich dann in einiger Entfernung nieder. König Wong Suriyamat betrachtete die Göttliche Makut und freute sich ihres Anblicks. Er lobte und pries ihre Schönheit und sprach:

«Ihr beide, Mann und Frau, seid von großer Schönheit. Wenn man euch vergleicht, so denkt man an edles Gold, das ein blitzender Diamant verziert. Ich wünsche euch, daß ihr mehr als tausend Jahre lebt! Aber vergeßt nicht Kharawi, die aus Treue starb inmitten des Großen Meeres.»

*

Kharawi aber lebte! Als sie drei Tage auf des Großozeans Mitte getrieben hatte, da wurde sie ans Ufer geschwemmt. Ihr Körper war völlig ausgezehrt; aber sie schleppte sich durch den Wald, um ihren Gatten zu suchen, und jammerte dabei leise vor sich hin:

«Lieber Mann, wo bist du? Bist du schon ans Ufer gekommen, oder nicht? Bist du inmitten des Meeres umgekommen? Oder lebst du bereits wieder im Glück? Warum kommst du dann nicht, um deiner Fußsklavin zu helfen? Hast du kein Mitleid mit mir? Du solltest wenigstens Mitgefühl haben für den Königssohn, der in meinem Schoße wächst! O weh, lieber Gatte, oh, Worawong! Hast du das Ufer erreicht oder nicht? Wenn du dich gerettet hast, so komm und hole mich ab! Dann werde ich wieder glücklich sein und mein Herz nicht mehr bedrückt und heiß. Ich habe genug Unglück gehabt, darum komm, Liebster, und rette deine Sklavin!

Wo bleibst du? Bist du etwa böse mit mir und läufst vor mir fort? Oder hat das Fischgeschlecht dich zerrissen und verschlungen? Wenn du noch am Leben bist, dann komm her! Gemeinsam werden wir die Zufriedenheit der Herzen wiederfinden!»

Allmählich wurde Kharawi offenbar, daß ihr Gatte tot sein mußte. Sie schleppte sich weiter. Da sie keine Kleider mehr am Leibe hatte, heftete sie Blätter zusammen und wickelte sie sich um die Lenden. Ihr Herz richtete sie auf das Gebet:

«Bald ist die Stunde gekommen, daß mein Sohn geboren werden soll. Es ist ein Glück, daß er mir noch im Schoße liegt. Ich bitte, daß mir irgendein Mensch beistehen mag, wenn ich meinen Sohn gebären werde!»

*

An jenem Tage ging ein Jäger durch den Wald. Er schoß Wild, um es auf dem Markt zu verkaufen, denn das war sein Beruf. Jener Waldjäger wanderte zwischen den Bäumen dahin. Plötzlich sah er die Frau. Er dachte:

Diese Frau ist wohl ein böser Geist, der mir mein Wild verscheucht, daß es flieht. Ich muß ihn erschießen!

So dachte er, ergriff seinen Bogen und wollte Kharawi töten. Vor Angst schreit sie auf und ruft:

«Lieber Vatersbruder, ich habe den Weg verloren. Von der Stadt komme ich her. Warum willst du mich erschießen?»

Der Waldjäger kommt zögernd näher und fragt:

«Mutter, oh! Du bist eine Frau und streifst hier im Walde allein umher! Warum?»

«Lieber Vatersbruder», antwortet sie, «mein Gatte und ich, wir wurden von einem bösen Geist verfolgt und stiegen in den Ozean hinab, um uns schwimmend zu retten. Da wurden wir getrennt. Ich gehe nun durch den Wald, um ihn zu finden. Lieber Vatersbruder, nimm mich mit und erwirb dir Verdienste!»

Der Waldjäger wurde von Mitgefühl erfaßt und gab der Fremden sein Lendentuch. Er sagte:

«Lege dies Tuch um statt der Blätter, komm und iß von meinem Kuchen und Reis. Komm mit mir, ich will dich in mein Haus führen.»

Sie ging nun hinter dem Waldjäger her, und als die Abenddämmerung einbrach, waren sie bei seinem Hause.

*

Das alte Mütterchen Phanthusa, die Frau des Waldjägers, sah den Mann mit der Fremden kommen, und die Eifersucht vergiftete ihr Herz. Sie dachte:

Der Großvater hat seine Treue vergessen. Pfui,

dieses Weib und er waren Mann und Frau. Er hat sie im Wald vor mir verborgen, bis ihr Bauch überreif geworden ist! Jetzt soll sie hier bei mir ihre schändliche Frucht ablegen, oh, pfui!

So dachte sie im Zorn und schnitt sich mit der Sichel einen kräftigen Bambusknüppel aus dem Gestrüpp vor dem Haus. Wütend stellte sie sich den beiden in den Weg, schlug nach der Fremden und geiferte sie an:

«Pfui, du ehrvergessene Frau! Was nimmst du dir heraus! Meinen Mann hast du verführt. Dafür sollst du büßen! Ich werde dich schlagen mit Händen und treten mit Füßen. Festbinden werde ich dich mit Stricken und Ketten.»

Der Waldjäger tritt seiner Frau entgegen und versucht, sie zu beruhigen:

«Sieh doch, Mutter! Sei nicht böse! Ich werde dir alles erklären! Aber mäßige deinen Zorn, laß ab von Schlägen und Geifer! Höre mich an, deinen Sklaven! Sieh, Mutter! Diese Frau ist mit ihrem Mann vor einem Geist geflohen. Auf ihrem Wege wurden sie voneinander getrennt. Nun kommt sie zu uns, um mit unserer Hilfe ihr Kind zur Welt zu bringen. Wir haben weder Kinder noch Enkel. Wenn sie das Kind geboren hat, werden wir glücklich und zufrieden miteinander leben!»

Die Alte hatte sich langsam beruhigt. Sie versuchte, den Worten des Jägers zu glauben, und ihr Sinn wurde wieder klar.

Das dauerte jedoch nicht lange. Sehr schnell bedrückte sie wieder die Eifersucht. Wo es ganz unpassend war zu schelten, da schalt sie. Wo man nicht zu schlagen brauchte, da schlug sie. Und eines Tages nahm sie die Schwangere an der Hand und zog sie hinter sich her in die Stadt. An allen Häusern bot sie sie feil. Aber die Bewohner der Häuser in der Stadt spotteten über die Sklavin und riefen ihr nach:

«He, Frau mit überreifem Bauch, he, Mensch mit vier Augen! Was? So etwas sollen wir kaufen?»

Kharawi weinte bitterlich, als die Alte sie wieder in den Wald zurückbrachte. Kaum konnte sie ihren Kummer ertragen.

«Oh, Jammer, oh», weinte sie, «meine Sünden folgen mir nach. Die alte Großmutter behandelt mich wie die letzte Sklavin. Oh, mein armes Kind! Wenn wir jetzt nicht sterben – der Tod ist uns gewiß. Wenn du nicht wärest, o Kind, so wäre ich schon tot!»

*

In der Nacht kamen die Zeichen der nahenden Entbindung. Die Zeit war voll. Sie gebar ihren Königssohn in jener Hütte. Noch in der gleichen Nacht badete und wusch sie ihr Kind, umarmte es, drückte es an ihren Busen und gab ihm ihren Segen. Sie hob es hoch über ihr Haupt und sagte:

«Sieh her, geliebtes Kind! Du bist geboren in der Zeit der tiefsten Erniedrigung deiner Mutter. Ich besitze keinen Schatz für dich. Ein Erbe kann ich dir nicht geben noch Geburtstagsgeschenke dir reichen als Gabe. Aber ich habe einen einzigen Diamanten für dich, dessen Wert unschätzbar. Den werde ich dir schenken und an deinem Handgelenk festbinden mit einem Band. Das soll dein Königszeichen sein und die Gabe der Eltern für dich.»

Dann sah sie sich das Gesicht des Kindes lange an und sprach:

«Ich bete darum, daß vor dir alles Unglück der Welt zunichte werde und verschwinde! Mögest du nur Glück erleben!»

Die Alte hatte bemerkt, daß die Fremde einen Sohn geboren hatte. Wütend kam sie ins Zimmer und riß der Mutter das Kind von der Brust. Sie eilte zur Stadt und warf es auf den Kehricht, nicht weit von der Rasthütte entfernt.

Kharawi war zu schwach, um aufzustehen. Aus Sorge um ihr Kind weinte sie sich halb tot. Ihr Herz wollte ihr in sieben Teile zerbrechen, und der Schmerz raubte ihr die Sinne. Als sie wieder erwachte, suchte sie ihr Kind und fand es nicht und weinte:

«Du geliebtes Kind! Du warst der Augenstern und das Herz der Mutter. Von Vater und Mutter verstoßen kam ich hierher und hatte nur Unglück auf meinem Weg. Meine Not war schrecklich. Daß du armes Kind mir geraubt wurdest, das aber ist viel schlimmer als die Trennung von deinem Vater. Dies

Unglück ist das Schlimmste, das einer Frau widerfahren kann.»

*

Am Morgen des anderen Tages bestiegen die königlichen Brüder die Hälse ihrer beiden Elefanten. Die Schutzgötter, die über ihnen wachten, führten sie unmerklich den Weg. Mit ihrer Leibwache und dem ganzen Gefolge wollten sie einen Spazierritt um die Stadt unternehmen. Als sie durch das Stadttor hinauszogen, entdeckten die Diener unweit des Weges ein schlummerndes Kind. Sie nahmen den Prinzen und brachten ihn zu König Worawong. Als er den Diamanten am Handgelenk des Kindes erkannte, da wußte er, daß dies sein eigener Sohn war. Er konnte seine Tränen nicht zurückhalten und weinte:

«Dieser Prinz ist noch so klein! Sprechen kann er nicht. Ach, wenn er es könnte, dann würde er dem Vater sagen, wo seine Mutter ist. Wessen Gattin mag sie nun sein? Oder wessen Sklavin? Ob sie glücklich ist oder im Unglück? Wenn dein Vater das wüßte, würde er gehen und deine Mutter heimführen.»

König Wong Suriyamat hörte, was vorgefallen. Er spornte seinen Elefanten und ritt zu seinem Bruder. Als er alles erfahren hatte, mußte er weinen.

Sie beendeten den Umzug um die Stadt, kehrten zurück und stiegen zum Schloß empor. Nun verdingten sie dem Prinzen Nährschwestern und Brustmütter, zusammen nicht weniger als vierundsechzig. Und dazu gaben sie ihm Dienerinnen, die ihn auf allen Seiten umlagerten und beschirmten. Sieben Tage dauerte das Weihefest. Dann ließen die Könige eine Halle erbauen und malten herrliche Bilder an die Wände. Sie beschrieben die Geschichte von König Worawong und Kharawi von Anfang an, wie sie, einander umarmend, aufflogen zum Himmel, bis zu der Zeit, als sie auf dem Meere voneinander getrennt wurden. In der Halle sollten von den Höflingen Almosen verteilt werden, um Verdienste zu sammeln auf dem Wege der Verwandlungen.

*

Kharawi lag indessen in der Hütte, von Qualen gepeinigt aus Trauer um ihr Kind. Ihr Leib verfiel, und müde und krank lag sie da, ausgemergelt und dürr wie ein trockenes Blatt im Herbst. Ihr Herz tat ihr so weh. Aber Phanthusa hatte kein Mitleid. Unbarmherzig riß sie Kharawi von ihrem Lager und zerrte und stieß sie zur Stadt. An allen Häusern bot sie ihre Sklavin feil, doch die Bewohner der Stadt lachten nur und riefen:

«Sieh doch, Großmutter Phanthusa, wie mager und abgezehrt deine Sklavin ist. Wie könnte so etwas für uns Arbeit verrichten? Das können wir nicht kaufen.»

Phanthusas Zorn brach mit Gewalt hervor. Sie vergaß sich und schlug Kharawi auf offener Straße, daß sie schreiend davonlief. Da rief die Alte ihr nach:

«Lauf nur, du ehrloses Weib, und mir aus den Augen! Geh, wohin du willst!»

*

Nun mußte die Göttliche wieder wandern. Sie durchstreifte die Stadt und kam zu jener Halle. Sie hockte sich nieder und betrachtete die Bilder und Zeichnungen. Da sah sie zuerst das Abbild des Königs Worawong, den der reiche Bösewicht ergriff und bestrafte, aber sie sah auch die Tochter des Reichen, die ihn aus Herzensgüte gesundpflegte. Dann betrachtete sie das zweite Bild, auf dem König Worawong die Fahne schwenkte auf des Reichen Schiff, damit es sich vom Ufer löste. Auf dem dritten Bild erkannte sie König Worawong, wie er den Geist totschlug, und sie sah König Phusarat, wie er ihm seine Tochter schenkte. Auf dem vierten Bild war dargestellt, wie Worawong die Tochter des Schiffsbesitzers zur Frau nimmt und König wird. Das fünfte Bild zeigte König Worawong in der Umarmung seiner Gattin durch die Luft fliegen. Und es zeigte den Einsiedler, bei dem sie eingekehrt waren, wie er den Diamanten stiehlt und damit flieht. Das sechste Bild schließlich stellte die beiden Flüchtlinge dar, vom bösen Geist gejagt, der ihnen folgt, bis sie im Wasser Zuflucht suchen, wo sie voneinander getrennt werden.

Die Bilder verschwammen vor ihren tränennassen Blicken. Die Diener, die sie weinen sahen, waren gerührt. Sie gingen zum Großkönig und meldeten es ihm:

«Wir sind deine Sklaven, göttergleicher Herr! Heute ist eine Frau gekommen, die wehklagend von Bild zu Bild schritt und zum Schluß ohnmächtig zusammenbrach.»

König Worawong hörte, was die Diener zu berichten wußten. Schnell bestieg er den Hals seines Elefanten und ritt los. Er erkannte seine geliebte Gattin, zog sie zu sich herauf und drückte sie fest an Schoß und Brust. Dann fragte er sie, was sie erlebt hatte seit jener bösen Trennungsstunde:

«Sieh, du Göttliche! Dein älterer Bruder hat geglaubt, daß du gestorben seiest. Denn ich ging am Strande des Großozeans auf und ab, um dich zu suchen, und habe dich doch nicht gefunden! Da habe ich um dich geweint, bis die Sinne mir schwanden.»

Und er fügte hinzu:

«Sprich, Göttliche! Wo bist du so lange gewesen, und war es Glück oder Schmerz, was du erfahren?»

Unter Tränen antwortete sie:

«Ich bin deine Sklavin, göttergleicher Herr! Als ich damals von dir abgetrieben, wurde ich ans Ufer geschwemmt. Dort suchte ich dich lange, doch fand ich dich nicht. Ich ging in den Wald. Da begegnete mir ein Waldjäger. Der wollte mich erschießen. Ich schrie und bat um mein Leben, und er schenkte es mir und führte mich zu seinem Hause. Dort übergab er mich seiner Frau als Sklavin. Sie aber war böse auf mich, beschimpfte und schlug mich bis mitten in der Nacht. Am nächsten Tage nahm sie mich an der Hand und rief vor allen Häusern ‹zu verkaufen, zu verkaufen!› Die Leute aber wollten von mir nichts wissen, weil ich schwanger war. Später gebar ich einen Königssohn; aber die Frau des Waldjägers stahl ihn mir weg und wollte ihn an einem Stein zerschmettern. Da wußte ich nicht mehr aus noch ein. Es war mir, als ob mich ein Feuer innerlich röstete, und ich hielt es nicht mehr aus: zu der Trauer um dich, unter dessen Fuß ich liege, kam der Schmerz um unseren Sohn. Das war mein größtes Unglück.

Als die Frau des Waldjägers zurückkam, sagte sie: ‹Dieses Weib kann ich nicht für Geld loswerden. Gut, so werden wir auch weiterhin vom Erlös der Jagdbeute leben!›

Mich aber trieb sie fort! Ich ging wie im Traume umher, und plötzlich tauchte diese Halle vor mir auf, und da sah ich die Bilder, und nun habe ich dich wieder!»

König Worawong antwortete:

«Sieh her, du liebes Gesicht! Mein Sohn ist zu mir gekommen. Komm mit, und ich werde ihn dir zeigen!»

Mit diesen Worten führte er die Königin ins Schloß.

Da sah Kharawi den Kronprinzen wieder, umarmte ihn, drückte ihn an sich, küßte sein Haupt und wiegte ihn in ihrem Schoß. Und in Schmerz und Freude sprach sie zu ihrem Kind:

«Sieh, geliebter Sohn! Du bist bei deiner Mutter! Ich fürchtete schon, du seiest tot. Aber du hast deinen Vater allein gesucht und gefunden. Wir sind alle drei noch am Leben. Nun habe ich dich wieder! Dem Unglück sind wir entronnen. Die Not ist für uns vorbei. Trauer und Schmerz gibt es nun nicht mehr, seit wir uns heute wiedergetroffen. Jetzt wollen wir beisammenbleiben und nimmermehr voneinander scheiden. Ich bete darum, daß dein Leben frei von Kummer sein möge, daß du nicht wissest zu altern, nicht wissest zu sterben! Wir alle vier wollen im Glück miteinander leben und in Zufriedenheit der Herzen.»

*

Eines Tages trat König Worawong vor König Wong Suriyamat und erinnerte ihn an ihre Mutter. Er sprach:

«Ich bin dein Sklave, mein Bruder und König! Drei Jahre ist es nun her, seit wir unsere Mutter zum letztenmal gesehen. Wir wissen nicht, ob sie glücklich oder unglücklich ist, ob ihr Leben noch dauert oder ob ihr Dasein schon das Ende gefunden. Wir dürfen nun nicht länger zögern. Wir sollten gehen, um Nachricht von der Mutter zu empfangen!»

König Wong Suriyamat stimmte seinem jüngeren

Bruder zu. Er befahl, die Heere der vier Waffengattungen zu rüsten, die Elefantentruppe und die Soldaten zu Pferde, die Wagenkämpfer und die Krieger zu Fuß. Sie sollten sich bereitmachen zum großen Heerzug, sich kleiden und schmücken und sich alle vor dem Palast versammeln. Das ließ er den Bürgern sagen, den Ratgebern und Weisen am Hofe.

Von den Fußsoldaten ließ er antreten volle sechzigtausend. Sie sollten ihre Rangzeichen anlegen und ihre farbigen Uniformen, die grüne Abteilung, die gelbe, die rote und die weiße, daß sie schön und edel in ihrem Waffenschmuck prangten.

Dann ließ er die vierzehntausend Elefanten zäumen, er ließ ihnen die Kriegssitze aufschnallen mit goldenen Gürteln und die Stirnen und Stoßzähne mit Brokaten umwinden. Er bestellte die Elefantenwärter und ihre Knechte, um nur die besten auszuwählen. Die geschwungenen Klingen erhebend, stiegen sie auf ihre Tiere.

Auch vierzehntausend Reiter ließ er kommen und wählte für sie die feurigsten Kampfrösser aus. Mit Peitschen und Bogen bewaffnet, saßen sie auf.

Dann kamen die Wagenlenker. Vierzehntausend Wagen ließ er vorfahren, aber nur die besten, die gepanzert waren an Speichen und Rippen und mit eisernen Platten belegt. Golden blitzten die Kanzeln der Wagen. Mit den Bogen in der Hand stiegen die Wagenlenker auf, ganz eingehüllt in ihre festen Wattepanzer. Und die Wagenknechte sollten als

Handwerker dem Zuge folgen. Und alle sollten in sieben Tagen marschbereit sein.

*

Als der siebte Tag gekommen war, war das Heer versammelt. Die beiden Könige mit ihrem Gefolge der höchsten Würdenträger traten vor den Palast. Das gewaltige Heer, gegliedert in die vier Gattungen, stand bereit. Zwölfmal zählte es die volle Kriegsstärke. König Worawong führte, auf seinem Elefanten sitzend, vom weißen Königsschirm beschattet, die Vorhut. Kharawi und Makut, die Königinnen, folgten in der Schar ihrer Hofdamen und Dienerinnen. Als sie die Stadt Phusa erreicht hatten, ließ König Worawong ein befestigtes Lager aufschlagen und sandte seinen Herold mit der Botschaft zu seinem Vater in die Stadt. In der Botschaft aber stand:

«Du, der du regierst diese Stadt, komm hervor und übergib uns den Königsschatz! Wenn du das nicht willst, so führe deine Kriegsknechte heraus aus dem Tor und laß uns miteinander vom Elefantenrücken aus kämpfen, bis einer gesiegt und der andere verloren.»

König Wongsathirat vernahm die Botschaft, und sein Herz erstarrte. Sein Körper schauderte wie im Fieber. Schnell ließ er Waiyathat kommen, seinen letzten Sohn, und sagte:

«Ein König hat sein Heer vor die Stadt geführt und will uns belagern. Er hat mir seinen Herold gesandt und mich zum Elefantenkampf herausgefordert. Soldaten hat er, mehr als man zählen und schätzen kann. Was denkst du darüber?»

Prinz Waiyathat hört seinen Vater an. Er weiß, daß nun die Stunde seines Todes naht. Er wirft sich nieder und sagt:

«Ich bin dein Sklave, Vater! Ich werde nun von dir wohl Soldaten fordern müssen, um gegen jenes andere Reich zu kämpfen, denn schon steht der fremde König vor unseren Toren. Wohlan. Sei nicht traurig, Vater! Dein Fußsklave wird mit jenem König kämpfen.»

König Wongsathirat vernimmt es mit Freude und läßt für seinen Sohn das Heer rüsten.

*

Prinz Waiyathat ersteigt den Elefanten und führt seine Soldaten hinaus. Mit gewaltigem Lärmen ziehen sie vor das Tor.

König Worawong sieht den Prinzen Waiyathat und ruft ihm entgegen:

«Ei, Waiyathat, du versuchst Unmögliches. Mit mir willst du kämpfen! Dein Leben ist bereits dahin. Nur wenn du deine Wut gegen mich mäßigst, werde ich es dir schenken.»

Prinz Waiyathat entgegnet:

«Ich wußte nicht, daß ihr beiden noch lebt. Woher kommt ihr, die ihr meinem Vater den Königsschatz rauben wollt?»

Und er fuhr fort, Worawong zu beleidigen:

«Du und deine Knechte, ihr habt euer Leben verwirkt. Ich lasse keinen von euch mehr in jenes andere Land heimkehren.»

König Worawong spornt seinen Elefanten. Er greift Waiyathat an. Und in gewaltigem Tumult brechen die Heere aufeinander los. Dem Prinzen Waiyathat wird das Haupt abgeschlagen. Blutbesudelt fällt es auf die Erde. Als seine Soldaten das sehen, wenden sie sich zu heilloser Flucht und fluten durch das Tor in die Stadt zurück. König Wongsathirat erfährt die Todesnachricht. Sein Herz sinkt ihm in der Brust, und er spricht die Worte der Trauer:

«Oh, Waiyathat, mein Sohn! Dein Haupt ist gefallen. Du bist tot. Wer wird mir nun helfen gegen der Feinde Übermacht? Oh, wären meine Söhne Wong Suriyamat und Worawong noch lebendig, so könnten sie mein linker und mein rechter Arm sein in diesem Streit. Dann gäbe es keinen Feind auf der Welt, der es wagte, mich anzugreifen. Aber meine beiden Söhne sind dahin. Der Feind kann frech sein Haupt erheben und herabsehen auf mich! Schon steht er vor der Stadt! Ich aber bin alt und schwach. Einst, ja, früher, da brauchte ich mich vor niemandem zu fürchten. Berühmt war ich in allen Reichen. Jetzt aber bin ich machtlos, und die Feinde treiben mit mir ihren Spott. Was ist zu tun? Es hilft nichts, ich muß mich den Feinden ergeben und ihnen den weißen Königsschirm bringen. Nur so kann ich hoffen, mit dem Leben davonzukommen.»

*

König Worawong hatte seine erste Schlacht siegreich geführt. Nun wartete er im Lager auf die Ankunft seines Bruders. König Wong Suriyamat traf alsbald mit dem Hauptheer ein. Auch er ließ ein Lager aufstellen gegenüber der Stadt. Die Elefanten trompeteten, und die Pferde wieherten laut, als sie im Lager einzogen. Das vernahm König Worawong, dessen Lager auf der andren Seite der Stadt lag. Er ging hinüber, um seinen älteren Bruder gebührend zu empfangen, und sagte:

«Ich bin dein Sklave, göttergleicher Herr! Waiyathat war schon da, um mit mir im Elefantenkampf zu fechten. Aber ich habe ihm den Schädel gespalten und den Kopf abgeschlagen!»

König Wong Suriyamat hörte es mit Freuden.

Nun hielten die beiden Könige ihren Rat:

«Wir wollen die Stadt nicht in Gefahr bringen! Darum laßt uns einen Herold mit unserer Botschaft hineinschicken: der König möge die Mutter zu uns herausschicken. Wenn wir unsere Mutter wiederhaben, werden wir unsere Soldaten in Frieden wieder heimführen.»

So berieten sie sich und fertigten dann den Herold ab.

König Wongsathirat saß auf seinem Thron und

befahl seinen Soldaten, weiße Tücher über die Mauern zu hängen. Dann sprach er zu seinem Minister:

«Geh und sage den Königen dort draußen mit ihren Heeren: ‹Ich bin euer Sklave, Großkönige! Mein Herr wird persönlich euch den Königsschatz übergeben und euch bitten, ihm das Leben zu schenken.›»

Der Minister kam zu Wong Suriyamat und richtete ihm die Botschaft seines Königs aus. Wong Suriyamat jedoch entgegnete:

«Nicht ich bin groß. Der König im anderen Lager hinter der Stadt, er ist es, der groß ist!»

Der Minister kehrte zu Wongsathirat zurück. Der König hörte ihn. Er war müde. Der Schweiß floß ihm am Körper herab. Die Sorge bedrückte ihm das Herz. Er seufzte:

«Oh, hätte ich noch meine beiden Söhne! Dann könnte keiner mit mir seinen Spott treiben! Aber ich habe keine Söhne mehr. Darum schaut der Feind auf mich herab.»

*

Wong Suriyamat wollte seinen Vater schonen. Daher ließ er seinen Herold bei Hofe verkünden:

«Wir wollen deine Königsschätze nicht haben! Eile statt dessen und schick uns die Königin Wong Suriya heraus. Wenn wir sie haben, werden wir unser Heer abziehen.»

Der Herold tat, wie ihm geheißen.

König Wongsathirat ließ die Große Wong Suriya holen, und als sie in seinen Saal eintrat, empfing er sie mit Schmähreden:

«Sieh, du böse und treulose Frau! Dir haben wir es zu verdanken, daß die Feinde uns angegriffen haben. Deinetwegen sind sie gekommen. Wenn du jemand andres zum Gatten haben willst, dann sag es doch, und ich werde dich entlassen!»

Weinend entgegnete Königin Wong Suriya:

«Ich bin deine Sklavin, göttergleicher Herr! Stets war ich allein! Niemanden als dich habe ich all die Jahre gesehen. Meine Söhne sind tot. Wenn du mich nicht länger mehr ernähren willst, so töte mich. Aber gib mich nicht den Feinden preis!»

Aber König Wongsathirat konnte seinen Zorn nicht bemeistern. Er befahl den Wachen, die Königin aus der Stadt zu weisen.

Die Königin weinte:

«Jetzt ist es um mich geschehen. Wenn meine beiden Söhne kommen, werde ich nicht mehr da sein. Die drei Jahre sind um. Lange habe ich sie erwartet. Aber sie kamen nicht. Und nun, wenn sie kommen, werde ich in der Fremde schmachten.»

Die Wachsoldaten führten die Göttliche bis vor das Lager der feindlichen Könige. Da sahen sie ihre Mutter kommen und eilten ihr entgegen. Sie umhalsten sie, fielen ihr zu Füßen und weinten vor Freude, bis ihnen die Sinne schwanden. Die Königin erkannte ihre Söhne und nahm sie in die Arme.

Dann aber sank auch sie ohnmächtig zu Boden. Die beiden königlichen Schwiegertöchter eilten herbei, doch ihre Glieder versagten ihnen den Dienst, sie verloren die Besinnung. Als die Knechte und die Dienerinnen das sahen, packte auch sie die Ohnmacht, denn ihre Liebe zu den Königen und Königinnen war groß.

Nun gab es im ganzen Lager niemanden mehr, der Wasser schöpfen gehen konnte!

*

In diesem Augenblick wurde es heiß im Palast des Götterherrschers, und meditierend erforschte der Herr den Grund dieser sonderbaren Hitze. Er erkannte ihn sogleich:

Ohnmächtig sind sie geworden, die Könige alle miteinander und ihre Diener. Das darf nicht sein! Ich werde sie ins Leben zurückrufen durch einen Hagelschauer!

So dachte er und schöpfte aus seiner Wundermacht einen Schloßenregen. Als die eisigen Körner auf sie niederprasselten, da erwachten sie wieder zum Leben. Nacheinander richteten sie sich auf.

Die Königin betrachtete ihre Söhne lange und sagte dann:

«Sehr her, meine geliebten Kinder! Nun habe ich endlich eure Gesichter wiedergesehen. Mein Herz ist wieder frisch und froh durch die Freude. Nur Kummer und Sorge hab' ich gehabt. Jede Nacht hab' ich geweint. Seit euer Vater euch töten wollte, habe ich nicht mehr schlafen können. Denn ich hatte nur einen Wunsch: euch wiederzusehen! Jeden Tag ließ ich die Seher kommen, die die besten Kenntnisse in der Wissenschaft haben. Sie sollten mir sagen, was mit euch geschah. Einmal haben die Seher mir gesagt, daß mein ältester Sohn in Glück und Zufriedenheit auf dem Thron einer fremden Stadt sitzt. Aber mein Jüngster war in Not und wanderte durch den Wald, in allen kleinen und großen Himmelsrichtungen. Ich habe nach euch, meine geliebten Söhne, ohne Unterlaß jeden Tag gefragt. Was die Seher gesagt, sprecht, war es richtig oder falsch?»

Da konnten die Söhne ihre Rührung nicht mehr verbergen. Weinend umarmten sie die Füße der königlichen Mutter und antworteten:

«Wir sind deine Sklaven, Mutter! Als wir von dir gegangen waren, durchquerten wir die kleinen und großen Wälder und kamen zu einem Gummibaum. Dort aßen wir jeder ein Huhn. Als wir von jenem Baum fortgegangen waren, schliefen wir in einer Hütte. Da kamen die Bürger einer Stadt, trugen den älteren Bruder in ihren Armen fort, und ich blieb als Waise einsam zurück. Nun wanderte ich weiter in allen Himmelsrichtungen und kam zu einem bösen Manne, einem reichen Geizhals. Als der Reiche mich sah, entriß er mir meine Diamanten und legte mich in Ketten. Die Tochter des Reichen, Kharawi, sie tat ein gutes Werk an mir. Der Reiche ließ ein

Schiff bereitmachen, denn er wollte Handel treiben. Er nahm mich mit in das andere Land, denn dort sollte ich getötet werden. Ich aber erschlug einen bösen Geist, und da lud mich der König jenes Landes ein, im Schloß zu wohnen, und er übergab mir die Königsschätze. Da saß ich nun auf dem Thron und regierte mein Reich. Aber ich mußte stets an meinen älteren Bruder denken. Ich umarmte Kharawi, erstieg die Freitreppe, hob meinen Diamanten empor und flog in die Luft hinauf. Als wir müde waren, kehrten wir bei einem Einsiedler ein. Er aber stahl mir den Diamanten und floh. Nun mußte ich mit Kharawi laufen! Von einem Geist gejagt, flohen wir davon und wurden voneinander getrennt. Unter großen Entbehrungen kam ich zur Stadt meines Bruders. Später traf ich auch meinen neugeborenen Sohn und die Gattin wieder. Nun dachten wir beide an unsere königliche Mutter und kamen zu dieser Stadt mit unseren Soldaten, Pferden und Elefanten. Unter dem Fuß der Mutter bitten wir um die Gnade, unserer königlichen Herrin unsere Verehrung zu bezeigen.»

*

Die Wachsoldaten aus der Stadt hatten das alles beobachtet. Sie gingen zu König Wongsathirat und sagten ihm alles. Der König kam nun selbst, um seine Söhne zu sehen, und umarmte sie und weinte. Die Prinzen fielen vor ihm nieder und sagten:

«Wir sind deine Sklaven, Königsvater und Herr! Du sagst, wir seien deine Söhne? Wie ist das möglich? Der Herr kommt her und will uns umarmen, doch wir sind keineswegs deine Söhne. Wir leben beide in fremden Ländern und nicht hier am Hof, wie es Kronprinzen gebührt. Wir sind lediglich dazu hergekommen, unsere königliche Mutter zu sehen. Einen Königsvater jedoch – den gibt es hier nicht. Wir sind die Söhne einer Witwe! Der Herr hat den Worten der Königin Kawai Glauben geschenkt. Du hast deinen beiden Sklaven gezürnt und dich nicht bemüht, die Wahrheit zu erfahren. Darum sind die beiden Sklaven fortgezogen – wie es die Wahrheit in den Worten der Kawai verlangte. Was sagst du dazu? Weil wir noch zu kleine Kinder waren, ging unsere königliche Mutter zu dir, um dich auf den Knien um Gnade zu bitten. Aber dein Geist war verdunkelt. Du hast den Weg der Sünde gewählt.

Wir haben jedoch keine Rache geübt. Wir haben dir das Leben gelassen. Nur unsere Mutter, die solltest du herausgeben. Sie wollten wir Waisen mit in unsere Stadt nehmen. Dein Gesicht zu sehen, danach verlangte uns nicht.»

König Wongsathirat nahm den beiden ihre Rede nicht übel. Er sagte:

«Ihr geliebten Kinder! Euer Vater hat ein Unrecht begangen. So geschah es, weil ich keinen Zweifel hatte und an die Worte der Kawai glauben mußte. Darum habe ich den Scharfrichtern befohlen, euch

Makellose zu bestrafen. Seht, ihr lieben Kinder, das habe ich getan. Nun bestraft mich, wie ihr wollt.»

Als die beiden Königssöhne die Rede ihres Vaters vernahmen, schwoll ihr Zorn ab, und sie sagten:

«Wir sind deine Sklaven, gottgleicher König! Wir selbst besitzen nun eigene Reiche. Dorthin werden wir zurückkehren!»

König Wongsathirat führte die beiden Königssöhne in die Stadt. Als Kawai das sah, dachte sie in ihrem Herzen:

Die beiden Prinzen sind meine Feinde. Wenn sie erst an die Macht gekommen sind, werden sie mich töten. Besser ist es darum, Gift zu nehmen und zu sterben.

Mit diesen Worten schluckte sie das giftige Kraut, und ihr Leben war vorbei. Zur Wiedergeburt kam sie in die Hölle.

Als König Wongsathirat von ihrem Ende erfuhr, ließ er ihren Leichnam in eine Jauchegrube werfen und die Stadt zum Freudenfest schmücken wie die goldene Himmelsstadt der Götter.

*

Der Großsohn des Königs sollte endlich einen Namen erhalten. Alle die hohen Verwandten, Großmutter und Großvater voran, gaben dem Enkel, Kharawis Sohn, einen wohlklingenden Namen: Darawong sollte er heißen, Sproß der Sterne.

Bald darauf legte König Wongsathirat seinem

Jüngsten, König Worawong, die königlichen Rangzeichen an und weihte ihn zum Thronfolger. Sieben Tage dauerte die Segensfeier.

Als König Worawong die Regierung übernommen hatte, richtete er für seinen älteren Bruder Wong Suriyamat die Feier der Heimschickung aus.

Er regierte sein Reich nach dem Gesetz, bis er alt und greisenhaft wurde. Da weihte er seinen königlichen Sohn in die Staatsgeschäfte ein und ging aus der Stadt hinaus. Er wurde Mönch und folgte dem Ordensgesetz. Wohl zweitausend Jahre wurde er alt. Dann stieg er zur Wiedergeburt auf in den Dusit-Himmel der Seligkeit. Als er später wieder auf der Menschenwelt erschien, fuhr er fort, Gutes zu stiften, bis er schließlich zur Allwissenheit gelangte und den heiligen Namen erhielt: Khodom, Kuhduft!

*

Diese Geschichte aus der Vergangenheit hat der Höchste Glaubenslehrer selbst erzählt. Er verknüpfte mit ihr die Verkündigung der Vier Weisheiten und verglich die Helden der Geschichte mit den Menschen seiner eigenen Zeit. Lophan, der Reiche, war als der Widersacher des Erleuchteten auferstanden. Wong Suriyamat war wieder da als Mönch auf dem Wege zur Erleuchtung. Wongsathirat war auch jetzt sein Vater, Wong Suriya seine Mutter, Kharawi seine Gattin und Darawong sein Sohn.

«Worawong aber», sagte der Erhabene, «das bin ich selbst, der Buddha.»

7

PRINZ ROTHASEN

Hauptgestalten der Erzählung:

In Kutan:	*Rothasit* König	*Rothasen* Prinz
In Khochapun:	*Santhaman* Königin	*Kangri* Prinzessin

Es geschah zu einer Zeit, als der Glaube des Erhabenen die Welt erleuchtete. Da gab es einen Reichen. Er hieß Non, der Fröhliche, und wohnte im Dorf Samithakham, Glückselige Siedlung. Er hatte alle Schätze des Reichtums. Nur der Kindersegen blieb ihm versagt.

Eines Tages nahm der reiche Non ein Bund von zwölf Bananen. Er trug die Last der Früchte auf dem Haupt zum Tempel, um sie dem Erhabenen zu opfern. Und er dachte in seinem Herzen:

Wenn der Herr mein Geschenk annimmt, werde ich mir etwas wünschen dürfen. Ich weiß, was ich mir wünschen werde: ein Kind! Der Heilige wird mir Gnade erweisen und mir Söhne und Töchter schenken ohne Zahl!

Als er das Heiligtum erreichte, fiel er vor dem Erhabenen nieder zum Gebet des Herzens. Dann hielt er die zwölf Bananen in die Höhe und siehe, der Heilige nahm sie an. Nun brachte er seine Bitte vor. Als er die ehrenden Worte des Abschieds gesprochen hatte, kehrte er heim in seine Wohnung.

Da saß seine Frau, und er erzählte ihr die freudige

Botschaft. Großes Glück herrschte in seinem Hause. Seine Frau aber ward fruchtbar und ihr Leib gesegnet. Das Leben in ihrem Schoß wuchs, und als die Stunde der Niederkunft gekommen war, da gebar sie zwölf kräftige Mädchen. Die Mädchen wuchsen und gediehen prächtig. Aber als sie noch längst nicht erwachsen waren, begann der Reichtum ihres Vaters bereits abzunehmen. Seine Schätze an Gold und Silber wurden in alle Himmelsrichtungen verstreut, und die Sklaven und Sklavinnen des Reichen litten Hunger und starben dahin. Der Reiche mit seiner Gattin war zu einem armen Mann geworden. Schließlich mußte er betteln gehen um das tägliche Schälchen Reisbrei für seine Kinder. Denn Vorräte an Reis gab es schon lange nicht mehr in seinem Haus. Schließlich war Non so heruntergekommen, daß ihn die Wut packte über sein Schicksal. Er ließ seine Töchter auf einen alten Ochsenkarren klettern und fuhr damit in den Wald. Dort setzte er die Mädchen aus. Allein kehrte er in seine Hütte zurück.

*

Das war eine große Sünde. Sie war die Folge seiner früheren Verfehlungen. Denn als er noch der reichste Mann des Dorfes war, da dachte er nicht daran, Armen Almosen zu geben. Darum ist er nun selbst verarmt und von seinen Töchtern um seinen Reichtum gebracht. Sein Elend ist die Frucht seiner Sünde!

Deshalb sagt der Erhabene:

«Körper und Seelen können die Ewigkeit nicht erlangen. Das ist das Gesetz der Natur. Geburt und Zerfall sind natürlich für das Leben. Es flammt auf und erlischt. Das ist das Glück: daß Körper und Seele aufhören, zerfallen und übergehen ins Nirwana.

Wer jedoch sündig gelebt hat, wird die Höchste Ruhe nicht finden. Der Böse kommt in die Hölle! Das ist die Frucht seiner Sünde.»

*

Die zwölf Mädchen liefen im Walde hin und her und suchten ihren Vater. Da kamen sie zu einem Garten, mitten im Dickicht. Es war der Lustgarten von Santhaman, der Friedlichen Riesin. Gerade zu dieser Zeit erging sich die Riesin in ihrem Park. Sie sah die zwölf Mädchen, und sogleich war ihr Herz von Mitleid und Liebe gerührt. Sie nahm die Kinder mit und zog sie auf.

Eines Tages sah die Erstgeborene der zwölf, wie die Riesin in einer Kammer Menschenknochen benagte. Von Angst durchbebt eilte sie zu ihren jüngeren Schwestern und brachte ihnen die böse Nachricht:

«Oh, wir Unglücklichen, wir haben uns in die Burg einer Menschenfresserin verirrt!»

Als die Mädchen das hörten, fürchteten sie sich sehr. Sie eilten in den Garten und rannten alle zwölf davon. Nicht lange danach betrat die Riesin den Garten, aber ihre Kinder waren verschwunden. Santhaman folgte ihren Spuren. Als die Mädchen die Riesin von ferne erblickten, baten sie einen Elefanten, sie zu verbergen. Und er ließ sie in seinen Bauch schlüpfen. Santhaman sah die Mädchen nicht mehr und bat den Elefanten um Auskunft:

«He, Elefant! Hast du zwölf Jungfrauen gesehen, die hier entlang gekommen sind?»

Der Elefant antwortete:

«Wir haben sie nicht gesehen!»

Da kehrte die Riesin um, und die zwölf Mädchen kamen aus dem Bauch des Elefanten wieder ans Licht.

Aber Santhaman besann sich und fuhr in der Verfolgung fort. Nun versteckten sich die Mädchen im Leib eines Pferdes.

Die Riesin fragte das Pferd:

«He, Pferd, hast du zwölf Jungfrauen hier vorbeikommen sehen, oder etwa nicht?»

Das Pferd sprach:

«Nicht sah ich sie!»

Die Riesin kehrte dem Pferd den Rücken. Da kamen die Mädchen aus seinem Leib hervor. Santhaman jedoch wendete sich abermals um. Da schlüpften die zwölf Mädchen rasch in den Bauch einer Kuh. Santhaman fragte die Kuh aus, doch sie verriet die Mädchen nicht. Nun kehrte die Riesin endgültig in ihren Garten zurück.

*

Warum die Mädchen so gestraft wurden, daß sie heimatlos den Wald durchstreifen mußten? Die Geschichte sagt: Einst, in einem weit zurückliegenden Leben, als die zwölf Mädchen noch Spielkinder waren, da gab ihnen jemand zwölf winzige Hundekindlein als Spielzeug. Sie aber gingen in den Wald und spielten Ball mit den Kleinen, bis sie leblos liegenblieben! Diese Sünde folgte den Mädchen durch fünfhundert Wiedergeburten. Darum wurden sie im Walde ausgesetzt, und darum mußten sie heimatlos wandern!

*

Auf ihrer Irrfahrt erreichten sie auch das Gebiet der Stadt Kutan. Am Rande der Stadt liegt ein wasserspendender Teich. An seinem Ufer steht ein uralter Gummibaum. Als die zwölf Mädchen den Baum erblickt hatten, erkletterten sie ihn, um aus seinen Ästen Ausschau zu halten über die Stadt.

In jener Zeit verwaltete der Herr Rothasit, reich an Wagen, die Königsschätze der Stadt Kutan. Er gab seiner Sklavin, einer Buckligen, seinen goldenen Wasserkrug. Sie sollte ihm im Teich Wasser schöpfen zum Bade. Die bucklige Sklavin nahm den Krug und ging zum Teich. Da brach aus dem Gummibaum am Wasser ein goldenes Strahlen hervor, das sie übergoß und hell durchleuchtete, Sie sah, wie das Wasser aufglomm im Gefunkel ihres goldnen Spiegelbildes und dachte in ihrem Herzen:

Auch ich bin hübsch und schön wie andere Frauen! Was soll ich da als Sklavin Wasser tragen!

Zorn wallte in der Buckligen auf, und sie zerbeulte und zerschlug den Krug, daß er zerstört ward. Dann kehrte sie in die Stadt zurück und trat vor den König.

Der Herr Rothasit sah sie ohne den goldenen Krug zurückkommen.

Darum gab er der Buckligen einen silbernen Topf. Als sie wieder am Teich war, kam der Glanz abermals über sie. Voll Zorn schlug sie auch den silbernen Topf entzwei und kehrte dann zurück.

Als der König die Sklavin ohne den Silbertopf heimkommen sah, gab er ihr einen Eimer, gemacht aus Leder. Damit ging sie zum dritten Male zum See. Doch auch jetzt wiederholte sich das Strahlen. Wütend schlug sie auf den ledernen Eimer ein, aber das Leder, weich und fest, hielt ihren Schlägen stand und zerbrach nicht. Da mußte die Bucklige sich fügen. Sie schöpfte Wasser aus dem Teich und wandte sich zum Gehen.

Die Mädchen sahen die Bucklige, vom Leder besiegt, sich entfernen, lachten auf und klatschten vor Freude in die Hände. Die Sklavin hörte das Händeklatschen, stellte ihre Last ab und kam zurück. Sie sah die Augen der zwölf Mädchen durch das Blattwerk blitzen und stieg hinauf auf den Gummibaum. Da erkannte sie, woher das Strahlen gekommen war.

Sie eilte zum Schloß, dem König ihre sonderbare Geschichte zu erzählen. Sich vor ihm niederwerfend, sprach sie:

«Ich bin deine Sklavin, du König, den Göttern

gleich. Deine Fußsklavin hat zwölf Himmelsjungfrauen gesehen, sitzend auf dem uralten Gummibaum.»

König Rothasit hörte ihre Rede an. Alsbald zog er aus der Stadt hinaus, von Soldaten der vier Waffengattungen umgeben, blickte hinauf zum Geäst des Baumes, sah die zwölf Mädchen, und sein Herz hüpfte vor Freude. Er rief zu ihnen hinauf Worte des Entzückens. Die zwölf Mädchen kamen miteinander vom Baume herab, sprachen die Formel der königlichen Begrüßung und standen nun vor dem König.

Der Hohe Herr ergötzte sich an ihrem Anblick. Er ließ sie in seiner heiligen Sänfte Platz nehmen. Zur Musik des Orchesters ließ er seine Freudenmädchen tanzen und singen. So führte er die zwölf Schönen in frohem Zuge heim in den Palast. Er setzte sie ein als seine Ersten Gattinnen und zog sie allen anderen Geliebten vor.

*

Als einige Zeit vergangen war, erfuhr die Riesin Santhaman davon, daß ihre zwölf ungetreuen Töchter die Königinnen des Herrn Rothasit geworden waren. Sie verließ ihr Elefantenreich Khochapun und eilte zur Stadt Kutan. Sie sah am Saum des Teiches den Gummibaum und erklomm seine Krone. Von oben herab strahlte auch sie golden – schön wie der volle Mond!

Damals ging die bucklige Sklavin abermals hinaus, um für den König Wasser im Teich zu schöpfen. Sie sah, wie sich das Leuchten in den Wellen spiegelte und das Wasser durchglänzte. Sie blickte empor zum Baum und gewahrte, wie ein goldenes Leuchten vom Himmel die Zweige durchstrahlte.

Sie eilte zum König, und atemlos sprach sie:

«Ich bin deine Sklavin, Götterkönig! Herr, draußen vor der Stadt ist ein Wunder geschehen. Ich habe eine Göttin, schön wie der Mond, gesehen. Sie sitzt im Gummibaum und überstrahlt den Teich.»

König Rothasit hörte es und führte seine Leibwache von Soldaten der vier Waffengattungen hinaus aus der Stadt. Als er Santhaman in dieser schönen Gestalt sah, freute sich sein Herz, und er rief zu ihr hinauf die heilige Beschwörung:

«Sieh herab, Götterjungfrau, zu deinem Bruder, der dich ruft! Du bist so schön wie ein Bild aus Gold, von begnadetem Künstler geprägt. Unmöglich, eine Frau zu finden, dir gleich an Liebreiz. Ich bitte dich, erhebe dich aus dem Lager der Zweige und komm herab. Denn dort oben sitzend, wer kann dir da dienen?»

Santhaman hörte den Ruf des Königs. Auch kam sie herab vom Baum. Sie fiel vor Rothasit nieder zur feierlichen Begrüßung. Als sie die ehrenden Worte vor dem König gesprochen hatte, ließ er sie auf seinem heiligen Tragethron sitzen und führte sie in den Palast, daß sie bei ihm wohnte. Und er machte die verwandelte Riesin zu seiner Rechten Gattin. Denn nun war *sie* das Ziel seiner Liebe. Im gegenseitigen

Durchdringen der Körper wurde das Herz des Königs satt von Lust.

Wahrlich, Santhaman strahlte von ihrem schön geformten Leibe Verlockung aus, weit stärker als die Ersten Gattinnen des Königs, alle zwölf zusammen. Schuld daran war deren uralte Versündigung!

*

Eines Tages wird Santhaman krank. Sie legt sich nieder und jammert, wie Fieberkranke tun, wenn das Übel sie packt. Sie läßt dem König sagen, daß sie krank sei und sterben werde. Rothasit eilt zum Gemach seiner geliebten Gattin und spricht ihr Mut zu:

«Ich werde dich wieder gesund machen!»

Er läßt Seher und Priester kommen und gibt ihnen den königlichen Befehl:

«Seht her, ihr Weisen! Bittet die Götter, die Geheiligten, um Hilfe, und ladet sie ein an den Hof, damit sie die Königin gesundpflegen! Bereitet Heilkräuter und sprecht die magischen Beschwörungen zur Heilung vom Fieber. Ihr Priester und Seher, kommt und nehmt euch der Königin an!»

Santhaman tut, als ob ihr Leib, von Fieberkrämpfen geschüttelt, sein Leben verzehre. Lallend spricht sie zum König:

«Ich bin deine Sklavin, göttergleicher Herr! Deine Fußsklavin ist eingehüllt in Schmerzen! Genesung kann ich nimmermehr finden! Es sei denn, du läßt deinen zwölf Frauen die Augäpfel ausreißen. Dann könnte ich wohl wieder gesund werden.»

König Rothasit hört es und befiehlt sogleich, seine zwölf Gattinnen vor ihn zu führen. Er läßt sie nebeneinander in einer Reihe aufrecht dasitzen, wie Santhaman es gewollt. Da erhebt sich die Fiebernde vom Lager und reißt den zwölf Königinnen mit eigner Hand die Augen aus den Höhlen. Mit pulsendem Schwall strömt das Blut hervor. Ungerührt legt Santhaman die Augäpfel in eine Kapsel und sagt:

«Dies übersende Kangri, meiner Tochter!»

Als ihr Wunsch erfüllt ist, kehrt die Gesundheit zu Santhaman zurück. Zufrieden setzt sie sich nieder, um nach Herzenslust zu speisen.

Der König trauert um seine zwölf Gattinnen, und der Jammer läßt sein Herz beben.

*

Daß die zwölf Frauen so leiden mußten, das war die Folge ihrer vergangenen Sünde. Am schlimmsten war es den erstgeborenen elf ergangen. Nur der jüngsten Schwester, die als letzte den Schoß der Mutter verlassen hatte, war ein Auge geblieben. Darum sorgte sie für ihre blinden Schwestern und bemühte sich, ihr Elend zu lindern. An sich selbst dachte sie zuletzt. Nach einiger Zeit sollten die älteren Schwestern jede von einem Kind entbunden werden. Nur der Jüngsten Kind war noch nicht ganz reif. Da war der Herr aller Götter droben im Himmel betrübt. Er dachte nach über das Schicksal der zwölf Schwestern. Er wußte, wie schwer ihr Los war, und daß sie keinen Schutz hatten auf der Welt.

Das darf nicht sein, dachte der Gott, wir werden der Jüngsten einen starken Sohn schenken, ihr zur Stütze!

Der Gott wußte, daß der Phothisat auf dem Weg durch die Wiedergeburten sein Leben vollendet hatte und soeben in die hohe Welt der Götter wieder aufgestiegen war. Daher ging er hin zum Phothisat und sagte:

«Sieh her, Wesen ohne Tadel! Du sollst gehen und abermals in der Menschenwelt geboren werden!»

Der Herr hörte es und sprach:

«Wenn ich unter den Menschen wiedergeboren werde, so kann ich weiter die höchsten Verdienste sammeln auf dem Weg zur Erleuchtung.»

«Sieh, du Fehlerloser», antwortete der König aller Götter, «du sollst gehen und Tugenden anhäufen zum Wohl aller Menschen auf der Erde!»

Der Phothisat nahm den Vorschlag des Götterkönigs an. Er sagte:

«Ich werde in der Menschenwelt wiedererstehen, Verdienste sammeln und höchste Tugendwerke verrichten. Ich werde den Bürgern eine Stütze sein, damit ihr Leben nützlich sei und ihre Arbeit vollendet und gut.»

So kam damals der Phothisat, unser Herr, aus der Götterwelt wieder herab und wurde geboren in dem

Kind, dem die jüngste der zwölf Schwestern das Leben schenken sollte.

König Rothasit aber ließ seine Diener eine Höhle in den Fels schlagen. Er ließ die zwölf Frauen ergreifen und in die Höhle bringen. Dann ließ er sie mit Steinen verschließen. Doch bald sollte ihnen der Phothisat geboren sein, um ihr Elend zu mildern und ihr Los zu erleichtern.

*

Warum das alles geschah? Einstmals vor Zeiten, so wird gesagt, da waren die zwölf Frauen zwölf kleine Mädchen. Am Strande des Meeres spielten sie und fingen zwölf Fische. Sie legten sie auf den Sand. Das jüngste der zwölf Mädchen stach ihrem Fisch ein Auge aus. Die anderen elf jedoch, sie blendeten die elf Fischlein ganz und gar. Und als sie nicht mehr spielen wollten, da ließen sie die Tiere frei.

Wegen dieser Sünde hat die Riesin Santhaman den elf Königinnen die Augäpfel ausgerissen aus beiden Höhlen. Darum auch riß sie der Jüngsten allein nur ein Auge aus! Die Sünde der zwölf Kinder folgte ihnen nach durch die Wiedergeburten und gab sie nicht mehr frei.

*

Zehn Monate hatten die Kinder im Schoß ihrer elf Mütter geruht. Nun waren sie geboren. Aber es gab in der Höhle keine Nahrung. Da zerrissen die Mütter ihre eigenen Kinder und teilten sie auf, um sie zu essen. Sie aßen vom Fleisch ihrer Kinder jeden Tag und ernährten sich davon wie Menschenfresserinnen. Auch die jüngste der zwölf Schwestern hatte geboren. Ihr Sohn war schön von Gesicht und Gestalt und leuchtete wie reinstes Gold. Die Mutter nannte den Prinzen Rothasen, Wagenkämpfer.

Der Knabe sprach sogleich zu seiner Mutter und fragte sie:

«Ich bin dein Sklave, Mutter, wo sind wir?»

«Sieh her, Lieber», antwortete die Mutter, «das hier ist eine Höhle. König Rothasit hat sie graben lassen, um deine Mutter und ihre elf Schwestern darin zu verschließen.»

Als der Prinz das hörte, erschauerte sein Herz vor Mitleid. Er dachte:

Meine Mutter und ihre Schwestern sind ins Elend gestoßen. Geblendet sind sie in solche Not geraten!

Da ließ der Allwissende es hell werden in der Höhle. Durch die Macht der Tugendgedanken des Prinzen erstrahlte die Höhle, wie vom Glanz der heiligen Sonne durchleuchtet. Der Prinz sah es und frohlockte. Die Götter, die das Höhlentor bewachten, öffneten es für ihn und schlossen es hinter ihm wieder zu. Der Prinz konnte die Höhle verlassen, erhob sich in die Luft und sprach sein Gebet:

«Mein Wunsch ist fast erfüllt. Der Herrscher aller Götter, der Größte von allen Wesen, er möge mir nun noch ein Tuch schenken, mich zu bedecken, und mir seinen Segen geben!»

Der König der Götter schaute mit seinen tausend

Augen hinab zur Erde. Er sah, daß der Phothisat auf der Menschenwelt wiedergeboren war. Da holte er die Zeichen seiner göttlichen Macht, dazu ein Tuch von hellster Farbe und von Wunderblumen einen Kranz. Das alles schenkte er dem Knaben. Laut lobte er das Kind und lehrte es die Kunst, die Spiele des Glücks zu gewinnen.

Der Prinz nahm Tuch und Schmuck und kehrte zur Höhle zurück. Er fiel zu den Füßen der Mutter nieder, und sie ließ sich sein Abenteuer erzählen. Mit gesenktem Haupt sagte er:

«Ich und die Mutter sind nun voneinander getrennt!»

Die Mutter antwortete:

«Du geliebtes Kind, ich liebe dich, denn du bist mein Herz!»

Der Prinz erhob noch einmal zum Abschied seine zusammengelegten Hände zur Mutter, dann kehrte er der Höhle den Rücken.

*

Auf seiner Wanderung kreuz und quer durch den Wald kam er zur Blätterhütte eines Einsiedlers. Dort sah er eine Gruppe von Menschen, die miteinander spielten. Er ging näher heran und erkannte, daß es wohlhabende Bürger waren, Besitzer von Kühen einer wie der andere. Als sie den Knaben sahen, da luden sie ihn ein, mit ihnen zu spielen. Der Prinz fragte:

«Ich bin euer Sklave, Brüder! Was sollen wir spielen?»

Die Männer antworteten:

«Lieber, geh hinüber zum Platz der Hahnenkämpfe!»

Dorthin führten sie ihn. Da sprach der Prinz zu ihnen:

«Wenn ich, euer Sklave, von euch, Brüder, geschlagen werde, dann sollt ihr mein Gold und meine Diamanten haben! Wenn ich dagegen euch besiege, so gebt mir zwölf Körbe Reis!»

Als die Kuhzüchter mit dem Prinzen am Platz der Hahnenkämpfe angekommen waren, da begannen sie, gegeneinander zu wetten. Die Hähne kämpften, und jedesmal gewann der Prinz die Wette. Viele Male besiegte er die Kuhhirten. Da mußten sie ihm die zwölf Körbe Reis schenken.

*

Vergleichbar mit dem Stierkönig Usupharat schleppt der Prinz die zwölf Reiskörbe auf einmal davon. Er dringt in die Höhle ein, um seine Mutter wiederzusehen. Er bringt ihr den Reis und spricht:

«Ich bin dein Sklave, Mutter. Es soll dir wieder gut gehen! Darum bringe ich dir Reis! Du, Mutter, und deine Schwestern, nehmt die Körbe und eßt!»

So diente der Prinz seiner Mutter. Sie aß mit ihren Schwestern, und als sie satt waren und der Abend kam, da waren sie zum ersten Male wieder glücklich und herzenszufrieden. Die Mutter küßte Gesicht und Haar ihres Sohnes, streichelte seinen Rücken und sagte:

«Sieh her, Liebling, mein einziger! Hilf uns, unser Elend zu überwinden und unserer Not zu entfliehen!»

Prinz Rothasen antwortete, und seine Antwort wurde zur Predigt. Er sagte:

«Ich bin dein Sklave, Mutter! Ich werde dir das Tugendgesetz offenbaren. Du und deine Schwestern, ihr sollt das Gesetz hören, damit ihr wieder glücklich werdet. Denn es gibt kein Glück, dem gleich, das dem Gesetz entspringt. Das Tugendgesetz beherrscht die Welt. Alle Wesen auf Erden, die in Glück und Zufriedenheit leben, folgen dem Gesetz.»

Prinz Rothasen meditierte über die Tugend, offenbarte ihr Gesetz und beschrieb ihren Sinn, denn die Tugend wird den Buddha einst die Erleuchtung finden lassen.

Die Mutter und ihre Schwestern hörten Rothasen zu, und Freude begann wieder ihre Herzen zu beleben. Sie lobten den Prinzen und priesen das Gesetz mit ehrenden Worten. Der Prinz aber fuhr fort:

«Ich bin dein Sklave, Mutter, sag mir, wer ist mein Vater?»

Die Mutter antwortete:

«Sieh her, Lieber, dein Vater ist der Herr Rothasit!»

Da kam Prinz Rothasen noch einmal auf die Sünden der zwölf Mädchen zu sprechen und erklärte der Mutter und ihren Schwestern, warum sie ihnen jetzt noch so viel Kummer brachten. Dann nahm er Abschied von der Mutter und kehrte zu seinen Kuhhirten zurück. Jedesmal, wenn er im Hahnenkampf auf ein Tier setzte, gewann er. Bald war sein Glück im Wetten und sein Erfolg im Glücksspiel überall bekannt.

*

König Rothasit hatte die Künste des Prinzen ebenfalls rühmen hören. Er ließ seine Königsdiener ausziehen, um Rothasen zu suchen und an den Hof zu laden. Die Diener eilten hinaus und führten den fremden Gast herbei. Rothasen trat vor den König und sprach die Formeln der Begrüßung. Sein Wort war wie der Ruf des fürstlichen Königslöwen.

Der Herrscher antwortete:

«Lieber Herr, komm und spiele mit mir auf dem Würfelbrett!»

Der Prinz entgegnete:

«Ich bin dein Sklave, du Herr, so groß wie die Götter! Dein Fußsklave wird dir seinen Leib opfern, wenn du gewinnst. Wenn du dagegen von mir besiegt wirst, so gib mir zwölf Körbe Reis. Mehr will ich nicht.»

König Rothasit spielte mit Prinz Rothasen und wurde zum erstenmal besiegt. Als der Prinz das zweite Mal gewann, gab der König ihm die zwölf

Reiskörbe und erhöhte den Fremdling, daß er ihm ebenbürtig sei.

Der Prinz vollzog die Ehrung des Abschieds vor dem König und kehrte zu seiner Mutter zurück. Er begrüßte sie mit zusammengelegten Händen und sprach:

«Ich, dein Sohn, bin vor den König getreten und habe ihn im Glücksspiel besiegt. Zwölf Körbe Reis bekam ich dafür. Der Reis, den ich dir hier bringe, ist von königlicher Art. Er hat den herrlichen Duft der Speisen von der Tafel des Herrn. Bitte, Mutter, nimm das Geschenk des Königs an!»

*

Als der Morgen graute, dachte der König noch immer an Prinz Rothasen. Er weckte seine Höflinge und ließ sie dem Prinzen nacheilen. So geschah es, daß sie ihn noch bei seiner Mutter antrafen. Sie überbrachten den königlichen Befehl, und der Prinz nahm Abschied von seiner Mutter, um sich vor dem Höchsten König zu zeigen auf dem Vorplatz des Palastes.

Der Herr schaute über den Platz hin und sah den Prinzen von ferne herankommen. Aus dem Fenster schon rief er ihm zu:

«Sieh her, lieber Sohn! Heute sollst du mein Schloß betreten!»

Prinz Rothasen hörte es und stieg zum Schloß empor. König Rothasit blickte den Prinzen forschend an, und sein Anblick war schön wie der eines goldenen Gebildes, das man aus tiefstem Herzen liebt. Dann öffneten sich seine Lippen:

«Lieber Prinz, wie heißt deine Mutter?»

Der Prinz hat die Frage gehört und gibt Antwort:

«Ich bin dein Sklave, göttergleicher Herr! Deines Fußsklaven Mutter und Mutterschwestern sind zusammen zwölf! Der Vater deines Fußsklaven trägt den Namen Rothasit, und meine Mutter und ihre Schwestern waren einst des Königs Erste Gattinnen!»

Der König vernimmt staunend die wundersame Nachricht. Er küßt dem Prinzen Wangen und Haupt und spricht:

«Sieh her, geliebtes Kind! Du bist mir so teuer wie mein Herz und so lieb wie mein rechter Arm. Bitte, hilf mir, daß ich befreit werde von meinem Kummer!»

*

Die Königin Santhaman hat die Worte ihres Gatten heimlich mit angehört. Ihre Sinne schwinden, und sie denkt, daß sie sterben muß. Vor Schmerz und Sorge wird sie krank. Kummer und Leid nagen an ihrem Herzen. Sie wankt zum Saal, und als sie den Prinzen beim König sitzen sieht, verliert sie ihr Herz. Sie bricht zusammen. Die Höflinge eilen herbei und bringen dem Höchsten König die Nachricht:

«Die Großkönigin, die Göttin, ist krank in schwerem Fieber!»

So jedenfalls hat ihnen die Falsche zu sprechen befohlen.

Als Rothasit es hört, greift ihm die Liebe ans Herz, und das Mitleid mit der Göttlichen überflutet seine Seele. Er fühlt, wie sein Puls aussetzt, und schnell befiehlt er den Höflingen:

«Ihr vielen, geht und laßt alle Ärzte herbeieilen, um Heilkräuter zu mischen, die die Göttliche wiedererwecken sollen!»

Die Höflinge führen den Befehl aus. Die Ärzte kommen herbei und bereiten die heilende Medizin. Die Königin Santhaman, die in Wirklichkeit eine Menschenfresserin ist, nimmt das Mittel an, aber das Übel, das ihr den Leib durchschneidet und durchbohrt, wird nur noch schlimmer davon. Wieder fühlt sie den Tod nahen. Sie läßt dem König ausrichten:

«Ich, deine Sklavin, Großkönig und Herr, leide an der Krankheit nur noch schlimmer als zuvor!»

König Rothasit läßt die Ärzte, die in der Großstadt wohnen, abermals alle holen. Die Krankheit der Herrin ist noch nicht geheilt. Die Göttliche ißt nicht mehr und trinkt nicht mehr. Im Fieberwahn spricht sie vor sich hin:

«Ich bin eine Sklavin des Großkönigs. Gegen meine Krankheit gibt es nur ein Mittel! Es wächst im Lande Khochapun, dem Elefantenreich.»

Als Rothasit die Rede der Königin erfährt, läßt er die Trommeln schlagen und verkündet den Bürgern der Stadt, sie mögen sich auf dem Königsplatz vor dem Palast versammeln!

Wie die Bürger der Stadt alle gekommen sind, hält der König eine Ansprache:

«Bürger! Wer von euch erbietet sich freiwillig, ein Heilkraut für die Königin aus der Stadt Khochapun zu holen? Wenn er Gold will, werde ich dem Mutigen Gold geben. Will er Silber, so wird er Silber bekommen. Ihr alle, die ihr als Menschen geboren seid, hört mein Wort! Den Tapferen, der uns das Heilkraut aus dem Elefantenreich bringt, wir werden ihn zum Obersten Befehlshaber aller Heere machen!»

Die Heerführer haben den Befehl des Königs gehört. Aber sie sind feige:

«Wir sind deine Sklaven, du König gleich den Göttern. Khochapun liegt fern von hier. Kein Mensch kann so weit gehen, o Herr!»

Santhaman, die verwandelte Menschenfresserin, wirft sich vor dem König nieder und sagt:

«Ich bin nur deine Sklavin, Großkönig! Ich bitte dich, Herr, laß den Prinzen Rothasen die Medizin holen. Er ist dein Sohn, und er allein wird das Kraut herbeiholen können!»

Der König ließ den Prinzen vortreten und sprach zu ihm:

«Sieh her, liebes Kind, du sollst gehen und ein Heilkraut aus der Stadt Khochapun holen. Denn jenes

Kraut aus dem Elefantenreich allein kann die Krankheit der Königin vertreiben!»

Prinz Rothasen wirft sich nieder und sagt:

«Ich bin dein Sklave, du König und Herrscher der Götter. Ich habe jeden Tag meiner Mutter und ihren Schwestern zu essen zu geben. Sonst wären sie längst gestorben. Wenn du mich in die Stadt Khochapun schickst, so mußt du selbst für meine Mutter und ihre Schwestern sorgen! Sonst kann ich unmöglich fortgehen und das Heilkraut herbringen.»

König Rothasit antwortet:

«Sieh her, geliebtes Kind! Dein Vater wird Leute schicken, die deiner Mutter und ihren Schwestern dienen sollen. Bitte, vertrau mir!»

Prinz Rothasen hört es und nimmt den Befehl des Vaters an. Vor ihm niederkniend, sagt er:

«Dein Fußsklave wird nach Khochapun gehen. Doch wie soll ich dorthin reisen? Wenn ich über das Meer fahre, dann mußt du mir ein Schiff geben. Wenn ich über Land gehe, dann brauche ich einen Wagen. Wenn ich aber auf dem Luftwege reise, dann muß ich ein Wunderding haben, auf dem der Wind mich trägt! Bitte, sage mir, wie ich reisen soll.»

König Rothasit entgegnet:

«Sieh, geliebtes Kind, du sollst durch die Luft fahren! Aus der Menge meiner tausend mächtigen Pferde suche dir eines aus nach deines Herzens Begehr!»

Der Prinz vollzog nun die Feier des Abschieds vom

Größten König und ging dann zum Marstall hinüber, wo man die Pferde pflegt. Dort sah er Pferdekönige, reinblütig-wohlgeboren, wohl zweiundzwanzig an der Zahl, die da in ihren Kammern ruhten. Unter ihnen wählte er denjenigen aus, zu dem sein Herz sich am stärksten hingezogen fühlte. Er gab dem Königshengst den Namen Phachi. Dann sattelte und zäumte er den Rösserfürsten und schmückte ihn mit wunderbaren Hufeisen. Nun saß er auf, und hinauf flog das Pferd mit seinem Reiter in die Wolken. Hundert Meilen übersprang das Tier, und als es aus der Luft herab auf die Menschenwelt nieder kam, da war seine Kraft noch überhaupt nicht erschöpft. Der Prinz ließ Phachi grasen. Bald stieg er wieder in den Sattel. Diesmal sprang das Tier ungefähr tausend Meilen weit, ehe es herabkam, um im Walde Himaphan sich am Laub zu erlaben. Zum drittenmal sprang Phachi auf, und sein Flug überbrückte im Bogen die Entfernung von zweitausendzweihundert Meilen. Da waren Roß und Reiter wieder zu Haus. Der Prinz nahm dem Pferd den Zauberschmuck ab und betrat das Schloß seines Vaters. Nach den Begrüßungsworten schilderte er die Prüfung, der er Phachi unterzogen hatte. Dann betrat er den goldenen Saal der Königin Santhaman. Als sie den Königssohn sah, sprach sie voll Wärme zu ihm:

«Sieh her, liebes Kind, du bist die Stütze deiner Mutter. Bitte, hilf mir, daß ich wieder gesund werde!»

Der Prinz hatte Mitleid mit ihr wie mit allen seinen vielen Verwandten. Er sprach ihr Trost zu:

«Die Wahrheit ist das höchste Gut auf der Welt. Der Erhabene ist voll von Mitleid und Milde. Not und Gefahr übersteht er, und in Liebe sorgt er für Mutter, Vater und alle seine Verwandten.

Die Wahrheit ist von höchstem Nutzen in der Welt. Sie ist die Führerin im Leben. Das Mitleid ist am wichtigsten im Dasein. Mitleid ist der Herr der Welt!»

Dann ging der Prinz zu seiner Mutter, um von ihr Abschied zu nehmen. Er stellte sich vor die Grabhöhle und sprach:

«Ich bin dein Sklave, liebe Mutter! In der Zeit meiner Abwesenheit lebt wohl, Mutter und Mutterschwestern! Ich gehe, um aus Khochapun ein Heilkraut zu holen.»

Die Mutter und ihre Schwestern weinten und jammerten laut, als sie es hörten. Aber bald verließen sie ihre Kräfte, und ohnmächtig sanken sie nieder wie die Bäume eines Waldes, der vom Sturmwind erfaßt und niedergemäht wird. Der Prinz grüßte noch einmal seine Mutter und kehrte dann zu seinem Vater zurück. Santhaman hatte inzwischen einen Empfehlungsbrief für den Prinzen geschrieben. Rothasen nahm ihn entgegen und band die Briefkapsel dem Pferde Phachi um den Hals. Dann ging er in den Palast und kleidete sich in die Gewänder der Reise. Er stieg Phachi auf den Rücken, und schon flog das Pferd durch die Lüfte hin.

*

Hundert Meilen lang war sein erster Satz, der zweite vierhundert, weiter fünfhundert, sechshundert, siebenhundert, achthundert, neunhundert und tausend Meilen. Während er durch die Lüfte sprang, schlugen die Schmuckstücke seiner Hufe gegen die Wolken, daß sie laut dröhnend widerhallten. Viele Götter kamen herbei und klatschten dazu in die Hände. Weithin klang das Klappern der Hufeisen in den Himmel hinauf. Funken sprangen auf und durchzuckten die Wolken, wenn das Pferd über sie hinstürmte. Der Gipfel des Götterberges Sineru wurde weich und beugte sich herab, vergleichbar der Spitze einer Bambusrute, die das Feuer ansengt. Hagel prasselte zur Erde herab, und der Ozean voll wilder Freude schäumte auf in wirbelnden Wogen. Der König aller Götter schlug sich in die Hände, und der große Phrom klatschte Beifall. Die Großerde, die zweihundertvierzigtausend mal einhundert Meilen dick ist, sie konnte ihre Ruhe nicht mehr behaupten. Sie brüllte laut auf, und ihr Krachen hallte hundertfach, tausendfach, zehn- und hunderttausendfach wider und überdröhnte die ganze Welt. In gewaltigem Beben ist ihre Kruste geborsten.

*

Der Prinz flog durch die Macht des Hengstekönigs Phachi dahin. An seinem Tausendmeilenweg sah er die Hütte eines Einsiedlers unter sich vorbeiziehen. Da kam er herab aus der Luft und näherte sich der Heiligen Hütte. Er nahm dem Pferd den Zauberschmuck der Hufe ab und ließ es grasen. Frei lief es umher und fraß seine Speise. Der Prinz legte den Schmuck des Pferdes in der Nähe der Klause nieder und schlief ein.

Der Heilige Einsiedler saß in der Hütte und hatte in seine Meditation hinein den Lärm der über die Wolken hin klappernden Hufe gehört. Er dachte:

Das ist ein sonderbares Geräusch!

Er kam aus seiner Hütte und ging in den Wald. Da erblickte er ein hirtenlos weidendes Pferd.

Wessen Pferd ist das? dachte er in seinem Herzen. Er trat heran, um dem Tier den Rücken zu tätscheln. Da sah er die Kapsel, die das Pferd an seinem Halse trug. Er nahm den Brief heraus und las. Und er verstand die Bedeutung der Botschaft:

Dieser Herr Rothasit, dachte er, ist aus Liebe zu Santhaman, der Menschenfresserin, erblindet. Er nimmt sein Kind und schickt es in die Stadt der Riesen, damit sie es dort verspeisen! Prinz Rothasen ist der Sohn des Königs. Es paßt genau, wenn er der Gatte von Kangri wird, der Tochter der Königin Santhaman. Dann wird er über die Königsschätze der Stadt Khochapun gebieten.

So denkt der Weise und schreibt Zeichen nieder

und ändert den Text der Botschaft, daß ihr Sinn neu ersteht. Nun bindet er den Brief dem Pferd wieder um den Hals wie zuvor. Als er sich umschaut, sieht er den schlafenden Prinzen im Grase. Er tritt heran, beugt sich nieder und öffnet das Kleid des Schlafenden. Auch erkennt er die Zeichen an den Sohlen des Prinzen, und nun ist er gewiß:

Dieser Jüngling ist der Sohn des Höchsten. Er wird den Weg der Verwandlungen durchschreiten bis zur Erleuchtung. Es ist ein großes Glück, daß ich den Heiligen noch schauen durfte!

Der Alte lobt die Tugend des Prinzen. Denn er weiß, daß der Jüngling dazu bestimmt ist, einmal die Erleuchtung zu finden und zum Buddha zu werden. Er weckt Rothasen auf. Der Prinz erwacht und vollzieht die ehrende Begrüßungsfeier vor dem Einsiedler. Er sagt:

«Ich bin dein Sklave, Heiliger, der du die Vollendung gefunden hast. Ich komme hierher aus der Stadt Kutan.»

Der Einsiedler fragt:

«Wie heißt du? Wie dein Vater und deine Mutter?»

Der Prinz sagt:

«Ich bin dein Sklave, Heiliger, der du der Herr bist! Mein Vater trägt den Namen Rothasit. Meine Mutter ist eine der zwölf Ersten Gattinnen jenes Königs.»

Der Prinz bittet nun den Weisen um seinen Segen. Er sagt:

«Heiliger, ich bitte dich um deinen Segen. Erfülle

mir meinen Wunsch: Laß mich vom Glück leben und Macht haben Göttern gleich! Gib mir deinen Segen, Heiliger!»

Der Einsiedler erfüllt ihm den Wunsch und spricht die folgenden Worte:

«Du mögest die Erleuchtung erlangen und blühen und Frucht tragen mehr als alle Könige der Welten. Du mögest den Fürsten des Bösen im Schatten des Großen Baumes der Erkenntnis besiegen. Das ist es, Rothasen, was dir mein Segen geben soll: den Sieg, das Blühen und das Fruchtbringen. Das alles soll dein sein!»

Nun legte der Prinz dem Pferd seinen Schmuck an und nahm Abschied vom Heiligen Einsiedler. Er bestieg Phachi, und los ging es über die Luftschicht hin.

*

Tausend Meilen flog er dahin und zweitausend. Die Macht des Pferdes Phachi wuchs, und noch dreitausend Meilen übersprang es im Fluge. Die Götter riefen Beifall und streuten Blüten und Blumen dem Prinzen auf den Weg. Phachi sah es und freute sich über die Göttergabe.

In diesem Augenblick überfliegt der Prinz die Grenze des Riesenreiches. Nun sieht er es aus der Nähe, und angstvoll fragt er Phachi:

«Sieh, lieber Phachi, wo wir sind, hilf mir, was soll ich tun?»

Phachi antwortet:

«Götterherrscher! Bitte, verzage nicht! Ich werde mit den Riesen kämpfen. Du wirst siegen, und die Riesen werden geschlagen!»

In diesem Augenblick erscheinen in der Ferne in breiter Front die unzähligen Heere der Riesen, und sie stürmen auf dem Luftwege heran. Phachi stößt seinen dröhnenden Echoruf aus. Der Bauch des Lufthimmels verdunkelt sich hier und dort von Rauch, der alles umhüllt, und dort und da glüht er strahlend auf, wie von Feuersbrunst durchleuchtet.

Die Riesenhaufen und ihre Führer halten überrascht inne in ihrem Lauf, und schon fallen die ersten nieder in Ohnmacht. Da sieht der Prinz, wie die Heerführer und die Kriegsknechte der Riesen in den Wolken sich verkleiden und verwandeln. Groß bis hundert und tausend Meilen strecken sie ihre Körper. Einige machen sich zu Stierkönigen, andere zu Wasserbüffeln und wieder andere zu großen gestreiften Tigern. In der Gestalt von Königslöwen und Gelbtigern, als Bären, Nashörner und Wildeber, als Khrut-Vögel und Riesenadler, sogar als fliegende Krokodile brechen sie hervor zum Angriff. Ihre Farben schillern weiß, grün und schwarz. Einen Riesen gibt es sogar, der verwandelt sich in den Tausendarmigen. Die verderbenbringendsten Waffen in seinen tausend Händen schüttelnd, führt er die Riesenteufel an.

Der Prinz hört den Waffenlärm der Riesen und denkt nach:

Ich habe viel Elend durchgemacht in meinem Leben. Gutes habe ich noch nicht viel getan. Und schon ist der Tod mir nahe!

In seiner Todesfurcht richtet der Prinz seine Gedanken auf die Tugend seiner Mutter, die Tugend des Heiligen Einsiedlers und die Tugenden aller Götter. Daraus zieht er die Kraft zur Wahrheitsbeschwörung:

«Ich brauche Soldaten», sagt er, «und ich verdiene die göttliche Hilfe, denn ich habe gute Werke getan, vor allem: Ich habe meine Mutter am Leben gehalten. Darum werden die vielen Götter mir Schutz und Hilfe senden, damit ich bis zum Ende durchschreiten kann den Weg der Erleuchtung. Ich bitte die Götter und die Schlangen und die Himmelsbewohner alle, auch alle Geister und Dämonen, bitte kommt und helft mir gegen das Teufelsheer. Belohnt die Tugend und Wahrheit und vernichtet die Riesen!»

In diesem Augenblick hatte das Riesenheer Phachi, den Pferdekönig, erreicht. Der Prinz band die Kapsel mit dem Brief ab und warf ihn hinab auf die Erde. Einige Riesenführer griffen den Brief auf und sahen, was darin stand. Sie blickten hinüber zum Prinzen und erkannten, in was für einer Gefahr er schwebte. Eilend durchteilten sie die Heerhaufen ihrer Knechte und traten vor den Prinzen, um ihn einzuladen in das Reich der Riesen. Sie untersuchten noch einmal den Brief, legten ihn sich dann aufs Haupt und warfen sich vor dem Prinzen nieder. In ehrenvoller Begrüßungsrede flehten sie ihn an um die Gnade, auf dem Thron ihres Reiches zu sitzen. Dann gingen sie, um ihrer Prinzessin die Neuigkeiten zu erzählen.

*

Als Kangri, die Riesenprinzessin, die Nachricht von der Ankunft des fremden Prinzen erfährt, freut sie sich sehr. Sie sagt:

«Jetzt hat meine Not ein Ende!»

Dreißig Mädchen läßt sie verschiedene Kuchen von wundersamem Geschmack bereiten. Das Gebäck schickt sie dem Prinzen mit ihrer Botschaft:

«Du kommst von fern her! Drum iß den Kuchen, den ich dir bereitet und den dieses goldne Tablett dir bringt.»

Dann geht die Prinzessin Kangri selbst den Prinzen besuchen. Sie lädt ihn ein, von ihren Früchten zu essen, und dann spricht sie:

«Ich bin deine Dienerin, Göttlicher Herr! Die kleinen und die großen Früchte, sie haben süßen Geschmack, und sie duften würzig. Was magst du mehr?»

Der Prinz entgegnet:

«Sieh her, du Frau mit dem schönen Gesicht: Früchte, die würzig sind, die lieb' ich mehr!»

Die schöne Gestalt des Prinzen erregte die Wünsche der Mädchen und Frauen. Sie luden den Prinzen ein, auf ihrer Matte zu ruhen. Sie lagerten sich um ihn herum wie die Menge der Sterne, die den Hohen.

Mond umblitzt. Von den göttlich-schönen und überirdisch-hübschen Mädchen umgeben, glich der Prinz einem Kaiserkönig inmitten von hundertundein Königen und Herren.

*

Der Höchste Glaubenslehrer fuhr in seiner Erzählung fort:

Die Riesen kamen alle herbei und übergaben dem Prinzen ihre Stadt. Sie sprachen:

«Wir schenken dir unsere Stadt, die starke Festung, von Mauern umgürtet und mit Kampftürmen bewehrt.»

Aber nicht nur das. Auch die Frauen kamen und warfen sich dem Prinzen zu Füßen. Sie übergaben ihm ihr Freudenschloß und riefen:

«Wir, deine Fußsklavinnen, bitten dich, nimm an den Palast der Freuden, der blühend strahlt unter der goldnen Krone seines Firstes!»

So kam der Prinz zum höchsten Glück auf Erden, und es gab kein höheres Glück als dieses – außer jenem Glück, das das Nirwana schenkt und das das höchste ist in der ganzen Welt.

Nun glich Prinz Rothasen dem Fürsten der Schlangen, Nakharat, der von Schlangendamen allseits umgeben ist. Er glich dem Königslöwen inmitten seiner Löwinnenherde.

Inzwischen schmückten die Kriegsknechte die Stadt, daß sie der Götterstadt glich. Alles trug den

Kriegsknechte priesen den Pferdekönig ihres Herrn, weil er so viel Macht und Stärke hatte.

*

Alle Freudenmädchen, die zahllosen Schönen des Hofes, kleideten sich in Stoffe und schmückten ihre Körper mit weißen Tüchern. Sie gingen an der linken und rechten Seite der Sänfte. Andere Mädchen hatten sich in gelbe Kleider gehüllt und hielten Blumenzweige in der Hand. Sie gingen vor dem Prinzen her. Wieder andere trugen bunte Tücher und folgten der Sänfte. So umgaben ihn die Schönen von allen Seiten zu seiner Freude. Der Prinz zog dahin, von den Dienerinnen und Dienern umsorgt wie der Heilige Mond inmitten der blitzenden Sterne Schar. Schon waren die Tore des Lustgartens erreicht. Die Riesen, die das Königstor hüteten, öffneten es und verneigten sich. Das Tor aber war so groß, daß nur tausend Riesen es öffnen und schließen konnten.

Die Dienerinnen führten auch Kangri, die Göttliche, zum Garten und Park. Denn es ist ein schattigkühler Ort, von herrlichsten Bäumen geschmückt. Da gibt es Bäume mit eßbaren Blättern, Obstbäume und rosa Haselnußstauden, Hartholz groß und klein, Bäume mit weißen Duftblüten und Goldblumenbäume. Da sind Blüten und Früchte aller Art, schön und hübsch, da sind Rotbäume und Süßholz und duftende Gummibäume, auch Elefantenschwanz-Riedgras wächst dort und Zuckerrohr und Blumenbüsche aller Art. Es gibt Feigenbäume, die mit Blüten und Früchten an der Oberfläche ihrer Krone ganz übersät sind.

Die Mädchen traten in den Lustgarten ein und hörten das Zwitschern der verschiedensten Vögel. Da waren das wilde Waldhuhn und der Elefantenvogel und der Pfau, die Grasmücke und der Flamingo, und sie tanzten und sangen in ihrer Freude. Ihr Gesang tönte wider wie das Echo im Walde.

Da fragte der Prinz die Frauen:

«Seht, ihr Schönen, hier soll es rosa Walnußbäume und Bergnußstämme geben, wo wachsen sie, sagt!»

Die Damen antworteten:

«Wir sind deine Sklavinnen, Hoher König Rothasen! Die Bäume, nach denen du fragst, sie wachsen im Paradiesgarten inmitten des Parks.»

Der Prinz frohlockte laut, als er es hörte. Die Götter spendeten ihm Beifall, denn die Nußbäume sollten dem Buddha noch einmal begegnen auf dem Weg zur Erleuchtung. Der Prinz streckte die Hand aus und begann Nüsse zu sammeln. Als er aufhörte, hatte sich sein Herz mit Freude gefüllt. Er war wieder gesund. Darum ließ er die Heerführer ihre Kriegsknechte zurückführen. Als sie das Tor erreicht hatten, machten die tausend Riesen es wieder auf. Man kehrte dem Garten den Rücken. Kangri, die Königin, folgte ihrem Gatten.

*

Als sie in der Stadt angekommen waren, stiegen sie zum Palast empor. Die Musiker spielten ihre süßen Melodien, die Tänzerinnen tanzten, und die Sängerinnen sangen, ringsum auf die Säle des Schlosses verteilt. Der König saß auf dem edelsteinbesetzten Thron, umgeben von Dienern, vergleichbar dem Herrn und König aller Götter.

Rothasen sprach nun zu Kangri und sagte:

«Laß nun alle Bürger miteinander spielen zu unserem Freudenfest!»

Kangri tat, wie der König befahl. Die Höflinge spielten Melodien auf, und alles tanzte, sang und war guter Dinge.

Nun flüsterte Rothasen mit der Königin, und sie war ihm zu Willen und trank, um ihr Herz zu erfrischen, vom berauschenden Wasser. Der Herr aber trank nicht.

Kangri nahm immer mehr vom Rauschwasser und war schon betrunken. Da wurde sie ohnmächtig, fiel auf ihr Bett nieder und sagte zum Prinzen:

«Ich bitte dich, daß du mir erlaubst, ein Geheimnis zu lüften. Ich muß dir sagen, Herr, und du sollst endlich wissen, daß ich die Augäpfel von zwölf fremden Frauen hier im Schloß am Leben halte: sie hängen in einer Kapsel im Kamin der Feuerküche.»

Der Prinz fragte weiter:

«Und gibt es wohl ein Mittel, die Augen der Geblendeten wieder heil zu machen?»

«Eine Büchse, die dort in der Nähe hängt, enthält

eine Wundersalbe für die Augen! Und noch ein Mittel hängt dort: wenn man es verstreut, so entsteht ein Gebirge daraus. Und ein Pulver ist da, das läßt einen Wald aufwachsen; und ein Kraut, das macht Sturm; und ein Zaubermittel macht Feuer und eines macht Regen und eines macht Wolken, und das letzte läßt einen Großozean voll Wasser entstehen.»

Wie der Prinz das gehört hat, erhellt tiefe Freude sein Herz. Er denkt: Nun werde ich das Gesicht meiner Mutter wiedersehen!

Kangri ist in tiefen Schlummer gesunken. Da holt Rothasen aus dem Kamin die Wunderdinge heraus, steigt auf sein Pferd Phachi, und es ist Mitternacht, als seine Flucht beginnt. Kangri aber ruht betäubt auf ihrem Lager.

*

Wie die Stunde des letzten Wächterrufs gekommen ist, erwacht die Königin aus ihrem Schlummer. Sie sieht den Prinzen nicht mehr, ihren Herrn. Vor Schmerz schlägt sie ihren hohen Busen. Dann folgt sie dem Flüchtenden nach. Der Prinz streut sein Pulver aus, und es entsteht ein Gebirge, von undurchdringlichem Dickicht bewachsen. Aber Kangri kann es überwinden. Da schafft er den Zauberwald, doch Kangri folgt. Nun streut der Prinz das Feuerpulver hin, das Regenpulver und das Wolkenpulver, aber Kangri bleibt ihm dicht auf den Fersen. Da schüttet er die letzte Büchse aus, und der Große Ozean hemmt die Verfolgerin in ihrem Lauf. Sie bleibt stehen und muß zusehen, wie ihr Gatte drüben entschwindet. Sie kann ihr Augenwasser nicht mehr zurückhalten, und weinend ruft sie dem Prinzen nach:

«Ich bin deine Sklavin gewesen, Geliebter! Ich muß nun ewig klagen. Ich weine aus Liebe zu dir, der du mein Geliebter warst und mein Mann! Du aber bleibst ungerührt, denn du liebst mich nicht mehr. Dein Begehren ist dahin, und du läßt deine Fußsklavin nicht mehr dir folgen. Ich werde sterben. Zurückbleiben muß ich, traurig verlassen. Mein Leib wird Schmerzen leiden, denn ich habe mir in früheren Geburten zu wenig Verdienste erworben. Trotzdem möchte ich einen Wunsch äußern! Ich bitte dich, daß du mich bei dir sein läßt als deine Dienerin. Denn ich kann nicht leben ohne dich und fern von dir in Einsamkeit.»

Der Prinz wußte, daß das Herz der Königin halb gefüllt war mit Güte. Aus Mitleid antwortete er ihr:

«Sieh her, Kangri, du mit dem schönen Gesicht! Du hast viele Verdienste erworben um deinen älteren Bruder. Das ist die Wahrheit. Aber mein Vater und meine Mutter haben mehr für mich getan als du, wohl hundert- und tausend- und hunderttausendmal!»

Er sprach's, und als das Jammern drüben noch nicht verstummte, da fuhr er fort: «Sieh, Kangri, mit dem schönen Gesicht, dein älterer Bruder wird einst

Buddha, der Herr, sein und vor allen Wesen die Allwissenheit erlangen. Jetzt aber muß ich gehen, um mit meinen beiden Armen meiner Mutter zu helfen. Ich habe viel geweint aus Sehnsucht nach meiner geliebten Mutter, als ich noch bei dir war. Dein Bruder wird den Weg zur Erleuchtung gehen, sieh, Kangri, damit mußt du dich abfinden! Nun laß mich heimkehren ohne Kummer und Sorge zu meiner Mutter und ihren Schwestern. Deine Stütze hast du jetzt verloren, aber einst in einem zukünftigen Leben wirst du deinem Bruder wieder folgen dürfen, wie eine Mutterkuh folgt dem Kalbe!»

Bei diesen Worten flog Phachi mit dem Prinzen in die Lüfte. Kangri blickte ihnen nach. Die Farbe wich aus ihrem Gesicht. Das Herz brach ihr heraus aus der Brust und zersprang in sieben Stücke. Tot sank sie am Ufer des Meeres in sich zusammen.

*

Der Prinz reitet. Bald hat er Kutan erreicht. Santhaman sieht ihn kommen. Ihr Herz versinkt in Traurigkeit und heraus bricht es ihr in sieben Stücke. Sie stirbt.

Der Prinz hält die Wundersalbe in der Hand, geht hinein in die Höhle und heilt der Mutter und ihren Schwestern die Augen. Da kommen sie wieder zum Licht, und der wundersame Augenstrahl leuchtet wieder für die Geblendeten. Der Prinz führt seine Mutter und ihre Schwestern in die Stadt. König

Rothasit setzt die zwölf Königinnen wieder ein als seine Ersten Gattinnen. In höchstem Glück sind sie vereint.

Dann hat der König den Kronprinzen zum Herrscher geweiht.

König Rothasen regierte nach den Vorschriften des Gesetzes. Er diente seinem Volk, indem er herrschte.

*

Der Höchste Glaubenslehrer selbst hat diese Geschichte erzählt. Zum Abschluß sagte er:

«Seht her, ihr Mönche! In längst vergangener Zeit, als ich noch im Kreislauf von Geburt und Tod über die Erde ging, da habe ich meiner Mutter und meiner Familie gedient in Dankbarkeit.»

So hat der Erhabene gesprochen. Dann hat er die Vier Wahrheiten verkündigt. Und dann hat er die Gestalten seines früheren Lebens mit den Menschen der heutigen Zeit verglichen.

Santhaman war in anderer Gestalt auch jetzt noch sein Widerpart und Phachi sein treuer Diener. Rothasit war wieder als sein Vater auf die Welt gekommen und Kangri als seine Gattin.

«Rothasen aber, das bin ich selbst, der Herr der Welt, der weise Lehrer der Menschen. Ihr vielen, bewahrt die Geschichte in eurem Sinn!»

So sprach der Buddha.

NACHWORT

Es war einmal ein Kind. Das hatte keine Mutter mehr. Da nahm die Jungfrau Maria es zu sich ins Himmelreich. Und als es vierzehn Jahre alt geworden war, rief sie es und sprach:

«Liebes Kind, ich habe eine große Reise vor, da nimm die Schlüssel zu den dreizehn Türen des Himmelreichs in Verwahrung: zwölf davon darfst du aufschließen und die Herrlichkeiten darin betrachten, aber die dreizehnte, wozu dieser kleine Schlüssel gehört, die ist dir verboten: Hüte dich, daß du sie nicht aufschließest.»

Das Kind versprach, gehorsam zu sein, und als nun die Jungfrau Maria weg war, fing es an und besah die Wohnungen des Himmelreichs: jeden Tag schloß es eine auf und freute sich über all die Pracht und Herrlichkeit, und die Englein, die es immer begleiteten, freuten sich mit ihm. Nun war die verbotene Tür allein noch übrig, da empfand es eine große Lust zu wissen, was dahinter verborgen wäre. Und als die Englein einmal hinausgegangen waren, dachte es:

Nun bin ich ganz allein und könnte hineingehen, es weiß ja niemand, wenn ich's tue.

Es suchte den Schlüssel heraus, und als es ihn in der Hand hielt, steckte es ihn auch in das Schloß, und als es ihn hineingesteckt hatte, drehte es auch um. Da sprang die Tür auf, und es sah die Dreieinigkeit im Feuer und Glanz sitzen. Es blieb ein Weilchen stehen und betrachtete alles mit Erstaunen, dann rührte es ein wenig mit dem Finger an den Glanz, und der Finger ward ganz golden. Da lief es vor Angst davon: und das Gold blieb an dem Finger und ging nicht ab, es mochte waschen und reiben, soviel es wollte...

*

So steht es im Märchen vom Marienkind, und so haben es sich die Bewohner Nordthailands seit Jahrhunderten in der Geschichte vom Muschelprinzen erzählt: das Wunder vom goldenen Finger! Die Entfernung von Südostasien nach Europa und der Zeitraum von Jahrhunderten ist plötzlich ausgelöscht. Die Märchen und Erzählungen der Völker schlagen die Brücke!

*

Die sieben Geschichten aus den Panyat Chadok (letzte Druckausgabe in zwei Bänden: Bangkok 2499-1956), die hier zum erstenmal aus dem Thai in eine westliche Sprache übertragen werden, stehen in einer Sammlung, die zwischen dem fünfzehnten und siebzehnten Jahrhundert unserer Zeitrechnung in der Hauptstadt des Nordthailändischen Reiches, in Chieng Mai, auf Palmblattbündel niedergeschrieben wurde. Erst in unserem Jahrhundert wurden die uralten Manuskripte wieder entdeckt. Die sieben Geschichten sind in ganz Thailand bekannt und zählen zu dem Volkstümlichsten im Erzählungsschatz Thailands, so wie vielleicht bei uns die Märchen vom Froschkönig und der Prinzessin, vom Dornröschen und dem Königssohn, vom Prinzen und dem Aschenputtel, vom Schneewittchen und den sieben Zwergen oder von dem schönen Rapunzel, der bösen Hexe und dem blinden Königssohn.

Bis nach Birma, Laos und Kambodscha hinein haben sich die Geschichten verbreitet, und zahlreiche Dichter haben in den letzten Jahrhunderten aus den Erzählungen von Samuthakhot, von Suthon, von Rothasen und Suwanna Sang, von Suthanu, Sirimadi und Worawong geschöpft und ihnen durch Versdichtungen, Tanzspiele und Theaterstücke literarische Form gegeben.

*

Mönche aus Chieng Mai haben die Volkserzählungen gesammelt und in ihre Palmblätter geritzt, lange Jahrhunderte bevor bei uns die Gebrüder Grimm durchs Land zogen, um dem Volk seine Geschichten abzulauschen. Jene Mönche aber waren fromme und gläubige Buddhisten. Was ihnen erzählt wurde vom

Kampf zwischen dem Guten und dem Bösen, von der Liebe des heimatlosen Jünglings zur strahlenden Königstochter, von den Menschenfressern und Riesen, von der gefährlichen Meerfahrt und der endlosen Wanderung durch Wald und Dschungel, das alles wurde ihnen zum Beweis ihres Glaubens: Der Mensch strauchelt auf seinem Weg durch die Wiedergeburten, doch der Gute siegt. Er wird die Erleuchtung erlangen und dereinst eingehen in die Höchste Ruhe des Nirwana. So wurden den Frommen die uralten Geschichten, als sie sie niederschrieben, zu Lehre und Predigt. Sie ließen nach dem Muster ihrer buddhistischen Schriften den Buddha selbst in Einleitung und Schluß in seiner Gemeinde erscheinen. Sie legten ihm seine Geschichte in den Mund. Der Held der jeweiligen Geschichte wurde so zu einer Verkörperung des Buddha, als er noch im Kreislauf von Geburt und Wiedergeburt über die Erde ging. Doch haben die Mönche die alten heidnischen Züge in den Geschichten nicht getilgt: Phra In ist nicht der Diener des Buddha, wie sie selbst es glauben mußten, sondern der Oberste Gott und Herr der Welt. Nicht die buddhistischen Heiligen Schriften sind ursprünglich der Quell der Wahrheit, sondern die uralten Zauberbücher, die Weden, und die Formeln der Beschwörung. Die Welt ist bevölkert von Geistern und Göttern, so wie sie es war, als das Thai-Volk vor achthundert Jahren aus den Hochebenen Südchinas in seine heutige Heimat strömte und dort mit der indischen Kulturausstrahlung und dem Buddhismus in Berührung kam.

*

Es ist nicht schwer, das Neue, das Buddhistische, in den Erzählungen abzulösen und die Urgestalt wiederherzustellen. Das Recht der Umgestaltung eines literarischen Textes kann der Übersetzer jedoch nicht beanspruchen. Der Inhalt des Textes muß heilig sein – auch da, oder gerade da, wo sich Widersprüche zeigen. Deshalb mag dem Leser überlassen bleiben, ob er die Geschichten in ihrer buddhistischen Form lesen will oder durch Überschlagen der Einleitungen, der predigthaften Einschübe und der Schlüsse in einer ursprünglicheren Gestalt. Dieses Ursprüngliche durfte in der Übersetzung nicht angetastet werden. Darum wurde der Stil des Originals auch in der Übertragung bewahrt. Die uralten Redeformeln, die traditionelle Sprachgestalt, alles, was in der Sprache Kulturgeschichte ist, wurde im Deutschen nachgeformt.

Dagegen wurde vielfach Abstrakt-Unklares des Urtextes, wurde alles Verschwommene nach Möglichkeit konkretisiert und auf seinen sprachlichen Bildgehalt zurückgeführt. So konnte der Text von erklärenden Anmerkungen freibleiben und ist lesbarer und übersichtlicher geworden. Größere Klarheit wurde vor allem durch die Einführung von Absätzen erzielt und durch die Kapiteleinteilung, die in Thai-Texten ebenso fehlt wie die Zwischenräume zwischen Worten und Sätzen: Der Urtext ist Buchstabe für Buchstabe fortlaufend ohne jedes Satzzeichen niedergeschrieben – daskannimDeutschennichtnachgemachtwerden.

Ferner: Manches Fremdartige in der Wortwahl mußte unserem Sprachgebrauch angepaßt werden. Die drei wichtigsten Eingriffe sollen hier genannt sein:

Das Original bezeichnet fast immer den Helden mit dem buddhistischen Begriff «Phothisat» oder «Mahasat» (Zukünftiger Buddha, Großes Wesen). In der Übersetzung wurde dagegen meist «der Prinz» gesagt oder der Name des Helden gesetzt.

Während im Urtext Angehörige der gleichen Generation einander fast immer «älterer Bruder» oder «jüngere Schwester», oft auch «Vater» oder «Mutter» nennen, wurden in der Übersetzung diese Formeln in der Regel durch bei uns Üblicheres ersetzt.

Und vor allem: Das Original kennt weder «ich», noch «du», kaum «er»; es kennt wenige Pronomen; selten sind Namen; der Stil ist in der Regel von Umschreibungen geprägt, die sich im Deutschen nicht nachbilden lassen und die häufig durch Namen oder Pronomen ersetzt wurden. Eine Formel wie: «... Der Fußsklave sagt zu dem Mächtigen, der Sklave wird den Befehlen des Großen gehorchen...» wird in der Übersetzung oft aufgelöst und ganz einfach zu:

«... Ich sage dir, ich werde deinen Befehlen gehorchen!...»

Wucherungen sind beseitigt worden. Damit ist dem Leben unserer Geschichten am besten gedient! Denn nicht täuschend echte – aber leblose – Wachsfiguren sollten vor uns aus jahrhundertelangem Schlummer erstehen, sondern lebendige Menschen, in denen die Seele einer fernen und uns doch nicht fremden Welt lebt!

*

Die unserer Übertragung beigegebenen Bilder zeigen Ausschnitte aus Wandgemälden, mit denen von alters her in Thailand die Tempelhallen ausgeschmückt worden sind. Diese Wandmalereien halten Szenen aus dem thailändischen Erzählungsschatz fest, vornehmlich aus dem buddhistischen Märchengut. Gemälde zu Motiven aus den Panyat Chadok gibt es daher in vielen Tempeln Thailands (vgl. Karte). Die hier erstmals veröffentlichten Bilder geben Teile aus den Wände und Tragesäulen in ihrer vollen Ausdehnung bedeckenden Wandgemälden der beiden Bangkoker Tempel Wat Suthat und Wat Si Ratana Satsadaram wieder.

Die in der Tropenfeuchte mehr und mehr zerfallenden Gemälde wurden von Zeit zu Zeit restauriert, wobei die traditionelle flächige Darstellungsweise nur noch zum Teil gewahrt blieb. In neueren Darstellungen haben westliche Einflüsse das Althergebrachte bereits völlig überwuchert: Die Epoche der seit dem dreizehnten Jahrhundert in Thailand gepflegten traditionellen Tempelmalerei ist abgeschlossen. Die hier vorgelegten Ausschnitte sollten der thailändischen Wandmalerei vor ihrem Untergang ein kleines Denkmal setzen.

Vientiane/Laos, Sommer 1965

Christian Velder

Die Tempel der in nebenstehender Karte aufgeführten Städte sind mit Wandmalereien zu Motiven aus den Panyat Chadok geschmückt.

Ayuthaya	Wat Buddhaisawan, Ende 17. Jahrhundert
Bangkok	Wat Suthat, Mitte 19. Jahrhundert
	Wat Si Ratana Satsadaram, ab 1929
Chieng Mai	Wat Phra Sing, Mitte 19. Jahrhundert
Chonburi	Wat Yai Intharam, Ende 18. Jahrhundert
Khorat	Wat Na Phrathat, Mitte 19. Jahrhundert
Nan	Wat Phumin, Mitte 19. Jahrhundert
Phetburi	Wat Yai Suwannaram, Mitte 17. Jahrhundert
Thonburi	Wat S'uwannaram, Anfang 19. Jahrhundert
	Wat Dusidaram, Anfang 19. Jahrhundert
Uttradit	Wat Borom That, Mitte 18. Jahrhundert

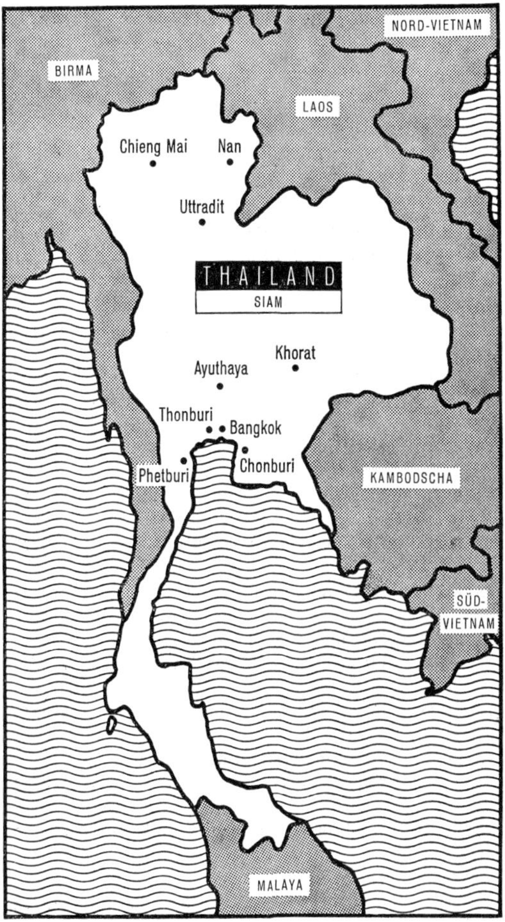

NORD-VIETNAM
BIRMA
LAOS
Chieng Mai
Nan
Uttradit
THAILAND
SIAM
Khorat
Ayuthaya
Thonburi
Bangkok
Phetburi
Chonburi
KAMBODSCHA
SÜD-VIETNAM
MALAYA

BILDTAFELN

REGISTER

Die Orthographie der Namen folgt dem Allgemeinen System, wie es die Siam Society, Bangkok, vom Oktober 1933 bis März 1941 ausgearbeitet hat. Demzufolge wird zwischen behauchtem Verschlußlaut (kh, ph, th) und unbehauchtem (k, p, t) sauber unterschieden. – Folgende Abweichungen waren notwendig:

1. Tonhöhen werden nicht angegeben.
2. Lange und kurze Vokale werden nicht unterschieden.
3. Offenes und geschlossenes o werden nicht unterschieden.
4. Der weiche Zischlaut č des Allgemeinen Systems wird mit dj wiedergegeben, während für den harten Zischlaut tsch das ch des Allgemeinen Systems belassen wurde.

Erzählung Nr.

INHALT